मोचन

मोचन

A novel by Tulasi Acharya

तुलसी आचार्य

मोचन

(उपन्यास)

प्रकाशक

फिनिक्स बुक्स

बानेश्वर, काठमाडौँ, नेपाल

फोनः ९७७ ०१ ४४८७७८२

इमेलः booksphoenix@gmail.com

आवरण : राजन काफ्ले

लेआउट : द प्रिन्ट डिजाइन

मुद्रण : पोष्ट प्रेस प्रा. लि., मध्यबानेश्वर
postpresspvtltd@gmail.com

संस्करण : पहिलो, २०७८ असोज

ISBN : 978-9937-705-55-4
091 : 350.00

दुविधाको रात

प्रिय पाठक,

पारिजातको 'शिरिषको फूल' पढिसकेपछि सोफामा पल्टिएर म सोच्दै थिएँ कि सुयोगले बरीलाई चुमेपछि त्यही रात बरी बिमार पर्नु संयोग थियो वा अरू केही ? के बरीले सुयोगलाई आफ्नो मनमा राखेकी थिई ? यी प्रश्नले मेरो जीवनसँग सिधा सम्बन्ध राखे । मेरो सम्बन्धलाई बुझ्न, प्रेमलाई परिभाषित गर्न घच्घचाउन थाले ।

आश्मा र म फ्लोरिडा राज्यमा बस्थ्यौं । भाडामा लिएको अपार्टमेन्ट थियो । म बैठककोठामा थिएँ । बैठककोठासँग भान्साकोठा जोडिएको थियो । न्याकमा किताबहरू छरपष्ट थिए । दुई ओटा सोफाहरू 'एल' आकारमा बसेका थिए । ठीक अगाडि पचास इन्चको टिभी थियो, आश्माकै रहरमा 'क्रेडिट कार्ड'बाट किनिदिएको थिएँ । हामी एकअर्कालाई माया गर्थ्यौं । विवाहको हरेक वार्षिकीमा साथीभाइ बोलाएर पार्टी आयोजना गर्थ्यौं । एकअर्काको जन्मदिनमा 'केक' काट्थ्यौं । कसैले कल्पनै गर्न सक्दैनथ्यो कि आश्मा र म एकअर्कालाई छोडेर अरू कोहीसँग कतै जिन्दगी बिताउन सकौं । यस्तो लख काट्नै कसैले सक्दैनथ्यो । अथवा, त्यस्तो प्रभाव कहीं कतै देखिँदैनथ्यो ।

मैले बैठककोठाको झ्यालबाट बाहिर हेरें ।

बाहिर निष्पट्ट अँध्यारो थियो । दिउँसो देखिएका हरिया रुखहरू अहिले कालो मसान जस्तै ठिङ्रिङ्ग थिए । तिनै रुखहरूको फेदमुनिको

आडमा बग्ने नहर रातको गर्भमै लुकेको थियो । अर्थात् त्यसलाई रातले निलेको थियो । मेरो मौनतासँग मितेरी लाउन केही कीराहरूको एकोहोरो आवाज मात्रै आइरहेको थियो । लाग्यो- आश्मा र मेरो प्रेम त थियो । सायद निस्सारको थियो । बाहिरबाट सुन्दर देखिन्थ्यो; भित्रबाट भने गिलित्त भइसकेको थियो । बाहिरबाट हेर्दा देखिने झलमल्ल दिन तर भित्रबाट भने ठीक अहिलेको चकमन्न रात ।

निस्सार प्रेममा पनि गहिरो प्रेम देखेको थिएँ वा पढेको थिएँ- शिरिषको फूलमा । हो, शिरिषको फूलमा पढेको थिएँ- एक लाहुरे अर्थात् सुयोगवीर कस्तरी बरीको प्रेममा तड्पिन्छ ! युद्धमा हुँदा युवतीहरूको स्तन निमोठ्न पल्केको ऊ, प्रेमिकाहरूले उसलाई गहिरो प्रेम गर्दा पनि नपग्लेको ऊ, कति प्रेमिकाहरूको आँसु खस्दा पनि नफर्केको उसको मन, आफूभन्दा झन्डै आधा उमेरकी बरीलाई देख्दा कस्तरी भित्रभित्रै सल्किन्छ र एउटा निस्सार जिन्दगी बिताउन बाध्य हुन्छ ? फगत बरीको प्रेममा परेर । बरी र ऊ बीच विचार वा उमेरमा ठीक विपरीत लागे पनि, बरीले सुयोगलाई कुनै प्रेम नदेखाए पनि मौनतामा एक्लै प्रेम गरेर, एउटा निस्सार प्रेम गरेर पनि सुयोगले बरी बाहेक अरू कसैलाई देख्दैन ।

प्रेम त सुयोगको जस्तो पनि हुँदो रहेछ तर मैले आश्मालाई छोड्ने निर्णय गरें । मेरो मनमा यति मात्रै थियो- आश्माको जीवनमा अब म कहिल्यै फर्केर आउनेछैन ।

मैले यसो गर्दै छु भनेर आश्मालाई भनिनँ । मैले ठानें कि त्यो भन्नुको अर्थ छैन । एकपटक त सोचें- आश्मालाई थाहै नदिई छोडेर जानु कति न्यायोचित छ ? फेरि मैले खासै महत्त्व दिइनँ । मलाई त शरीरमा पखेटा लाएर उड्ने हतारो थियो । थाहा छैन- आश्मासँगको मेरो प्रेम कस्तो थियो ? मैले त यति मात्रै कल्पिएँ कि एउटा सुन्दर सपना लिएर म उड्दै छु । त्यो सपना निमेषको मात्रै किन नहोस् ? म आफूलाई स्वर्गै पुगेको महसुस गर्छु । जस्तो कि एउटा सुगाले गर्छ, जब ऊ बसेको पिंजडाको ढोका खोलिन्छ । जस्तो कि एउटा कैदीले गर्छ, जब जेलबाट निस्कने बित्तिकै उसको पहिलो

भेट उसलाई वर्षौं कुरिरहेकी प्रेमिकासँग हुनेछ । जस्तो कि भमराले गर्छ, जब उसले रसैरसको फूलको बगैंचा देख्छ ।

मैले सुयोगलाई सम्झिएँ । सुयोगलाई बरीले भनेकी थिई- भमराहरू फूलको पत्रदलभित्र छिर्छन् र त्यहीं मर्छन् । त्यो नीलो फूलले आफ्नो मुख फुकाउँछ र भमरालाई भित्र पस्न दिन्छ र पसिसकेपछि त्यो फूलले आफ्नो मुख बन्द गर्छ र त्यहीं भमराको देह लीला समाप्त हुन्छ । कतै म पनि त्यसरी नै पो हराउने हुँ कि ? जसरी फूलभित्र च्यापिएर भमरा मर्छ ।

कति अविवाहितहरू विवाह गर्न पाए खुसी हुने थिएँ भन्दा होलान्, कति विवाहितहरूले पारपाचुके गर्न पाए खुसी हुने थिएँ भन्दा होलान् । मैले मेरो खुसी केमा थियो, देखिरहेको थिइनँ । आश्मासँगको बिहे पनि मेरोभन्दा बढी बा-आमाको खुसीसँग जोडिएको थियो । उहाँहरूलाई मेरो बिहे छिटो होस्, चाँडै सन्तान होस् र नातिनातिना खेलाउन पाइयोस् भन्ने थियो ।

मैले आश्मालाई भन्नुपर्थ्यो कि उनको जीवनमा म अब फर्केर कहिल्यै आउने छैन । तर म स्वार्थी भएँ; भनिनँ । मान्छे यति स्वार्थी हुँदो रहेछ आफ्नो खुसी र स्वतन्त्रताको लागि कि मैले उनको मायाभन्दा बढी आफ्नो माया गरें । मेरो खुसी र स्वतन्त्रतालाई हेरें । यद्यपि, म आश्मालाई माया गर्न चाहन्थें । उनको सुखी जीवन हेर्न चाहन्थें । मलाई लाग्यो, म आश्माबाट छुटें भने उनको जीवनका खोसिएका हर खुसीहरू फिर्ता आउनेछन् । उनका खुसीहरूमा अझ बढी राहत पुग्नेछ । मैले उनको जीवनबाट निक्लिनु नै उचित हुनेछ ।

मैले फेरि एकपल्ट बाहिर हेरें । रात धेरै छिप्पिसकेको थियो । नहरपारि मधुरो प्रकाशले रुखहरूको बीचबाट चियाइरहेको थियो । त्यो बाटोको कुनै बत्ती हुनुपर्छ । एकारात कोही बाहिर निस्कियो होला, मान्छेको चाल पाएर त्यो बत्ती आफैं बल्यो ।

मैले सोचें, म अब सुत्नुपर्छ । भोलि नेपाल जाने तयारी जो गर्नु थियो । मलाई केही थाहा थिएन, कति न्याय गर्दै छु कि आश्मालाई

छोडेर । उनलाई थाहै नदिई कतै म पापी त बन्दिनँ ? एउटा कठोर प्रश्न तेर्सियो ।

आश्मालाई बिहे गरेर अमेरिका ल्याएको छ वर्ष बितिसकेछ । उनी मेरो साथ रहेको र नरहेको दिन गनेर हिसाब गरेँ । एउटै छानामुनि जम्माजम्मी झण्डै तीन वर्ष मात्रै त बिताइएछ । बाँकी समय त उनले कहिले आफ्ना साथीभाइसित कि अमेरिकामा नै बस्ने उनका आफन्तसित बिताइछिन् । तीन वर्षमा अर्थात् छत्तीस महिनामा म उनको लागि न आदर्श पति हुन सकेछु, न उनी मेरो लागि आदर्श पत्नी नै भइछिन् ।

मलाई लाग्छ- आदर्श भन्ने नै झुट हो । वास्तविकता आदर्श जस्तो कहाँ हुन्छ र ? आदर्श मिलेन भन्दैमा श्रीमतीलाई यसरी चटक्क छोड्न कहाँ मिल्छ र ? मान्छे निस्सार प्रेम गरेर त बाँच्छ । फेरि सुयोग र बरीलाई नै सम्झिएँ । बरी भन्थी- फूलले भमरालाई भित्रै छिराएर मार्छ । तर उपन्यासमा त भमरा होइन; फूलरूपी बरी चाहिं मरेकी हो । मैले सदाको लागि छोडेको चाल पाएपछि आश्मा बिरामी पर्ने त होइन ? मेरै प्रेमको पर्खाइमा मर्ने त होइन ? नमिठो लाग्यो ।

म सुँकसुकाएँ । तर मैले भित्रभित्रै बाचा गरेँ कि आश्मालाई मैले छोड्ने लक्ष्यमा अलिकता पनि आँच आउनुहुँदैन । म कमजोर भएँ भने मैले उनलाई छोड्ने काम पूरा गर्न सक्दिनँ । कुनै लक्ष्य हाँसिल गर्न लिएको निर्णयमा कमजोर हुनुहुँदैन । गौतम बुद्धले समेत लक्ष्य हाँसिल गर्न आफ्नो सुख-सयल, पत्नी र बालक सन्तानलाई थाहै नदिईकन सुटुक्क रातमा परिवार छोडेर हिंडे, ज्ञान प्राप्त गरेरै छाडे । मैले ठानेँ, अब मैले पनि थाहै नदिईकन आश्मालाई छोड्नुपर्छ । मलाई त झन् सजिलो हुनुपर्छ । किनकि म गौतम बुद्धले जस्तो कुनै दुःख, कष्ट गरेर बुद्धत्व प्राप्त गर्न हिंडिरहेको थिइनँ । म त अझ सुख-सयल र स्वतन्त्रता प्राप्तिको लागि जाँदै थिएँ । म त आश्मासँगको मेरो जिम्मेवारीबाट पन्छिँदै थिएँ । आश्मालाई पनि राम्रै हुनेछ । यसमा कति जोखिम छ, त्यो भने मलाई थाहा थिएन ।

निद्रा परेन । म भान्साकोठामा गएँ । फिल्टरबाट गिलासभरि पानी सारेँ । जसरी मरुभूमिमा हिंड्दाहिंड्दा तिर्खाएको कुनै बटुवाले पानी घुट्काउँछ, मैले पनि त्यसरी नै घटघट पारेँ । कोठामा आएँ । फेरि झ्यालबाट बाहिर हेरेँ । रात चकमन्न थियो । अहिले कीराहरूको आवाज थिएन, सायद निदाएका थिए । मैले रुखहरूलाई हेरेँ । ती पनि निदाएझैं लागे । लाग्यो- यिनीहरू जीवनको नियममा चल्दा हुन् । निदाउनु पनि नियम रहेछ । निद्रा नपुगे जीवनले शान्ति नपाउँदो रहेछ । म सोफामा आएँ, ब्लाङ्केटले बेरिएर सोफामाथि नै पल्टिएँ ।

आश्माकै अनुहार झल्झली भयो । मलाई मनपर्ने अनुहार हो यो । धेरैले काली भन्थे, म पनि मायाले त्यसै भन्थेँ । हामी बीचमा माया त थियो तर कस्तो थियो, मलाई थाहा थिएन । सुयोग र बरीको भन्दा गाढा पो हो कि ? सुयोग र बरीको जस्तो हाम्रो उमेरमा फरक थिएन । न त माया देखाउनका लागि मनका कुरा लुकाएर सुयोगले जस्तै तड्पी तड्पी बस्नुपर्ने नै थियो । म आश्मालाई जति पनि माया देखाउन सक्थेँ । मैले जति बढी माया देखायो त्यति नै खुसी हुन्थिन् आश्मा । उनलाई माया, मेरो माया बाहेक अरू केही चाहिंदैनथ्यो । तर त्यो माया भौतिक बढी थियो या आत्मिक ? मैले केही भेउ पाउन सकिनँ । तर प्रश्न उनले मेरो माया केमा देख्छिन् भन्ने थियो । उनको अनुहार सुन्दर र निर्दोष बनेर आयो । खालि राम्रो मात्र आयो । थोरै ओटा नराम्रा, धेरै ओटा राम्रा बनेर आए ।

ह्विस्कीले मात्दा आश्माको शिर मेरो काँधमा ढलेको याद आयो । मेरा आँखाअगाडि उनी यति निर्दोष भएर आइन् कि मैले कल्पना गर्न थालिहालेँ । म नभएपछि भोलिदेखि उनले के गर्दी होलिन् ? मलाई छेउमा नदेखेपछि कोसँग कुस्ती खेल्दी होलिन् ? कोसँग रिस देखाउँदी होलिन् ? कोसँग झर्को र फर्को गर्दी होलिन् ? अहो ! अहिले पो यी सबलाई मैले कुनै सर्त बेगर प्रेम गर्न थालेँ । निःशर्त गरिएको प्रेम गहिरो हुंदो रहेछ । सायद, सुयोगले बरीलाई पनि निःशर्त प्रेम गरेको थियो । मैले पो आश्मालाई निःशर्त प्रेम गर्न सकिनँ ।

म फेरि झ्यालमा गएँ । मैले बाहिर हेरेँ । यी रुखहरूले, यो नहरले मलाई के दिएका छन् ? बस, वर्षौंदेखि यी रुखहरू यसरी नै ठिङ्ग उभिरहेका छन्, यो नहर यसरी नै कुदिरहेछ । तै पनि एकप्रकारको आनन्द महसुस भइरहन्छ, यिनीहरूको बाटो भएर जाँदा र आउँदा । आखिर मैले यिनीहरूलाई गरेको प्रेममा के नै स्वार्थ छ र ? मैले यसरी नै किन प्रेम नगर्ने आश्मालाई ? मनमा उकुसमुकुस कुराहरू खेलिरहे ।

आश्मा भित्र कोठामा सुतिरहेकी थिइन् । उनी घुरेको आवाज आइरहेकै थियो । हामी एउटै बिछ्यौनामा सुत्न छोडेको महिनौं भइसकेको थियो । म उनलाई छोड्दै छु भन्ने कुरामा जति विश्वस्त हुँदै गएँ, त्यति नै मलाई आश्माको अनुहार मात्रै आइरह्यो । निर्दोष बनेर आइरह्यो उनको अनुहार । उनले मलाई दिएका तथानाम गालीहरू पनि एकाएक मायाको बाँध बने । बरीले सुयोगलाई ठाडो जबाफ दिंदा पनि सुयोगमा बरीप्रतिको मोह बढेझैं मलाई पनि त्यस्तै भइरह्यो । एक मनले सोचें, सायद आश्माले मलाई आफ्नो आँखाको सुन्दर मान्छे बनाउन चाहेकी थिइन् ।

मैले मोबाइलमा समय हेरेँ । बिहानको तीन बजिसकेको थियो । आँखामा निद्रा आएको थिएन । छातीभरि आश्माको माया थियो तर म आश्मालाई छोड्दै थिएँ ।

प्रिय पाठक,

म आश्माको हिम्मत र आँटको सधैं कदर गर्ने मान्छे हुँ । लाग्थ्यो- कति आँटिली छ ! बोल्नलाई कोहीसँग डराउदिन । म पितृसत्तात्मक सत्ताको हठवादी पुरुष हुनुको कारणले होला, एकदुई चोटि त आश्मालाई गाली पनि गरेँ कि 'स्वास्नीमान्छे भएर लोग्नेलाई मुखमुखै लाग्न सुहाउँदैन ।'

म बदलिनुपर्थ्यो सायद तर म बदलिन चाहिनँ । आफैँलाई हीनताबोध भयो । मैले आश्मालाई छोडेँ भने उनले आफ्नो दुःख कहाँ बिसाउलिन् ? फेरि त्यो पनि माया बनेर आयो । मैले उनको आँखाभरि माया देखेँ । त्यति बेला मलाई महसुस भयो कि आफूले कसैलाई गर्ने मायाको मापन ऊसँगको उपस्थितिमा होइन, ऊसँगको अनुपस्थितिमा गर्न सकिँदो रहेछ ।

ऊसँगै म छु भनेर होइन, उसलाई अब छोडेर जाँदै छु भनेर कल्पिँदा थाहा पाइँदो रहेछ ।

घरमा एउटा सानो पार्टीको आयोजना गर्न पाउँदै पनि आश्मा कति खुसी हुन्थिन् । साथीहरू आइदिँदा र थोरै नसामा अरू 'पेग' लगाएर हिन्दी गीतको चर्को स्वरमा नाचिदिँदा, भुईं छोडेर उफ्रिनु पाउँदा कस्तरी रमाउँथिन् । कामबाट थकित भएर आए पनि सितन बनाएरै खुवाउँथिन् । मसँग बाहिर हिँड्न, डुल्न उनलाई असाध्यै मन लाग्थ्यो । मेरो साथमा, सुन्दर पहिरनमा सजिएर । आखिर अब त्यो सबै कहाँ पाउलिन् ? म आफैँले आफैँलाई एउटा गैर जिम्मेवार पुरुष ठानेँ । मैले आश्मालाई कतै धोका त दिँदै छुइनँ भन्ने लाग्यो । तर अब ढिलो भइसकेको थियो । आश्मालाई पूर्ण रूपमा छोड्ने निर्णय लिइसकेको थिएँ । संकल्प गरिसकेको थिएँ । यसैमा आश्माको पनि खुसी देखेको थिएँ । मैले उनको सुन्दर भविष्यको कामना सिवाय केही गर्न सकिरहेको थिइनँ ।

म केही बेर झकाएको रहेछु, चराहरूको चिरबिर-चिरबिर आवाजले ब्युँझिएँ । उठेर आङ तन्काएँ । फेरि उही कुराले सतायो कि आज त आश्मालाई छोडेर जाँदै छु । उनको जीवनमा कहिल्यै नफर्किने गरी । भित्रको कोठामा हेरेँ । आश्मा थिइनन् । काममा गइसकिछिन् । झ्यालमा आएर बाहिर हेरेँ । हरिया रुखहरूको लहर आँखाअघि आयो । पछाडि नहर कुदिरहेकै थियो । अलिक पर बाटोमा 'मर्निङ-वाक'मा केही मानिसहरू फ्याट्टफुट्ट हिँडेका देखिए । तिनै रुखहरू र नहरलाई मनमनै अन्हाएँ- मेरी आश्माको ख्याल गर्नू है ! अब म यहाँ फर्केर कहिल्यै आउनेछैन ।

झल्यास्सै सम्झिएँ बरीलाई । उसले सुयोगलाई तड्पाएर प्राणत्याग गरी । कतै आश्माले पनि त्यसै गर्ने त होइन ?

**

रोमाञ्चित एयरपोर्ट

ट्याक्सी रिजर्भ गरेर म मायामी अन्तर्राष्ट्रिय विमानस्थलतिर हुइकिँदै थिएँ । केही पनि सोच्न सकिरहेको थिइनँ । वेगमा चलेको मुटु थिचिरहेको थिएँ । कति खेर एयरपोर्ट पुग्छु भन्ने मात्रै थियो । गगनचुम्बी महल र फराकिला बाटाले मलाई कति पनि छोएनन् । ट्याक्सीको असी माइल प्रतिघण्टाको दरभन्दा मेरो मुटुको गति वेगले चलिरहेको थियो । त्यो पल जतिसक्दो चाँडो एयरपोर्ट पुगूँ भन्ने थियो । आश्माले मेरो बाटो नछेकून् !

आश्मालाई मैले 'गएँ' भनेर फोन गरिनँ, न उनलाई शुभयात्राको सन्देश दिने अवसर नै दिएँ । मैले त यति मात्रै सोचेँ कि उनले त बरू तगारो लगाउँछिन् र बाधा पुऱ्याउँछिन् । म चाहन्थेँ कि अब उनले कुनै सम्पर्क नगरे हुन्थ्यो, कृपया, दया गरेर मलाई मायाको कुनै पनि भावना जन्माउने काम नगरे हुन्थ्यो ।

म आफ्ना उडेका स्वतन्त्र पखेटाहरू नकाटियून् भन्ने चाहन्थेँ । यति बेला मलाई मेरा पखेटाहरू मैनका हुन्झैँ लागेका थिए । मलाई डर थियो- यदि आश्माले कतै अलिकति पनि माया देखाइदिइन् भने आश्माको मायाको रापले मेरा पखेटाहरू पग्लिन्छन् र उड्दै गरेको म फेरि भुईंमा पछारिन्छु । मलाई देखाउनु थियो कि म आँटी पुरुष हुँ । हुन त म लडाइँमा हुँदाको सुयोग जस्तो आँटी पुरुष थिइनँ । सुयोगले त लडाइँमा हुँदा कतिकतिसँग प्रेम गऱ्यो, गऱ्यो नि । तर सबै झुटो । केवल शारीरिक वासनाको माया । मेरो आश्मासँगको माया त शारीरिक वासना मात्रै

थिएन । मैले आश्माको भावनासँग खेलबाड गर्न चाहेको पनि थिइनँ । त्यही भएर मैले उनलाई थाहै नदिई केही दिन पहिल्यै नेपाल जाने 'प्लेन'को टिकट काटिसकेको थिएँ ।

सधैं जसो ट्राफिक हुने त्यो बाटोमा आज खासै थिएन । एक घण्टाजति लाग्यो । म मायामी विमानस्थल आइपुगें ।

विमानस्थल व्यस्त थियो । मान्छेलाई झार्ने र टिप्ने काम कार र ट्याक्सीले एकोहोरो गरिराखेका थिए ।

'स्मोकिङ जोन'मा उभिएका एक हूल युवायुवती चुरोट तान्दै चुरोटको धूवाँतिर हेरिरहेका थिए । जमिन छाड्दै र टेक्दै गरेका हवाइजहाजहरूको आवाज टड्कारो आइरहेको थियो । मलाई चाँडोभन्दा चाँडो सुरक्षा जाँच सकेर भित्री गेटसम्म पुग्नु थियो । जब म भित्र पुग्नेछु, तब मात्रै जिन्दगीको सबैभन्दा ठूलो सुरक्षाको महसुस गर्नेछु । मलाई यही लागेको थियो । मैले आश्मामाथि अपराध गरेको थिएँ । 'म जाँदै छु र अब फर्केर तिम्रो जीवनमा कहिल्यै आउने छैन' भनेर नभन्नु मेरो अपराध थियो । मेरो मन र मस्तिष्कले केही सोचेको थिएन, भित्र गेटसम्म पुग्ने सिवाय । बस, त्यसैमा यति एक चित्त थिएँ कि मानौं, सम्भोगमा झुमेका र आलिङ्गनमा चुमेका प्रेमी जोडी समेत त्यति एक चित्त सायदै होलान् ।

हतार-हतार भित्र छिरेर म सुरक्षा जाँचको 'लाइन'मा उभिएँ । मसँग अघि नै हातमा 'बोर्डिङ पास' थियो । सुरक्षा जाँचको लाइनमा उभिरहँदा मेरो मुटुको धड्कन झन्झन् बढिरहेथ्यो । जतिजति लाइन छोट्टिंदै जान्थ्यो, उतिउति धड्कन बढ्दै जान्थ्यो । घरिघरि त यस्तो लाग्थ्यो, कतै आश्मा एक्कासि आइपुगेर लफडा गर्ने त होइन ? मेरो प्लेन छुट्ने त होइन ?

'हे ईश्वर ! यो लाइन चाँडै अघि बढाइदेऊ ।' मैले मनमनै प्रार्थना गरें ।

ईश्वरमा विश्वास नगर्ने मैले ईश्वरलाई नै पुकारें । आश्माले मलाई प्रेतात्मा बनेर तर्साइरहिन् । एक मनले आफैंलाई पापी ठानिरह्यो- 'कस्तो

मान्छे म ? आश्मालाई थाहै नदिई, पतिपत्नीको सम्बन्धमा हुँदाहुँदै अर्कैलाई भेट्न नेपाल हिंडेको !'

'सर, कम फ्रन्ट !' सुरक्षा जाँचका पहरेदारले अगाडि आउन इसारा गरे ।

कसैले पछाडिबाट धकेल्दाधकेल्दै म पहिले नै अगाडि आइसकेको रहेछु । लाइनमा टोलाएर ठिङ्ग उभिरहेको पो रहेछु । 'आइडी' देखाएर पासपोर्ट दिंदै म अघि बढें । हस्याङफस्याङ गर्दै बेल्ट खोलें, वालेट निकालेर प्लाष्टिकको भाँडोमा हालें र अझ अगाडि बढें ।

'टेक अफ योर सुज प्लिज !' पहेरदारले भने ।

'सरी !' जुत्ता खोलेर त्यही भाँडोमा हालेपछि सुरक्षा जाँच गर्ने मेसिनभित्रबाट म छिरें । एकछिन टक्क उभिएँ । मेरा दुईवटै हात माथि उचालें । तिनै सुरक्षाकर्मीले मेरा गोजीहरू छामछुम पारे ।

'यू क्यान गो नाउ !'

'थ्याङ्क यू !' मैले स्वस्फूर्त भनें ।

मैले आफ्नो सामान उठाएँ, बेल्ट बाँधें, पेन्टको खल्तीमा वालेट हालें, जुत्ता लगाएँ । लगेज हातमा लिएपछि पछाडि फर्केर हेरें । मैले राहतको लामो सास फेरें ।

सुरक्षा जाँचका लागि लागेका मान्छेहरूका लाइन धेरै ओटा र लामा थिए । टाकटाक-टुकटुक, ठाकठाक-ठुकठुक, प्लाष्टिकका भाँडाहरूको तब मात्र बलियो र चर्को आवाज सुनें, जसलाई अघि लाइनमा बस्दा मैले सुनेकै रहेनछु । पाँच-छ ओटा सुरक्षा जाँचका लागि खडा गरिएका मेसिनहरूभित्र मान्छेहरू हातमाथि उचाल्दै छिर्दै थिए ।

'मजति खुसी तिमीहरू कोही छैनौ आज !' मैले मनमनै भनें ।

म भित्रभित्रै हर्षविभोर हुँदै थिएँ । खुसी यस कारण थिएँ कि म आफ्नै देश नेपाल जाँदै थिएँ । जहाँ मैले मेरो देश पाउनेछु, मेरा आमाबाबालाई भेट्नेछु । यस कारणले खुसी थिएँ कि मेरै पर्खाइमा हप्तौंबाट उत्सुकता

र जिज्ञासा लिएर यो घडी पर्खेर बसिरहेकी छिन्- अनामिका । अर्थात् मेरो अगाध तृष्णा र मोह ।

प्रिय पाठक,

त्यो तृष्णा, त्यो मोह अनामिकासँग जसरी भयो, आश्मासँग त्यसको छेउभरको पनि भएन ।

अनामिकासँगको मेरो प्रेम सुयोगको बरीसँगको प्रेम जस्तै थियो । फरक यति छ कि सुयोगको बरीसँगको प्रेम निस्सार थियो, मेरो अनामिकासँगको प्रेम स्पष्ट थियो । प्रेमको परिभाषा पनि कहिलेकाहीं बडा अचम्मको हुन्छ, कसैको एकोहोरो प्रेममा पनि प्रेम हुन्छ, कसैको दोहोरो प्रेममा पनि प्रेम हुँदैन ।

म केही बेर टोल्हाएँ । आश्मासँगका विवाहका सुरूका दिनहरू सम्झनामा आए । हामी सन्तान कति जन्माउने भन्ने छलफल गर्थ्यौं र खुसी हुन्थ्यौं । एउटा जन्माउने, अर्को धर्मपुत्र वा धर्मपुत्री पाल्ने सहमति हुन्थ्यो । अहो ! कतिबेला हो, आश्मासँग गरेका विगतका पारिवारिक छलफललाई सम्झेर आँसु त बरर बग्दै रहेछ । आँसु पुछ्दै म गेटतिर लागेँ । मलाई थाहा थियो- आश्माले आफ्नो जीवनमा मेरो अनुपस्थितिको कठोर अनुभव चाँडै गर्नेछिन् । त्यो सोचेर मलाई आत्मग्लानि भयो ।

... ...

टर्कीसम्मको उडान साँझ नौ बजेको थियो । त्यहाँबाट नेपालसम्मको उडान भोलिपल्टको थियो । म एयरपोर्टभित्रको बजारमा लहसिन थालेँ । बजार झकिझकाउ र मनमोहक थियो । धेरै ठूलो देखिन्थ्यो । राष्ट्रिय, अन्तर्राष्ट्रिय 'ब्रान्ड'का सामानहरू 'सोकेस'मा सजाएर राखिएका थिए । यात्रुहरू चहलपहल गर्ने ठाउँमा महङ्गो कार्पेट बिछ्याइएको थियो । 'स्याण्डलियर'को झलमल प्रकाशले दिग्भ्रमित बनाइरह्यो । दिन जस्तै रात लाग्थ्यो, रात जस्तै दिन लाग्थ्यो । 'गुची'का सामान टल्किएका थिए । रोलेक्स घडीको 'शो रुम' पनि त्यहीं थियो । नयाँ शैलीका पोशाक र हाते

'ब्याग'हरू सुसज्जित थिए । छोटो कपडामा सजिएका, कसिलो वक्षस्थल र पातलो कम्मर भएका, गाढा रातो लिपिष्टिक लाएका युवतीहरू, 'क्याटवाक' जस्तो लाग्ने हिंडाइमा लगेज गुडाउँदै ओहोरदोहोर गरिरहेथे ।

आश्मा 'ब्रान्डेड' पहिरन सारै मन पराउँथिन् । यस्तो रङ्गीन संसारले उनलाई सजिलै तान्थ्यो । उनी अहिले मसँग भइदिएको भए यो दृश्य कस्तरी मनमोहक लाग्थ्यो ! म भावुक भइहालेँ । मैले केही बेर आश्मालाई 'मिस' गरेँ । पखेटा लाएर हिंडेको मान्छे पो । आश्मालाई सम्झेर बारम्बार तानिल्याउने होइन । मैले उनलाई छोडिसकेको छु । म फेरि होसमा आइहालेँ ।

भोक लागे जस्तो भयो । पेट गुइँगुइँ गर्न थाल्यो । कतै रेस्टुरेन्ट छ कि भनेर खोज्दै अघि बढेँ । नभन्दै अगाडि एउटा 'फुडकोर्ट' रहेछ । अमेरिकन, मेक्सिकन, क्यानेडियन्, चाइनिज रेष्टुरेन्टहरू रहेछन् । मान्छेहरू कोही 'स्न्याक्स' लिंदै थिए । कोही भोड्का र ह्विस्की पिउँदै थिए ।

आज त मेरो जीवन उत्सवमय भएको छ । मैले यस्तै ठानेँ । म भावको डुङ्गामा सयर गर्दै थिएँ । एक गिलास 'वाइन' त पिउनै पर्छ । चाहे त्यो अनामिकालाई भेट्ने उमङ्गमा होस् वा आश्मालाई छोड्दाको पीडामा होस् । म मेक्सिकन रेष्टुरेन्टभित्र छिरेँ । कुनामा गएर हाते लगेज छेउमा राख्दै कुर्सीमा अडेसो लाएर बसेँ । मेरा कुइना टेबलमाथि थिए ।

'मे आई हेल्प यू सर ?' टेबलमा मेनु राखिदिंदै वेट्रेसले सोधिन् ।

सेतो सर्ट र कालो पेन्ट लाएकी तिनी निकै राम्री देखिन्थिन् । हाम्रै गाउँघरकी युवतीजस्ती । हुन त मेक्सिकनहरू प्रायः नेपाली ब्राह्मण–क्षेत्रीहरू जस्तै देखिन्छन् । त्यही भएर धेरै चोटि झुक्किएर धेरैले मलाई बाटामा भेट्दा स्पेनिस भाषामा 'कोमोस् तास अर्थात् तिम्रो खबर के छ ?' भनेर नसोधेका होइनन् । मीठो मुस्कानमा सजिएर ठूला आँखा, बान्की परेका परेला नचाउँदै आउँदा मैले चाहिं वेट्रेसकै चौडा छातीमा हेरिरहेको रहेछु । मैले हत्तपत्त आफ्ना आँखालाई टेबलको मेनुतिर तानेँ । मैले हड्बडाउँदै भनेँ- 'थ्याङ्क यू । मे आई ह्याभ अ ग्लास अफ वाटर ।'

मैले मनमनै धन्यवाद दिएँ । लाग्यो- मुख खोलेर धन्यवाद नदिंदा 'रुढ' सम्झिइन् होला । यहाँको संस्कृति नै यस्तो । मनमा के छ के छ नि, मुखसम्म नल्याउन्जेल कसलाई के थाहा ? माया देखाउने हो अनि न थाहा हुन्छ । मैले बिर्सेछु मुखै खोलेर 'धन्यवाद' दिन ।

'सियोर ।'

वेट्रेस हिंडिन् । तिनले अलिक अघिल्तिरको टेबलमा बसिरहेको एक युवकतिर आँखा डुलाइन् । हेर्दा भर्खरको लक्का जवान लाग्ने । उमेरले त्यही तीस होला । अग्लो । फ्रेञ्चकटको दारी । जिम गरे जस्तो खँदिलो ज्यानको । मेनु लिएर वेट्रेस त्यतै गइन् । अघि मलाई दिएको मुस्कान टपक्कै टिपेर उतैतिर लगिन् । मलाई भने आफ्नो ढाड फर्काई दिइन् । मैले चित्त बुझाएँ । किनकि सबै ग्राहकलाई पस्किने उनीहरूको त्यही एउटा मुस्कान हो । तालिम प्राप्त मुस्कान । त्यो मुस्कानमा गहिरिएर हेर्दा रस हुन्न; मात्र थकान हुन्छ । सतहमा देख्दा आनन्द मिल्ने मुस्कान ।

नचाहेरै पनि मेरो नजरमा वेट्रेसको नितम्ब आइहाल्यो । चौडा र उठेको । केटाहरूलाई मनपर्ने यस्तै डाल हो क्यार । मेनु पल्टाउँदै एउटा साथीलाई सम्झिएँ । केटीको ठूलो नितम्ब देख्नै नहुने । त्यसको तारिफ गर्न थालिहाल्ने । मलाई भने उनको नितम्बले त्यति फरक पारेन । मेरो कल्पनामा अनामिका जो थिइन्, उनी नै तारिफिली थिइन् ।

यति बेला पनि नचाहेरै आश्माको सम्झना आइहाल्यो । आश्मालाई मेनु पल्टाउन कस्तरी मन पर्थ्यो । उनको मुहार पूर्ण चन्द्रमाभन्दा पनि उज्यालो भइहाल्थ्यो । उनलाई मनपर्ने खालकै रेष्टुरेन्ट थियो यो । सारै महँगो हो भन्ने मेनु हेर्दा थाहा भयो । आश्माको स्वभावसँग मिल्ने सुन्दर रेस्टुरेन्ट थियो ।

'आर यू रेडी ?' वेट्रेस सोध्न आइपुगिहालिन् ।

वेट्रेसको मुस्कान नै मीठो । त्यसै भमराहरू फूलभित्र मरेका होइन रहेछन् । म क्षणभर कल्पनातित भइहालें । 'शिरिषको फूल'की बरीलाई सम्झिहालें । बरीलाई भमराहरू फूलभित्र मरेको हेर्न मज्जा आउँछ ।

'यस, यस ।' मैले मेनु देखाउँदै भनें, 'आई उड लाइक टु ह्याभ अ ग्लास अफ मर्लो रेड वाइन एण्ड चिकेन विथ मजरोला चीज । थ्याङ्क यू ।'

'थ्याङ्क यू ।' टेबलको मेनु उठाएर युवती गइन् ।

यस पटक उनको नितम्ब हेर्न बिर्सिएछु । मेरा आँखाहरूले नितम्ब हेर्ने रहर म अमेरिका आएपछि नै गर्न थालेका हुन् । सुन्दरता पनि समय र भूगोलले निर्धारण गर्दो रहेछ । नेपालमा जन्मेको मैले अनुहारलाई मात्रै रूप मान्थें । सतही सुन्दरताको परिभाषा थियो मेरो । अमेरिका आएपछि नै हो सुन्दरताका अनेक रूप र परिभाषा चाल पाएको । मान्छेको सोच, जीवनशैली र दृष्टिकोण समय, ठाउँ र त्यहाँको संस्कृतिले निर्धारण गर्दो रहेछ । मैले मनमनै सोचें कि सायद त्यही भएर स्तन र नितम्ब ठूलो पार्ने प्रविधि, सर्जरी गर्ने प्रविधिहरूका बग्रेल्ती विज्ञापनहरू खोलिएको हो । ती किन र केका लागि ? आखिर सब निस्सार छ, क्षणिक छ । यी सबको अस्तित्व छैन । आखिर सतही सुन्दरता सबै कुरूप भएरै जाने हो । मानिस किन भित्री सुन्दरता खोज्दैन ? अर्थात् सुन्दरत्व खोज्दैन ? यस्तै सोच्दासोच्दै मैले मोबाइलमा समय हेरें । अझै तीन घण्टा रहेछ प्लेन उड्न । हातमा वाइनको गिलास र 'न्यापकिन' बोकेर वेट्रेस आइपुगिन् । उनले आफ्नो मुस्कान र वाइन टेबलमा राखिदिइन् । उनको 'कस्टुमर सर्भिस'ले मलाई एकाएक खुसी बनायो । जति नै थकानमा भए पनि उनीहरू ओठमा मुस्कान राखेर ग्राहकको सेवामा तल्लिन हुन्छन् । ग्राहक नै थाकेको छ भने पनि उनीहरूको मुस्कान देखेपछि स्फूर्ति आउँछ । खैर, त्यो मुस्कानको पछाडि जति नै वेदना लुकेको किन नहोस् ।

'ह्वाट इज योर नेम ?' मैले सोधिहालें ।

'जेसिका ।' जेसिका गइन् ।

मेरा आँखालाई जेसिकाले केही बेर उनकै वक्षस्थलभित्र च्यापेर लिएर गइन् । मैले वाइनको एक चुस्की लाएँ । न्यापकिनले ओठ पुछ्दापुछ्दै आश्माको सम्झना आइहाल्यो । एक दिनको पार्टीको कुरा हो । मैले वाइन

ल्याएर उनको हातमा नथमाई दिंदा कस्तरी रिसाएकी थिइन् ! मैले केही कुरा बनाएर उनी भएठाउँ लगिदिंदा उनलाई सारै मनपर्थ्यो । बिहान उठ्ने बित्तिकै चिया बनाएर ओछ्यानमा लगिदिंदा खुसी हुन्थिन् । मैले सुयोगलाई सम्झिएँ । यसो गर्दा बरी खुसी हुन्थिन् भने सुयोगले कति चोटि लान्थ्यो होला ? बरीको सेवामा कसरी हाजिर हुन्थ्यो होला ? मैले त आश्माको खुसी नै मेरो खुसी हो भनेर हरक्षण सम्झिनै सकिनँ ।

मोबाइलको घण्टी बज्यो । अनामिकाले नेपालबाट गरेकी रहिछिन् । अनामिकाले मलाई फोन गर्ने नियमित समय थियो यो । मैले मेरो जीवनको भविष्य, मेरो खुसी अनामिकालाई नै मानिसकेको थिएँ । खैर, उनलाई प्रत्यक्ष भेटेको थिइनँ । जति भेटेको थिएँ, सात महिना फोनमा भेटेको थिएँ, फेसबुकमा भेटेको थिएँ, लेखेर भेटेको थिएँ, बोलेर भेटेको थिएँ, उनका शब्द सुनेर भेटेको थिएँ । कल्पनामा चुमेर भेटेको थिएँ ।

'हेलो ! अनामिका, म अहिले एयरपोर्टभित्र छु ।' मैले उत्साहित हुँदै भनैं, 'तिम्रो के छ खबर ?'

'मेरो ठीक छ । हजुर कतिबेला उड्ने त्यहाँबाट ?' अनामिकाले सोधिन् ।

मेरा हरेक घटनाक्रम र दैनिकीसँग अनामिका अभ्यस्त हुन थालिसकेकी थिइन् ।

'अब दुई घण्टामा उड्छु, कान्छी ।' मैले अनामिकालाई प्रेमले कान्छी भनेर बोलाउन थालेको थिएँ । मैले अर्को चोटि वाइन सुरुप्प पारेर भनैं, 'पर्सि त हाम्रो भेट भइहाल्छ । मलाई एयरपोर्टमा लिन आऊ है !'

'म त आत्तिएको छु ।' सासको गति बढाउँदै अनामिकाले भनिन् । जुन फोनमा टड्कारो सुनिन्थ्यो वा मेरो मुटुले चाल पाउँथ्यो । उनले थपिन्, 'म त आउँदिनँ लिन । हजुर नै पछि मलाई भेट्न आउनू ! आँखाअघि नै हजुरलाई देख्दा म नर्भस भएँ भने ?'

'चुप लाग लाटी !' मैले वाइनको अर्को चुस्की लिंदै भनैं ।

'हवस, राम्रो गरी आउनू ! मेरा आँखा हजुरतिरै छन् ।' अनामिकाले भनिन् ।

अनामिकाले फोन राखिदिइन् ।

मलाई वाइनको नसाले अलिअलि छुँदै थियो । अनामिकाको बोलीले मलाई अझ बलियो र मीठो नसा दियो । सराबको नसाभन्दा पनि बढी मायाको नसा लाग्दो रहेछ । मन एकोहोरो बनाउँदो रहेछ । यदि सुयोगलाई भेटेको भए म कति चोटि सोध्थें होला- यो कस्तो माया हो ?

सुयोगको दुःख भुलाउने अब उसको चुरोट र सराब मात्र नभएर मेरो कहानी पनि हुन्थ्यो होला । म सुयोगको चुरोट र रक्सी खाने साथी हुन्थें होला । लाग्यो- कहिलेकाहीं जीवन यस्तो अप्ठेरो मोडबाट गुज्रिन्छ र त्यति बेला भौतिक जीवनका वास्तविक पात्रहरूले भन्दा काल्पनिक पात्रहरूले जीवनमा सही साथ दिन आइपुग्छन् । अहिले सुयोग यहाँ भइदिएको भए सुयोगसँगै म कस्तरी रक्सी पिउने थिएँ ! हाम्रा कुरा कस्तरी मिल्ने थिए !

'पार्मजीन चिज' हालेको कुखुराको मासु टेबलमा अघि नै आइसकेको रहेछ । कति खेर आयो, कति खेर ती जेसिका गइन्, पत्तै भएन । म फोनमा अनामिकासँग थिएँ होला । सेलाइसकेछ । कपडामा बेरेर राखेको काँटा र चम्ची निकाल्दै त्यही काँटाले एक टुक्रा मासु मुखमा हालें । चिज धेरै परेछ । लामो रेसा मुखदेखि प्लेटसम्म तन्किरह्यो । सानामा केटाकेटीले चुइँगम तन्काएर एक भित्ता पर लगे जस्तो । न्यापकिनले समातेर छुटाएँ ।

वाइनको गिलास रित्तिसकेको थियो । चिज खासै मन परेन । अलिकति रहेको मासु त्यतिकै छोडिदिएँ । वरपर हेरें । अघि मसँगै बसेका ग्राहकहरू कोही पनि थिएनन् । अहिले त अरू नै आइसकेका रहेछन् । जेसिकालाई इशारा गर्दै बिल ल्याइदिनू भनें । जेसिकाले मुन्टो हल्लाइन् । ग्लासमा रहलपहल वाइन फेरि सुरुप्प सुरुप्प पारें । अन्तिममा आवाज मात्र टड्कारो आयो । जेसिकाले बिल ल्याएर टेबलमा राखिन् ।

'थ्याङ्क यू ।'

वाइनको रमरम लागेको सुरमा अलिक ठूलो स्वर गरेछु । केही पर पिउँदै बसेको ग्राहकले मतिर फर्केर हेऱ्यो ।

अहो ! बिल त पचास 'डलर' भएको रहेछ । मैले मनमनै विरोध गरें । वालेटबाट 'बैङ्क अफ अमेरिका'को 'डेबिट कार्ड' राखिदिएँ । जेसिकाले लिएर गइन् । एकछिन पर्खेर बसें । लाग्यो- आज मैले आफ्नै जीवनको उत्सव मनाइरहेको छु । जेलबाट छुटेको कैदीले जस्तै । मानौं, एउटा अपराधी आजबाट स्वतन्त्र छ । लाग्यो- यस्तो दिन जिन्दगीमा विरलै आउँछ । यस्तो खुसीको दिन, यस्तो स्वतन्त्रताको दिन । म त हिरासतबाट निक्लिएको स्वतन्त्र कैदी हुँ आजबाट । मलाई यस्तै अनुभव भयो । मानौं, म आजका दिनसम्म आफैंभित्रको जेलमा भावनालाई कैद गरेर बाँचेको रहेछु ।

म एकातिरको घर-व्यवहार भत्काएर अर्कोतिर घर-व्यवहार बनाउन जाँदै थिएँ । अब आश्माले मलाई सक्दो सराप्नेछिन् । पापी भन्नेछिन् । असल पति हुन नसकेको एक लाक्षी मानिस भन्नेछिन् ।

'थ्याङ्क यू सर । ह्याभ अ सेफ फल्याइट !' मेरो डेबिट कार्ड वापस दिएर जेसिका गइन् ।

फेरि अर्को चोटि जेसिकाको नितम्ब हेर्ने अवसर मिल्यो । त्यही डेबिट कार्डबाट झिकून् भनेर दश डलर टिप्स लेखिदिएँ ।

म लगेज समाउँदै रिसिट बोकेर उठें । वाइनको थोरै अनुभव मस्तिष्कमा ताजै थियो । मोबाइलमा समय हेरें, अब प्लेन उड्न एक घण्टा मात्र बाँकी थियो । गेटतिर लागें । उही झिलिमिलि बजार, महँगा चिज थिए हजार । अग्ला हिलमा मलाई मनपर्ने डालका युवतीहरू आफ्नो गन्तव्यतिर अघि बढ्दै थिए । असहायलाई 'ह्विलचियर'मा लिएर एयरपोर्टका कर्मचारी गेटतिर जाँदै थिए । म एक्कासि रोमाञ्चित भएँ । मेरो मनमा र आँखामा अनामिका आइन् ।

यात्रुहरू अघि नै गेटभित्र छिर्न र बोर्ड हुन थालिसकेका रहेछन् । अलिक अघि बढेर मैले 'बोर्डिङ पास' देखाएँ । म विमानभित्र छिरें ।

'वेलकम टु बोर्ड !' एअरहोस्टेजहरूले स्वागत गरे । उनीहरू राम्रा र आकर्षक थिए । अग्ला थिए । हिलमा अझ अग्ला देखिन्थे । झन्डै पौने छ फिट । मलाई भने उनीहरूको सुन्दरताले त्यति तानिरहेको थिएन, जति अनामिकासँगको हुनै लागेको भेटको रोमाञ्चकताले तानिरहेको थियो । म अनामिकाको प्रेममा निर्लिप्त भइसकेको थिएँ । म आफैंभित्र खुसी र आनन्दित थिएँ । मानौं, यो मेरो स्वर्गतिरको यात्रा हो र विमान चढेर म चाँडै स्वर्ग पुग्दै छु ।

मेरो 'सिट' विमानको झ्यालतिर रहेछ । विमानको पखेटा मेरो ज्यानको पखेटा बनेर तेर्सिएको थियो । झ्यालबाट आकाशतिर हेरें । पर क्षितिजको बादल मसँग जिस्किँदै थियो । थाहा पायो होला, मलाई अलिअलि वाइन लागेको छ ।

मैले आश्मालाई चटक्कै बिर्सिन खोजें तर सकिनँ । फेरि अर्को चोटि हुन सक्ने आश्मासँगको भेट सम्झिएँ । के अर्थ रहन्छ र आखिर मैले उनलाई छोडेरै हिंड्नु छ भने ? यदि मैले उनलाई प्रेम गर्न सक्दिनथें भने ? यदि मैले उनका खुसीहरूलाई सम्बोधन गर्न सक्तिनथें भने ? म लाछी भएर उनलाई थाहै नदिई यसरी हिंड्नु थियो भने मैले किन बिहे गरें ? किन मैले उनलाई यसरी एक्लै विदेशमा छोडेर भाग्दै छु ? म किन यो गलत काम गरिरहेछु ? यी प्रश्नहरूले मेरो मथिङ्गल हल्लाइरहे ।

प्रिय पाठक,

म अमेरिका आएको दुई वर्ष भइसकेको थियो । म उच्च शिक्षा हाँसिल गर्न अर्थात् स्नातकोत्तरको अध्ययन गर्न अमेरिका आएको थिएँ । अमेरिका आएको दुई वर्ष मैले धेरै दुःख गरें । नेपालमा जति नै सम्पत्ति भए पनि अमेरिकामा दुःख गर्नै पर्थ्यो । नेपालको पैसाले धान्न गाह्रो हुन्थ्यो । म त झन् गरीब परिवारमा जन्मिएको मान्छे । ब्याजमा ऋण खोजेर आएको थिएँ । त्यो ऋण पनि अमेरिका जाने भिसा लागेकोले मात्र

पाएको थिएँ । मलाई सुरूमा आउँदा कलेजले कुनै आर्थिक सहायता गरेको थिएन, कुनै 'असिस्टेन्टसिप' दिएको थिएन । मैले केवल काम गर्नु थियो, जे भेट्यो त्यही । प्रायः पाइने काम भनेको कि रेस्टुरेन्ट कि त ग्याँस स्टेसन हुन्थ्यो । त्यो पनि कानुनी हिसाबले बाहिर काम गर्न मिल्दैनथ्यो । भारतबाट अमेरिका आएर ब्यापार चलाएकाहरूले मात्रै काम दिने सम्भावना हुन्थ्यो । कलेजभित्रै काम भेटे पनि त्यसले कोठाभाडा तिर्न र पेट पाल्नै हम्मेहम्मे पर्थ्यो । कलेजको 'ट्युसन फी' तिर्ने त कुरै छोडौं ।

बल्लबल्ल एउटा भारतीयको रेस्टुरेन्टमा पोछा लाउने र भाँडा माझ्ने काम मिल्यो । घण्टाको पाँच डलर पाउने । गैरकानुनी काम गर्दा पैसा पनि थोरै मिल्थ्यो तर कम्तिमा काम त पाइयो भनेर खुसी हुनुपर्थ्यो । त्यही काम गर्न म आधा घण्टा हिंडेर जान्थें । त्यो बाटोमा बस चल्दैनथ्यो । मसँग कार तथा साइकल किन्ने पैसा थिएन । ल्याएको ऋण तिर्नु छ भन्ने मनमा थियो । यदि मैले कलेजको फी तिरिनँ भने मेरो विद्यावारिधि गर्ने सपना पूरा हुने थिएन । बिहान पाँच बजे उठ्थें र छ बजे काममा पुगिसक्थें । बेलुका छ बजे फर्कन्थें र कलेजमा साँझका क्लासहरू लिन सात बजे पुग्थें । क्लास सकेर बेलुका नौ बजे घर आइपुग्थें । जे छ, त्यही बनाउँथें, कहिले त्यही खाना एक हप्तासम्म फ्रिजमा राख्थें । भात अररिएर कहिले ढुङ्गो-बालुवा जस्तो हुन्थ्यो, त्यो पनि पानी छर्केर 'माइक्रोवेभ'मा तताएर नुन छर्केर खान्थें । कहिले रेस्टुरेन्टमा नखाई एक छाक लिएर कोठा आउँथें अनि कलेजको गृहकार्य गर्थें । मसँग सुत्नलाई तीन घण्टाभन्दा बढी समय हुँदैनथ्यो । म दुब्लाएर भाटो जस्तो भएको थिएँ ।

बाबाआमाले खेतीमा हुंदा गरेको दुःख, उनीहरूका 'म ठूलो मान्छे बनोस्' भन्ने सपना र मेरा आफ्नै सपना पूरा गर्ने होडमा मैले जतिसुकै दुःख भए पनि त्यसलाई कुल्चेर सङ्घर्ष गरिरहें । यस्तो दुःख विदेशमा जसले पनि गर्छ, त्यही भएर मैले हिम्मत हार्नु हुँदैन । यसको फल एक दिन अवश्य मिल्नेछ । मलाई यस्तै लाग्थ्यो ।

धेरै पटक एक छाक मात्र खाएँ । कहिलेकाहीं त दुवै छाक भोकै पनि बसें । मैले यसरी अमेरिकामा दुई वर्ष बिताएको थिएँ । आफन्तहरू

भने अमेरिका गएको मान्छेले पैसा त कमायो नै भन्ने ठान्थे । मैले भने लिएको ऋण त के आफ्नै कलेजको ट्युसन फी समेत तिर्न सकिरहेको थिइनँ । फेरि बिहे गर्ने पैसा कहाँबाट ल्याउने भन्ने थियो ।

'अहिले भएको घरजग्गा जति छ, त्यही बैङ्कमा राखेर तेरो बिहे गरौं ! पछि बिहे गरेर तिमीहरू दुवै अमेरिका गएपछि तिरौंला न ।' बाबाले यसै भन्नुहुन्थ्यो ।

म अट्ठाईस वर्ष पुगेको थिएँ । बाबाआमालाई मेरो बिहेको हतारो लागिसकेको थियो । हरेक पटक फोनमा गफ हुँदा यही कुरा हुन्थ्यो- 'अब बिहे गर्नुपर्छ । छिटो नेपाल आइज र बिहे गरेर जा ।'

'म पनि रोगी छु, अब धेरै समय बाँच्ने हो कि होइन, तेरो बिहे भएको र नातिनातिना भएको हेर्न मन छ ।' आमाले यसै भन्नुहुन्थ्यो ।

आमालाई मुटुको रोग थियो । शरीर कमाउने र सास बन्द हुने भइरहन्थ्यो । आमालाई जति बेला पनि जेसुकै हुन सक्थ्यो । आमाको यही भावुक भनाइ । म एक मात्र छोरो । ममा उत्तरदायित्वको बोध भइरहन्थ्यो । बाबाआमालाई खुसी दिनु मेरो पहिलो प्राथमिकता भइरह्यो ।

'ठीकै छ उसो भए । तपाईंहरू केटी खोज्नू, म बिहे गर्न आम्ला ।' मैले एक दिन भनें ।

मेरो कुरा सुनेपछि बाबाआमा दुवै खुसी हुनुभयो । उहाँहरू केटी खोज्न लागि पर्नुभएछ । मैले केटीको लागि खासै त्यस्तो 'क्राइटेरिया' केही राखेको थिइनँ । बस, कलेज पढ्दै गरेकी भए हुन्छ । नर्सिङ पढ्दै गरेकी भए झनै राम्रो । यही भनेको थिएँ । नर्सिङ पढेका केटी भए अमेरिकामा जागिर पाउन सजिलो ।

'हामीले तेरो लागि केटी हेरेका छौं । फाइनल गर्न तँ नै आउनुपर्छ । एकअर्कालाई मन परापर भए बिहे गरम्ला तिमीहरूको ।' केही हप्तापछि आमाले फोन गरेर भन्नुभयो ।

... ...

क्रिसमसको बिदा पारेर म नेपालतिर लागेँ । मसँग जम्मा पन्ध्र दिन मात्र थियो । मैले बिहे गरिसक्नुपर्ने थियो र कलेज सुरू हुनुअगावै जनवरीको पहिलो हप्ता अमेरिका फर्किसक्नुपर्ने थियो ।

म नेपाल पुगेँ । भोलिपल्ट साँझतिरै केटी हेर्न बा र एक जना लमीले मलाई केटीको घर लगे । अमेरिकादेखि नेपालसम्मको बीस घण्टाको उडानले 'जेट ल्याग' र थकान लागिरहेको थियो । सुत्न मन थियो तर मसँग समय थिएन । केटीको घर खासै टाढा रहेनछ । पुगनपुग एक किलोमिटर मात्रै । बैठककोठामा बसेर चिनजान भयो । बैठककोठा खासै सजिसजाउ थिएन । साधारण सोफा, दुई ओटा कुर्सी, भित्तामा झुन्ड्याइएका केही तस्बिर र बैठककोठासँगै जोडिएको भान्साकोठा । कहिले अमेरिका जानुभो ? के गर्दै ? पढाइ कहिले सिद्धिन्छ ? ग्रिनकार्ड छ कि छैन ? आदि-इत्यादि । हुनेवाला ससुराबाले सोधीखोजी गरे । मैले सबै प्रश्नको उत्तर दिएँ ।

केटा पक्षबाट पनि केटीको सोधीखोजी भयो । नर्सिङ पढ्दै गरेकी, टाठीबाठी, घर गरी खान सक्ने, क्षमतावान् छे भन्ने कुरा केटीका बाबाले बताए । त्यही बेला किस्तीमा केही चिया-कपहरू लिएर एक युवतीको आगमन भयो ।

'थ्याङ्क यू ।' मैले किस्तीबाट आफ्नो लागि एक कप चिया लिएँ ।

मैले युवतीमा नजर डुलाइहालेँ । उनै युवती मेरी हुनेवाली हुनुपर्छ । राम्री लाग्यो । काली काली । हिस्सी परेकी । सानी । पातली । झन्डै पाँच फिट उचाइकी । मिलेको नितम्ब । नाकनेर एउटा सानो खत रहेछ । सुहाउँदिलो लाग्यो । मन परिहाल्यो ।

'ल केटी यही हो ।' केटीकी आमाले भनिन्, 'लु कस्तो लाग्यो है ? मेरी छोरी यस्तै छ ।'

'अब आजभोलिका केटाकेटी हेरेर मात्र कहाँ हुन्छ, उनीहरू बोल्न खोज्लान् । अब यी दुईलाई छोडिदिऊँ !' त्यही बीचमा कुरो आयो ।

मैले चियाको भर्खर एक सुरुप लिएको थिएँ । हामी दुईलाई गफ गर्ने ठाउँ दिएर सबै जना बाहिर निस्किए । धेरै साँझ परिसकेकोले कोठाभित्र बत्ती बलिसकेको थियो । बत्तीको प्रकाश त्यति चहकिलो थिएन । मधुर प्रकाशभित्र युवतीको रूप अझ सुन्दर देखिन्थ्यो । जीवनसाथीको पहिलो खोजी नै उनी भएर होला, म अलि आत्तिएँ, हड्बडाएँ ।

'तिम्रो नाम ?' मैले नै सोधिहालें ।

'आश्मा ।'

'म जीवन ।'

'मलाई खासै मन पर्ने नाम होइन यो ।' आश्माले भनिन् ।

पहिलो भेटमै नामकै आलोचना गरिदिने केटी भनेर म झस्किएँ । तर अर्को मनले सोचिहालें- केटी सहासिली र स्पष्ट वक्ता रैछ । मलाई आश्मा मन पऱ्यो । मनमनै पुलकित भएँ ।

आश्माले अमेरिका गएर पनि पढ्ने इच्छा व्यक्त गरिन् । म पनि यही चाहन्थें । अरू गफ खासै भएन । लमीसहित घरका परिवारहरू बैठककोठाभित्र पसे । उनीहरूले हाम्रो राय लिए । हामीले एकअर्कालाई मन पराएको सङ्केत दियौं । केटी पक्षकाले त्यसलाई खुसी मानेर मिठाइ खुवाए । दुई दिनपछि नै बिहे गर्ने मिति तय भयो ।

किनमेल गर्ने, पाहुना र आफन्त बोलाउने, बिहेका सबै सामान तयार गर्ने एक दिन मात्र बाँकी थियो । सबै काम गरियो । अहिले सम्झिँदा जादु जस्तो लाग्छ ।

सात लाख रुपैयाँ ऋण खोजें । आफन्तहरूले नै तछाड-मछाड गर्दै ऋण दिए ।

बिहेको दिन बिहानैबाट घरमा आउने मान्छेहरूको भिड लाग्न थाल्यो । कसार बटार्ने बटार्दा छन्, चिया बनाउने बनाउँदा छन् । नाच्ने नाच्दा छन् । म आफू पनि पेन्ट, सर्ट र टाईमा सजिएर बेहुलो भएँ । कुनै सिनेमाको 'सुपर स्टार हिरो' जस्तै मसँग फोटो खिच्न आउनेको लाइन

लाग्यो । जन्तीसहित बेहुलो भएर केटीको घरमा गइयो । बाहुनले मन्त्र पढे । मैले आश्माको सिउँदोमा सिन्दुर हालें । तीन दिनमै धेरै तामझामका साथ बिहे गरियो, बिहे सम्पन्न भयो ।

साँझ पऱ्यो । आफन्तहरू आ-आफ्ना गन्तव्यतिर लागे । रातिको खानापछि सबै जना सुत्ने तरखर गर्दै थिए । म पनि सुहागरातको लागि आतुर थिएँ । मनको मात्रै हैन, तनको पनि सारथी भइने भइयो भनेर मनमनै रोमाञ्चित थिएँ । पहिल्यै चोटिको भेटमा बिहेको निर्णय भएकोले एक प्रकारको डर थियो । कतै झगडा पो हुने हो कि ? आशङ्का पनि मनमा भइरहेथ्यो । घरि रोमाञ्चित हुँदै त घरि केही सशङ्कित हुँदै थिएँ, कोठामा मन्द मुस्कान दिँदै आश्मा आइन् । म टिसर्ट र हाफ प्यान्ट लगाएर सुत्नको लागि बेडमा प्रतीक्षा गर्दै थिएँ । आश्माको शरीरबाट दिउँसो सजिएका सबै शृङ्गारका सामग्रीहरूले विश्राम लिएका थिए । एकैछिनपछि उनी नितान्त पातलो नाइट गाउनमा मेरो अगाडि आइन् । मैले बेडबाट उनको शरीर र सौन्दर्य माथिबाट तल नियालिरहेथें, म बेडबाट उठें । आश्मालाई हातमा समाएर बेडमा बसालें । उनको अनुहार नजिकैबाट नियालें । उनी हल्का सर्माए जस्तो गरिन् । मलाई के बोलूँ, के गरूँ भयो । रोमाञ्चकतासँगै झगडा भएर सम्बन्ध पो बिग्रिने हो कि भन्ने डर मनमा आइहाल्यो ।

'सुन न ! मलाई झगडा भएको कत्ति मन पर्दैन । हामी सधैं मिल्ने, कहिल्यै झगडा नगर्ने ल ?' मैले भनें ।

थाहा छैन, सुहागरातमै त्यसो भन्न हुन्थ्यो कि हुन्थेन तर मैले पहिलो वाक्य नै यही भनें । मनमा बाँधिएको सम्बन्ध कहिल्यै नभत्कियोस् भन्ने लाग्यो क्यारे ।

मेरो कुरा सुनेपछि हल्का झुकेर बसेकी आश्माले शिर माथि उठाइन् र आँखामा आँखा जुधाइन् ।

'ह्या ! यस्तो पनि बाचा गर्नुपर्छ र ?' आश्माले पूरै आत्मविश्वासका साथ भनिन् ।

यसपछि पो धत्तेरी के सोधेको होला मैले पनि भन्ने लाग्यो ।

'कस्तो थकाइ लाग्यो मलाई त । अब सुतौ है । भोलि कुरा गरौँला ।' यति भनेर आश्मा सुतिन् । निदाइहालिन् ।

सुहागरातका लागि कल्पिएका कुराहरू मनभित्रै रहे । 'डिस्टर्ब' गर्न मन लागेन, मस्त निदाएकी आश्मालाई एकोहोरो हेरेँ । हिजोसम्म एउटी सानी फुच्ची केटी आज एकाएक चुरा, पोते र सिन्दुरमा पूर्ण रूपले विवाहित भएर मेरो जीवनमा, मेरो घरमा आइसकेकी थिइन् । कस्तो अचम्म ! यो नेपाली समाज, यो संस्कारमा छोरीमान्छे भएपछि अर्काको घर जानैपर्ने । म आफैँ भावुक भएँ ।

विवाहपूर्व पनि केटीहरूसँग गफ नभएको होइन । अमेरिकन युवती मेलिसा, ऊ मेरो 'क्लासमेट' थिई । पढ्नको लागि हरेक दिन सँगै जाने-आउने क्रममा एकअर्कालाई मन पराएका थियौँ हामीले । पछि केही कुरालाई लिएर विचार मिलेन । कुरा ठूलो थिएन, मात्रै उनको लामो कपाल जुन मलाई औधी मन पर्थ्यो, त्यो उनले मेरो अनुमतिबिना काटेकी थिइन् ।

'कपाल किन काटेको ?'

'आफ्नो स्वतन्त्रताको लागि मैले काट्नु पाउनुपर्छ र आफूलाई नाङ्गै हिंड्न मन लाग्यो भने पनि तिमीले रोक्न पाउँदैनौ ।' मेलिसाको अडान थियो ।

हामी बीचको मायाको अन्त्यको कारण यति नै थियो । हुन त उनलाई मैले मन मात्रै पराएको थिएँ । बिहे गरेर सँगै जीवन जिउनेसम्म भने मैले सोचिसकेको थिइनँ । मेलिसाभन्दा अघि अर्की नेपाली युवती पनि केही समय मेरो जीवनमा, प्रेमिकाको रूपमा थिइन् । मैले मन पराएको थिएँ । उनले मलाई केही वर्ष पर्खिन आग्रह गरिन् । मलाई आमाबाबाको 'बिहे तत्कालै गर कि गर' भन्ने दबावले गर्दा उनले दिएको समय कुर्न सकिनँ । बिहेको लागि भनेरै जब नेपाल आएर आश्मालाई हेरेँ । मन परिहाल्यो, बिहे भइहाल्यो ।

... ...

अमेरिका फर्कने बेला भइसकेको थियो, मैले आश्माको अनुहारमा हेरेँ । उदास र मलिन थियो ।

वास्तवमा हामीले एकअर्कालाई राम्रोसँग चिनिसकेका थिएनौँ । भर्खर केही दिनहरू मात्र बितेका थिए । आश्माको आनीबानी, विचार, रहर, चाहना मलाई केही थाहा थिएन । मेरी पत्नी हो भन्ने हृदयमा भएपछि माया भने अथाह हुँदो रहेछ । आश्मासित छुट्न सारै गाह्रो भइरहेको थियो । तर आश्मालाई झन् गाह्रो होला भन्ने ठानेर मैले मेरो मायालाई हृदयमै दबाएँ ।

'मलाई धेर मिस नगर्नू ! म तिमीलाई अमेरिका बोलाइहाल्छु चाँडै ।' मैले भनेँ ।

यो पटक भने नेपालबाट अमेरिकाको उडान धेरै लामो लाग्यो । जीवन, सम्बन्ध, नातागोता भन्ने चिजहरू अचम्मका हुँदा रहेछन् । दुई परायाको भेट हुनुपर्ने अनि सबैभन्दा नजिकको सम्बन्ध तिनीहरू दुईकै हुनुपर्ने । हिजोसम्म आश्मा कहाँ थिइन् अनि म कहाँ ? आज हामी दुई पतिपत्नी । सबै समय नै त रहेछ ।

कति चाँडो बिहे भयो मेरो ? आश्मासँग परिचय हुने बित्तिकै । अमेरिकन समाजलाई सम्झेँ, जहाँ एक वर्षसम्म प्रेमी-प्रेमिकाको सम्बन्धमा बस्दा समेत एकअर्कालाई चिन्न सक्दैनन् । मेरो त बोलेको दुई दिनमै बिहे भयो । दैवको लीला, भावीको खेल होला यो सबै । उडानभरि यस्तै सम्झिएँ ।

... ...

केही दिनमै कलेज सुरु भयो । मसँग सोच्ने फुर्सद नै भएन । पढाइले च्याप्यो । मैले आश्मालाई अमेरिकाको भिसा लाउन नेपालतिर कागजात पठाइदिएँ । आश्माले अमेरिकन एम्बेसीमा अन्तर्वार्ताको मिति तय गरिन् । भिसा लाग्यो ।

कामबाट छुट्टी मिलाएर आश्मालाई लिन 'प्लेन ल्याण्ड' हुनुभन्दा दुई घण्टाअघि नै म एयरपोर्ट पुगिसकेको थिएँ । मुटुको गति बढ्दै थियो ।

आश्मा चढेको प्लेन ल्याण्ड भयो । केही बेरमै लगेज घिसार्दै, चश्मा उचाल्दै मन्द मुस्कानसहित हात हल्लाउँदै आश्मा म भएनजिक आइन् । म खुसीले गदगद थिएँ । मैले आश्मालाई झयाप्पै अँगालो हालेँ ।

'वेलकम बेबी ! आई मिस यू सो मच ।' मैले आश्मालाई रातो गुलाफको फूल दिएँ ।

आश्माले खुसी हुँदै मैले दिएको फूल चुमिन् र मेरै कोटको खल्तीमा राखिदिइन् । यसरी बिहे गरेर म आएको दुई महिनामा आश्मा पनि अमेरिका आइपुगिन् ।

**

स्वर्गतिरको यात्रा

प्लेन उडिसकेको थियो । म आन्द्र महासागरको माथिमाथि उड्दै थिएँ । तीस हजार फिटभन्दा माथि । त्यो उचाइ अगाडिको 'टेलिभिजन स्क्रिन'ले देखाइरहेको थियो ।

झ्यालबाट बाहिर हेरें । पिलिक-पिलिक बल्दै गरेको जहाजको पखेटा मात्र देखिन्थ्यो । बाँकी सबै अँध्यारो, निराकार थियो । जहाजको धिपधिप बत्ती मलाई मेरो जीवनको धिपधिप बत्तीझैं लाग्यो । मलाई लाग्यो- यस्तै थियो, मेरो पाँच वर्षको जीवन, प्रेम बिनाको निस्सार । वा प्रेम भएर पनि निस्सार । वा दुई मध्ये एकको एकोहोरो प्रेम नभएर निस्सार ।

'शिरिषको फूलका' पात्रहरूको प्रेम जस्तै मेरो प्रेम आश्मासँग रहुन्जेल अपाङ्ग थियो क्यार । सुयोग र बरीका लागि त शिरिषका नीला फूलहरू थिए, जसलाई हेर्ने निहुँले सुयोग बेलाबेला बरीलाई हेर्न त्यहाँ धाइरहन्थ्यो । बरी आफैं पनि ती फूलहरू हेर्दै रोमाञ्चित हुन्थी । आश्मा र म बीचमा त्यस्ता नीला फूलहरू थिएनन्, जसलाई हेरेर रोमाञ्चित हुन सकौं ! थिए त केवल बैठककोठाको झ्यालबाट देखिने हरिया रुखका केही लहरहरू र त्यही पछाडिको एउटा नहर । मलाई ती सब रित्तो र खल्लो लाग्थ्यो । कहिलेकाहीं बिरक्तिएर चुरोट पिउनलाई ती रुखहरूको आडमा जानुसिवाय अरू केही महत्त्वका थिएनन् ।

बरीले सुयोगसँग जसरी प्रस्तुत भए पनि उसको प्रस्तुतिलाई सुयोग प्रेम गरिरहन्थ्यो । सायद मैले आश्मालाई एकोहोरो प्रेम गरिरहन सकिनँ ।

हुन त दोहोरो प्रेमको स्वाद नै पो मैले कहिले लिएको थिएँ र ? दोहोरो प्रेमको स्वाद कस्तो हुन्छ ? त्यो थाहा नपाई नै मैले आश्मालाई छोडेँ । थाहा छैन, म पापी थिएँ वा अपराधी । अपराधी त म थिएँ नै किनकि म आफैँ जेलबाट निक्लेको कैदी जस्तो महसुस गरिरहेको थिएँ । त्यसो भन्नुमा स्वतन्त्रताको महसुस त थियो नै, त्योसँगै कैदी हुनलाई अपराधी हुनुको महसुस पनि थियो ।

विमानभित्र म बसेको सिटमा मेरो छेउका दुई यात्रु भारतीय मूलका जस्ता देखिन्थे । प्रायः सबै यात्रुहरू निदाउने तरखरमा देखिन्थे । मेरो सम्झनामा भने अहिले अनामिका मात्र थिइन् । उनको बोली मात्र गुञ्जायमान थियो मेरो वरिपरि । मेरो जीवनको सौन्दर्य र अर्थ अनामिका नै हुनुपर्छ । म यस्तै कल्पिँदै थिएँ । अब सुयोगले बरीलाई गरेको एकोहोरो प्रेम जस्तो मेरो प्रेम अनामिकातिर छचल्किरहेको थियो ।

प्रिय पाठक,

तपाईंहरू र स्वयम् आश्मालाई पनि लाग्न सक्छ, आखिर मेरो भेट अनामिकासँग कसरी भयो ?

... ...

एक रातको कुरा हो । म फेसबुक खेलाउँदै थिएँ । एक्कासि 'हाइ' भनेर म्यासेजन्जरमा म्यासेज आयो । नाम थियो- अनामिका ।

मैले अनामिकाको प्रोफाइलमा गएर स्टाटसहरू पढेँ । उनको रूप पनि हेरेँ । दुवै मन पराएँ ।

पेशाले शिक्षक रहिछिन् । घर पोखरा रहेछ । पोखरा मलाई मनपर्ने ठाउँ थियो । नेपालको सुन्दर नगरी । त्यो सुन्दर नगरीकी सुन्दर नारी लाग्यो मलाई । उनी मलाई नि मनपर्ने शिक्षण पेशामा थिइन् ।

मैले धेरै समय नलिईकनै प्रतिउत्तरमा लेखेँ- 'हेल्लो ।'

मलाई त्यति बेला आश्माको डर भने लागिरहेको थियो- कतै आश्मा

फेरि ओछ्यानबाट बाहिर म भएठाउँ आएर 'कोसँग बोलेको' भन्ने हो कि ।

मलाई एउटा उत्सुकता र कौतुहलता अनामिकासँगको पहिलो 'हाइ'मै पसिसकेको थियो । मेरा नसाहरू त्यसै रोमाञ्चित भइसकेका थिए । त्यति धेरै रोमाञ्चित म आश्मासँगको कुनै पनि पलमा हुन सकेको थिइनँ ।

'हाउ आर यू ?' अनामिकाले मलाई अङ्ग्रेजीमै सोधिन् ।

'आई एम फाइन् ।' मैले लेखें, 'अनि तिम्रो के छ नि ?'

मैले सुरूमै तिमी भनेर सम्बोधन गरें ।

आफूलाई ब्ल्याङ्केटमुनि लुकाएर म अनामिकासँग गफ गर्न थालें । ताकि आश्मा आइहालिन् भने पनि देख्न सक्नेछैन । कोठा गर्मी थियो, 'एसी' लगाएँ । यद्यपि, मेरो शरीरबाट चिटचिट पसिना आइरहेकै थियो । डरको पसिनाले लपक्कै भिजाइरहेको थियो ।

म्यासेन्जरमा 'टेक्स्ट' गरेर अनामिका र म एकअर्कालाई चिन्ने क्रममा थियौं । कहिले हो, अनामिका मेरो फेसबुककी साथी भइसकेकी रहिछिन् । मैले नै 'फ्रेन्ड रिक्वेस्ट' पठाएको थिएँ होला । कुनै शिक्षण पेशामा काम गर्ने व्यक्ति देखेर । यसै पनि फेसबुकमा धेरै साथी बनाउने मेरो रहर जहिल्यै हुन्थ्यो ।

के पढ्छिन्, कहाँ काम गर्छिन्, परिवारमा को को छन्, मैले अनामिकालाई सबै सोधें । उनले सोधेका सबै प्रश्नका उत्तरहरू मैले पनि दिएँ ।

अनामिकासँगको गफ गराइमा एउटा 'हुक' महसुस भयो । लगभग रातको बाह्र बजिसकेको थियो तर मेरो आँखामा निद्रा थिएन । सबै पीर, व्यथा भुले जस्तो । तिर्खाएको बटुवाले पानी पिउन पाए जस्तो । फेरि एक प्रकारको तृष्णा र बेचैन भइरह्यो । गफ गराइको गहिराइ र त्यसप्रतिको चाख उठिरह्यो ।

मलाई अनामिका मनपऱ्यो । मैलै मेरो गफ गर्ने शैलीलाई बौद्धिकता र प्रेमको तरलताले सिञ्चित गरें । उनीप्रति मेरो चाख देखाइदिएँ । असल साथी बन्ने गुण भएको आभास दिएँ ।

'हजुर कहाँ बस्नुहुन्छ ?' अनामिकाले सोधिन् ।

म कहाँ बस्छु भन्दा पनि म आफैंमा कस्तो मान्छे हुँ भन्ने चिन्नु अनामिकाको लागि महत्त्वपूर्ण थियो सायद । त्यही भएर त्यो प्रश्न उनले सोध्न ढिला गरिन् ।

'अमेरिका ।' मैले लेखें, 'पढ्दै छु । समाजशास्त्रमा स्नातकोत्तर ।'

अनामिका झनै प्रभावित भइन् होला । उनको र मेरो मूख्य विषय एउटै थियो ।

'हजुर त ठूलो मान्छे हुनुहुँदो रहेछ ।'

'हो र मलाई त त्यस्तो लाग्दैन ।'

'हजुरको नामचैं के नि ? के भनेर बोलाउने ?'

वास्तवमा अनामिका र मेरो परिचयको सुरुवात नै बढो अनौठो थियो । परिचयको सुरुवात नामबाट हुनुपर्ने हो प्रायः तर हाम्रो परिचय एकअर्कोलाई थोरै पढेपछि मात्रै भयो । हाम्रो जुन किसिमको सम्बन्ध थियो, त्यसमा हाम्रो नामभन्दा पनि जीवनको अर्थ, मूल्य र काम महत्त्वपूर्ण हुँदै थियो ।

'जीवन । तिमीले जीवन नै भनेर बोलाए हुन्छ । तिम्रो त अनामिका नै हो नि ? त्यही फेसबुकको नाम ?'

'हो । त्यही नै हो ।' अनामिकाले भनिन्, 'उसो भए म हजुरलाई जीवनजी भनेर बोलाउँछु, हुन्छ ?'

मैले 'थम्स अप'को 'इमो' पठाएर स्वीकारें । अनामिकाले 'स्माइली इमो' पठाइन् ।

हाम्रो वार्तालाप नसा जस्तो लाग्दै थियो । नसा लागेपछि त्यस्तै नै हुन्छ । जति पियो, उति पिऊँपिऊँ लाग्ने । यो नसाले मानिसको मस्तिष्कलाई नै अपहरण गर्दो रहेछ । कतै पढेको थिएँ- नसाले तीन किसिमले हाम्रो मस्तिष्कमा शक्तिशाली प्रभाव छोड्छ । पहिलो, त्यही

नसाप्रतिको इच्छा । दोस्रो, अनियन्त्रित प्रयोग । तेस्रो, एकोहोरो लागिरहनु । अनामिकासँगको पहिलो गफ गराइ यस्तै भयो ।

'हजुर विवाहित हो ?' अनामिकाले एउटा बलियो र मैले सुन्न नचाहेको प्रश्न राखिन् ।

अलिक अगाडि नै यो प्रश्न राखिदिएको भए 'हो, पाँच वर्ष भयो बिहे भएको' भन्दिन्थेँ । तर केही आत्मीयता बढिसकेको थियो । हरे भगवान् ! फसाद आइलाग्यो ।

अनामिकासँग गफ गर्ने नसा लागिसकेको थियो । कतै मेरो मुटुको कुनामा उनले थोरै अंश जमाइसकेकी थिइन् । त्यति बेला 'हो' भन्न सक्ने हैसियत ममा थिएन । न त 'म सम्बन्ध विच्छेद्मा सम्झौता गरेर बसेको छु' नै भनेर ढाँट्न सक्थेँ । म अनामिकालाई तत्काल गुमाउन चाहन्नथेँ । उनी एउटा ठूलो प्रयासले, ईश्वरको कृपाले प्राप्त उपहार हुन् भन्ने लागिसकेको थियो । म अल्मलिएँ, छट्पटाएँ, दोसाँधमा परेँ । नदी बीचको डुङ्गाझैं भएँ, माझी नपाएर डुब्न लागेको । मसँग उत्तर भएन । मैले समय लिएँ । मैले भित्रभित्रै अनामिकालाई मन पराइसकेको थिएँ । तर आश्मालाई चटक्कै बिर्सेको थिइनँ । रुबी जोशीले गाएको 'तिम्रो पनि माया लाग्छ, उनको पनि माया लाग्छ, हुने भए मुटु काटी दुवैलाई आधाआधा बाँडिदिऊँ जस्तो लाग्छ' भन्ने गीत अनायासै मेरो मस्तिष्क वरिपरि गुञ्जियो । मेरो मस्तिष्क पसिनाले चिटचिटायो । यो प्रश्न नसोधिदिएको भए हुन्थ्यो । मैले मनमनै अनामिकालाई गाली गरेँ । अनामिका सायद त्यो प्रश्नको उत्तर पाउन पर्खिरहेकी थिइन् । मैले समय लिइरहेको थिएँ । मैले ठूलो साहस बटुलेर भनिदिएँ- 'म अविवाहित हुँ ।'

मैले ढाँटेँ । म अविश्वासिलो बनेँ । कहिलेकाहीं कसैको विश्वास जित्न पनि अविश्वासिलो बन्नुपर्ने रहेछ । हो, मैले त्यसै गरेँ ।

यो ठूलो ढँटाइ थियो । मैले आश्मासँगको सम्बन्ध बारे केही खुलाउन चाहिनँ तर खटपट भने मलाई धेरै भयो । कोही निर्दोषको हत्या गरेर

आत्तिएँ जस्तै भएँ म । म आफैँलाई अपराधी र पापी भएको बोध भयो । अनामिकालाई गुमाउन नपाए हुन्थ्यो । मैले अनामिकालाई त्यसरी ढाँट्नुहुने थिएन भन्ने लाग्यो । म अविवाहित पुरुष भन्ने भएपछि अनामिका झनै मेरो प्रेममा लिप्त हुने हुन् कि भन्ने लाग्यो । यस्तै तर्कनाहरू मनमा आए । मैले आफूलाई नियन्त्रण गर्न सकिनँ । म विवाहित भइसकेको पुरुष हुँ, अहिले सम्बन्ध विच्छेद् गरेर बसेको छु । फेरि विवाह गर्न सक्ने सम्झौतामा छु भन्दिऊँ कि झैं लाग्यो । आखिर त्यो पनि ढँटाइ नै हुन्थ्यो । ढँटाइमाथिको अर्को ढँटाइ ।

'के तिमी पनि अविवाहित हौ ?' मैले सोधें ।

'हजुर, म नि अविवाहित । हामी त छोरी मान्छे चाँडै बूढी हुन्छौं ।' अनामिकाले भनिन् । मानौं, उनी बिहे गर्न हतारिएकी छिन् । उनले म्यासेज पठाइन्, 'यसको कहिले बिहे हुन्छ र शान्तिले मर्न पाइन्छ । बावुआमाले सोच्ने यही त हो ।'

अनामिकाको भनाइमा मैले इमानदार भाव पाएँ । बा-आमाको प्रेसरमा उनी चाँडै नै बिहे गर्न चाहन्छिन् भन्ने आभास पनि पाएँ । मैले आश्मासँगको मेरै बिहे पनि सम्झिएँ । अनामिकाका कुराहरूमा धेरै ठूलो महत्त्वाकाङ्क्षा मैलै कतै देखिनँ । परिवारप्रतिको माया, जिम्मेवारी र जीवनप्रतिको सच्चाइ मात्र लाग्यो । उनको सोचमा एउटा साधारण जीवन मात्रै थियो । मलाई लाग्यो, मैले सत्य बोल्नुपर्छ । हुन पनि मैले झुटो कहिल्यै बोलेको छैन । बोलिगएँ भने पनि त्यही झुटले भतभत पोल्न थालिहाल्छ । केही छिनमै सत्य बोलिहाल्छु । यो मेरो स्वभाव हो । तर धेरैलाई लाग्छ- म गफ दिन्छु, खासै सत्य बोल्दिनँ । गफाडी भनेर मेरै साथीले भनेको सम्झिएँ ।

'तँलाई गफ दिन बाहेक केही आउँदैन ।' त्यो साथीले भनेको थियो ।

म यस अर्थमा खुसी हुन्थेँ कि म को हुँ, मलाई थाहा थियो । मसँग संगत गर्ने कोही नजिकको मान्छे हुंदो हो त उसलाई थाहा हुन्थ्यो ।

सबैभन्दा ठूलो कुरो त आफूले आफूलाई चिन्नु हो । अरूले व्याख्या जसरी गरोस्, त्यसले केही फरक पर्दो रहेनछ । ठीक यही बेला श्रवण मुकारूङको एउटा छोटो कविता सम्झिएँ–

गाउँ
शहर
वा नगरतिर
मलाई -
जङ्गली फूल भन्छन्
तर जङ्गलमै त
मेरो नाम अर्कै छ ।

हो, मैले आफूले आफूलाई चिनेको थिएँ, त्यही भएर म ढुक्क थिएँ ।

'वास्तवमा म विवाहित हुँ, अनामिका । बट इट इज कम्प्लिकेटेड ।' मैले लेखेँ । 'सेन्ट बटन' थिचेर पठाइदिएँ ।

अनामिकाले 'मेसेज सिन' गरेको सङ्केत आयो । सेन्ट बटन थिच्ने बित्तिकै मलाई लागिसकेको थियो कि मैले सदाका लागि अनामिकालाई गुमाइसकेँ ।

'कस्तो कम्प्लिकेटेड ? मैले बुझिनँ ।'

अनामिकाले स्पष्टीकरण दिने ठाउँ दिइन् । उनको उत्सुकता अझ बलियो भएर आएको पाएँ । मैलै राहतको गहिरो सास फेरेँ ।

मलाई लाग्यो, मैले 'इट इज कम्प्लिकेटेड' भनेर अनामिकालाई मसँग घुस्ने अवसर दिएँ । फेरि लाग्यो, मैले आश्मामा चोट पुऱ्याएँ । अपराध गरेँ, अन्याय गरेँ । उसो त 'शिरिषको फूल'को सुयोगलाई कहिल्यै त्यस्तो आत्मग्लानि भएन । जति बेला उसले लडाइँमा हुँदा उसैलाई प्रेम गर्ने एउटी युवतीलाई बलात्कारपछि कुल्चेर हिँड्यो । उसलाई त त्यस बेला मात्रै कताकता अपराध बोध भयो, जति बेला उसले बरीलाई मन पराउन थाल्यो ।

हुन त मैले सुयोगले गरे जस्तो अपराध गरेको थिइनँ । तर बिहे गरेर पारपाचुके नगरी सम्बन्धमा हुँदाहुँदै आश्मालाई छोडेर अर्कै युवतीसँग माया गाँस्न हिंड्नु पनि अपराध नै पो हो कि भन्ने भयो । भित्रभित्रै त्यही कुराले पिरोल्न थाल्यो । जे भए पनि एक मनले बलात्कार त गरेको छैन नि भन्ने सोच्यो । आश्मासँग त पत्नीको नाताले यौनसम्पर्क न गरेको हुँ । फेरि अर्को मनले भन्यो- सम्बन्धमा नबसेपछि र सम्बन्ध विच्छेद् नै नभई छोडेर हिंडेपछि त्यो पनि बलात्कार नै हो ।

'सर, योर स्पेसल फुड !' एअरहोस्टेजले खाना ल्याइन् ।

म झन्डै झकाउन लागेको थिएछु । मैले टिकट काट्दै 'स्पेसल फुड अर्डर' गरेको थिएँ । त्यही भएर सबैभन्दा पहिले मैले त्यो 'फुड' पाएको थिएँ ।

'थैङ्क यू !' मैले खाना लिएँ ।

न्यापकिनमा बेरेको काँटा र चम्चा निकाल्दै अगाडिको टिभी स्क्रिनमा हेरें । टर्की पुग्न अब तीन घण्टा मात्र बाँकी रहेछ । अघि नै नौ घण्टा बितिसकेछ । मैले एयरपोर्टमा प्लेन चढ्नुअघि लिएको वाइन मेरो शरीरमा लागेछ क्यारे, मलाई पत्तै भएन । प्लेनको झ्याल उघारें, हलुका उज्यालो देखियो । थाहा भएन, त्यो बिहानको मिर्मिरे थियो वा साँझको अँध्यारो । आकाशमा बादलहरू बाक्लिएका थिए । हामी बादलमाथि उडिरहेका थियौं ।

म आफैंलाई प्रश्न गरिरहेको थिएँ- के मैले आश्मालाई छोडेर सही गरिरहेछु ? के म साँच्चै अनामिकालाई नै बिहे गर्नेछु ? मैले अनामिकालाई बिहे गरें भने मेरो पहिलो बिहे के हुन्छ ? के आश्मा मलाई खोज्दै आउलिन् र मेरो अगाडि प्राण त्याग्लिन् ? के मैले अर्को बिहे गरेको थाहा पाएर मलाई बहु-विवाहको मुद्दा हाल्लिन् ? म 'रियल' अपराधी होउँला ? म साँच्चीकै जेलमा बस्नुपर्ला... ? एक्कासि प्लेन हल्लिन थाल्यो ।

'प्लिज फास्टन योर सिटबेल्ट !' स्क्रिनमा खबर आइहाल्यो ।

जोडजोडले प्लेन हल्लिन थाल्यो । मानौं, त्यहाँ भएका सबै यात्रुहरू मृत्यु पर्खिरहेका छन् । अगाडि विमान परिचारिकाले ल्याएर राखिदिएको खाना नै अन्तिम भोज जस्तो भयो । निदाइरहेका यात्रुहरू ब्युँझिए । खैलाबैला सुरू भयो । नानीहरू रोएको आवाज आयो ।

'फास्टन योर सिटबेल्ट !' निर्देशन भइरह्यो ।

'नोथिङ इज ह्यापेनिङ !'

आ-आफ्ना ईश्वरलाई सबैले पुकार्न थाले । चट्याङको जस्तो चर्को आवाज सुनियो । प्लेन नै विष्फोट होला जस्तै लाग्यो । अब यति नै रहेछ कि क्या हो जिन्दगीको यात्रा ! मैले मनमनै गमें । केही बेरपछि बिस्तारै प्लेन हल्लिनु मथ्थर भयो । हामी सबैले राहतको सास फेऱ्यौं ।

प्रिय पाठक,

म भन्दै थिएँ, म कसरी अनामिकासँग नजिक भएँ ? अनामिकाले मेरो 'कम्प्लिकेटेड' सम्बन्धको बारेमा सोधेपछि मैले प्रष्ट भनिदिएँ- 'मेरी श्रीमतीसँग मेरो विचार मिल्दैन । उनी चाहन्छिन्, आफ्नो विचारसँग मिल्ने पति होस् ! त्यही भएर अहिले हामी एउटै छानामुनि छुट्टै बसेका छौं ।'

'विचार त सबैको सबैसँग कहाँ मिल्छ र ?' अनामिकाले लेखिन्, 'विवाह एउटा सम्बन्ध हो, मिलाउनु पर्छ ।'

म बैठककोठाको सोफामै पल्टिएर ब्ल्याङ्केटभित्र नै टेक्स्ट गरिरहेको थिएँ । त्यसपछि मैले केही बोलिनँ । बोल्नु पनि उचित लागेन । मैले आफ्नै गल्ती देखें । हो त नि विचार सबैको कहाँ मिल्छ र ! आश्मा सायद त्यति बेला ओछ्यानमा मस्त निदाइरहेकी थिइन् । उनी कामबाट थाकेर आएकी थिइन् । उनलाई भोलि बिहानै कागगा पनि जानु थियो ।

'कति बज्यो ?' भनेर अनामिकाले सोध्दा पो झसङ्ग भएँ । बिहानको दुई बजिसकेको रहेछ ।

'ल त गुड नाइट ।' अनामिकाले त्यति लेखिन् र चाँडै नै 'अफलाइन' भइन् ।

अनामिकाको हतारो देखेर साँच्चै भन्ने हो भने ममा पहिरो गए जस्तै भयो । के सोचिन् अनामिकाले ? पछि मिल्ने कुनै सङ्केत नै नगरी अफलाइन भइन् । 'सी यू, टेक केयर' केही भनिनन् । मनमा अनेक तर्कना गर्दै, कोल्टे फेर्दै, लामो सास लिंदै मैले ब्ल्याङ्केट बाहिर टाउको निकालेर सुत्ने प्रयास गरें । घरि भान्साकोठामा गएर पानी पिउँदै त घरि झ्यालबाहिर अँध्यारोले सर्लक्क निलेका रुखहरू र नहरलाई हेर्दै आफैंसँग बोलें म- 'मैले ठीकै गरें । म विवाहित पुरुष त हुँ नि । यसरी अविवाहित केटीसँग गफ गर्न कहाँ मिल्छ ? उसै पनि मेरी पत्नी मसँगै छिन् । हाम्रो सम्बन्ध विच्छेद् पनि भएको छैन । छुट्टै बसेको त हो नि । आखिर आश्मा नै हो मैले बिहे गरेर ल्याएकी पत्नी । मैले जे गरें, ठीक गरें । अनामिकाले थाहा पाउनुपर्ने नै थियो म विवाहित हुँ भनेर । अर्थात् म आश्मासँग छु भनेर ।'

... ...

विचार नमिल्दैमा आश्मालाई छोड्नु कायरता हो मेरो । यस्तो सोचें । आफैंलाई घृणा लागेर आयो । जिम्मेवारीबाट पन्छिन खोज्ने गैर-जिम्मेवार व्यक्ति लाग्यो आफैंलाई । जापानिज लेखक केन्जाबोरी ओईले लेखेको उपन्यास, जसको अङ्ग्रेजी अनुवाद 'अ पर्सनल म्याटर'को याद आयो । उपन्यासमा 'बर्ड' नाम गरेको पात्र छ । उसको स्वभाव र आकृति झन्डै चराको जस्तै छ । उसको सपना भनेको अफ्रिका जाने र उतै बाँकी जिन्दगी बिताउने छ । 'ब्रेन हर्निया' भएको छोरो जन्मेपछि त्यसबाट मुक्ति पाउन चाहिरहन्छ । उसकी पूर्व प्रेमिका हिमिकोसँग मिलेर योजना बनाउन थाल्छ । अन्तिममा महसुस हुन्छ कि ऊ आफ्नो जिम्मेवारीबाट पन्छिनुहुँदैन । उसले हिमिकोलाई छोडेर आफ्नै परिवारको रेखदेखमा जिन्दगी बिताउने निर्णय गर्छ ।

म किन आश्मालाई छोडेर अनामिकालाई भेट्न गइरहेछु ? आश्मासँग मेरो यौटा बच्चा जन्माउने र अर्को धर्मपुत्र पाल्ने योजना छ । म किन

ती सबै योजनाहरू चकनाचुर पार्दै छु ? उड्दै गरेको प्लेन नै रोकेर आश्मातिर फर्किऊँ जस्तो भयो ।

टर्किस एयरपोर्ट आइपुगिएछ । ल्याण्ड भएपछि मात्र थाहा भयो । टर्कीमा दश घण्टाको ट्रान्जिट थियो । म आश्मालाई सम्झँदै थिएँ । वास्तवमा आश्मालाई छोड्नु मैले उनैलाई प्रेम गर्नु थियो । यो अर्थमा कि आश्मालाई आखिर प्रेम के हो भनेर चिन्ने र आफ्नै जीवनलाई बुझ्ने ठूलो अवसर दिएको छु । खुसी र शान्तिको लागि, आफू स्वयम् हुनको लागि प्रेम गरिन्छ । प्रेम भनेको जटीलताबाट माथि उठ्नु हो र आत्मसम्मानको महसुस हुनु हो । त्यही महसुस हामी दुवैमा होस् भन्ने चाहन्थेँ म ।

**

विमानस्थल र कहानी

टर्की एयरपोर्ट मान्छेहरूले खचाखच थियो । म नेपाल जाने 'कनेक्टिङ फ्लाइट' खोज्न लागेँ । 'इस्केलेटर'बाट तल झरेँ, माथि चढेँ ।

'एक्सक्युज मि ह्वाट इज दि गेट नम्बर फर दिस फ्लाइट ?' काउण्टरमा एक युवतीलाई टिकट देखाउँदै सोधेँ ।

ती युवती कतै व्यस्त थिइन् ।

'अहिले हामीलाई थाहा छैन, टेलिभिजन स्क्रिन हेर्नुहोला !' अर्का महोदयले बताए ।

धन्यवाद दिएर लगेज घिसार्दै इस्केलेटरबाट म माथि लागेँ । मसँग प्रशस्त समय थियो । एक मनले भन्यो- आराम गरेर कतै बसौँ, अर्को मनले ठान्यो- यसो कतै एयरपोर्टभित्र डुलौँ !

म विमानको तेह्र घण्टाको यात्राबाट थकित थिएँ । यद्यपि, मनले मानेन । लगेज घिसार्दै एयरपोर्टभित्रको बजार नियाल्न थालेँ ।

निकै ठूलो बजार । राम्रो सजावट । देश-विदेशका यात्रुहरूको ट्रान्जिट हुने ठाउँ । ब्रान्डेड सामानहरू राखिएका सोकेसहरू । मान्छेहरूको बाक्लो घुइँचो । मैले गुडाउँदै गरेको लगेज घरिघरि उनीहरूको खुट्टामा अल्झिन्थ्यो ।

'सरी !' मैले भनिरहेँ ।

'एक्सक्युज मि !' उनीहरूले भनिरहे ।

अलि अगाडि 'स्टारबक्स' कफी दोकान रहेछ । यहाँ पनि मान्छेहरूको भिड उस्तै । कफी किन्दै र बनाउँदैमा व्यस्त देखिन्थ्यो दृश्य ।

'यो जाबो कफी के मन परेको हो मान्छेलाई !' मलाई भित्रभित्रै रिस उठ्यो ।

खासमा मलाई स्टारबक्स कफी कहिल्यै मन पर्दैन । तर मान्छेहरूको 'क्रेज' देखेर भने अचम्मै लाग्छ । 'स्टारबक्स ब्राण्ड'को नामले बिकेको होला । यहाँ पनि आश्माको सम्झना आइहाल्यो । आश्मालाई स्टारबक्स कफी सान्है मन पर्छ ।

आश्मा यति बेला के गर्दै होलिन् ? मैले उनलाई छोडेर हिंडेको थाहा पाइन् कि होइन ? मलाई नदेख्दा एक्लो महसुस पो हुने हो कि ? कतिपय मानिसहरू त्यस्ता हुन्छन् कि मान्छे मन नपरोस् तर घरिघरि देख्न पाइरहूँ लाग्छ । कतै आश्मालाई पनि त्यस्तो भयो कि ?

अहो ! त्यति बेलै चुरोटको गन्ध आयो । चुरोट पिउन मन भयो । चुरोटप्रति 'एडिक्टेड' होइन । जति बढी पिएँ, मैले आश्मासँग रहँदा नै पिएँ । तिनै रुखहरूको छहारीमा आड लागेर पिएँ, नहर हेर्दै पिएँ, आफैंले तानेर फालेको धूवाँ हेर्दै पिएँ ।

साथमा चुरोट थिएन । कसैसँग मागेर खानुपर्ला । नजिकै 'स्मोकिङ जोन' रहेछ । म भित्र गएँ । ढोकामै ठूल्ठूला अक्षरहरूमा लेखिएको छ- 'स्मोकिङ इज इन्जुरियस टु हेल्थ' । चुरोटको बट्टामा पनि यही लेखेको हुन्छ । विज्ञापनमा यही भनिन्छ- 'चुरोटले लिन्छ ज्यान' । केही समय पहिले 'फ्रेड हुचिन्सन क्यान्सर रिसर्च सेन्टर, अमेरिका'ले गरेको एक अनुसन्धानमा धुम्रपान सम्बन्धित रोगले मर्ने मान्छेको सङ्ख्या धेरै नै देखाएको थियो । प्रत्येक वर्ष सतासी प्रतिशत फोक्सोको क्यान्सर धुम्रपानकै कारणले गर्दा हुन्छ । अहिले त चुरोट पिउनेको सङ्ख्या झनै बढेको होला । म आफैंले नौ कक्षाका विद्यार्थीलाई स्वास्थ्य पढाउँदा भन्ने गर्थें- 'बाबु हो, चुरोट खायौ भने हेर्न सक्ने दृष्टि बिग्रिन्छ, दिमाग बिग्रिन्छ, रक्तसञ्चार कमजोर हुन्छ, दाँत बिग्रिन्छ, मुख गन्हाउँछ, मुटुको रोग लाउँछ, मधुमेह हुन्छ, यौनमा

ह्रास आउँछ । महिनावारी तथा गर्भावस्थामा असर गर्छ ।' तर अहिले म आफैँ चुरोटको तलतलले 'स्मोकिङ जोनभित्र' छिरेँ ।

अहो ! धूवाँको कुइरीमण्डल । उकुसमुकुस । उति नै उकुसमुकुस मान्छेको हूलको । खुट्टो हाल्ने ठाउँ छैन । लगेजलाई यसो कतै अडेस लगाउने ठाउँ नै छैन । 'एअर कन्डिसन' चलाइएको छ र पनि घाँटीमा आएर एक्कासि कसैले थिचे जस्तो भइहाल्यो । सास फेर्नै गाह्रो भयो ।

कोही एक हातमा 'स्टारबक्स कफी' र अर्को हातमा सल्किँदै गरेको चुरोट लिएर पिउँदै छन् । कोही बाहिर निक्लिँदै छन् । ओठमा गाढा रातो लिपिष्टिक, अग्ला हिल र अग्ला वक्षस्थलमा हिजाव लाएका टर्किस युवतीहरू कफीको चुस्कीसँगै पातला र लामालामा चुरोट पिउँदै छन् । उनीहरू जस्तै 'सेक्सी' देखिन्थे तिनका चुरोट पनि ।

'उड यू माइन्ड इफ आई आस्क यू फर अ सिगरेट, प्लिज ?' थोरै सास लिँदै र धेरै फ्याल्दै सकीनसकी चुरोट तानिरहेको एक अधबैँसे पुरुषलाई मैले हिच्किचाउँदै अनुरोध गरेँ ।

'स्योर । माई प्लेजर !' त्यो पुरुषले बडो प्रशन्न मुद्रामा चुरोटको बट्टाबाट एक खिली चुरोट निकालेर दियो । उसैले ज्याकेटको खल्तीबाट लाइटर निकालेर चरोट सल्काई दियो ।

'थ्याङ्क यू ।'

मैले तीन सर्को धूवाँ तानेँ ।

त्यो पुरुष बाहिर निस्कियो । मन भाको रैछ मोरो ! कुन देशको नागरिक हो कुन्नि ?

म धेरैबेर अडिन सकिनँ । सास थुनिएला जस्तै भयो । त्यहींको ठूलो 'एस्ट्रे'मा बाँकी चुरोट छोडिदिएर हत्तपत्त बाहिर आएँ । 'ग्याँस च्याम्बर'बाट बाहिर निस्के जस्तै भयो । म आराम कक्षतिर लागेँ ।

ट्रान्जिटको समय अझै पाँच घण्टा थियो । आराम कक्षमा ठाउँ नै थिएन । कोही लगेजलाई नै सिरानी बनाएर पल्टिरहेका थिए, कोही कुर्सीमै

बसीबसी आधा मुख खोलेर नै घुरिरहेका थिए, कोही ल्यापटप चलाउँदै थिए, कोही नजिकै 'ब्याट्री चार्ज' गर्दै 'पोल'मा अडेसो लागिरहेका थिए । मलाई छट्पट भयो, छटपटिँदै उभिएँ । धन्य, एक युवक आफू बसेको ठाउँबाट उठेर लगेज तान्दै गयो । म हत्तपत्त त्यहीं थचारिएँ । शरीरबाट झोला उतारेँ र लगेजमाथि नै राखेँ । खुट्टा तन्काएँ, आङ तन्काएँ । निद्रा लागे जस्तो भयो । आँखा चिम्लिएँ । आश्माको सम्झना आइहाल्यो ।

'तँलाई त मैले मान्छे बनाउन खोजेको हो । एउटा सही पुरुष बनाउन खोजेको ।' आश्माले भनेकी थिइन् ।

मायाको सागर त्यसैत्यसै उर्लिएर आयो । बिर्सन खोजे पनि आश्मा तुफान बनेर आइन् । माया मिसिएर आएको सम्झना यति घातक हुँदो रहेछ कि न म चाहे जस्तो पखेटा लाएर नै उड्न सकेँ, न मैले सारा बिर्सिएर अनामिकालाई मात्रै सम्झिन पाएँ । स्वतन्त्र पन्छी त चाहेर पनि हुन सकिनँ । आश्मालाई चटक्कै बिर्सिएर म संयम हुन सकिनँ । मैले मेरो अस्तित्वबोध गर्न सकिनँ, जुन कुराको लागि म टर्की विमानस्थलसम्म आइपुगिसकेको थिएँ । आश्मालाई छोड्दा भावनामा निकै ठूलो चोट लागेको थियो । भावनात्मक घाउ भयानक हुँदो रहेछ, यति बेला बोध भयो । सम्झना यति गहिरो हुँदो रहेछ, यति बेला बोध भयो । कुन कुराले कताबाट तानेर आश्मा भएठाउँ नै पुऱ्याइहाल्ने । मानौँ, आश्मासँग फुस्किनै नसक्ने गाँठो छ, मेरो मस्तिष्कका तारहरू आश्मासँगै जोडिएका छन् । घरि न घरि आश्माको सम्झनाले मलाई डरलाग्दो र अनकण्टार दुनियाँमा पुऱ्याइरह्यो ।

अनामिकासँगको मेरो अस्तित्व र मेरो सम्बन्ध आश्माको सम्झनाले नै कतै डढाइदिने त होइन ? होइन होला । क्षणिक होला । बिस्तारै मेरो जीवनमा आश्मा त केवल एउटा पर्दाभित्रको चलचित्र भएर आउने न हो, जसको गहिरो असर देखुन्जेल या हेरुन्जेल मात्र पर्छ र अन्ततोगत्वा अनामिका नै हुनेछिन् मेरो भविष्य । आश्माको सम्झना आधा होला, आधा रहेपछि त हुने अनामिका नै हो । मैले आफैँलाई विश्वस्त पार्ने प्रयास गरेँ ।

अनामिकासँग भेट नभई नै पनि उनीसँगको सम्बन्ध गजल जस्तै लाग्थ्यो । आँधी आएपछिको शान्त अवस्था जस्तो, ध्यान जस्तो, तपोवन जस्तो । आश्मालाई सम्झँदा मैले अनामिकालाई भुलिसकेको थिएछु । अनामिकाको मुटु धड्किरहेको थियो होला यति बेला । त्यो डर, त्यो तृष्णा, त्यो पर्खाइ सबै लिएर मलाई पर्खिरहेकी थिइन् होला । ब्रिटिश कवि रबर्ट ब्राउनले मायाको पर्खाइका बारेमा लेखेको एउटा उदगारको याद आयो- 'म हुनुको अर्थ तिम्रा लागि र तिम्रो पर्खाइको लागि र तिम्रो सधैँभरि हुनका लागि हो ।' यस्तै पर्खाइमा थिइन् होला अनामिका, जस्तो कि म थिएँ । घरिघरि लाग्थ्यो, आश्माको सम्झना अनामिकासँगको प्रेमको अगाडि निमेषभरमै बिलीन हुनेछ ।

अनामिकासँगको मेरो प्रेम अमेरिकाको मेरो 'अपार्टमेन्ट'भित्रको 'लिभिङ रुम'को सोफाबाट सुरू भएको हो ।

प्रिय पाठक,

म सुनाउँदै थिएँ कि मेरो वैवाहिक सम्बन्धका बारे 'इट इज कम्प्लिकेटेड' भनेपछि अनामिका हराइन् । त्यसपछि के भयो त ?

दुई दिनसम्म अनामिका 'अनलाइन' आइनन् । कसम ! छातीमा हात राखेर भन्दै छु, उनी दुई दिनसम्म नआउँदा मेरो बेचैनी मरूभूमिमा हराएको कुनै व्यक्तिको भन्दा कम थिएन । त्यो दुई दिनभरि मेरो मनमा अनेक तर्कनाहरू आए–

अनामिकाले मलाई साँच्चीकै बिर्सेकी हो ? के म विवाहित पुरुष हुँ भन्नु मेरो कमजोरी थियो ? आखिर मैले भनेकै थिएँ कि मेरो वैवाहिक सम्बन्ध जटील छ । मैले पहिल्यै भन्नुपर्थ्यो होला, कतै मैले उनलाई चोट त पुर्‍याइनँ ? ढाँट रहेछ भन्ने पो लाग्यो कि ? यस्तै कमजोरी होला मेरो । तर मैले के बिगारेको छु र ? जे थियो त्यही भनेँ । हो, अनामिका अविवाहित हो, उसको आफ्नै जीवनप्रतिको सोच र सम्बन्धको परिभाषा होला । उसले मलाई सम्झेर के फाइदा ? तर जे भए पनि साथीको रूपमा बोल्न त मिल्थ्यो नि । पृथ्वी नै पल्टिएको त थिएन नि । हाम्रो

विषय मिल्थ्यो, असल साथीको रूपमा कुरा गरेको भए भइहाल्थ्यो । यत्रो दुई दिनसम्म खबर नै छैन । यी केटी मान्छेहरू पनि सम्बन्ध हुन सके मात्रै कुरा गर्छन् । म नै मूर्ख हुँला । किन दोष दिनु अनामिकालाई ? बिचरा ! ठीकै छ, भावीले जे लेखेको छ, त्यही हुने हो । मन बुझाउनु बाहेक मसँग अर्को विकल्प थिएन अब ।

एक प्रकारको 'अबसेसन' भइरह्यो । हुटहुटी भइरह्यो ।

... ...

बिहानको आठ बजेको थियो । आश्मा बाहिर निस्किसकेकी थिइन् । म बाहिर सोफामा बसिरहेको थिएँ । कलेज जाने तर्खरमा थिएँ ।

'ग्रोसरी'मा काम गर्दै, अप्ठ्याराहरू झेल्दै मैले समाजशास्त्रमा विद्यावारिधिको अध्ययन थालिसकेको थिएँ । अङ्ग्रेजीको विद्यार्थी मलाई अर्कै विषयमा विद्यावारिधि गर्न मन लाग्यो । अझै एक वर्ष थियो पढाइ सकिन । सोधपत्र लेख्न सकिरहेको थिइनँ । यही सपना थियो जसको लागि म अमेरिका होमिएको थिएँ । बाउआमाको सपना थियो कि छोरो ठूलो मान्छे होस्, नाम कमाओस् र हामीलाई पालोस् ! नातिनातिना खेलाउन पाइयोस् ! उहाँहरूको सपना पनि पूरा गर्न सकिरहेको थिइनँ । जीवन व्यर्थ र निरर्थक लागिरहेको थियो । विवाहपछिको मेरो जिन्दगी निस्सार प्रेममा अल्झिरहेको थियो । मेरो विद्यावारिधिको अध्ययन यसैले पनि लम्बिरहेको थियो ।

अँ, अब हापिदिन्छु पढाइ । एक चोटि यस्तो पनि सोचेको थिएँ । तर मैले मेरो सपना र बा-आमालाई सम्झिएँ, हिम्मत हारिनँ ।

यता अनामिकासँगको च्याटले मेरो जीवनलाई अर्थपूर्ण बनाउँदै थियो । ओइलाउन लागेको फूल फक्रिन थाले जस्तै । शिशिर सकिएर बसन्त आउन लागे जस्तै । सुकेका बुट्यानहरू हरिया हुन थाले जस्तै । अब त विश्वविद्यालय जाँदा र आउँदा बाटामा देखिने निरर्थक र शून्य लाग्ने चिजहरू पनि अर्थपूर्ण र ओझिला लाग्न थालेका थिए । म हुनुको

अस्तित्व बिस्तारै बोध हुँदै थियो । आश्मा मसँग हुनु र नहुनुको फरकपन हुन छोडेको थियो । मेरो मन त्यतैकतै अनामिकातिर, उनको मीठो बोलीतिर, उनले गरेका 'टेक्स्ट मेसेज'तिर नै दौडिन्थे । बिहानको शीतको थोपा जस्तै निर्मल र शान्त लाग्न थालेको थियो- अनामिकाको उपस्थिति ।

दुई दिनपछि मेरो फोनमा 'म्यासेन्जर'को घण्टी बज्यो । मैले तत्कालै हेरिनँ । म दाँत 'ब्रस' गर्न थालें । मैले अनुहार धोएँ, उही झुन्ड्याइएको गुलाबी तौलियाले पुछें । 'लिभिङ रुम'मा सुत्न थालेदेखि मेरो कपडा बाहिरै राख्न थालेको थिएँ । कुनै पट्याएर लगेजभित्र, कुनै त्यसै भित्ताको काँटीमा झुन्डाउने गरेको थिएँ । त्यही बैठककोठाको टेलिभिजन हेर्थें । मेरो घरभित्र बोल्ने साथी त्यही टिभी नै थियो । किताबहरू र्‍याकमा मिलाएर राखेको थिएँ । यसको बोध आश्मालाई कहिल्यै हुन्न थियो । कपडा फेरेर म ब्रेकफास्ट बनाउन किचनमा गएँ । दुई दिनसम्मका भाँडाहरू 'सिन्क'मा खात लागेका थिए । एउटा शिखर नै चुलिएको थियो । हिमशिखर नै भएको भए पक्कै सुन्दर देखिन्थ्यो; जूठा भाँडाहरू भएकाले कुरूप देखिन्थे ।

'उसले खाएका जूठा भाँडा जहिल्यै मैले नै माझ्नुपर्छ ।' म गन्गनाउँदै भाँडा माझ्न थालें ।

आश्मा हप्तामा तीन दिन कलेज र बाँकी तीन दिन काममा जान्थिन् । एक दिन अर्थात् शनिवार उनको बिदा हुन्थ्यो । त्यो दिन उनी कतै बाहिर डुल्न जान मन पराउँथिन् । त्यो स्वाभाविक थियो ।

आश्माको काम कहिले बेलुकाको समय पर्थ्यो, कहिले बिहानको । एउटा किराना पसलमा काम गर्थिन् । बेलुकाको वा दिउँसोको 'सिफ्ट' छ भने बिहान अबेरसम्म सुत्थिन् । बिहानको 'सिफ्ट' छ भने रातिको बिहान तीन बजे नै उठ्थिन् । किचनमा खाना बनाउने र धन्दा-पातमा भने सारै अल्छी । कहिलेकाहीं त मभित्र पनि रिस निस्किन्थ्यो नै ।

'काम त म पनि गर्छु, थोडिन तिमी मात्र हो ? आफूले खाएका जूठा भाँडा कहिलेकाहीं माझ्दा के बिग्रिन्छ हँ ?' म भन्थें ।

'तेरो के काम छ ? त्यही पढ्ने, पढ्ने, पढ्ने । तैंले के जानेको छस् त्योभन्दा बढी ? तँ आफैं माझ् न !' आश्माको ठाडो प्रतिक्रिया आइहाल्थ्यो ।

भाँडा माझिसकेपछि आश्माको कलेजको 'होमवर्क' मैले नै गरिदिनुपर्थ्यो । खासगरी समाजशास्त्र र सोध-लेखनसँग सम्बन्धित ।

फोनमा अर्को म्यासेज आएको आवाज आयो । मैले हतारहतार भाँडा माझेर सिध्याएँ । हात पुछेर 'ब्रेड टोष्टर'मा 'ब्रेड' हालेपछि मोबाइलतिर आँखा लगाएँ । अनामिकाले टेक्स्ट गरेकी रहिछिन्, देखिहालें- 'सन्चै हुनुहुन्छ ? कि हजुर बिजी हो ?'

एक्कासि मेरो मुटुको धड्कन बढ्यो । पवित्र मनले कसैलाई चाहेपछि ईश्वरको पनि केही लाग्दैन कि क्या हो ? यद्यपि, म ईश्वरवादी होइन, न त विश्वास नै छ । जस्तो कि बरीको नास्तिकपनलाई देखेर सुयोग चकित परेको थियो तर उसले पनि बरीको नास्तिकपनलाई मन पराएको थियो । मान्छे मन परेपछि कोहीसँग केही नमिले पनि प्रेम बस्दो रहेछ, मान्छे मन नपरेपछि सबैथोक मिले पनि प्रेम मौलाउँदो रहेनछ । जिन्दगीको जोडा मिलाउनु भनेको हिसाब जस्तो हुँदो रहेनछ, जहाँ एकमा एक जोडे दुई हुन्छ । बरी र सुयोगको जीवन प्रेमको जोडा मिलाए पनि कहाँ हिसाब जस्तो थियो र ? न उमेर मिल्थ्यो, न विचार । तै पनि सुयोगले बरीलाई एकोहोरो प्रेम गरिरह्यो ।

जति नै नास्तिक भए पनि एक तहमा पुगेपछि मान्छे आस्तिक हुँदो रहेछ । मैले अचानक ईश्वरलाई स्वीकार गरें । मनको आवाज यदि कसैले बुझ्छ भने त्यो ईश्वर नै हो । तर यो संसारमा किन यति धेरै भोका र नाङ्गा ? किन ईश्वरले न्याय गर्दैन तिनलाई ? अविश्वास पनि छँदै छ ईश्वरप्रति ।

अनामिका मलाई बोलाउँदै आइसकेकी थिइन् । म गद्गद भइहालें । त्यति बेलाको त्यो खुसी आफ्नी आमाले मेलामा हराएको दूधे बालकलाई भेट्टाए जस्तै भयो । यस्तो कि छातीमा कहिल्यै ननिक्लिने गरी टाँसेर राखौं र पलपल त्यही खुसी अँगालेर बसौं !

'एकदम सन्चै छु । अनि तिमीलाई ? म त तिमीले बिर्सिसक्यौ भन्ने ठानेको ।' मैले लेखिहालें ।

म्यासेज पठाई सकेपछि पो अलिक बढी नै लेखें कि भन्ने लाग्यो ।

'होइन । किन बिर्सिनु ? नेपालमा यही त हो, भन्ने बित्तिकै इन्टरनेट हुँदैन । थपमा उनले लेखिन्, 'म ट्रेनिङमा थिएँ ।'

'कस्तो ट्रेनिङ ?'

'यस्तै महिला शिक्षकको ।'

'सारै खुसी लाग्यो तिमीले सम्झेकोमा ।'

'किन र मलाई मिस गर्नुभयो र ?'

अनामिकाले यो प्रश्न तेर्साउने बित्तिकै मैले अड्कल काटें कि अनामिकाले मलाई मन पराइन् । उनलाई थाहा भो कि मैले उनलाई मन पराएको छु । तब उत्तर दिने सुनौलो अवसर किन छुटाउनु ? मैले लेखिहालें- 'हो नि । यत्रो दुई दिनसम्म आएनौ, कस्तो हुटहुटी भयो ।'

मैले 'स्माइली इमो' पनि पठाइदिएँ । भावनालाई 'कन्ट्रोल' गर्दै मनको आवाज दिने यस्ता 'इमो'हरू प्रेममा काम लाग्दा रहेछन् । शब्दले साट्न नसक्ने भावनाहरू इमोले साट्न पाइने । इमोप्रति मेरो उच्च सम्मान बढेर आयो । अझ भनौं, इमो बनाउनेहरूप्रति ।

अनामिकासँग टेक्स्ट गर्दागर्दै केही डढेको गन्ध आयो । 'ब्रेड' डढिसकेको रहेछ । मैले हत्तपत्त ब्रेड निकालें ।

'तिमीसँगको वार्तालापमा यति गहिरिएछु कि ब्रेड डढेको पनि होस भएनछ ।' मैले लेखें ।

'सरी !' अनामिकाले भनिन् ।

'केको सरी ? गल्ती मेरै हो ।'

'मैले हजुरलाई अल्मलाएँ ।' अनामिका एक्कासि अफलाइन भइन् ।

ब्याड लक ! बेक्कारमा 'ब्रेड डढ्यो' भनेर सुनाएछु । म पनि उस्तै । मैले मनमनै आफैंलाई गाली गरें ।

'हेर्नू न, एक्कासि यो इन्टरनेट गयो ।' केही बेरपछि अनामिकाको टेक्स्ट आयो ।

मैले उत्तर दिन नपाउँदै अनामिका फेरि हराइन् । अनि मात्र ढुक्क भयो, मेरो दोष हैन रहेछ ।

म अनामिकालाई सम्झनामा च्यापेर कलेजतिर लागेँ । बाटाकै किनारामा पानीका फोहोराहरूले 'पाम'का रुखहरूलाई सिञ्चित गरिरहेका रहेछन् । लाग्यो- मेरो प्रेम, मेरो सुख्खा जीवनलाई सिञ्चित गर्न आएकी अनामिका, अहो ! म हराभरा हुन थालेँ अब ।

... ...

कलेजबाट साँझ घर आएँ । आश्मा अझै आएकी थिइनन् ।

बिहान उठ्ने, काममा जाने । बेलुका आउने, सरासर आफ्नो कोठाभित्र चुक्कुल लाएर सुत्ने । जता जान मन लाग्छ, त्यत्तै जाने । जे काम गर्नु छ, त्यही गर्ने । एवम् रितले आश्मासितका दिनहरू बित्दै आइरहेका थिए । यता, अनामिकासँगको हरेक गफहरू, झन् गाढा र गहिरो हुँदै थियो । उज्यालो हुन नपाउँदै अनामिकाको म्यासेजको पर्खाइ हुन्थ्यो । साँझ हुन नपाउँदै मनमा अनामिकाको गहिरो सम्झना आउँथ्यो । बिस्तारै आश्माको ठाउँ अनामिकाले लिन थालेकी थिइन् । मैले अनामिकालाई हरसमय 'मिस' गर्न थालेको थिएँ । बिस्तारै उनी नै मेरो साथी हुन थालिन् ।

'मिल्छ भने तपाईं अझै वाइफसँगको सम्बन्ध बनाउने प्रयास गर्नूस् !' अनामिकाले घरिघरि भन्थिन् ।

भावुक भएर थाहै नपाई मैले आश्माको पक्षमा कुरा गर्न थाल्दो रहेछु । ईर्ष्या त अनामिकालाई हुन्थ्यो नै होला ।

'हुन त आँटिली छिन् आश्मा ।' आश्माको नाम लिएर म अनामिकालाई भन्थेँ, 'खै, म नै पो उस्तो हो कि ? राम्रो पति हुन सकिनँ कि ?'

'तपाईंको कुरा सुनेपछि मलाई त्यस्तो लाग्दैन ।' अनामिका भन्थिन्, 'हामी नेपाली संस्कृतिमा हुर्केका नारी तर पतिव्रता नै हुनुपर्छ भन्ने मान्यता त म पनि राख्दिनँ । तर पनि श्रीमान् र श्रीमती बीच हुनुपर्ने प्रेममा केही सेक्रिफाइस त हुनुपर्‍यो नि । सायद तपाईंहरूको सम्बन्धलाई मैले अलिक नजिकबाट बुझ्न सकेको छैन । तपाईंहरूको निजी जीवनको कुरा पनि हो ।'

एक किसिमले त अनामिकालाई रिस पनि उठ्थ्यो होला । म फोनमा अनामिकासँग खुलेरै आश्माको तारिफ गर्थें ।

'आश्मासँग मेरो भविष्य त देख्दै देख्दिनँ ।' म अनामिकालाई भन्थें, 'तर कहिलेसम्म र कसरी भन्ने मात्र हो । थाहा छैन, हाम्रो सम्बन्ध कहाँ टुङ्गिन्छ ।'

अनामिका मलाई साथ दिन आइरहेको भान हुन्थ्यो । मैले उनकै अगाडि आश्माको तारिफ गर्दा पनि उनी एकोहोरो सुनिरहन्थिन् । लाग्थ्यो, अनामिकालाई मसँग बोलिराख्ने एक प्रकारको हुटहुटी भइरहन्छ । मलाई पनि त्यस्तै भइरहन्थ्यो । हामी त्यो सबै फेसबुक मेसेन्जरबाट गर्थ्यौं । बिस्तारै उनले मेरो फोन नम्बर मागिन्, त्यसपछि उनले मसँग फोन र भाइबरमा बिहान बेलुका नै कुरा गर्न थालिन् । भित्रभित्रै मेरो अवचेतन मनमा केवल अनामिका, अनामिका मात्रै हुन थालिन् ।

एक दिन–

'यो सम्बन्धमा माया भन्ने कुरा धेरै महत्त्वपूर्ण हुँदो रहेछ । अझ पति र पत्नीमा त झनै धेरै । जबसम्म पति र पत्नीमा रोमान्टिक कुरा मौलाउन पाउँदैन, बाँचुन्जेल जिन्दगीमा केही न केही खड्किए जस्तै भइरहँदो रहेछ ।' अनामिकाले भनेकी थिइन् । खोइ के प्रसङ्ग थियो कुन्नि । आश्माले भनेको याद आइहाल्यो, 'लोग्ने र स्वास्नीमा रोमान्स भनेको के हो, तँलाई थाहा छैन ।'

वास्तवमा आश्मा सही थिइन् । त्यो अपनत्व उनीसँग कहिल्यै भएन । त्यही भएर होला आश्मासँगका मेरा विगतका रातहरू एउटै ओछ्यानमा

भए पनि दुई ओटा महादेशमा भए जस्तो अनुभूति हुन्थ्यो । बिलकुल एक्लो र निरीह । अर्थात् दुई नदीका किनारा, परिपूरक हुन् तर मिलन हुँदैन ।

कतै मैले आश्माको, 'रोमान्स'को अर्थ नबुझेको पनि हुनसक्छु । घरिघरि लाग्थ्यो- मैले आश्मालाई छोडेकै हामी बीचका मनोवैज्ञानिक इच्छा र चाहनाहरू एकअर्कालेे बुझ्न नसकेर हो । आश्मा र मैले जीवनलाई हेर्ने दृष्टिकोण हामी हुर्केको समाजले निर्धारण गरेको थियो । सायद हामी दुई फरक समाजमा हुर्केका थियौ वा फरक वातावरणको प्रभाव थियो हामीमा । त्यही अनुसार प्रत्येक व्यक्ति, समाज र संसारलाई हेर्ने दृष्टिकोण फरक भयो ।

'फरक पृष्ठभूमिबाट आउनेहरूको जोडी त्यति सहज त हुन्न, एकले अर्कोलाई दुखाइरहने सम्भावना हुन्छ तर उत्तम भनेको त्यही दुखाइलाई दुवैले मन पराइदिए सम्बन्ध राम्रो हुन्छ ।' अनामिकाले भनिन् ।

मलाई बब मार्लीको याद आयो । बब मार्लीले पनि सम्बन्धका बारे यसै भन्थे ।

आश्मा र मैले हाम्रो प्रेमलाई जगेर्ना गर्न सकेनौं । जब प्रेमको जगेर्ना हुँदैन, त्यहाँ सम्बन्ध रहँदो रहेनछ । त्यही प्रसङ्गमा मध्य बीसौं शताब्दीका अङ्ग्रेजी गायक जोन लेननको याद आयो । सम्बन्धका बारेमा उनले भनेका थिए- 'हामीले प्रेमको एउटा बिरुवा पाएका छौं, जुन अति नै महँगो बिरुवा जस्तै हुन्छ । जसलाई हामीले त्यसै स्वीकारेर एउटा दराजभित्र बन्द गरेर राख्दैमा यो आफैं बढ्छ भनेर नसोचे पनि हुन्छ । हामीले यसलाई राम्रो गरी हेरचाह र मलजल गर्नुपर्छ ।'

यस्तै केही हुनुपर्छ आश्मा र मेरो प्रेम र सम्बन्धमा । मलजलको अति नै खाँचो थियो होला र त्यो पुगेन र अन्ततः आश्मासँगको सम्बन्ध मर्‍यो । अनामिकासँगको मेरो सम्बन्ध मौलायो ।

अनामिका र म हरेक दिन प्रेम बिरुवा भएर आयौं । हामी दुवैले मलजल गर्न थाल्यौं एकअर्कालाई । चाँडै नै मलजल पुग्यो होला र छोटो समयमै त्यो बिरुवा हुर्कियो । आफूले हुर्काएको प्रेमको बिरुवा बिर्सने त

परै जाओस्, कल्पना समेत गर्नु पनि पाप ठान्न थालें मैले । थाहा छैन, यसमा मेरो कति दोष थियो । सायद अनामिकालाई दिएको आधा माया पनि मैले आश्मालाई दिएको थिइनँ ।

आश्माले मलाई माया दिने वातावरण पनि बनाइदिइनन् होला । कि त मैले आश्मालाई अझै चिनिसकेको थिइनँ । म अझै केही समय आश्मासँगै रहनुपर्थ्यो कि भन्ने नठानेको होइन । तर प्लेटोले भने जस्तो व्यक्ति चिन्नलाई वर्षौं गफ गरिराख्नु पर्दैन, केवल एक घण्टाको नाटक हेरे पुग्छ ।

नाटक जस्तै अनामिका र मैले एकअर्कालाई कति छिट्टै चिन्यौं । आश्मा र म बीच कहिल्यै पनि शारीरिक आकर्षण भएन, न त हामी दुई बीचको हृदय र आत्माको नै । हामीले विगतमा गरेका सम्भोगहरू स्वादबिहीन, खल्ला र उदासिनताले भरिएका हुन्थे । हामी बीचमा त्यो सम्बन्धको धागो कहिल्यै मजबुत भएन र कहिल्यै पनि राम्रा पलहरूको अनुभूत गर्न सकिएन । सायद आश्मा र मैले एकअर्काको माया नाप्यौं; माया दिन सकेनौं । हामी बीचमा प्रेमको बतास कहिल्यै बहेन, न त प्रेमको नदी नै बग्यो । मैले फेरि सुयोग र बरीलाई सम्झिएँ । बरीको मनमा के थियो ? सुयोगले कहिल्यै थाहा पाएन, न मैले सुयोगले बरीलाई गरे जस्तै आश्मालाई माया गरिरहन सकें । न मैले आश्मालाई पछाडिबाट अँगालो हालेर ओठमा चुम्बन गरिरहन सकें ।

... ...

प्रिय पाठक,

सन् २०१५ अप्रिलको २५ तारिकका दिन नेपालमा सात दशमलव नौ रेक्टर स्केलको भूकम्प गएको खबर फेसबुकभरि आइहाल्यो । उता काठमाण्डूमा बाबाआमा आफन्तलाई भेट्न आउनुभएको थियो । भूकम्पले काठमाण्डूको सुन्धारा ढलाएको समाचार फेसबुकमै देखें । धेरै मानिस मरेको पनि खबर आयो । भत्किएका घरका ढुङ्गामाटोले पुरिएका मानिसहरू निकालिरहेको दृश्यले स्तब्ध बनायो । हंशले ठाउँ छोड्यो ।

फोन गर्न खोजें, कतै पनि सम्पर्क भएन । अनामिकालाई पनि नसम्झेको होइन तर पहिले आमाबाबालाई नै सम्झिएँ । मेरो मुटुको धड्कन बढ्यो । म आत्तिएँ । म वरिपरिको पृथ्वी घुमे जस्तै भयो । कतै मेरा परिवार नै भूकम्पमा परे कि भन्ने भयो । अन्ततः आठ घण्टापछि एक जना चिनेको साथीसँग सम्पर्क गर्न पुगेँ । थाहा पाएँ कि मेरो परिवार सही सलामत छ । कसैलाई केही भएको रहेनछ ।

पाल टाँगेर सबै घरबाहिर रात बिताउन थालेको र अझै पनि स-साना भूकम्पका धक्काहरू आइरहेको खबर भने आइरह्यो । मन अत्तालियो, उडेर काठमाण्डू पुगूँझैं भयो; सम्भव थिएन तत्काल । खबर भने बुझिरहें ।

पन्ध्र दिन बित्यो ।

राहतका सामानहरू र सहयोगहरू देश-विदेशबाट प्राप्त भइरहेका खबरहरू आइरहे । त्यही मौकामा धेरैले फाइदा पनि उठाए । नेपालका केही मन्त्रीहरू समेतले भूकम्प पीडितलाई छुट्टाएको पाल लगे भन्ने सुनियो, अखबारमा पढियो । आपतकालीन अवस्थामा यस्तै हुन्छ । अझ नेपाल जस्तो गरीब मुलुकमा यो हुनु स्वाभाविक नै हो ।

मैले अनामिकालाई सम्झिएँ । अनामिका पन्ध्र दिनसम्म हराइन् । फोन सम्पर्क गर्न खोजें । फेसबुकमा कति चोटि मेसेज पठाएँ । अहँ, उनी देखा परिनन् । उनले मेरो मेसेज नै हेरिनन् । कतै भूकम्पमा त परिनन् ? मलाई शङ्का गर्ने ठाउँ हुने नै भयो । उनी भर्खरै काठमाण्डू आएकी थिइन्, एक 'अनलाइन' पत्रिकामा काम गर्न । अनामिकाको अनुसार उनको लागि त्यहाँ राम्रो अवसर थियो । तलब पनि राम्रो दिन्थ्यो रे ।

'आमाबाबाको अवस्था कमजोर छ । बिरामी हुनुहुन्छ । छोरा छैनन् । म आफैँले पाल्नु छ, ऋण तिर्नु छ घरको । त्यो घर बैङ्कमा राखेर पैसा लिएको छ उपचार गर्न ।' यस्तै भनेकी थिइन् अनामिकाले ।

मेरा आँखा आँसुले भरिए । अनामिकालाई केही भयो भन्ने सोच्न थालें । किन दैवले दुःखीलाई अझ दुःख दिन्छ भन्ने सोचें । मेरो अंशभरको मन मरिसकेको थियो कि अनामिकालाई भेट्नेछु अब ।

'प्रभु, मेरी अनामिकालाई केही नहोस् !' मैले ईश्वरसँग प्रार्थना गरें। दुःखमा र मन बिचलित हुँदा मान्छेले नचाहेरै पनि ईश्वर सम्झिँदो रहेछ।

पन्ध्र दिनपछि–

'सन्चै हुनहुन्छ ?' अनामिकाले मेसेज गरिन्, 'हेर्नू न ! सरी ! मैले मेसेजको रिप्लाई गर्न सकिनँ । भूकम्प आयो । हामी झन्डै मरेको । मेरै आँखाअगाडि हामी काम गर्ने बिल्डिङ ढल्यो । धन्न, हामी बाहिर चिया खान निस्केका थियौँ । ईश्वरले बचाए ।'

मेसेज देख्ने बित्तिकै मेरो प्राणमा सास भरियो । लामो सास फेरें । अनामिकाले सबै खुरुखुरू भूकम्पको कहानी बताइन् । मैले भने आश्मासँगको हरेक पलको रिपोर्टिङ गरिरहें ।

... ...

प्रिय पाठक,

मलाई अनामिकाले धेरै पटक सोधिन्- 'आखिर केले तपाईंहरूको सम्बन्धलाई जटील बनायो ?'

मसंग ठोस उत्तर थिएन ।

'तिमीलाई पछि भेटेरै भन्छु ।' म यही उत्तर दिन्थें ।

बिहानै उठेर कलेज जाने बित्तिकै मेरो पहिलो काम अनामिकासँग गफिने नै हुन्थ्यो । साँझको ओछ्यानमा आएर अनामिकालाई निद्रा नआइन्जेल गफ गर्नुपर्थ्यो । मतलव भोलिपल्टको बिहानसम्म अर्थात् कहिलेकाहीं उज्यालो नहुन्जेलसम्म ।

म अनामिकालाई मेरा आरोह-अवरोह सुनाउँथें । आश्मा र मेरा समस्याहरू सुनाउँथें । प्रष्टसाथ खुलेरै भन्दिन्थें । सायद उनले मभित्रका पीडाहरू बुझ्थिन्, उनी एकोहोरो सुनिरहन्थिन् ।

'म पनि एउटी महिला हुँ, महिलाले महिलाको समस्या बुझ्नुपर्छ ।' अनामिका भन्थिन्, 'हाम्रो पितृसत्तात्मक समाजमा महिलाहरू नै बढी

पीडित छन् । तर यसको अर्थ यो हैन कि पुरुषहरू पीडित हुँदैनन् । महिलाबाट पुरुषहरू पनि पीडित भएको बारे कलम चलाएको छु । त्यही भएर तपाईंलाई म केही हदसम्म बुझ्न सक्छु । मसँग प्रष्ट कुरो गर्नु भए हुन्छ ।'

यी कुराहरूले नै मलाई छोएको हो, अनामिकासँग नजिक बनाएको हो । उनी झन्झन् बौद्धिक लाग्दै आइरहेकी थिइन् । विषयवस्तुको गाम्भीर्य बुझेर मात्रै बोल्थिन् । हरेक संवादमा अनामिका प्रेमिका मात्र भएर आइनन्, एक असल र मेरो जीवनको 'थेरापिष्ट' नै भइन् ।

कहिलेकाहीं हामी फोनमै पनि रोमान्टिक हुन थाल्यौं ।

'हजुरलाई कहिले छुनु जस्तै भएको छ ।' एक दिन अनामिकाले भनिन् ।

'पागल !' मैले मायाले गाली गरें ।

मलाई पनि त्यस्तै हुन्थ्यो, जसरी त्यो एक दिन सुयोगलाई भयो र उसले बरीलाई पछाडिबाटै अँगालो मारेर चुम्यो । त्यही दिनदेखि बरी बिरामी परी । पछि उनको मृत्यु भयो । खास कारण के थियो ? न मलाई थाहा छ, न सुयोगलाई ।

'चाँडै नै हाम्रो भेट हुनेछ अनि छोऔंला ।' मैले अनामिकालाई जबाफ दिएँ ।

... ...

म त टर्की विमानस्थलमा झकाइसकेको रहेछु । कसैले धक्का दिए जस्तो भयो, म ब्युंझिएं । प्लेन उड्न दुई घण्टा बाँकी रहेछ ।

भोक लाग्यो । म उठें । लगेज घिर्सादै नजिकैको रेष्टुरेन्टमा बसें । खान मनपर्ने चिज केही देखिनँ । मेनु हेरें । मैले खान लायक एउटै रहेछ- 'चिकेन बार्बिक्यू विथ चिज' । 'अर्डर' गरें । साथमा 'रेड वाइन' । यसो फोन हेरें, वाइफाई रहेछ । फुड तयार नहुन्जेल फेसबुक खोलें ।

'हाइ !' अनामिकाले भनिहालिन् । सोधिन्, 'कता हो ?'

मैले फेसबुकबाटै 'भिडियो कल' गरेँ । मैले कानमा 'इयरफोन' लाएको थिएँ ।

अनामिकाले मलाई भिडियोमा देखिन् ।

'अनिंदोले होला आँखा रातो देख्छु त ।' अनामिकाले भनिन् ।

उसो त म रातै 'टिसर्ट'मा थिएँ । म वाइन नै नपिए पनि वाइन पिए जस्तो भइसकेकै थिएँ । मैले मगाएको वाइन पनि रातै थियो । संयोग नै मानौँ, हरेक चिज राता थिए । मेनु, टेबल, प्लेटहरू सबै राता थिए । उता पनि उस्तै । लाज र डरले होला, अनामिकाको अनुहार पनि रातो र काँपेझैँ देखिन्थ्यो । भोलि त हामी भेट्दै थियौँ । पहिलो भेट हुने थियो । त्यही कौतुहलता र उमङ्गमा उनको डर मिसिएको थियो होला । त्यही डरले उनलाई 'नर्भस' बनाइरहेको थियो कि ?

मेरो अर्डर आइपुग्यो ।

'भोलि त एयरपोर्टमा तिमीलाई अँगालो हाल्न आइपुग्नेछु ।' वाइनको चुस्की लिँदै मैले भनेँ ।

अनामिकाको अनुहार लाजले झनै रातो भयो । मानौँ, शरीरको सारा रगत उनको अनुहारसम्म सोहरिएर आएको छ ।

हामी केही बेर गफियौँ । अन्तमा मैले अनामिकालाई 'सी यू सुन' भनेँ । बिल तिरेँ । म गेटतिर हिँडेँ । प्लेनभित्र पस्ने समय भइसकेको थियो । यात्रुहरू लाइनमा थिए ।

**

पहिलो भेट

टर्कीबाट प्लेन काठमाण्डूतिर उड्ने तरखर गर्न थाल्यो । मेरो मन भने अघि नै अनामिकातिर उडिगयो । पाँच घण्टा लाग्ने थियो । सिटमा बसिसकेपछि मोबाइलमा समय हेरैं, टर्कीमा बिहानको दुई बजेको थियो ।

झ्यालबाट बाहिर हेर्दै थिएँ, प्लेनले जमिन छोड्यो । मेरो छेउमा को थियो या कति यात्रु थिए, केहीको हेक्का थिएन । अनामिका मात्रै मेरो मन-मस्तिष्कमा थिइन् । कहिले भेट्नु मात्र भएको थियो । पाब्लो नेरुदाले 'म तिमीलाई त्यसै गर्न चाहन्छु, जस्तो वसन्तले चेरीका रुखहरूसँग गर्छ' भन्ने लेखे जस्तै म कल्पिँदै थिएँ । मायाको जलनले, अनामिकालाई भेट्ने हुटहुटीले म भित्रभित्रै आतुरको बिरामी थिएँ । म प्रशन्नताको उच्चतम विन्दुमा थिएँ । कताकता मेरो पेटभित्र पुतलीहरू कुदे जस्तो, मुटु नै तीव्र गतिमा दौडिएको आभास भइरहेको थियो । म अनामिकासँग गहिरो प्रेममा छु र उनीप्रतिको वासना पनि ममा छ । त्यो वासना सुरूबाटै भइरहेको थियो । गहिरो प्रेममा वासना पनि हुँदो रहेछ नै ।

मेरो स्नायु प्रणाली र हर्मोनभित्र एक प्रकारले बडो अचम्मको रसायनिक प्रतिक्रिया हुन थालेको थियो । मैले पहिल्यै भने जस्तो एउटा नसा थियो । अमेरिकाको रटजियर्स युनिर्भसिटीले सन् २०१०मा गरेको अध्ययन अनुसार धेरैले वास्तविक प्रेमलाई एउटा नसाको रूपमा व्याख्या गरेका थिए । अनुसन्धानकर्ताहरूले त्यही निष्कर्ष निकालेका थिए कि प्रेम भनेको 'ड्रग'सँगको 'एडिक्सन' भाव जस्तै हो । यसले मस्तिष्कबाट

एक प्रकारको रसायन निकाल्छ, साथै आकर्षणका विभिन्न भागहरूबाट प्रेमिकासँगको गहिरो सम्बन्ध बनाउँछ । ड्रग जस्तो जति बढी समय प्रेमी वा प्रेमिकासँग बिताइन्छ, त्यति बढी 'एडिक्टेड' होइन्छ । म अनामिकामा 'एडिक्टेड' भइसकेको थिएँ ।

'मे आई ह्याभ सम रेड वाइन प्लिज ?' मैले एअर होस्टेजलाई भनेँ ।

'स्योर ।'

एअर होस्टेजले छिनमै मेरो अगाडि एउटा सानो बोतल र गिलास राखिदिइन् ।

'थ्याङ्क यू ।'

मैले पूरै यात्राभरि नै वाइन पिएँ । धेरै नै पिएँ । वाइन मात्रै पिएँ । त्यो वाइन प्रेम-सराब बनेर मभित्र पसिरहेको थियो ।

वाइनले मभित्र जस्तो असर बनाइरहेको थियो, त्यसरी नै अनामिकासँगको 'लभ हर्मोन'ले भित्रभित्रै पेलिरहेको थियो । वाइनलाई लभ हर्मोन र लभ हर्मोनलाई वाइनले काट्दो रहेछ । अमेरिकाकै विमिङ्गम युनिर्भसिटीको अध्ययनले पनि यस्तै देखाएको थियो कि लभ हर्मोन भनेको धेरै रक्सी पिए जस्तै हो । पहिलोले 'अक्सिटोसन' निकाल्छ र अर्कोमा अल्कोहल हुन्छ र दुईटैको परिभाषा एउटै हुन्छ- 'रियाक्सन' गर्ने । यद्यपि, रक्सीको असर मस्तिष्कको विभिन्न भागमा हुन्छ । मलाई लाग्यो- लभको असर मुटुको विभिन्न भागमा हुन्छ । अनामिकालाई कल्पिँदा नै मेरा गाला ताता भए । हातबाट चिटचिट पसिना आयो । मुटुको गति त्यही दरमै बढ्यो ।

'तिमीलाई मैले भित्रभित्रै माया गर्न थालेँ ।' अनामिकाले केही समयअघि भनेको याद आयो । उनले सोधेकी थिइन्, 'के म तिम्रो हुनसक्छु ?'

अनामिकासँग भेट्ने समय छोटिँदै थियो । मैले उनलाई 'यस' भन्न सकेको थिइनँ । मौन भएर हाँसिदिनु नै अनामिकाको प्रस्ताव स्वीकार

गरेसरह थियो । अमेरिकादेखि भेट्न जानु अर्को बलियो आधार छँदै थियो । यति कुरा सजिलै चाल पाउन सक्थिन् उनी ।

मेरा सम्पूर्ण इच्छा र सतर्कता पूर्ण रूपमा अनामिकासँग एकीकृत भइरहेको थियो । आँखामा पर्दा लागे जस्तो भयो । अनामिकाको कल्पनाले या वाइनको मातले या दुवैले, मभित्र बलियो ऊर्जा बढिरहेकै थियो । जति बेला मलाई अनामिकासँगको सम्बन्ध र मायाको गहिराइ अनुभव हुन्थ्यो । जतिसुकै बाधा र अड्चन आए पनि म सामना गर्नेछु भन्ने हिम्मत दिन्थ्यो । प्रेममा नै बल र आँट आउँदो रहेछ ।

मेरो मस्तिष्कका आँखाहरूले अनामिकालाई हेरिरहे, म कल्पनाशील भइरहें । साँचो प्रेममा कल्पना बढी हुँदो रहेछ । रोगी पनि पार्दो रहेछ । प्रेमरोगी । कुनै 'ब्लग'मा प्रेमसम्बन्धी लेख पढेको थिएँ कि प्रेमले बिरामी नै पार्छ, 'युफोरिक' संसारमा समेत पुऱ्याउँछ । त्यो 'युफोरिक' संसारमा म पुग्न आँट्दै थिएँ ।

... ...

'वी आर गोइङ टु ल्याण्ड इन टेन मिनट्स ।' विमानमा 'एनाउन्स' भयो ।

अनामिका पर्खेर बसिरहेकी होलिन् । मीठो कौतुहलता लिएर म अझै माथिमाथि उडिरहेको थिएँ । प्लेन उचाइबाट तल झर्दै थियो, मेरो आङ सिरिङसिरिङ हुँदै थियो । अनामिकालाई भेट्ने 'युफोरिया'मा म सिरिङसिरिङ भइरहेको थिएँ । मैले झ्यालबाट बाहिर हेरें । पहाडहरू अब उड्दै गरेको विमानलाई जितेर अग्ला भए । झ्याम्मै गएर ठोक्किने हो कि ! एक खालको डर पनि पलायो ।

प्राकृतिक सुन्दरताले तान्यो । मनमोहक देखिने पहाडको लहर, पहाडमा बनेका घरहरू, बस्तीहरू मानव सभ्यताको सूचकाङ्क बनेर फैलिए । पहाडका नागवेली बाटाहरू वक्ररेखा जस्तै धर्सा बनेर परस्परमा फैलिए । खोला र नदीहरू नागहरू कुदेजस्ता देखिए । परका हिमशिखरहरू

टल्किएर सुन्दर युवतीका सेताम्मे दन्तलहर जस्तै देखिए । बादल पनि बतास बनेर दौडिरहेथ्यो ।

विमानले जमिन टेक्यो । धेरैले 'नर्क' ठानेको मेरो देश स्वर्गको टुक्रा भएर मनमा बस्यो । यो अनामिकाकै देन हो । अनामिकाको माया खोज्दै म आफ्नो देश आएको थिएँ । जहाँ प्रेम हुन्छ, त्यहाँ स्वर्गको अनुभव हुँदो रहेछ ।

म बाहिर निस्किएँ । लागेको थियो कि अनामिकालाई देख्ने बित्तिकै चिन्नेछु । उनको तस्बिर मेरो हृदयमा गाढा भएर बसेको छ । जब तस्बिर हृदयमा बस्छ, आँखाले देखिने तस्बिर सबै फिक्का लाग्दा रहेछन् । मैले वरपर हेरें । मान्छेहरूको भिड थियो । आफन्तहरूलाई लिन आएका होलान् । कोही अँगालोमा बाँधिएर रोइरहेका देखिन्थे । सायद वर्षौंको वियोगपछि मिलन भइरहेको थियो त्यहाँ । अनामिका कहाँ छिन् ? मलाई भने यसैले डोऱ्याइरहेथ्यो ।

'दाइ, ट्याक्सी यता छ, दाइ ट्याक्सी यता छ !'

ट्याक्सी चालकहरूको भिड लागिहाल्यो । जसको शक्ति उसको भक्ति । तानातान नै चल्यो । विदेशबाट आएका यात्रुलाई ट्याक्सी भाँडा लिन पाउँदा राम्रै नाफा हुने ठानेर नै होला, त्यस्तो तानातान भएको । ट्याक्सी चालकदेखि देश चालकसम्म सबैको यस्तै तानातान हुन्छ, हाम्रै नेपालमा । मैले केही बेर वरपर हेरें । अहँ, अनामिकालाई देखिनँ ।

कहाँ छ्यौ अनामिका ? मैले मनमा नै बोलाएँ । मुटुको धड्कन अझै बढेको थियो । मलाई के ठान्लिन् ? कस्तो लाग्ने हो ? मलाई मन नपराउने पो हुन् कि ? एक प्रकारको खुल्दुली र डर भइरह्यो ।

'तपाईं जस्तो भए पनि मैले हृदयदेखि तपाईंलाई स्वीकारेकी छु ।' अनामिकाले भनेकी थिइन्, 'मलाई तपाईंको लुक्ससँग मतलव नै छैन ।'

मैले लामो सास फेरें । मेरो छातीको चौडाइले एयरपोर्ट नै ढाके जस्तो भयो । ढुक्क भएको भानसँगै मैले अनामिकालाई खोज्न थालें ।

'दाइ, ट्याक्सी चाहिन्छ ?' एक जना ट्याक्सी चालकले मेरो एकाग्रता भङ्ग गरिदियो ।

आफूलाई केको चिन्ता, घरज्वाइँलाई खानको चिन्ता । मनमनै 'नकरा न मुला' भनेँ । मनमै रीस पोखेँ ।

'चाहिँदैन भाइ ।'

आफूलाई सम्हाल्न सक्नु पनि एउटा कला हो । नभन्दै अनामिकालाई मेरै अगाडि देखेँ । मेरो छाती ढक्क फुल्यो । उनमा हाँसो थियो । अलि नर्भस देखिन्थिन्, कसैको पर्खाइमा भोक-प्यास बिर्सिएर सिथिल भए जस्तै । के गर्ने वा नगर्ने, सन्नाटा छायो । मान्छेहरूको गज्याङमज्याङ छँदै थियो । म आफैँ अगाडि बढेँ । मैले अनामिकालाई हलुका गरी अँगालो मारेँ ।

अनामिकाका स्तनहरूले मेरो छाती छोएको महसुस भयो । थोरै सहजता थपियो । लगेज भुईंमा छोडेर मैले उनका आँखाहरूमा हेरेँ । अधिकतम खुसी थियो । गहिरो भाव थियो । तलाउजस्ता उनका आँखामा मैले आफ्नै अनुहार देखेँ । अझ उनको अनुहारमा सर्माउँदाको सुन्दरता थपियो । लाजले थोरै मुन्टो घुमाइन् । हातले मुख छोप्दै थोरै मुस्कुराइन् । मिलेका दाँत, ठूलो निधार उनका सुन्दर गहनाहरू थिए । केश छोडेकी थिइन्, उनका प्रायः तस्बिरहरूमा जस्तै । लाग्यो- मेरो अहिलेसम्मको अधिकतम खुसीको क्षण यही हो ।

'तिमीलाई कस्तो छ ?' अनामिकाको अनुहारतिर आएका केशहरूलाई कानपछाडि सारिदिँदै मैले सोधेँ ।

'सन्चै छ ।' अनामिकाले लजाउँदै भनिन्, 'हजुरको पर्खाइमा धेरै दिन भयो, निदाउन सकेकी छुइनँ । अनि हजुर राम्रै गरी आइपुग्नुभो ?'

'एकदमै राम्रो गरी आइपुगेँ ।'

मैले अनामिकातिरै एकोहोरो हेरेँ । अनुहारमा केही डण्डीफोर देखिन्थे । ती उसै सुन्दर लागे । बैंसमा आएका डन्डीफोर जस्तै ।

आँखाको वरिपरि थकानको कालो देखिन्थ्यो । अनामिका मेरो सामु आउँदा उनको शिर मेरो कानसम्म आइपुगेको थियो । मैले अनुमान लाएँ, उनको उचाइ त्यस्तै पाँच फिट दुई इन्चजति होला ।

'अब त म आएँ नि त ।' मैले हाँस्दै भनें ।

अनामिकाले मीठो मुस्कान पस्किइन् र दुवै हातले छोप्दै मुस्कान लुकाइन् ।

... ...

ट्याक्सी लिएर हामी कोटेश्वरतिर लाग्यौं । काठमाण्डूका बाटाहरू तिनै त हुन्, धूवाँ र धुलोको कुइरीमण्डल । जहाँ 'फोहोर मलाई' लेखिएको थियो, त्यहीं फोहोरको डङ्गुर । जहाँ पिसाब फेर्न मनाही लेखिएको थियो, त्यहीं दिशा-पिसाब छरपष्ट । यस्तै अव्यवस्थित बस्ती त हो काठमाण्डू । जसले जसरी गाडी कुदाए पनि हुने, नियम-कानुनको केही मतलव छैन । आधा सडक नै मिचेका फलफूल, कपडा र चटपटे व्यापारीहरूको बजार ।

हामी कोटेश्वर पुग्यौं । खासै टाढा थिएन काठमाण्डूको एयरपोर्टबाट । ट्याक्सीलाई बिदा गरेपछि मेरो लगेज तान्न अनामिकाले सघाइन् । हामी कोठाभित्र छिऱ्यौं । एउटा सानो कोठामा डेरा लिएर बसेकी रहिछिन् । एउटै कोठामा रहेछन्- किचन, लिभिङ र स्लिपिङको व्यवस्था । बायाँपट्टिको कुनामा रहेछ ग्याँसको सिलिण्डर, ठिङरिङ्ग उभिएको ।

'ग्याँस सकिएको दुई महिना भयो ।' अनामिकाले भनिन्, 'नाकाबन्दीले गर्दा ग्याँसै आएन ।'

असोजबाट भारतीय नाकाबन्दी सुरू भएको थियो । नाकाबन्दीको कारण यही हो भन्ने कसैलाई थाहा थिएन । खालि नेपाल र भारतको आरोप र प्रत्यारोप मात्रै चलिरहेथ्यो ।

'अनि केमा खाना बनाएर खाँदै छौ त ?' मैले सोधें ।

'अर्को एक जना साथीसँग मिलेर खाँदै छु । त्यो पनि ब्ल्याकमा किनेको ग्याँसको सिलिण्डर । सकिन लाग्यो ।' अनामिकाले भनिन्, 'कोठा सानो छ, सोफा पनि छैन । हजुर त अमेरिकाबाट आउनुभको । गाह्रो हुन्छ होला ।'

मैले मिलिक जस्तैमा वरपर हेरिहालेँ । ग्याँस चुल्हो 'किचन ऱ्याक'माथि बसेको थियो । एकदुई ओटा प्लेट र थालहरू छेवैमा थिए । चामलको सानो बोरा कुनामा थियो । लाउने कपडाहरू ढोकानेरैको हेङ्गरमा झुन्डाइएका थिए । केही कपडाहरू ढोकामै ठोकेका काँटीहरूमा पनि झुन्ड्याइएका थिए । केही कपडा पट्याएर खाटमाथि नै राखिएका थिए । एउटा खाट थियो । बाल्टी र बाटा दायाँ कुनामा थिए । 'किचन टेबल'माथि नै पानीको 'फिल्टर' थियो । त्यसको धारामुनि स्टिलको कचौरा राखिएको थियो । तपतप गर्दै धाराबाट पानी चुहिएको आवाज घरिघरि सुनिन्थ्यो ।

'म साधारण जीवन मन पराउने मान्छे । त्यही भएर त तिमीलाई मन पराएको ।' मैले भनेँ ।

अनामिका मुस्कुराइन् ।

'आऊ न छेउमा बस !' हातै समातेर मैले अनामिकालाई तानेँ । मेरो छेउमै बसाएँ । उनको अनुहार छोप्न आइपुगेका केशहरूलाई पछाडि सारिदिएँ । उनका आँखामा गहिरो भावले हेरेँ । उनी लजाइन् । सोधेँ, 'कतिको खुसी छौ ?'

'धेरै...' अनामिकाले लामो सास लिइन् ।

मैले अनामिकाका दुवै हात जोडसँग समातेँ । मुटुको गति बढिरह्यो ।

'के लिनुहुन्छ ?' अनामिकाले सोधिन्, 'भोकाएर आउनुभएको छ ।'

'भोकाएको छैन ।' मैले अनामिकालाई हेर्दै भनेँ, 'तिमीलाई भेटेपछि सबै भोक हराइगयो नि ।'

'कहाँ त्यसरी हुन्छ ?' समातेको हात फुत्काउन खोज्दै अनामिकाले भनिन् ।

'ग्याँस त छैन, कसरी खाना बनाउँछ्यौ ?'

'पसले दाइसँग ब्ल्याकमा सिलिण्डर मगाएको छु । आजै लिन जानु छ ।' अनामिकाले भनिन्, 'त्यही पनि धन्न पाइयो ।'

नेपालमा गणतान्त्रिक संविधान २०७२ जारी भएपछि मधेसका नेताहरूको असन्तुष्टी थियो । 'एक मधेस, एक प्रदेश' लगायत नागरिकताका विषयलाई लिएर उनीहरूले मधेसमा आन्दोलन सुरू गरेका थिए । मधेसमा रहेका मधेसवादी दलहरू, मधेसी मोर्चा, जनवादी लोकतान्त्रिक फोरम लगायतलाई प्रतिनिधित्व गर्ने नेताहरू मधेस आन्दोलनमा उत्रिएका थिए । उक्त आन्दोलनमा पचास जनाको मृत्यु भइसकेको थियो । यही क्रममा भारतीय नाका अवरोध भएको थियो । जसको कारण पेट्रोलियम पदार्थको आयातमा रोक लगाइएको थियो । नाकाबन्दी भारतीय हस्तक्षेप थियो या मधेसी दलका नेताहरूको राजनीतिक दबाव ? कसैलाई पत्तो थिएन । यद्यपि, बजारमा सवारीका साधनहरू गुडिरहेकै थिए, ट्राफिक बाक्लै थियो ।

'हजुर, ब्ल्याकको तेल हो, महँगो छ भाडा ।' अघि मात्रै ट्याक्सी चालकले भन्थ्यो, 'के गर्नु हामीले पनि खानुपऱ्यो ।'

कालो बजारीले सर्लक्क निलेको थियो काठमाण्डूलाई वा भनौं नेपाललाई ।

'तिम्रो र मेरो सँगै भान्छा हुने भो आजबाट ।' मैले भनें ।

अनामिका हाँसिन् मात्रै ।

'एकछिन यहीं बस न ! केही हतार छैन ।' मैले अनामिकाको हात समाउँदै चिउँडो उचालेर उनका आँखामा हेरें । भनें, 'सात महिना बितिसकेछ हकि तिम्रो र मेरो गफ भएको ?'

'हो नि ।' अनामिका फिस्स हाँसिन् ।

'अलिक वर आऊ न !' मैले अनामिकालाई बिस्तारै तानें । दुवै हातले उनको शिर समाएँ र निधारमा बिस्तारै चुमें ।

अनामिका मुस्कुराइरहिन् ।

'आई लभ यू ।' मैले भनें ।

अनामिकाले शिर निहुराइन् । उनी केही बेर केही बोलिनन् । प्रेमले भरिएको उनको लजालु स्वभावले म पुलकित भएँ ।

... ...

साँझ परिसकेको थियो । हामी बजारतिर निस्कियौँ । बजार मान्छेहरूले खचाखच थियो । बाटाभरि तरकारी पसलहरूको बिस्कुन नै थियो । मोटरसाइकलमा मान्छेहरू बाटो छिचोल्दै, हर्न बजाउँदै किचौँलाइँ गर्दै अघि बढिरहेका थिए । मासु पसलमा पनि मानिसहरूको भिड नै थियो । हामीले आधा केजी कुखुराको मासु किन्यौँ । केही सब्जी किन्यौँ । ग्याँसको पसले दाइकहाँ गएर एक सिलिण्डर ग्याँस लिएपछि हामी कोठा फर्कियौँ ।

ग्याँसको सिलिण्डर फिट गरेपछि म खाटमा पल्टिएँ ।

'म भोलि मधेसतिर लाग्छु ।' मैले भनें ।

'हो र ? भोलि नै जाने र हजुर ?' ग्याँसमा आगो बाल्दै अनामिकाले सोधिन्, 'अनि कहिले आउनुहुन्छ ?

'आइहाल्छु । एक हप्ता बसेर ।'

मैले अनामिकालाई पछाडिबाट बिस्तारै अँगालो मारेँ । उनको शिरमा मीठो चुम्बन गरेँ । कपालबाट स्याम्पुको मीठो वासना आइरहेको थियो ।

केही बेरमै खाना तयार भयो । हामी दुवै खाना खान बस्यौँ । पहिलो गाँस मुछेर मैले अनामिकालाई खुवाइदिन खोजें । पहिले त लजाउँदै अनामिकाले इन्कार गरिन्, दोस्रो पल्ट भने मुख खोलिन् ।

'थ्याङ्क यू ।' अनामिकाले भनिन्, 'अब एक हप्ता म के गरेर बस्ने होला ?'

म आउने भनेर नै अनामिकाले अफिसबाट बिदा लिएकी थिइन् ।

'म तिमीसँग फोनमा कुरा गर्छु नि ।' मैले भनें, 'नभए पोखरा गएर आमाबाबासँग बस्दै गर न त । सुन्दर ठाउँ छ पोखरा । डुल्दै गर !'

अनामिका एकछिन भावुक बनिन् ।

'होस् जान्नँ । यहीं बस्छु । हजुर आएपछि हजुर र मसँगै जाने पोखरा ।' अनामिकाले भनिन् ।

रातको नौ बजिसकेको थियो । अनामिकाले ओछ्यान तयार पारिन् । उनले आफ्नो लगेजबाट नयाँ तन्ना निकालिन् र ओछ्याइन् । सिरानी मिलाइन् ।

'ल अब हजुर सुत्नू ! धेरै थाक्नु भएको होला ।' अनामिकाले भनिन् ।

'मेरो धेरै चिन्ता नलेऊ ! तिमीलाई भेटेपछि सबै थकान हराएको छ ।' मैले सोधें, 'अनि तिमी कहाँ सुत्छौ नि ?'

'म यहीं भुईंमा ओछ्यान लगाएर सुतिहाल्छु नि ।' खाटमुनिबाट अर्को डसना निकाल्दै अनामिकाले भनिन् ।

'हैट् ! लाटी कहाँ त्यसरी हुन्छ । तिमी पनि यहीं मसँगै सुत्नुपर्छ ।' मैले अनामिकाको हात समाउँदै भनें ।

'कहाँ हुन्छ ? हुन्न ।' अनामिकाले लजाउँदै भनिन्, 'हजुरसँग पहिलो चोटि आज त भेट गर्दै छु ।'

'तिमी भनेर म अमेरिकादेखि आएँ, एक्लै सुत्ने कुरै हुँदैन ।' मैले जिस्काउँदै भनें, 'तिमीलाई नछोईकन सुतौंला न ।'

अनामिकालाई मनाउन धेरै समय लाग्यो ।

'हजुर पर भित्तामा सुत्नुहोस्, म छेउमा सुत्छु ।' धेरैबेरको एकोहोरो प्रयासपछि बल्ल अनामिकाले मुख खोलिन् ।

म भित्तातिर फर्किएर सुतें । अनामिकाले बल्दै गरेको मैनबत्ती निभाइन् । काठमाण्डूमा चौबीस घण्टामा अठार घण्टा लोडसेडिङ हुंदो रहेछ । औंसी र पूर्णिमा जस्तो बत्ती आउने र जाने गर्दो रहेछ ।

'यस्तै हो नेपालमा, बत्ती छैन ।' अनामिका छेउमा सुतिन् । यसरी सुतिन् कि मानौं, मैले उनलाई झुक्किएर पनि छुन नसकौं ! यसो छामें, बेडको छेउ भागमा उनले आफ्नो ज्यानको एक भाग मात्र अड्याएकी रहिछिन् ।

'लडिन्छ, अलिक वर आऊ न !' मैले आफूले नै ओढेको सिरक अनामिकालाई ओढाइदिएँ ।

अनामिका अलिक वर आइन् । अब हामी दुवै जना एउटै सिरकमुनि भयौं । मैले उनलाई पछाडिबाट अँगालो मारें । मैले थाहा पाएँ कि उनले धेरै असहजिलो महसुस गरिरहेकी थिइन् ।

'बोल न ! आज हाम्रो पहिलो भेट भएको दिन ।' मैले अनामिकाको केश सुम्सुमाएँ । भनें, 'यस्तो लाग्दै छ, आज त पूरै रात सुत्नु नपरे पनि हुन्थ्यो । तिमीसँगै गफ गरेर एउटा युग नै बिताइदिन्छु जस्तो लागिराखेको छ ।'

थाहै नपाई मेरो हात अनामिकाको छातीअगाडि पुगिसकेको थियो । उनले मेरो हात समाइन् र मैले थाहा नपाउने गरी उचालेर पछाडि राखिदिइन् ।

'हजुरले अब सुत्नुपर्छ ।' अनामिकाले भनिन्, 'नभए भोलि गाह्रो हुन्छ ।'

'तिमीलाई सम्झिंदै जान्छु नि । चौध मिनेटमै पुगिहाल्छु नि ।' मैले प्रेमको बल लगाएँ र उनलाई अँगालोमा कसिलो गरेर लिएँ ।

अनामिकाले आफूलाई खुम्चाएरै राखेकी थिइन् । सायद उनको अर्को सुन्दरता त्यो पनि थियो कि विवाह गर्नुअघि अर्को पुरुषसँग आफूलाई धेरै नजिक नबनाउनु । म त्यो बुझ्दथें । नेपाली समाजमा जति नै आधुनिक

भए पनि आफूलाई खुलेर प्रस्तुत गर्न हिच्किचाउने महिलाहरू मध्ये अनामिका पनि एक हुन् । कति महिलावादीहरूले यसलाई पुरुषप्रधान समाजको उपज हो पनि भन्लान् । मैले भने नेपाली समाजको सौन्दर्य हो भन्ने ठानैं । तर जहाँ प्रेम हुन्छ त्योभन्दा ठूलो कुनै पनि सम्बन्धमा हुँदैन । प्रेमले नै सम्बन्धलाई टुटाउने र फुटाउने गर्छ । अनामिकासँगको सम्बन्ध प्रेमको थियो, गहिरो प्रेमको थियो । पति र पत्नी बीच हुनुपर्ने प्रेम जस्तै थियो खासमा ।

अनामिकाले आफूलाई खुम्चाइरहिन् । मैले उनको केश मुसारिरहें ।

'अनामिका, यता फर्क न !'

सात महिनाको अनवरत प्रेमको पर्खाइ थियो अनामिका र मेरो । आखिर कति बेर आफूलाई खुम्चाइरहन सक्थिन् र ? प्रेम आफैंले अनामिकालाई अथाहै मतिर फर्काइहाल्यो । हामी आम्नेसाम्ने भयौं । मैले उनलाई कसिलो गरी अँगालें । उनको वक्षस्थल मेरो छातीमा कसिलो गरी टाँसियो । हामीले एकअर्काको सास फेर्न थाल्यौं ।

मलाई दुई किसिमको अनुभूत भयो । एउटा अनामिका मेरो स्वामित्वको हो र अर्को अनामिकालाई म धेरै प्रेम गर्छु । जब मान्छेले कसैलाई अति नै प्रेम गर्छ, त्यहाँ थोरै स्वामित्वको पनि भावना आउँदो रहेछ । थाहा छैन, यो कुरा महिलावादीहरूले कतिको मान्नुहुन्छ ? उहाँहरू, जहिल्यै भन्ने गर्नुहुन्छ- महिला पुरुषको स्वामित्व होइन । सन्दर्भ फरक हुनसक्छ, उहाँहरूको भनाइमा ।

बिस्तारै अनामिकाले आफूलाई फुकाइन् । उनको मुटुको धड्कन बढिरहेको थियो । मानौं, उनले कसैको हत्या गरेकी छिन् या कसैको हत्या गर्न लागिरहेकी छिन् । मलाई थाहा थियो कि त्यो उनको डरमा कतै कुनै उरन्ठेउलो पुरुष उनीसंग सम्बन्ध गाँसेर फरार त हुने होइन ? विवाहअघि पुरुषसंग सम्बन्ध राख्न प्रायः धेरै नेपाली महिलाहरू डराउँछन् । अनामिकाको खुम्चाइ र फुकाइमा मैले यस्तै पाएँ ।

मैले अनामिकाको निधारमा चुमेँ, गालामा स्पर्श गरेँ । आफ्ना ओठहरूले उनका ओठहरू चुमेँ । उनका ओठहरू काँपिरहेका थिए । उनी निःशब्द थिइन् । सास लामो तानिरहेकी थिइन् र आफू निदाएको महसुस गरिरहेकी थिइन् । उनको लामो सास र बढेको मुटुको गतिले मलाई ढाँटेन । मुटुको गति त मेरो पनि बढिरहेकै थियो । प्रेम त त्यहाँ थियो नै । अझ बढी म पुरुष हुनुको हठवादी पनि थियो । मेरा हातहरू अलिक अघिसम्म बढे र मैले प्रेमले भरिएका हातले सुम्सुमाएँ ।

'असजिलो हुन्छ, कपडा खोलेर सुत न !'

मभित्र प्रेमको आगो बलिसकेको थियो । मात्र उनीसम्म सल्किएको थिएन । जब प्रेमको आगो बल्छ, त्यो आफैँ ननिभिन्जेलसम्म बलिरहँदो रहेछ । मैले थाहा पाएँ, अनामिकामा बिस्तारै प्रेमको आगो सल्बलाउन थालेको थियो । सायद उनले आँखा बन्द गरेर आफूलाई फुकाइदिइन् । बिस्तारै म स्वयम्ले थाहै नपाई उनका कपडालाई खुकुलो बनाइदिएँ । मेरो प्रेम उनको शरीरसम्म मात्र होइन, दिलको गहिराइसम्म पुग्न खोजिरहेको थियो । मेरा हातहरूमा उनका स्तनहरूको स्पर्श भयो ।

'हजुर मलाई कहिले बिहे गर्नुहुन्छ ?' अनामिकाले एक्कासि सोधिन् । उनले मेरो हात समातिसकेकी थिइन् यो बेला ।

बिहेको लागि पहिलो प्रस्ताव थियो अनामिकाको । त्यो प्रश्नको उत्तर त मसँग ठ्याक्कै थिएन । मात्र थाहा थियो- अनामिका मेरो भविष्य हो, मेरो ढुकढुकी हो, मेरो विश्वास हो, मेरो प्रेम हो । क्षणभरमै मेरो बढेको सास र दौडेको मुटुको गति एकै चोटि ह्वात्तै घट्यो । मैले आफ्ना हातहरू उनका वक्षस्थलबाट बिस्तारै आफ्नै छातीसम्म ल्याएँ ।

म सोचमा परेँ ।

म विवाहित पुरुष, कसरी फेरि अर्को बिहे गर्नसक्छु र ? मनमा अनेक तर्कना आए । मेरो भविष्य त अनामिका नै हो । के अनामिकाले मलाई कुर्न सक्छिन्, केही समय, केही वर्ष ? मैले आश्मासँगको सम्बन्धलाई त पहिले टुङ्गाउनु पर्‍यो नि ।

'किन केही समय कुर्न मिल्दैन । कम्तीमा एकदेखि दुई वर्ष । मलाई आश्माबाट पहिला मुक्त हुन त देऊ !' अनामिकाको केश सुम्सुम्याउँदै मैले भनें ।

'म हजुरको कुरा बुझ्दछु ।' अनामिका भावुक बनिन् । उनले लामो सास फेरेर भनिन्, 'बिहे गर्न ढिला भइसक्यो, घरमा यसै भन्छन् । आमाबाबा रोगी हुनुहुन्छ । तेरो बिहे नहेरी मर्ने भइयो भन्नुहुन्छ । म एक्ली छोरी । घर-व्यवहार हेरेको छु । एउटी केटी उमेरमा बिहे नगरी बस्दा, पुरुषले हेर्ने नजर पनि फरक हुँदो रहेछ । कहिलेकाहीं त छोरी भएर जन्मनु पनि अभिशाप नै हो कि जस्तै लाग्छ । अहिलेसम्म त समाजले गर्ने हर प्रश्नलाई सामना गर्दै आएकी छु । तर अब त पूरै थाकिसकें...'

अनामिका एकछिन रोकिइन् । म चुपचाप उनलाई सुन्नमै लालायित थिएँ ।

'हजुरसँग त्यसै मैले यो कुरा सेयर गरेको छैन ।' अनामिकाले भन्न थालिन्, 'तपाईंको विचार सुनेर मलाई लाग्यो, तपाईं मसँग मिल्ने मान्छे हो । फेरि लाग्यो, कतै तपाईं पनि परिवारमा श्रीमतीबाट पीडित पुरुष हो । यदि तपाईंलाई आफ्नो बनाएर सहारा दिनसकें भने ठूलो धर्म हुनेछ भन्ने सोचें । यी सबै कुराले करोडौंमा तपाईं एक व्यक्ति हो मेरा लागि ।'

अनामिका सुँक्सुँकाउन थालिन् । उनका कुरा सुन्दासुन्दै मेरा आँखा रसाए । मैले प्रतिरोध गर्ने कुनै ठाउँ राखिनन् । म भन्न चाहन्थें कि मैले तिम्रो कुरा बुझ्छु । मैले बिहे गर्ने तिमीलाई नै हो । तर यो अवस्थामा अहिले तत्काल, म एउटा सम्बन्धमा हुँदाहुँदै के थाहा ? झन् ठूलो झमेला आउने हो कि भोलि ? म अल्मलिएँ । अनामिकाको रोएको मन अझै रुवाउन मन लागेन ।

'बेबी, आई लभ यू टु डेथ ।' मैले हड्बडाउँदै भनें । म सर्प पनि मरोस्, लट्ठी पनि नभाँचियोस् भन्ने चाहन्थें । मैले भनें, 'प्रमिस ! म तिमीलाई बिहे गर्छु । त्यो विश्वासमा तिमी पर्खिन सक्दिनौ ? हेर, सारा

कुरा छाडेर अमेरिकाबाट म तिमीलाई भेट्न आएँ । योभन्दा ठूलो विश्वास अरू के हुनसक्छ ?'

'हजुरसँग विश्वास छैन भनेको हैन मैले ।' अनामिकाले तर्क गरिन्, 'मात्र हजुरको हातबाट एक चिम्टी सिन्दुर मेरो शिरमा राखिदिनुभयो भने मेरो बाबाआमालाई स्वर्ग पुगे जस्तो हुने थियो । धेरै केटाहरू माग्न आए तर रवाफभन्दा बढी मैले केही देखिनँ । तपाईं नै एउटा यस्तो मान्छे पाएँ जोसँग सुन्दर मुटु छ । त्यही सुन्दर मुटुसँगको मिलन खोजेको हुँ मैले । बाबाआमा ढुक्क हुनुभयो भने म त हजुरको लागि अरूको अगाडि अविवाहित जस्तै रहेर वर्षौं कुर्न सक्छु । कसम ! तपाईंले आश्मालाई भनिहाल्नु पनि पर्दैन कि मसँग तपाईंको विवाह भइसक्यो भनेर ।'

अनामिकाले अरू तर्क गर्ने कुनै कसुर राखिनन् । मैले उनको रसिला आँखा चुमें ।

'ल भइगयो । तिम्रो विश्वासमा त्यही गरौँला ।' मैले एक चोटि पनि नसोची भनिदिएँ, 'हुन्छ । म तिमीलाई बिहे गर्छु । कसरी गर्ने ? म मधेसबाट आएपछि सोचौँला ।'

अनामिकाले खुसीका आँसु बर्साइन् क्यार ! उनको अनुहार छाम्दा लपक्कै भिजेको थियो ।

'तिमीलाई खुसी दिन म आएको हुँ ।' मैले भनें, 'चुनौती मोल्नु भनेको आखिर तिमीले पनि त हो । मलाई संसारदेखि डर छैन, अब तिमी मेरी भइसक्यौ ।'

अनामिकाले मलाई एक्कासि अँगालो हालिन् । उनले नै मलाई चुमिन्, बेस्सरी चुमिन्, वर्षा नै गराइन् । उनले आफूलाई त्यही पहिलो रात नै फुकाइन् । मलाई प्रेम गर्न दिइन्, सकुन्जेल ।

**

मधेस र मन

मैले एउटै झोलामा आफूलाई चाहिने सामान हालें । दाँत माझ्ने ब्रस, दाह्री काट्ने मेसिन, केही कपडा र अन्य ।

बिहानै भएकोले काठमाण्डू चिसो नै थियो । ज्याकेट लगाएँ, पछाडि झोला भिरें र बाहिर निस्किएँ । अनामिका पनि बस स्टेसनसम्म छोड्न आएकी थिइन् । उनले मेरो हात समातेकी थिइन् । मलाई यति बेला कसैको डर थिएन । घरिघरि लाग्थ्यो- कसैले म अर्के युवतीसँग हिंडिरहेको छु भन्ने देख्ने पो हो कि ? आश्मालाई खबर गर्दिने पो हो कि ? देखिहाले भने पनि अनामिकाको प्रेमले मलाई धेरै हिम्मतिलो बनाएको थियो । मेरो इच्छाशक्ति अनामिकाको सामीप्यले अझ बलियो बनाएको थियो । मलाई ग्रीकको पौराणिक पात्र हर्कुलस जस्तै बलियो बनाएको थियो । मानौं, म यो पृथ्वीलाई नै उचालिदिन सक्छु ।

यात्रुले खचाखच भरिएका गाडीहरू कुदिरहेका थिए । खलासी भाइहरू यात्रुलाई बोलाउँदै थिए–

'कुलेश्वर, कलङ्की, चाबेल, गौशाला, नयाँ बसपार्क ।'

बाटाभरि बजार लागिसकेको थियो । फुटपाथमा सामानको किनबेच हुँदै थियो ।

'एक सयमा दुईवटा, एक सयमा दुई ओटा । दाइ लाने हो ?'

हामीले त्यता ध्यान नै दिएनौं ।

'भाइ मोरङ, बिराटनगरतिर जान्छ गाडी ?' मैले गाडीको खलासीलाई सोधें ।

'अगाडिको बस जान्छ, दाइ ।' हातले देखाउँदै उसले भन्यो । त्यही हातले बोलाउँदै भट्याउन थाल्यो, 'ल आउनुहोस्, गाडी जान लाग्यो ।'

'म आइहाल्छु, ढुक्कले बस्दै गर है !' मैले अनामिकाको अनुहारमा हेर्दै भनें ।

अनामिकाले स्वीकृतिमा मुन्टो मात्रै हल्लाइन् ।

'भाइ बिराटनगर जाने हो ?' मैले बसको खलासी भाइलाई सोधें ।

'हो दाइ हो, बस्नुहोस् ! हिंड्न लाग्यो ।' खलासीले भन्यो ।

मलाई असाध्यै गाह्रो भयो । समातिराखेको हात छोड्न सकिनँ । पाइलाहरू भारी भए । मैले मायालु पाराले अनामिकालाई हेरें, उनका आँखा रसिला भइसकेका थिए । ओठ राता । सार्वजनिक ठाउँ, उनको ओठ चुम्ने आँट आएन । त्यही त हो हाम्रो नेपाली समाज । लबस्तराहरू भन्देलान् । बडो सकसले आफ्ना हात अनामिकाबाट छुटाएँ ।

'लभ यू ।' मैले सानो आवाजमा भनें ।

म बसभित्र पसें । अनामिकाले मलाई नै एकोहोरो हेरिरहेकी थिइन् । गाडी नहिंडुन्जेल उनी त्यहीं उभिरिहन्, जहाँ मैले उनको हातबाट आफ्नो हात हटाएको थिएँ । मैले उनका आँखामा हेरें, ती प्रेम र विश्वासले भरिएका थिए । सुन्दर ज्योति चम्किरहेको थियो । सुनौलो बिहानीको, सुनौलो भविष्यको ज्योति ।

बस हिंड्यो । मैले हात हल्लाएँ । ओठमा भारी मुस्कान राखेर अनामिकाले पनि बिदाइको हात हल्लाइन् । ठिङ्ग उभिएरै उनले मतिर हेरिरहिन् । बिस्तारै मान्छे र गाडीको आवतजावतले उनलाई छेल्यो । अब अनामिका मेरै मुटुमा आइन् । मैले गोजीबाट मोबाइल र 'इयरफोन' निकालें । दुवै कानमा इयरफोन लाएर आँखा चिम्म गरें । उही गीत सुन्न थालें–

दुईटा फूल देउरालीमा...

... ...

आश्मालाई मैले नसम्झिएको हैन । पलपल उनी झुल्किरहन्थिन् । मलाई तर्साइरहन्थिन् । म आफूले चाहेजति खुलेर अनामिकालाई प्रेम गर्न सक्दिनथेँ । अनामिकासँग प्रेममा लपक्क टाँसिइरहन आश्माले दिएकै थिइनन् । यो मस्तिष्कबाट हटाउन एकदमै गाह्रो भइरह्यो । जतिजति बेला अनामिकालाई चुम्बन गर्न खोज्थेँ, मेरो मस्तिष्क, मुटुको धमनी र रगत बग्ने नसामा अवरोध गर्न आइपुगी हाल्थिन् । म अनामिकाको प्रेमभित्र अमृत घोल्न खोज्थेँ, आश्मा त्यो प्रेममा विषको प्याला लिएर आइपुग्थिन् । मेरो र अनामिकासँगको सम्बन्धमा रगतको क्यान्सर जस्तै भएर बसिरहेकी थिइन्, जसको 'डायलासिस' मैले गरिरहनुपर्थ्यो । सम्पूर्ण रूपमा कहिल्यै निखारिँदैनथ्यो र यो डायलासिस मैले पलपल गरिरहेँ । हुन त, कोही पनि आफैँमा पूर्ण मान्छे कहिल्यै हुँदैन । जीवनमा विवाह एउटा 'प्याकेज' हो । त्यो प्याकेजभित्र कति असल, कति कमसल भेटिन्छ । सबै असल मात्रै भेटिने भए सम्बन्धको जरूरत नै पर्दैन । त्यही अपूर्णतालाई पूर्णता दिन सम्बन्ध चाहिएको हो । तर त्यो प्याकेजमा सम्बन्धलाई टिकाइराख्ने मूल तत्त्व नै नभएपछि त्यो प्याकेजको केही अर्थ हुँदो रहेनछ ।

हो, आश्मा आँटिली थिइन्, जुझारू थिइन् । उनलाई दुनियाँले केही भन्ला कि भन्ने डर कहिल्यै हुँदैनथ्यो । व्यक्तिगत खुसी उनको पहिलो प्राथमिकता थियो । लाग्थ्यो- त्यो नै उनको पहिलो जिम्मेवारी थियो, जसलाई पूरा गर्नु मेरो खुसीभन्दा माथिको कुरा थियो । ती सबै मैले मन पराएकै थिएँ । तर ती सबै कुराहरू निजी र एक्लो जीवन जिउँदा मात्र लायक हुने रहेछन् । जब वैवाहिक सम्बन्धपछि अर्को व्यक्तिसँग जीवन गाँसिन्छ, तब दुई जनाकै खुसी महत्त्वपूर्ण हुँदो रहेछ । जस्तो आश्माको खुसीको लागि म जिम्मेवारी र मेरो खुसीको लागि आश्मा जिम्मेवारी । जब त्यति हुन्छ, त्यो प्याकेजमा केही नभए पनि सम्बन्ध राम्रो हुँदो रहेछ । त्यति मात्रै भइदियो भने एकले अर्कोलाई दिन मात्र पाए हुन्थ्यो, खुसी राख्न मात्र पाए हुन्थ्यो भन्ने ठान्दो रहेछ । एकको अर्काप्रतिको श्रद्धा र भक्ति बढ्दो रहेछ । एकलव्यले औँलो काटेर आफ्ना गुरु दोर्णाचार्यलाई दिए जस्तै प्रेममा औँलो काटिएको पनि थाहा नहुँदो रहेछ ।

आश्मासँगको प्याकेजमा भएका धेरै राम्रा कुराहरू अनामिकासँग मैले देखिनँ । जस्तो आँट । त्यो मेरो मायाको कारण हो या अरू कुनै उनले आँट देखाउन नसकेको । हुन त मायामा आँटी मान्छे पनि कमजोर हुन्छ भन्छन् भने त्यही मायामा कमजोर मान्छे पनि आँटी हुन्छन् । सायद, यसको सन्दर्भ र परिवेश फरक हुन्छ । तर जे अनामिकासँगको प्याकेजमा सुन्दर खुसी थियो, भविष्य थियो, अर्थपूर्ण जीवन थियो । मैले सोचेँ- यही नै होला सम्बन्ध भनेको । न यसमा आश्माको दोष छ, न मेरो नै ।

बस ओरालो लाग्न थाल्यो । थानकोटबाट झर्दै रहेछ । मैले कानबाट इयरफोन निकालेँ । मेरा आँखाले झ्यालबाहिर नियाल्न थाले । नेपाल साँच्चै सुन्दर छ । नागबेली बाटामा पहाडको फेदीतिर ओरालो झर्दै गाडी अगाडि बढिरहेको थियो । मैले जस्तै केही यात्रुहरूले पनि झ्यालबाहिर हेरिरहेका थिए । घुमाउरो बाटोले रिंगटा लागेर होला, कोही 'पलाष्टिक ब्याग'मा उल्टी गर्दै थिए । कोही आँखा चिम्लेर सिटमै अडेसो लागेर बसिरहेका थिए । बस घरि खोल्सीमा पुग्थ्यो, घरि डाँडामा । घरिघरि त तल हेर्दा भीरको टुप्पोमै हुन्थ्यो ।

वरपरसम्मका पाखा, पखेरा र भीरहरू साँच्चै नै मनमोहक र सुन्दर देखिन्थे । कसैले जादु गरेर थुपारिदिएका अग्ला माटा र ढुङ्गाका भीमकाय ढिस्काहरू । स्वर्गबाट झरेकी परी सेतो सारीमा मुस्काउँदै पहाडबाट चिप्ली खेल्दै तल झरे जस्तै झरना पनि देखिए एकदुई ठाउँ त ।

मधेस त समथर भू-भाग भएको ठाउँ जहाँ त्यस्ता पहरा र छहराहरू देख्न पाइँदैन तर काठमाण्डूबाट मधेस झर्दा ती पहाड, नदी, खोला-नाला, छाँगा-छहरा छिचोल्दै जाँदा देखिने मनोरम दृश्यले साँच्चै नै नेपाल स्वर्ग रहेछ भन्ने महसुस गराउँथ्यो । एक मनले सोच्यो- यही पहाडको भीरमा एउटा सानो झुपडी बनाएर अनामिका र म बसौँ, जहाँ शहरको कोलाहल हुँदैन, मान्छेहरूको भिड हुँदैन, भौतिक मोहले आक्रमण गर्दैन ।

'हजुर जहाँ, म त्यहाँ ।' अनामिकाले यसै भन्थिन्, 'मैले तपाईंलाई मन पराएको हो, तपाईंको अमेरिका देखेर मन पराएको हैन ।'

यी सब भावनाका खेती न हुन् । अमेरिकामा चिल्लो गाडीमा, चिल्ला बाटामा आरामदायी जीवन बिताउन बानी परेको म । म कतिन्जेल टिक्छु होला र पहाडको फेदीमा ? एक मनले यही सोच्यो । फेरि अर्को मनले भनिहाल्यो कि यो त सब सोच न हो । आफ्नो सोचलाई बदल्नु ठूलो कुरा हो । कार्ल मार्क्सले भने जस्तो यो हाम्रो चेतनाभन्दा पनि भौतिक वस्तुले चेतनालाई निर्धारण गरेको हुन्छ । त्यही भएर जबसम्म हामी हाम्रो चेतनाको प्रयोग गर्दैनौं, संसारलाई बुझ्न तबसम्म हामी यही संसारको दास भएरै बसिरहनेछौं । संसारले परिभाषित गरेको सीमित परिधिभन्दा बाहिर गएर बुझ्ने र त्यसमा आफ्नो चेतनाको प्रयोग नगर्ने हो भने परिवर्तन हुँदैन । मलाई लाग्यो- अमेरिकी समाजको आरामदायी जीवनमा भुल्नुभन्दा मैले देशको लागि केही गर्नुपर्छ ।

बसमा हुइकिँदै गर्दा मैले पहाडको टुप्पोमा मनकामना मन्दिरतिर हुइकिँदै गरेका केवलकारहरूको मनोरम दृश्य देखें । आश्मालाई बिहे गर्नुपहिले एक चोटि पुगेको थिएँ । प्रायः विवाहित जोडी त्यहाँ जान्छन् भन्ने सुनेको थिएँ । तर आश्मा र म त्यहाँ गएनौं । त्यही भएर पो आश्मा र मेरो सम्बन्ध बिग्रिएको हो कि ? एकमनले सोच्यो । केही छिनमै मुग्लिनहुँदै त्रिशुलीको दासढुङ्गा आइपुग्यो, जहाँ चर्चित नेता मदनकुमार भण्डारी र अर्का नेता जीवराज आश्रितको जिप दुर्घटनामा मृत्यु भएको थियो । हत्या हो कि दुर्घटना ? हत्या भए कसले गरायो वा कसरी भयो ? अहिलेसम्म इतिहासले लेखेको छैन । उनीहरूका ड्राइभर अमर लामालाई कतिले दोषी देखाए । तर त्यो अहिलेसम्म रहस्यमै छ । जब हाम्रो सरकार बन्छ अनि हामी भन्नेछौं, कसले मार्‍यो मदन भण्डारीलाई भनेरै कम्युनिस्ट पार्टीका धेरै नेताहरू धेरै चोटि सत्ता र सरकारमा पुगे । र पनि, त्यो कुरामा कहिल्यै बहस गरेनन् । त्यो त केवल उनीहरू सत्ता पुग्ने राजनीतिक बोली न रहेछ, मदन भण्डारीको मृत्युलाई सिँढी बनाएर आफू माथि उक्लिन । इतिहास कति सत्य हुन्छ ? त्यो पनि के थाहा । फ्रेन्च दार्शनिक मिसेल फुकोले भन्थे- व्यक्तिले सत्य निर्माण गर्छ ।

त्रिशुली नदीको तीरैतीर बस हुँइकिरह्यो । जसरी त्रिशुलीमा पानी बहिरहेको थियो, त्रिशुलीको पानीमा कुनै खहरेपना थिएन तर बसको दौडाइ भने खहरे जस्तै थियो । भित्रभित्रै डर लागिरह्यो, कतै चिप्लेर त्रिशुलीमा खसिने पो हो कि ? त्रिशुली जस्तै गहिराइ र त्यो जस्तै कुनै उतारचढाव नलिईकनै बाँच्न सक्नु जिन्दगी कति अर्थपूर्ण हुन्थ्यो होला ? कृष्णले अर्जुनलाई भनेको संस्कृतका यी हरफहरूमा गीताको एउटा सार सम्झिएँ :

अपुर्यमाणमाचलप्रतिष्ठं समुद्रपामः प्रविशन्ति यद्वत् ।

तद्वत्कामा यं प्रविशन्ति सर्वे स शान्तिमाप्तोति न कामकामि ॥ ६०॥

त्रिशुलीपारिका डरलाग्दा र भयानक भीर पहरेदार भएर अग्लिरहेका थिए । ठाउँठाउँमा झरनाहरू झरिरहेका थिए । मनभित्र तिनीहरूको छङछङ गुञ्जिरहेको थियो । त्यति नै बेला मेरो मोबाइलको घण्टी बज्यो । अनामिकाले गरेकी रहिछिन् ।

'कहाँ पुग्नुभयो ?' अनामिकाले सोधिन् ।

'त्रिशुली ।' मैले हौसिएर भनेँ, 'अहा ! कति सुन्दर देखिएको छ । भीर-पाखाहरू लुकामारी गरिरहेका छन् मसँग ।'

'मलाई मिस गर्नुभएन ?'

'अफकोर्स ! किन गर्दिनँ ? अझ तिमी साथमा भइदिएको भए झन् कति रमाइलो हुन्थ्यो !' मैले बनावटी कुरा भनिदिएँ । खासमा म यति बेला पूर्ण रूपले झरना र भीरसँगै मोहित भइरहेको थिएँ । मैले सानो स्वरमा भनेँ, 'लभ यू ।'

वास्तवमा म एक्लै रमाइरहेको थिएँ । चितवन नजिक आइपुग्ने बेला हुन लागेको थियो । अब त्यो पहाडी सुन्दरता बिस्तारै विलीन हुन लाग्दै थियो । मैले देख्न सक्ने पहाडहरू होचिन थालिसकेका थिए ।

'ल खाना खान ओर्लिनोस् सबै जना !'

खलासी भाइ कराउँदा म बिम्झिएँ । नारायणगढ पुग्दा नै म निदाएछु । हेटौँडा आइपुगिएछ । यात्रुहरूलाई खाजा खाने ठाउँमा रोकिएको रहेछ ।

भोकले हैरान पारेकै थियो, म ओर्लिएर सरासर होटलभित्र छिरैं । हात धोएँ । चिकेनको मासु र भात अर्डर गरैं । खाना आयो । भोकको सुरमा समसमी मुछेर खाएँ । अमेरिका हुंदा चम्चाले खाने बानी परेकोले सुरूको एक दुई गाँस असजिलो नै भयो तर जन्मिँदैदेखि हातले खान जानेको पो त । सजिलो भइहाल्यो । स्वाद लिंदै धेरै मीठो मानेर खाएँ ।

खाना खाइसकेर बाहिर निस्किएं । चुरोट तान्न मन भयो । नजिकैको पसलमा गएँ । एक खिली चुरोट किनेर सल्काएँ । सबै पिउन सकिनँ । आधामै निभाएँ, चुरोटको ठुटोलाई खुट्टाले किल्चिएँ । बस चढैं ।

'भाइ, अब कतिबेरमा पुग्छ विराटनगर ?' मैले गुरुजीलाई सोधैं ।

'खोइ, थाहा छैन दाइ ।' गुरुजीले भने, 'बर्दिबासमा सबै गाडी लाइन लागेको छ रे । आन्दोलनले गर्दा । गाडी अगाडि बढ्नै दिएको छैन रे ! केही भन्न सकिन्न ।'

'हत्तेरिका ! हो र ?' त्यो कुरा सुनेपछि म अझ थकित भएँ र अचम्ममा परैं । भनैं, 'यो के भाको हो हाम्रो नेपालमा ?'

'गाडीहरू रातिमात्र त्यहाँबाट स्कर्टिङ गरेर लान्छ रे !' गुरुजीले थपे ।

अब पर्‍यो फसाद ! मैले मनमनै असन्तुष्ट व्यक्त गरैं । यो नेपालको राजनीति, मधेसको आन्दोलन, नेताको व्यक्तिगत स्वार्थ र खिचातानीले गर्दा जनताले सास्ती खेप्नुपर्‍यो । चाहेर पनि कसरी बस्नु यो देशमा ? म केही बेर गम्भीर भएँ ।

बर्दिबास पुगेपछि थाहा भयो कि दश किलोमिटरभन्दा लामो ट्राफिक जाम रहेछ । गाडी लाम लागेर बसेका, त्यहाँबाट गाडी अगाडि बढ्नै दिइएको रहेनछ । सबै यात्रुहरू गाडीबाट बाहिर निस्केर थकाइ मारिरहेका थिए । त्यहाँ थपियौं हामी ।

दिउँसोको तीन बजिसकेको थियो । गाडी अगाडि बढ्ने कुनै छाँटकाँट नै थिएन ।

'तोडफोड र आगजनी भइरहेको छ, लैजानै मिल्दैन ।' गाडीका चालकहरूले यसै भन्थे ।

गाडी र मान्छेको बजार देखिन्थ्यो । चार बज्यो । पाँच बज्यो । साँझ पऱ्यो । हुँदाहुँदै रातको दश, एघार बज्यो । गाडी हिंड्ने केही अत्तोपत्तो छैन । पेटभित्र भोकको मुसा कुद्न थालिसकेको थियो । पानी, चाउचाउ र चटपटेको बजार लागिसकेको थियो । उही पीरो चटपटे, अमिलो र पानी खाएर केही बेर तरान मार्दै बसें ।

'अझै गाडी हिंडेको छैन ?' अनामिकाले फोनमा दिक्क मानिन् ।

'अब केही बेरमै स्कर्टिङ गरेर लान्छ होला ।' मैले अनामिकालाई सान्त्वना दिन खोजें । भनें, 'तिमी सुत अब ! म पुगिहाल्छु भोलि बिहान ।'

बाह्र बज्यो; गाडी चलेन । यात्रुहरू सबै निराश देखिन्थे । एक बज्यो, बल्ल हल्ला भयो–

'लौ गाडी चल्यो रे ! स्कर्टिङ हुन थाल्यो रे !'

सबै यात्रुहरू हल्लाखल्ला गर्दै आ-आफ्ना गाडीभित्र पसे । गाडी चालकले हेल्मेट लगाए र गाडी अगाडि बढाए । मैले बल्ल राहतको सास फेरें ।

'किन हेल्मेट लगाउनु भएको ?' मैले गुरुजीलाई सोधें ।

'प्रदर्शनकारीहरूले राति बाटामा लुकेर ढुङ्गा हान्छ ।' चालकले भने, 'अस्ति मेरो साथीको टाउको नै फुटाइदियो । तपाईं पनि होशियार हुनुहोला ।'

हे प्रभु, यो कस्तो देश हो ! म दिग्दार भएँ ।

डर भइरह्यो । टाउको फुटाएर मारिदिने पो हुन् कि ? अनामिकालाई कसले माया गर्ने ? एक मनले सोचें- आश्मा नि दुःखी हुन्छिन् होला । अर्को मनले सोच्यो- तँलाई ठिक्क पऱ्यो, मेरो मुटु दुःखाएर गएको थिइस् नि । यसो पो भन्लिन् ।

गाडीहरूको सागर नै उर्लियो, तँछाडमछाड गर्दै । एकले अर्कोलाई हान्देला भन्ने डर । गाडी कुद्दाकुद्दै तीन बल्ड्याङ खाएर लड्ने पो हो कि भन्ने अर्को डर । डरैडर ।

'टाउको जोगाउनुहोस् है, टाउको जोगाउनुहोस् !' गुरुजीले भने ।

भनिसक्दा नसक्दै एउटा ढुङ्गो मेरो छेवैको झ्यालमा आएर बज्रियो । धन्न फुटेन शिशा । धन्नैले मेरो टाउकोमा ढुङ्गोले लागेन ।

हे ईश्वर ! यो कस्तो देश हो जहाँ आफ्नो स्वार्थका लागि पार्टी फुटाउने, जनता भड्काउने हुन्छ । म डरले काँपेँ । यस्तो देशमा बस्नुभन्दा त बरू अमेरिका नै जान्छु । अनामिकालाई उतै लान्छु । यस्तै सोच पलायो ।

अनामिकालाई अमेरिका लान सजिलो थिएन । उनी मेरी श्रीमती भइसकेकी थिइनन्, श्रीमती बनाइहाल्ने आँट र परिस्थिति पनि ममा थिएन । यद्यपि, म मधेसबाट फिरेपछि अनामिकाको खुसी र विश्वासका लागि बिहे गर्ने सोचमा थिएँ । तर आश्मासँगको कचपट र बारम्बार आइरहने सम्झनाका कारण अनामिकासँग अझै खुल्न सकेको भने थिइनँ ।

आफ्नै देशमा आफ्नै ठाउँ जान ज्यान पातमा राखेर हिंड्नुपर्ने, डरलाई भावनाको सनासोले बाँधेर जे पर्लापर्ला भन्दै हिंड्नुपर्ने, जहाँ सुरक्षा छैन, शान्ति र अमनचयन छैन, के सपना देख्नु यस्तो देशमा ? म भित्रभित्रै पिरोलिन थालेँ । भित्रभित्रै पोल्यो । भित्रभित्रै म आन्दोलित भएँ ।

'यस्तो मुला देश !' मैले रिस ओकलेँ । यद्यपि, यो रिस मेरो देशप्रति लक्षित थिएन । थियो त केवल ती नेता जसले आश्वासन बाँडेर वर्षौंसम्म जनतालाई दास बनाइरहे ।

अमेरिकामा 'लाटे कफी' पिउँदै हिउँले पुरिएका पहाडहरूमा स्थानीय र पर्यटकहरूले खेलेको हिउँचिप्ली अर्थात् अङ्ग्रेजीमा 'स्किङ'को मनोरम दृश्य अवलोकन गर्दा म त्यसैत्यसै फुरुङ्ग भएको थिएँ । चिसो बतासको सिरेटोले मेरो गालासँगको स्पर्शमा रोमाञ्चित बनाएको थियो । त्यति बेला मैले नेपाल सम्झेको थिएँ । नेपाल मेरो मुटुमा थियो । यसरी मुटुमा नेपाल राखेर

विदेशिने नेपालीहरू धेरै छन्, संसारभरि छन् । कोही आधारभूत आवश्यकता जुटाउन विदेशिएका छन्, कोही गुणात्मक जीवन बिताउन, कोही नेपालको 'पोलिटिक्स' र प्रशासनबाट बिरक्तिएर । कोही उच्च शिक्षा हाँसिल गर्न जाँदा उतै पलायन भएर बसेका छन् । यो हाम्रो देशको नियतिले निम्त्याएको दुर्दशा हो । जब एउटा नागरिक आफू जन्मेको देशमा खुसी हुन सक्दैन, तब त्यो नागरिक जुनै देश गए पनि कुनै न कुनै हिसाबले दुःखी भइराखेकै हुन्छ । चाहे त्यो देशप्रतिको प्रगाढ प्रेमले होस् या चाहे दुई भिन्न भूगोलले भत्काइदिएको उसको परिचयले नै किन नहोस् !

म नेपाल फर्किन चाहन्थेँ र बाँकी जिन्दगी हिमालको काखमा एउटा घर बनाएर, बिहानको शीतल हावामा योगा गर्दै दिउँसोको ताजा र न्यानो सूर्यको राप लिँदै लेख्दैपढ्दै बाँकी जिन्दगी बिताउन चाहन्थेँ ।

कोशी ब्यारेज आइपुगिएछ । गाडीहरूको स्कर्टिङ सकिएछ । बिहानको झिसमिसे उज्यालो भइसकेको रहेछ । बाँचियो ! मनमनै आरामको साउती मारेँ । बाबाआमा र आफन्त भेट्ने चाहना पूरा हुने भयो ।

विराटनगर आइपुगेपछि अनामिकालाई फोन गरेँ । गाडीबाट ओलिएँ । त्यही मन्दिरको बाटोहुँदै बाबुआमा, आफन्तलाई भेट्न गएँ, जहाँ आश्मा र मेरो बिहे भएको थियो । त्यो मन्दिर जहाँ मैले आश्माको सिउँदोमा सिन्दुर हालेको थिएँ । त्यो मन्दिर जसको वरिपरि घुमेर आश्मा र मैले विश्वास साटेका थियौँ । युगौँयुगौँ सँगै रहने बाचा गरेका थियौँ । तर त्यो सबै इतिहासको खुइलेको पाना जस्तै भयो । सम्बन्ध नै टुटेपछि सबै कुरा फिक्का लाग्दो रहेछ । आश्मा बेहुली भएर घुम्टोमा सजिँदा म उनका सुन्दर आँखा राम्झिँदै थिएँ । उनी बेहुलीमा अरूभन्दा फरक लागेथ्यो किनकि उनले आफ्नो शिरलाई ठाडो पारेर हाँसिरहेकी हुन्थिन् । बिहेको दिनमा जग्गेमा बस्दा पनि उनले फोन छोडेकी थिइनन् । घण्टी आउँदा निर्भीक र निडर भएर बाहुनले मन्त्र पढ्दापढ्दै पनि उठाइदिन्थिन् । एउटा हातले जग्गेमा पूजा गर्दै अर्को हातले फोनमा कुरा गर्दै हुन्थिन् । प्रायः नेपाली महिलाहरू बिहेको दिन घुम्टोमा निहुरिएर बसेका हुन्छन् तर आश्मा

बिलकुल फरक थिइन् । लाग्थ्यो- बेहुली भएको र माइतिघर सदाको लागि छाडी पराइघर जान लागेकोमा कत्ति पनि चिन्ता थिएन । जग्गेमा फोन आइरहेकै थियो निरन्तर । 'ठीक छ, धन्यवाद' उनी यसै भनिरहेकी थिइन् फोनमा । बधाई दिनेहरूको लाइन् थियो होला फोनमा । एक किसिमले लाग्थ्यो- आज जस्तो महत्त्वपूर्ण दिनमा पनि मेरा लागि समय छैन, के फोन उठाउनै पर्छ र !

त्यो मन्दिरले मलाई एकछिन भावविह्वल बनायो । आश्मालाई धेरैबेर सम्झिएँ । म टक्क अडिएको रहेछु, अघि बढेँ । केही बेरमै घर पुगेँ । मेरो पर्खाइमा आफन्तहरू पनि हुनुहुन्थ्यो, मेरो स्वागतका लागि । मैले आफ्नो शिर बाबाआमाको पाउमा राखेँ । अरू सबैलाई नमस्कार गरेँ ।

'आठ घण्टाको बाटोमा पूरै चौबीस घण्टा लाग्यो ।' मैले सबैलाई सुनाएँ ।

'यो अमेरिका होइन । तैँले खोजे जस्तो लाइफ कहाँ पाइन्छ नेपालमा ?' सबैले यही भने ।

बाबाआमा केही आफन्तहरू बोलाएर भोज तयार पार्न व्यस्त हुनुहुन्थ्यो । म एकछिन बाहिर कुर्सीमै बसेर अनामिकासँग गफ गर्न थालेँ ।

'को बुहारीसँग गफ गरेको ?' आमाले सोध्नुभयो ।

बिचरा ! सोझा आमाबाबालाई के थाहा ? मेरो जीवनको अध्याय कहाँबाट कहाँ पुगिसक्यो ।

'कस्तो छ बुहारीलाई सन्चै छ ?'

'हो, हो बुहारीसँगै बोलेको । सन्चै छिन् र धेरै राम्रो छ ।' मैले फोनबाट मुख हटाउँदै भनेँ ।

'ल ल । बोल् !' आमा भान्छाकोठातिर जानुभयो ।

'आज त घरमा काकाकाकी सबै आउनुभएको छ, म अमेरिकाबाट आएँ भनेर ।' मैले अनामिकालाई सुनाएँ, 'एउटा सिङ्गो खसी पो ढालिने भयो त । आई मिस यू बेबी ।'

'हो र ? वाउ क्या मज्जा ! आई मिस यू ।'

'आई मिस यू टू ।'

'हुन्छ हजुर रमाइलो गर्नुहोस् !'

हामीले फोन राख्यौँ ।

गाडीको थकान, अनिंदो । म आराम गर्ने कोठाभित्र गएँ, खाटमा पल्टिएँ । निदाइहालेछु । आमाले बोलाएपछि ब्युँझिएँ । भोज तयार भइसकेको रहेछ । टेबलमा टुबोर्ग बियरका बोतलहरू थिए । पोलेको मासु, पक्कु लाएको मासुका परिकार थिए । मेरो मुखमा पानी आइहाल्यो । काकाहरू र मैले बियरको बिर्को खोल्यौँ । 'चियर्स' भन्दै पहिलो चुस्कीबाट सुरू गर्‍यौँ ।

'छ वर्षपछिको पहिलो खुवाइ हो तिमीसँगको ।' बियरको बोतल टेबलमा राख्दै ठूला काकाले भन्नुभयो ।

आमाबाबा, काकाकाकी, सानीमा सानो बाबा भएजति सबै आफन्त भेला भएका थिए । खाँदै, पिउँदै, सबै गफिँदै थिए । म पनि सरिक थिएँ, होमा हा मिलाउँदै ।

'बुहारीलाई कस्तो छ ? बुहारी के गर्दै छिन् ?' घरि न घरि मेराअघि यस्तै प्रश्नहरू तेर्सिन्थे ।

म आश्मालाई भुल्थेँ र अनामिकालाई सम्झिन्थेँ । अनामिकाको हाँसो, उनको बोली, उनको मप्रतिको सद्भाव र मायालाई सम्झिँदै उत्तर दिन्थेँ- 'राम्रो छ, धेरै राम्रो । सबैभन्दा ठूलो कुरा त उनले मेरो धेरै ख्याल गर्छिन् ।'

बियरको मात्रा बढ्दै जाँदै थियो । शरीरमा नशा चढ्दै थियो । गफ जमिरहेकै थियो । आश्माको सम्झना नआउने कुरै भएन । पार्टी, साथीभाइ, रमझम, बियर, मासु जहाँजहाँ हुन्थ्यो, त्यहाँत्यहाँ नचाहेरै पनि मानसपटलमा आश्मा आइपुगी हाल्थिन् ।

हो, आश्माको त्यो बानी सारै राम्रो थियो । साथीभाइलाई बोलाइराख्ने, खुवाइराख्ने, सानोतिनो पार्टी गरिराख्ने अनि नाचगाउ गरिराख्ने । यस्तै यस्तै । जीवनलाई सुन्दर र खुसी बनाइराख्ने या भनौं बिन्दास बनाइराख्ने । कामबाट थाकेर आउँदा पनि यदि त्यो दिन घरमा पार्टी छ भने आफैं अघि सरेर किचनमा विभिन्न परिकार बनाउन थालिहाल्थिन् । सामान्य दिनहरूमा भने उनलाई किचन कहिल्यै प्यारो हुन्नथ्यो ।

'साला, पकाएर खान सक्दैनस् ।' रिसाएर आश्माले कयौं चोटि यस्तो भन्ने गर्थिन् । आश्माले सही नै भनेकी हुन् भन्ने पनि लाग्थ्यो । पतिले पनि त पत्नीलाई पकाएर खुवाए भइहाल्छ । त्यो मैले आश्माबाटै सिकैं ।

'तिम्रो बियर सकिसकेछ ।' कान्छा काकाले हातैमा अर्को बियर थमाई दिनुभयो । त्यो मेरो पाँचौं बियर थियो ।

'धेरै भइसक्यो ।' मैले हातमा बियर लिंदै भनैं ।

'खाऊँ न । बल्ल भेट भाको । केही हुँदैन ।' मेरै छेउ बसेका मामाले भनें ।

मामा उमेरले बूढा भए पनि मनले सारै जवान थिए । मान्छे रौसे, आफू रक्सी कम खाने तर अरूलाई बढी खुवाउने । कपाल जहिल्यै लामो पाल्ने । राम्री तरुनी-बरुनी देखे भने आँखा झिम्क्याई हाल्ने ।

नसाको मात सबैलाई लागिसकेको थियो । रमाइला गफ र किस्साहरू सबैले सुनाउँदै थिए । म भने अनामिका र आश्माको सोचमा मग्न थिएँ । काठमाण्डू फर्किएपछि अनामिकालाई बिहे गर्दै थिएँ । तर अनामिकासँगको बिहे सोचिरहँदा बीचैमा आश्मा आइपुग्थिन् । समुद्रको डिलमा बसेर त्यहाँको सुन्दरता हेर्दाहेर्दै बुरुक्क उफ्रेर आँखै अगाडि खाउँलाझैं गरी जसरी सार्क आउँछ । त्यसरी नै ।

म सही त गर्दै छु नि ? म कतै अझै आफूलाई दुःखी बनाउन त खोजिरहेको छैन ? यी दुवै प्रश्नहरूको उत्तर मसँग थिएन । मैले सही या गलत के गरिरहेको छु, म आफैंलाई थाहा हुँदैनथ्यो । यो पनि थाहा

थिएन कि यो प्रश्न मैले अनामिकालाई सोध्न मिल्छ या मिल्दैन ? सोधें भने अनामिकाको उत्तर मैले उनलाई बिहे गर्नु नै हुने थियो ।

'ए, के सोचेको ? त्यो बाँकी रहेको बियर सिध्याऊ न ।' काकाले भन्नुभयो ।

मैले घटघट पार्दै एकै चोटिमा बियर सिध्याइदिएँ ।

'सम्बन्ध, काका, सम्बन्ध ।' मैले मातेको भावमा बोलें ।

'के भन्छ यो ? केको सम्बन्ध ? यसलाई लागे जस्तो छ ।'

सबै गलल हाँसे ।

'मेरो जीवनको सम्बन्ध यो बोतलभित्रको रक्सी जस्तै छ ।' बोतल देखाउँदै, बोतलतिर हेर्दै म दार्शनिक भएर उत्रिएँ ।

'वास्तवमा सही भनिस् ।'

सबै हाँसे ।

'अहिले यो बोतल रित्तिएको छ ।' मैले रित्तिएका बोतलहरू देखाउँदै लर्बरिएको आवाजमा भनें, 'फेरि मैले यो बोतल भर्नु छ । आखिर जीवनको सम्बन्ध यस्तै त रैछ नि । बोतल रित्तिएपछि भर्नुपर्ने ।'

कहिलेकाहीं कविता लेख्ने मेरो बानी सबैलाई थाहा थियो । कविले रक्सीको सुरमा कविता भन्यो, भनेर सबै एकै चोटि हाँसे । मैले कसैलाई बुझाउन पनि चाहिनँ । मलाई बियरको मात लागिरहेको थियो । बिस्तारै हामी उठ्यौं र आ-आफ्नो ओछ्यानतिर लाग्यौं ।

**

याद र यथार्थ

'जीवन, उठ् अब !' आमाले चिया छोडिदिएर भन्नुभयो, 'कति सुतेको ? यो अम्रिका होइन त केटा !'

म सुतेको ओछ्यानसम्म घाम आइपुगेको रहेछ । आमाले ओछ्यानमै चिया ल्याइदिनुभएछ ।

मैले आश्मालाई सम्झिहालें । अझै सुतिरहेकी होलिन् । म यति बेला चिया बनाएर उनलाई ओछ्यानमै लगिदिन्थें । लाग्यो- अहिले उनलाई एकदमै एक्लो महसुस भएको होला । मलाई नदेख्दा यत्रो दिनसम्म दुःखी पो भइन् कि ?

जेमन्तै होस् ! मैले आफूलाई दरिलो बनाइहालें ।

म उठें । मैले ब्रस गरें, मुख धोएँ । त्यसपछि मात्रै चिया पिएँ । सेलाइसकेको रहेछ । तरै, औधी मीठो लाग्यो । आमाको हातले दिएको पो त ।

'मर्निङ वाक' गर्न म बाहिर निस्किएँ । खेतका आलीहुँदै परसम्म पुगें । अमेरिका जानुपहिले मैले नै जोतेको जमिन हो । मैले यही जमिनमा पसिना बगाएको थिएँ । असारमा धान रोपेको थिएँ । पानी र हिलोको अहालमा बसेर बिउ काढेको थिएँ । बाउसे खेलेको थिएँ । आफूले दश नङ्ग्रा खियाएको माटोको धेरै नै माया लाग्यो मलाई ।

'तेरो स्कूलको फी कुन पैसाले तिर्नु ? मन लगाएर काम गर् !' असारको बेला बाबाले गाली गर्नुहुन्थो ।

तोरी छर्नुभन्दा पहिले माटाका ठूला डल्ला फुटाउन दिउँसो फिलिम हेराइदिने आश्वासन दिँदै बाबाले मलाई पटाहामा चढाउनुहुन्थ्यो । यस्तै सङ्घर्षबाट आएर होला, मैले रवाफिलो जीवन बिताउन कहिल्यै जानिनँ ।

'साला पाखे !' आश्माले यसै भन्थिन् ।

एक हिसाबले आश्मा सही नै थिइन् । मैले शहरी दुनियाँ कहिल्यै बुझेको थिइनँ । अमेरिका नै बसे पनि मेरो दिमागमा गाउँले परिवेश नै घुमिरहेको हुन्थ्यो ।

'तैंले त्यो गाउँले पाखे जीवनभन्दा अर्को के बुझेको छस् र ? उही अमेरिका मात्र आइस् !' आश्माले यस्तै शब्दको वाण हानिरहन्थिन् । भन्थिन्, 'जीवन जिउन सिक् जीवन !'

खेतबारीमा तोरी लहलह फुलिरहेको थियो । हलुका हावा बहिरहेको थियो । तोरीका फूलहरूले एकअर्कालाई चुमिरहेका थिए । मानौं, फूलले फूलसँग सहवास गरिरहेछ । एक्कासि अनामिका लहलह फुलिरहेको तोरीबारीबाट मलाई भेट्न दौडँदै आएको कल्पना भयो । उनी सारी र चोलोमा थिइन् । रातो रङमा चुरा, पोते, टीका र सिन्दुर सबै लगाएकी । मानौं, उनी मेरो घरमा भित्रिन आउँदै छिन् । उनी हस्याङफस्याङ गर्दै आइपुगिन् । मानौं, कसैले उनलाई समात्न खोज्दै छ तर उनी मतिरै आइरहेकी छिन् । सारी र चोलोमा सजिएर आउँदा उनी त्यति नै सुन्दर देखिन्छिन् जति सुन्दर लहलह फुलिरहेका तोरीका फूलहरू देखिन्थे ।

एकछिन त अत्यास नै लाग्यो । के गर्ने होला ? अनामिका त मेरै गाउँमै आइपुगिछिन् । आश्माले थाहा पाइन् भने के होला ? आश्मासँगको सम्बन्ध सजिलै तोड्न कहाँ मिल्छ र ! मेरो मनले भनिहाल्यो ।

म कति मूर्ख ! जसलाई सम्झेर मैले सात समुद्र पार गरेर आएँ । आज ऊ नै मेरो जीवनमा आउँदा मैले आत्तिनुपर्ने किन ? मैले त अनामिकालाई आफ्नो बनाइसकेको छु मनैबाट । अब भने मैले आश्मालाई चटक्कै बिर्सिदिएँ । अनामिकालाई अँगालो हालें ।

मलाई मृगतृष्णा भयो । तोरीबारी मात्रै लहलह थियो । ब्रिटिश स्वच्छन्दतावादी कवि विलियम वर्डवस्थले लेखेको 'ड्याफोडिल' कविताको याद आयो । जहाँ कविले एक्लै भौतारिंदा सुनौला ड्याफोडिलहरू फुलिरहेका, हावामा झुलिरहेका अनन्त अनन्तसम्म देख्दा, खुसीले कविको मन उत्कर्षमा पुगे जस्तै खेतबारीमा फुलेका तोरीका फूलहरू र त्यहाँमाथि अनामिकाको दृश्य अहो ! एउटा 'सर्रियल' दुनियाँ भइहाल्यो ।

आश्मासँगको दुनियाँमा कहिल्यै प्रेमको सर्रियल भएन । बरू एकअर्कामा घृणा मात्रै भयो । घरभित्रको व्यवहारमा असभ्यताको पराकाष्टा मात्रै भयो । विश्वास गर्ने वातावरण भएन । मैले धेरै चोटि आफैंलाई तालिम दिएरै राखें कि म आश्मालाई प्रेम गर्न सिकौं । किन हो खै, आश्माले मेरो प्रेममा घृणाभन्दा अरू देखिनन् । कति सम्बन्ध यस्ता हुँदा रहेछन् जसलाई मिलाएर राख्छु भन्दा पनि अदृश्य शक्तिले मिलन हुन दिंदो रहेनछ । राम्रो सम्बन्ध व्यक्तिगत चाहनाले मात्र पनि हुँदो रहेनछ । ईश्वरको कृपा पनि चाहिंदो रहेछ । लेखान्त नै चाहिंदो रहेछ ।

प्रिय पाठक,

आश्मा र मेरो सम्बन्धको हिसाब आश्मा र मैले मात्र बुझ्न सक्छौं । हाम्रो शरीरले भोगेको सम्बन्ध कसैलाई शब्दमा सुनाएर यथार्थ समेटिन सक्दैन । भोगाइको पीडा भोग्नेले मात्र थाहा पाउँछ । सुन्नेले त आधा पनि महसुस गर्न सक्दैन । भोग्नेले भक्कानिंदै यातना र विलाप नै सुनाए पनि भोग्नेले जति एकै किसिमको महसुस गर्न सक्दैन । भोग्ने त आश्मा र म थियौं । न हाम्रो वेदनालाई कसैले बुझ्न सक्थ्यो, न मेरो वेदनालाई कसैले चिर्न नै सक्थ्यो, न त आश्माको भोगाइलाई नै कसैले महसुस गर्न सक्थ्यो । हाम्रो भोगाइ सुनाएर पाठ लिनेभन्दा उत्तम उपाय भनेकै आश्मा र मैले एकअर्कालाई छोड्नुमा नै थियो । त्यो नै निकास थियो । कसैलाई सुनाएर समाधान हुने थिएन । म त्यति पटमूर्ख पनि त थिइनँ, जसले के हो, केही नबुझोस् !

'तँलाई सम्बन्ध के हो, के थाहा ? लोग्ने-स्वास्नी बीचको सम्बन्ध तैंले बुझेकै छैनस् ।' आश्मा यस्तै भन्थिन् ।

नियतिको छनोट थियो कि आश्मा र मेरो जोडी यो भूगोलको कुनै पनि ठाउँमा टिक्ने गरी बनेको होइन । सँगै रहँदा हरेक पल म उनको लागि अभिशाप हुन्थेँ, मेरो लागि उनी । आश्माको जीवनमा अभिशाप नहुन नै त म हिंडेको थिएँ कि आश्माले जीवनको नौलो सुरुवात त्यहाँबाटै गरून् !

म लहलह फुलेका तोरीका सुनौला फूलहरू हेरिरहेको थिएँ । अनामिका तोरीबारीमा नै नाचिरहेकी थिइन् । मलाई हात फैलाएर बोलाइरहेकी थिइन् । हावाले उनको बैजनी रङ्को सल उडाएर म भएठाउँ ल्यायो । म दौडँदै अनामिकालाई भेट्न तोरीबारीभित्र पसेँ । अनामिका हाँस्दै र रमाउँदै भागिन् । ग्रीकको मिथकीय पात्र अपोलो नाम गरेका भगवानले आफ्नी प्रेयसीलाई भेट्न खेदाए जस्तै मैले अनामिकालाई खेदाइरहेँ । त्यो मेरो एकोहोरो कल्पनाको खेदाइ कुनै कलाकारको कला जस्तै भइरह्यो । फुलिरहेका तोरीका फूल हुन् या फुलिरहेका बगैँचाका फूल हुन् । मेरा आँखाभरि अनामिका मात्र फुलिरहिन् ।

म आलीको बाटोहुँदै घरतिर फर्किएँ । आमाले खाना तयार पारिसक्नुभएको रहेछ ।

'कहाँ गएको थिइस् यत्रो बेर ? खाना खान आइज !' आमा किचनतिर पस्नुभयो ।

टुबेलको पानीले हात धोएर म कुर्सीमा बसेँ ।

'अनि तँ हिजो सम्बन्धको कुरा गर्दै थिइस्, के भनेको तैंले ?' खाना टेबलमा राख्दै आमाले सोध्नुभयो । भन्नुभयो, 'मलाई त शङ्का लाग्यो केटा ।'

आमा भनेको आमा नै हुंदी रहिछन् । हिजो कसैले ध्यान नदिएको कुरा ख्याल राख्नुभएको रहेछ ।

'बुहारी त तगडा नै छिन् जस्ती छिन् । तैँले पो दुःख पाउने होस् कि भन्ने पीर पो लागिरहेछ ।' आश्मालाई अन्माएर घरमा ल्याएको दिन नै आमाले भन्नुभएको थियो ।

'किन र ?'

त्यो बेला आमाले केही पनि भन्नुभएन । त्यति बेला आमाका आँखा रसिला देखिएका थिए । हो, आमाहरूले एउटा युग बिताएर आएका हुन्छन् । उनीहरूले जीवन भोगेका हुन्छन् । सम्बन्धलाई निरन्तरता दिन महिला र पुरुषमा के हुनुपर्छ, त्यो थाहा पाएका हुन्छन् । पुरुषप्रधान समाजमा जीवन भोगेर, समाज र परिवारलाई रिझाएर, छोराछोरीलाई मान्छे बनाएर एक परिष्कृत समाजका पुरुषभन्दा पनि बलिया महिला हुन्छन् । उनीहरूसँग माया र ममताको खानी मात्र हुँदैन; भावनाको अथाह सागर मात्र दौडिँदैन; दुःख र दर्दका भयानक कथाहरूले जीवन बनेको हुन्छ आमाहरूको । आमाले त्यही आफ्नो अनुभवको 'लेन्स' लाएर आश्मालाई हेर्नुभएको थियो कि ? मैले आमालाई ढाट्न सकिनँ ।

'मैले तपाईंकी बुहारीलाई सदाका लागि छोडिदिएँ ।' मैले मुखमा हाल्न लागेको गाँस थालमै राख्दै भनिदिएँ, 'मेरो ऊसँग जीवन चलेन ।'

'हरे ! के भन्छ यो ? अब मान्छेले के भन्छ ? अब कसरी मुख देखाउनु यो समाजमा ?' आमा आत्तिनुभयो ।

म केही बोलिनँ । आमातिर पुलुक्क हेरेँ । आमाका आँखामा सबै सपनाहरू छरपष्ट भएको देखेँ ।

'किन पहिल्यै भनिनस् ?' पछ्यौरीको सप्कोले आँखाका डिलमा उठेका आँसुलाई पुछ्दै आमाले भन्नुभयो, 'अब के गर्ने हो ? मेरो आफन्त र नातागोता सबैलाई मेरी बुहारी यस्ती उस्ती भन्दै ठूलो बनाएकी थिएँ यो गाउँमा । अब मान्छेले के भन्लान् । कति न गतिली बुहारी भन्थिस्, पाइछस् भन्ने भए । बाउले थाहा पाउनुभयो भने सारै दुःखी हुनुहुनेछ । समाजमा मुख कसरी देखाउने ?' आमाका आँखामा आँसु बरर भए ।

'जीवनलाई खुसी पार्न सम्बन्ध धेरै ठूलो कुरा रहेछ, आमा । आफूलाई रुवाएर समाजले के भन्ला कि भनेर कैदी जस्तो बाँच्नु पनि त भएन । मैले अर्थपूर्ण जीवन बाँच्न मात्रै खोजेको छु । त्यही भएर मैले तपाईंकी बुहारीलाई छोडेको हुँ ।' मैले भात खान छोडेर आमालाई बेलिबिस्तार नै लाएँ, 'आश्मासँग मेरो कुरै मिलेन । म रिसले सारो बोल्थेँ । उनी मेरो रिस मथ्थर पार्न भान्छाकोठाका भाँडा मतिर झटारो हान्थिन् । म कहिल्यै बोल्दैनथेँ । यदि म बोलिनँ भने उनी मलाई बोलाउन तातो दाल शिरमा खनाइदिन्थिन् । मलाई रिस उठ्थ्यो, म पिट्थेँ । उनले मलाई जेल हाल्न धेरै पटक पुलिस बोलाइन् । कल्पनासम्म नगरेको कुरा भयो । चाहेर पनि सुधार्न सकिएन । हामी दुवै जनाको रक्षा र स्वाभिमानको लागि मैले छोडिदिएँ ।'

आमाले निकैबेर केही भन्नुभएन । एकोहोरो भएर मलाई हेरिरहनुभयो मात्रै ।

'तँसँग उसको सम्बन्ध टिक्दैन भन्ने पहिल्यै लाग्या थियो । तँ छोरो होस्, जसलाई मैले हुर्काएँ, बढाएँ । म चिन्छु तँलाई ।' आमाले केही बेर अडिएर भन्नुभयो, 'तर यो नसोचेको भयो । हाम्रो, तेरो सबैको भाग्य खोटो रहेछ । अब समाजमा कसरी मुख देखाउने ?'

मैले आमालाई हरहिसाबले सम्झाएँ । पर्नुजति पीर परेकै थियो तर आमाको अगाडि मैले देखाउन चाहिनँ । म पटकपटक मरिरहेकै हुन्थेँ । मेरो नसानसामा र मष्तिष्कका कोषकोषमा सुनामीभन्दा बलियो भावनाले आँधी ल्याउँथ्यो । भावनाका ज्वारभाटाहरूलाई तहसनहस पारिदिन्थ्यो । अस्तित्व खोज्न हिंडेको म घरि आफैँलाई अस्तित्वविहीन पाउँथेँ, जब यादमा आएर आश्माले मेरो मस्तिष्कलाई चिथोर्न थाल्थिन् । आत्मा खोज्न हिंडेको मैले कहिल्यै आत्मा नभेटौँला कि भन्ने हुन्थ्यो ।

आमा अलिक ढुक्क हुनुभयो ।

मलाई अनामिकाको सम्झनाले पोल्न थाल्यो । कहिले काठमाण्डू गएर भेट्नु जस्तै भयो । मैले आमालाई अनामिकाको बारे भन्न चाहिनँ ।

एउटा चोटको घाउ निको नभई मैले मेरो जीवनको अर्को सम्बन्ध देखाउन चाहिनँ । जीवनमा ठूलो पाठ सिक्ने बेला थियो, न कि कुनै अर्को सम्बन्धमा बसिहाल्ने । म आफू मानसिक र मनोवैज्ञानिक रूपमा क्षतविक्षत भएको थिएँ । मैले अझै समय लिनुपर्ने थियो ।

'आमा, म काठमाण्डू जान्छु र केही दिन त्यतै बस्छु ।' मैले भनेँ ।

'अनि फेरि कहिले आउँछस् यता ?' यसै दुःखी हुनुहुन्थ्यो, आमाले सोध्नुभयो, 'कहिले फर्किने हो अमेरिका ?'

'बसिएला अझै दुईतीन महिना । बीचमा फेरि घर आउँला । काठमाण्डूमा काम छ ।'

**

ब्याक टु काठमाण्डू

मैले अनामिकाको कोठामा पुगेर ढोठा ढक्ढकाएँ ।

प्लेनको टिकट काटेर अनामिकालाई थाहै नदिई म काठमाण्डू हुँइकिएको थिएँ । दुई दिनमै फर्केको थिएँ ।

म अनामिकालाई 'सरप्राइज' दिन चाहन्थेँ । म प्रेम र सम्बन्धको अर्थ बुझ्ने क्रममा थिएँ ।

ठीक त्यही बेला आमाको फोन आयो ।

'तँ पुगिस काठमाण्डू ?' आमाले सोध्नुभयो ।

मैले भर्खर आइपुगेको जानकारी दिएँ । काठमाण्डूमा मेरा साथीभाइ, नर-नाताहरूको घर छँदै थियो, आमाले खासै चासो राख्नुभएन । यसै पनि अमेरिकाबाट आएको, केही समय डुलेरै बिताउन सक्थेँ ।

मैले ढकढकाएको ढोका दुई मिनेटसम्म खुलेन । बाहिरबाट चाबी लगाएको पनि थिएन । मैले फेरि अर्को चोटि अलि जोडले ढोका ढक्ढकाएँ । मोबाइलमा हेरेँ । साँझको चार बजेको थियो ।

एकछिनपछि ढोका खुल्यो । अनामिकाले आँखा मिच्दै मलाई हेरिन् ।

'सुतिरहेको थियौ ? सरि !'

'हरे ! हजुर ?' अनामिकालाई पहिलो चोटि त पत्यार लागेन क्यार ! उनले जोडसँग आँखा मिचेर मलाई हेरिन् । छक्क पर्दै भनिन्, 'अनि एकहप्तापछि मात्रै आउने भन्नुहुन्थ्यो त !'

म कोठाभित्रै छिरैं । अनामिकाले ढोका बन्द गरिन् । उनले मलाई सहसै हातबाट तानिन्, खाटमा बसाइहालिन् ।

'तिमीलाई छोडेर त एकछिन पनि बस्न सकिनँ ।' मैले भनैं, 'कतिबेला तिमीलाई भेटौं भयो ।'

'मलाई पनि त त्यस्तै गाह्रो भएको थियो ।' अनामिकाले सोधिन्, 'के ल्याऊँ ? पानी पिउनुहुन्छ ?'

'हुन्छ । एक गिलास देऊ ।'

'म त यसो ढल्केको थिएँ, भुसुक्कै निदाएछु । हजुरलाई धेरै बेर कुराएँ होला हकि ?' अनामिकाले फिल्टरबाट गिलासमा पानी भरिन् ।

'एकैछिन हो, उठिहाल्यौ ।' म पट्याएको सिरकमाथि अडेस लागैं ।

पानी दिएर अनामिका मेरै छेउ बसिन् । मैले सबै पानी घटघट पारैं । अनामिकाले मैले पानी पिइसकेको गिलासतिर हात बढाइन् । मैले दिएँ । अनामिकाले गिलास पखालेर किचेन ऱ्याकमाथि राखिन् । मेरो घुँडाछेउ आएर उनले मेरा आँखामा गढेर हेर्न थालिन् ।

'मलाई मिस गऱ्यौ बेबी ?' मैले अनामिकाको गाला सुम्सुम्याएँ ।

'गरैं नि । हजुरसँग नहुँदा त झनै गाह्रो हुँदो रहेछ ।'

मैले अनामिकालाई आफ्नो नजिक तानैं । उनको ढाड र पाखुरा मुसार्दै मेरो छातीमा उनको शिर राखैं । आमाको काखमा पल्टिएको दूधे बालकझैं उनी मेरो छातीमा लुटुपुटु भइन् ।

'अनि हाम्रो विवाहको बारेमा केही सोच बनाउनुभयो ?' मेरो छातीमा मुसार्दै अनामिकाले सोधिन् ।

म अनामिकासँग विवाह नगरी नै केही समय प्रेमी भएर बस्न चाहन्थैं । मलाई बिहे भन्ने कुरासँगै डर लागिरहेको हुन्थ्यो । विवाह भन्ने बित्तिकै कहाली लाग्दो परिवेशको बोध हुन्थ्यो । अनामिकाको मन रुवाउनु थिएन । 'नाइँ' भन्नु ठूलो अविश्वास हुने थियो । उनीसँग पनि म धोकेबाज

हुने हुँ कि भन्ने डर भयो । विवाहको कुराले मेरो मुटुको धड्कन 'नर्मल रेट'भन्दा दोब्बर भएर चल्थ्यो । अनामिकाले उत्तर पाउन मलाई हेरिन् ।

'सोच्दै छु । केही दिन पर्ख न ! आखिर हामी एकअर्काको भइसक्यौं । केही समय देऊ ! अझै पनि मलाई जेटल्याग बाँकी नै छ ।'

जेटल्यागभन्दा बढी आश्माको सम्झनाले मेरो मस्तिष्कका दिवारहरू र मेरो सोच र चेतना नै खल्बलिने गरी पटकपटक झस्काइरहन्थ्यो, हल्लाइरहन्थ्यो । त्यो कुरा म न अनामिकालाई सुनाउन सक्थें, न आफैं नियन्त्रण गर्न सक्थें । आश्मालाई छोड्नुअघि मेरो मानसपटल यसरी खल्बलिएला भन्ने लागेको थिएन । जति बेला मैले आश्मालाई छोडें, म त प्वाँख लगाएर जीवनका सुन्दर सपनाहरू देख्दै उडेको थिएँ । अनामिकासँग मेरो मुटु थियो । अनामिकासँगै मात्रै मेरो मुटुको संरक्षण हुने विश्वास थियो । तर मेरो कलेजो आश्माले समातिरहिन् । मानौं, मेरो पाचन प्रक्रिया आश्मासँगै जोडिएको छ । घरिघरि यस्तो बनाउँथ्यो कि फर्केर फेरि आश्मासँगै जाऊँ र उनकै निर्देशनमा जिन्दगी बिताऊँ ! बरू भित्रभित्रै मर्नु किन नपरोस् ! आखिर आश्मालाई छाडेर आउँदा पनि त म आश्माकै यादले मरिरहैकै छु । म अनामिकासँग बोल्दाबोल्दै टोलिन्थें ।

'तपाईंलाई ठूलो मानसिक पीडा छ, म बुझ्छु ।' अनामिकाले भनिन्, 'आफूलाई दह्रो बनाउनुहोस्, समय सबै कुराको औषधी हो । धैर्य राख्नुहोस् ! तपाईंले जीउमा गाडिएको ठूलो खिल निकाल्दै हुनुहुन्छ । दुखिरहन्छ केही समय ।'

अनामिकाले मलाई सम्झाइरहिन् । म उनको बोलीमा यथार्थ देख्थें । यही नै मेरो जीवनमा उपयोगी हुनसक्थ्यो, भइरहेको थियो । म अनामिकाको आँखामा हेर्थें । उनका आँखामा मलाई आफ्नो बनाउने अतृप्तता देख्थें । चाँडै नै जीवनलाई फूल जस्तो सुन्दर बनाएर राख्ने सपनाहरू म अनामिकाका आँखामा देख्थें ।

'बेबी, हामी कहिले पोखरा जाने ?' मैले प्रसङ्ग बदलें । म विवाहको कुरालाई सकभर पछि सार्न खोज्थें ।

'के भोलि जाने हो त ?'

'हुन्छ ।'

'हवस । बेलुका यसबारे कुरा गरौं ।' अनामिकाले भनिन्, 'साँझ परिसकेछ । म अब खाना बनाउँछु ।'

'मैले के सघाऊँ ?'

'तपाई बसेर ल्यापटपमा काम गर्नू !'

अनामिका खाना बनाउन थालिन् । म ल्यापटप लिएर इमेलहरू हेर्न थालेँ । एउटा इमेल आश्माबाट आएको रहेछ । एक मनले ठान्यो नहेरी नै फालिदिऊँ ! अर्को मनले त्यसो गर्न दिएन । मैले इमेल खोलेँ । इमेल यस्तो थियो–

'जीवन,

तैँले गर्न खोजेको के हो ? तैँले सोचेको छस् कि तँलाई म त्यसै छोडिदिन्छु । तँलाई पानीमुनि गए पनि म छाड्दिनँ । म अरू जस्तो केटी हैन । तँ त्यहाँ गएर अर्कैलाई बिहे गर्ने योजना बनाएको होलास् । तर म तिमार्को जीवन बिनाश गर्दिन्छु । के ठानेको छस् तैँले ? जेल नेपालमा पनि छ । तँ र तेरा बाउआमा सबैलाई जेल हालिदिन्छु । सजिलै सबै होला भन्ठानेको होलास्, रक्तपात पनि हुनसक्छ । अलिक याद गर् ! मसँग सम्बन्ध तोडेर तँ अर्कैसँग जान लाग्दै छस् ? मलाई एक बचन पनि नभनी छोडेर हिंडिस् ?'

आश्माको त्यो इमेल पढेर एक किसिमले म छक्क परेँ । आश्माले नै अनामिकासँगको प्रेम झाँगिने अवसर दिएकी थिइन् । अहिले इमेल पठाएर के नाटक गरेको होला ? यस्तै लाग्यो । उनको इमेलले त अझ ममा अनामिकाप्रतिको माया झन् गाढा र हृदयस्पर्शी बनायो; आश्माप्रति अझ बढी घृणा जन्मायो । तुरुन्तै अनामिकालाई सिन्दुर हालिदिऊँझैं भयो । आश्मासँग त म थाकिसकेकै थिएँ । उनको रवाफ र धम्काइले जीवनदेखि हार खाइसकेकै थिएँ, गलिसकेकै थिएँ ।

अनामिकाले खाना बनाइसकेकी थिइन् । हामीले खाना खायौं ।

'हजुर के सोचमा हुनुहुन्छ ?' अनामिकाले सोधिन् । अलि भावुक देखिन् क्यार ।

'हैन । ठीक छु ।' मैले कृतिम हाँसो निकालिदिएँ ।

'कति खेर जाने त हामी पोखरा ?' अनामिकाले कुरो निकालिन् ।

'तिमी जति खेर भन्छौ ।' मैले भनें, 'तिमी ईशारा देऊ, म त्यसैमा चल्छु ।'

अनामिका सर्माइन्, मुस्कुराइन् । हामी ओछ्यानमा अडेसो लाएर बसेका थियौं । साँझ परिसकेको थियो; बत्ती थिएन । अनामिकाले मैनबत्ती सल्काइन् र ओछ्यानमा आएर मेरो काँधमा आफ्नो शिर राख्दै ढल्किइन् । मैले उनका केशभित्र आफ्ना औंलाहरू छिराएँ र केही बेर चलाएँ ।

'बिहान खाना खाएर जाऊँ न त !' मेरा हात समाउँदै अनामिकाले भनिन् ।

'हवस ।' मैले अनामिकाको शिरलाई अझ आफूतिर तानें । मैनबत्तीको मधुर प्रकाश उनको अनुहारसम्म आएको थियो । सुन्दर देखिन्थ्यो, पूर्णिमाको जून जस्तै उज्यालो । मैनबत्तीको प्रकाश जस्तै उज्यालो ।

'म आमाबाबालाई पनि भेटाउँछु तपाईंलाई । अनि हामी सबै पोखरा घुम्नुपर्छ ।' अनामिकाले मेरो छातीमा हात राख्दै भनिन् ।

पोखरा धेरै नै मनपर्ने शहर थियो । तालैतालको शहर पोखरा तर कहाँ हो कहाँ जस्तो लाग्थ्यो । जब अनामिकाको घर नै पोखरा भएपछि म आफू नै पोखरामै हुर्किएझैं लाग्यो । किनकिन पोखरा गत्तिकै प्यारो लाग्न थाल्यो ।

'तालहरू घुम्नुपर्छ अनि फोटाहरू खिच्नुपर्छ ।' अनामिकाले भनिन् ।

घुम्न त धेरै उद्दत थिएँ तर फोटो खिच्न खासै मन थिएन । भोलि आश्माले थाहा पाइन् भने के भन्लिन् भन्ने डर भयो फेरि कताकता ।

'हवस । हुन्छ नि बेबी ।' मैले भनें ।

'तिमीलाई सम्बन्ध के हो जस्तो लाग्छ ?' मैले अनामिकालाई एक्कासि सोधें ।

'एक प्रकारको नजिकता, निकटता जस्तो लाग्छ । जुन बलियो र कसिलो हुन्छ । साधारण अर्थमा यस्तै लाग्छ ।' अनामिकाले भनिन् ।

'किन सम्बन्धहरू टुट्छन् र किन कुनै सम्बन्धहरू बलिया हुन्छन् ?' मैले सोधिहालें । मानौं, मेरो मस्तिष्क नै प्रश्नै प्रश्नले जेलिएको छ ।

'सबै भन्दा ठूलो कुरा त विश्वास नै हो । तर जब विश्वास गुम्छ, तब पारस्परिक सहयोग, भावनात्मक सपोर्ट, एकअर्काप्रतिको निर्भरता सबै हराएर जान्छ । इर्ष्या र बैमनश्यता मात्रै हुन्छ र इमानदारिता हराएर जान्छ ।' अनामिकाले भनिन्, 'सायद चाहना र इच्छाहरू एउटै हुँदैनन् र बनाउन सकिँदैन । सम्बन्ध त्यहींबाट बिग्रिन्छ होला ।'

मलाई त्यति बेला मार्क ट्वाइनले भनेको एउटा कुराको याद आयो- 'दुई जना एक जोडी भएर लामो यात्रा गर्नु सायदै सजिलो कुरा हो । शारीरिक मोह, यौनवासनाले केही साझा विचारहरू र लगभगै उस्तै सामाजिक र सांस्कृतिक पृष्ठभूमि भएर पनि कहिल्यै सम्बन्धहरू राम्रा हुँदैनन् ।'

'जब वास्तविकता र मागहरू दिनैपिच्छे परिवर्तन हुँदै जान्छन्, समय परिवर्तनसँगै व्यक्तिका अपेक्षाहरू बढ्दै जान्छन् र व्यक्ति अन्ततः जीवनमा हामी के चाहन्छौं भन्दा पनि म के चाहन्छु भनेर सोच्न थाल्छ । सायद यही नै होला सम्बन्ध बिग्रनुको अर्को कारण ।' अनामिकाले भनिन् ।

अनामिकाको विचार र सम्बन्ध बारेको बुझाइ थेरापी जस्तै भयो । अझ बढी अनामिकालाई बुझ्न मद्दत त गऱ्यो नै, त्योभन्दा बढी मैले आफ्नै जीवनलाई बुझिरहेको थिएँ ।

'कसो गरे सम्बन्धलाई अझ बलियो र राम्रो बनाउन सकिन्छ जस्तो लाग्छ तिमीलाई ?' म कुनै पत्रकार जस्तो भएर एक पत्रकारलाई नै प्रश्न

सोधिरहेको थिएँ । मानौं, अनामिका सम्बन्धको बारेमा एउटा मनोवैज्ञानिक डाक्टर हुन् ।

'हामी भनेर सोच्नुपर्छ । जस्तो कि तपाईं मेरो जीवनमा आउनुभयो । मैले मेरो जीवनभित्र तपाईंलाई देख्न थालें । त्यसरी नै तपाईंले पनि मलाई देख्नुपर्छ । सबै कुरा सँगै जोडिएर जान्छ । जसले मलाई तपाईंको विचार र जीवनशैलीतिर आकर्षित गर्छ र तपाईंलाई मेरो जीवनशैली र विचारतिर । 'कम्युनिकेशन' पनि धेरै ठूलो कुरा रहन्छ । तपाईं र म यहाँसम्म आइपुग्नु भनेको हाम्रो सात महिनाको कम्युनिकेशन हो । फेरि व्यक्तिको आफैंप्रतिको मोह रह्यो भने त्यसले व्यक्तिको आफ्नो मात्र महत्त्व स्थापित गर्दछ र आफैंमात्र प्रशंसामा रहन खोज्दछ ।'

मैले वासना लिंदै र उनको विचारमा मन्त्रमुग्ध हुंदै अनामिकाको केश सुम्सुमाइरहेको थिएँ ।

'अर्थको कति ठूलो भूमिका रहन्छ ?' मैले प्रश्न गरें । यति बेला म आश्मालाई सम्झिँदै थिएँ । किनकि आश्मासँग धेरै पटक पैसाकै कारण झगडा परेको थियो मेरो ।

'भन्नाले ?'

'पैसाको ।'

'म पैसालाई त्यति ठूलो कारण मान्दिनँ । पैसाभन्दा ठूलो विचार र बुझाइ हो । त्यसैले यो प्रश्नको उत्तर दिन मलाई खासै आउँदैन ।' अनामिकाले भनिन् ।

के कुराले आश्मा र मेरो राम्बन्ध बिग्रिएको थियो ? सायद अनामिकाले त्यही कुरो भनेकी थिइन्, त्यसमा भएका धेरै कुराहरू थिए होलान् । एक मनले सोच्यो- आश्मा बीच प्रेमको अभाव नै त कहिल्यै थिएन । माया त मैले आश्मालाई गर्थें, धेरै नै गर्थें । नभए किन आश्माको सम्झनाले म अनामिकासँग हुंदा पनि सताइरहन्छ ? कहींकतै मैले पढेको थिएँ- धेरै सम्बन्धहरू बिग्रन्छ नै । त्यहाँ मायाको अनुपस्थिति नभएर हैन;

मायाको उपस्थिति त्यहाँ जहिल्यै हुन्छ, सम्बन्ध बिग्रिन्छ त जब एउटाले चाहिनेभन्दा बढी माया पाउँछ र अर्कोले चाहेजति माया पनि पाउँदैन । कतै आश्मा र ममा यही त भएन ?

प्रिय पाठक,

मलाई गल्ती नसोच्नुहोस् कि मैले आश्मालाई धोका दिएँ । मैले त मेरो स्वतन्त्रताको लागि र आश्माको स्वतन्त्रता हनन नगर्न मात्र खोजेको थिएँ । मैले त ब्रिगेट निकोलले भने जस्तो साहसिलो निर्णय गरेको थिएँ । जसले अन्ततः मलाई दुखिरहेको मुटु र आत्माबाट छुट्कारा मिलोस् !

बलिरहेको मैनबत्ती सकिन लागेकै थियो, आफैं निभ्यो । अनामिका मेरै छातीमा पल्टिरहेकी थिइन् ।

'अनामिका !'

मैले अनामिकाबाट उत्तर पाइनँ । घच्घचाउँदै बोलाएँ । उनी त अघि नै मेरै छातीमा लपक्कै टाँसिएर निदाइसकेकी रहिछिन् । मैले सिरानी तानेर सुस्तरीमा अनामिकाको शिर राखिदिएँ ।

अनामिका र ममा एकअर्काप्रति शारीरिक मोह त थियो नै; दुई आत्माको मिलन झन् गाढा र आत्मीय हुँदै थियो । त्यो रातभरि मैले अनामिकालाई छोडिनँ, उनका केशहरू चुम्दै, मुसार्दै र वासना लिँदै अँगालोमा लिइरहेँ । रातभरि मीठो वासना उनको केशबाट आइरह्यो । झल्यास्स झल्यास्स पार्दै आश्माको इमेलले भने तर्साइरहेकै थियो ।

**

बिहेअघिको ससुराली

हामी कलङ्की आइपुगेका थियौं । अनामिकाले सधैंझैं कपाल छोडेकी थिइन् । ओठमा गाढा रातो लिपिष्टिक लाएकी थिइन् । उनको मिलेका परेला र ठूलो निधारले फेरि एक चोटि मेरो मन लोभ्यायो । रातो कुर्ता-सुरुवालमा त्यसै राम्री त देखिन्थिन् नै, अझ सुन्दर उनको वक्षस्थल मेरो मनमा गाढा भएर बसेको थियो । उनी अघि हिंड्दा म उनको नितम्बतिर आँखा डुलाउँथे, त्यहाँबाट मलाई एक प्रकारको अवर्णनीय मीठास महसुस हुन्थ्यो । म पुरुष हुनुको मज्जा लिन्थें । सबै कोणबाट म धेरै नै आकर्षित थिएँ अनामिकासँग ।

'पोखरा, पोखरा, पोखरा !' खलासीहरू चिच्याइरहेका थिए ।

पोखरा जाने माइक्रोको लाइन नै लागेको रहेछ । कलङ्कीमा मान्छे र बसहरूको चहलपहल त्यस्तै थियो, सधैं जस्तो खचाखच । धुलोको कुइरो नै लाग्ने त्यो ठाउँमा बिहान भएकोले शीतले धुलोलाई उस्तरी उड्न दिएको थिएन । आकाशे पुलमाथि फुटपाथे पसलहरू अघि नै फिँजिएका थिए । कोही आकाशे पुल त कोही पुलमुनिबाट बाटो काटिरहेका थिए ।

अगाडिको सिट रोजेर हामी एउटा माइक्रोमा चढ्यौं । माइक्रो एकछिनपछि हिंड्यो । हामीले बाटोमा खानका लागि चाउचाउ, चिप्स र पानी बोकेका थियौं । अनामिकाले उनका हातले मेरो हातमा कसिलो गरी अंकुसे बनाएर समाएकी थिइन् । जस्तो कि एउटा दूधे बालकले आफ्नी आमालाई बजारमा हराइन्छ कि भनेर समात्छ । म घरि झ्यालतिर घरि

अनामिकातिर हेर्दै थिएँ । माइक्रो त्यही बाटोहुँदै अगाडि बढ्यो, जुन बाटो म मधेसतिर आफन्त भेट्न जाँदा गएको थिएँ । त्यो बाटो मुग्लिनमा पोखरा र चितवनका लागि छुट्टिन्थ्यो । फेरि अर्को चोटि पहाडको भीर हेर्ने अवसर मिल्यो । यो चोटि त साथमा अनामिका थिइन् । उनको साथमा प्राकृतिक दृश्य हेर्दाको सुन्दरता अझ मनमोहक लागिरहेथ्यो ।

अनामिका मेरो काँधमा शिर अड्याएर अघि नै निदाइसकेकी रहिछिन् । मेरो हात समाइरहेकी थिइन् । उनको अनुहार हेरेँ, जुन सुन्दर मात्र देखिँदैनथ्यो, धेरै मायालु र निर्दोष पनि देखिन्थ्यो । जति लामो समयसम्म म उनको अनुहारमा हेर्थें, त्यति नै मेरा सारा दुःखहरू, पीडाहरू भागेको महसुस हुन्थ्यो । उनको सुन्दरता मेरो आत्मासम्म पुग्थ्यो र मलाई शीतलता दिन्थ्यो । आश्मालाई छोड्दा भतभत पोलेको मेरो मन अनामिकाको अनुहार हेरेपछि शीतल हुन्थ्यो । चहराएको घाउमा मलम लगाए जस्तो हुन्थ्यो । यस्तो लाग्थ्यो- म अनामिकाको अनुहारको प्रकाश तापिरहेछु र आफूलाई निको पारिरहेछु । एउटा सुन्दर बाखाको पाठो जस्तो मैले लपक्क पारेर मेरो काँध अनामिकाको शिरमा राखें ।

कसले बनायो होला यति सुन्दर र निर्दोष तिमीलाई अनामिका ? कसले तिमीलाई यति सुन्दर जीवन दियो होला, जहाँ तिम्रो उज्यालो अनुहार, मीठो बोली, आनन्द लाग्ने तिम्रा आँखाहरूले मेरो मन नै जग्मगाउँछ ? अनामिका हाँसिदिँदा पनि मेरो मन प्रफुल्ल हुन्थ्यो । कुनै कारण चाहिँदैनथ्यो । उनीसँग रहँदा पखेटा भएको स्वतन्त्र पन्छी जस्तो महसुस हुन्थ्यो । मानौं, म फोहोरको डङ्गुरबाट निक्लेर अनामिकाको शरणमा आएको छु ।

आश्माको सम्झना नआएको होइन, उनको माया नलागेको होइन । पलपल आश्माको सम्झनामा मेरो मुटु चिरिन्थ्यो । करौडौं चोटि बरू म मरेर बाँच्छु तर तिमीसँगै फर्केर जान्नँ । आश्मालाई सम्झिँदै म मनमनै संकल्प गर्थें । थाहा छैन- अनामिका नभइदिएको भए, म जीवनभित्र मृत्यु बोकेर बाँच्थें । किनकि, मैले आश्माबाट माया पाउन गरेका एक

एक प्रयत्नहरू आगोको लप्का भएर आइरहेका थिए, तिनले मेरो मुटुलाई पोलिरहेका थिए ।

'साला जीवन तँ फेरि मूर्ख बन्ने कोसिस गरिरहेछस् । फेरि फर्केर गइस् भने तेरो जिन्दगी त गयो, तैँले अनामिकाको पनि जिन्दगी अपहरण गर्नेछस् ।' मेरो मुटुको एक कुनाले मलाई चेतावनी दिइरहन्थ्यो ।

'आजबाटै तेरो औँठी लैजा !' मैले दिएको औँठी मैतिर फाल्दै धेरै चोटि मलाई आश्माले चेतावनी दिएकी थिइन् ।

मलाई के थाहा कि यो भनाइ गम्भीर थियो या थिएन ? म त आश्मा र मेरो जीवनको विश्लेषण कैयौं पटक गर्थें । अझ आफ्नो विश्लेषण त पटकपटक गरिरहन्थें । ताकि हाम्रो सम्बन्ध राम्रो भएर आओस् !

सायद, मैले आश्मासँग पहिल्यै विश्वास गुमाइसकेको रहेछु । पछिल्ला दिनहरूमा जति मैले आफूलाई अभ्यास गराउन खोजे पनि आश्माको सामीप्यमा जहिल्यै बेखुसी मात्र हुन्थें । जब आश्मा मेरो कुराले रुन्थिन्, मेरो मुटु फुटेर आउँथ्यो । म आफैं आश्मासँग 'सरी' भन्थें । मलाई सानो कुराले नै पगाल्थ्यो । जति नै सही भए पनि म स्वयम् आफूलाई गल्ती देख्थें । बिस्तारै आश्मा बलियो हुँदै गइन् क्यार । आश्माका आँखामा आँसुभन्दा पनि ठूला-ठूला आगोका लप्काहरू भनभनाउन थाले । आश्माको नजिक नपुगी नै मलाई उनका आँखाहरूले पोल्न थाले ।

अझै पनि मलाई थाहा छैन- आश्माले मलाई उनीबाट गलत्याउन खोजेकी थिइन् वा आफ्नो बसमा राख्न खोजेकी थिइन् वा मबाट अझ बढी मायाको आशामा थिइन् ? मेरो भूल थियो कि त्यति बेला नबुझ्नु र अझै पनि बुझ्न नसक्नु । अब त म संसारलाई छोडिदिन सक्थें । तर अनामिकालाई छोड्न सक्दिनथें ।

अनामिका अझै पनि मेरो काँधमा अडेसो लागेर निदाइरहेकी थिइन् । माइक्रो कुदिरहेकै थियो । अनामिकाले मेरो हात समातिरहेकी थिइन् ।

'अनामिका !' मैले अनामिकालाई घचघचाएँ ।

'म त निदाएछु पो ।' अनामिका उठिन् । भनिन्, 'हजुरलाई एक्लो फिल भयो होला । अघि नै उठाउनुपर्थेन ।'

'म झ्याल बाहिरको सुन्दरता र तिम्रो सुन्दरता हेर्दै मख्ख थिएँ ।'

अनामिका लजाइन् । मेरो हातलाई अझ दह्रो गरी समात्दै मतिर ढल्किइन् । उनले झोलाबाट चिप्स निकालिन् र मलाई दिइन् । मैले त्यहींबाट झिकेर खाएं ।

'पानी छ ?' मैले सोधें ।

अनामिकाले पानीको बोतल निकालेर मलाई दिइन् । मैले घटघट पिएँ । उनले हेरिरहिन् ।

'के हेरेको त्यस्तो ?'

'तिमीलाई ।' अनामिकाले भनिन् ।

पहिलो चोटि अनामिकाले मलाई तिमी भनिन् । उनले जब तिमी भनेर मलाई बोलाइन्, उनीसँग अझ आत्मीय बोध भयो ।

'कहाँ आइपुग्यौं त हामी ?' मैले पानीको बोतल अनामिकालाई दिंदै सोधें ।

'खै, हेरौ ।' अनामिकाले झ्यालबाट हेरिन् र भनिन्, 'ए, दमौली आइपुगिएछ । अब दुई तीन घण्टामा पुगिन्छ । तपाईं थाक्नुभयो होला हकि ?'

'छैन ।' मैले भनें, 'अहिले नै थाकेर हुन्छ त ? भरे बेलुका झन् कति एक्सरसाइज गर्नु छ ।'

'अहिले मारदिन्छु अनि ।' अनामिकाले लजाउँदै भनिन्, 'छिटो बिहे गर !'

'तिमीलाई भेट भएकै दिन त कुरिनँ मैले । अब किन कुर्नु ?' मैले हाँस्दै भनें ।

'तिमीलाई कति कुरा गर्न आउँछ हकि ?' अनामिकाले मेरो पाखुरामा मुड्की बजार्दै भनिन्, 'मार्दिन्छु अनि ।'

... ...

हामी पोखरा पुग्यौं ।

साँझ परिसकेको थियो । डुब्न लागेको सुन्दर पहेंलो घाम पश्चिममा बादलसँग लुकामारी खेल्दै थियो । त्यसको प्रतिबिम्ब इन्द्रेणी बनेर पोखरालाई गिज्याउँदै थियो । माछापुच्छ्रे हिमाल सुनौलो भएर संसारलाई हेरिरहेको थियो । अन्नपूर्ण हिमालले आफ्ना ठाडा जुँगा हामीलाई नै देखाइरहेको थियो ।

'भोलि जानुपर्छ डुल्न ।' अनामिकाले भनिन्, 'आज घर जाऔं ! आमाबाबासँग भेटौं र घरमै गफ गरेर बसौं !'

साँझको झिसमिसेमा हामी अनामिकाको घरमा पुग्यौं । 'लगेज'लाई त्यहीं साइड लगाएर म बैठककोठाको कुर्सीमा बसें । एउटा सानो ब्ल्याक एण्ड ह्वाइट टेलिभिजन चलिरहेको थियो । दुई ओटा बेड आम्नेसाम्ने भएर बसेका थिए । पुस्तकहरूले भरिएको बाँसको र्‍याक म बसेको कुर्सीतिर फर्किरहेको थियो । एकैछिनमा अनामिकाका आमाबाबा आउनुभयो । अनामिकाले आमाबाबालाई मेरो परिचय गराइन् ।

'उहाँ नै हो जीवन । मैले तपाईंहरूसँग कुरा गर्थें नि ।'

अनामिकाले आमाबाबुलाई मेरो बारेमा सबै बताइसकेकी रहिछिन् । हामीले नमस्कार आदानप्रदान गर्‍यौं ।

'हजुरहरू बस्दै, गफ गर्दै गर्नुहोस् ! म चिया बनाएर ल्याउँछु ।' अनामिकाले मलाई उनको आमाबाबासँग छोडेर गइन् ।

'राम्रैसँग आइपुग्नुभो ?' बाबाले सोध्नुभयो ।

'हजुर । अनि हजुरहरू सन्चै हुनुहुन्छ ?'

'अहिलेसम्म भगवानका कृपाले बाँचिरहेका छौं बाबु ।' बाबाले भन्नुभयो ।

बाबाले दौरा-सुरुवाल, जुवारी कोट, कालो टोपी लगाउनुभएको थियो अनि आमाले सारी, चोलो र पटुका बाँध्नुभएको थियो ।

कति पनि महत्त्वाकाङ्क्षा र घमण्ड नभएको । सभ्य र सरल हुनुहुन्थ्यो बाबाआमा । उहाँहरूका आँखाहरूमा आकाशभन्दा पनि फराकिलो, धर्तीभन्दा पनि सहनशील, पहाडभन्दा पनि बलिया भावहरू सजिलै पढ्नसक्थैं म । जीवनमा धेरै पटक हार खाएर पनि, थाकेर पनि जीवनलाई सुन्दर देख्न सक्ने भाव उहाँहरूका आँखामा छर्लङ्गै देखें मैले । सङ्घर्षका इतिहासका पानाहरू, उहाँहरूका जीवनमा पक्कै छ भन्ने कुरा उहाँहरूका ललाटमा कोरिएका रेखाहरूबाट अनुमान लगाएँ । मुजा परेका आँखाहरूका छेउ र हातका पातला हुँदै गएका छाला हेरेर एउटा परिपक्व जीवन व्यथित गरेका पात्रहरूझैं लागे मलाई ।

'हाम्री यो एक्ली छोरी ।' बाबाले भन्नुभयो, 'यसले धेरै दुःख गरी बाबु ।'

मलाई बोध भइरहेको थियो कि छोराछोरीको व्यक्तित्व आमाबाबुको व्यक्तित्वमा र उहाँहरूको हुर्काइमा धेरै नै निर्भर गर्दो रहेछ । मैले तिनै व्यक्तित्व अनामिकामा पाएको थिएँ ।

'यसले हामीसँग तपाईंको बारेमा धेरै कुरा भनेकी छे ।' आमाले भन्नुभयो ।

'हामी पनि खुसी छौं । यसको खुसी नै हाम्रो खुसी हो ।' बाबाले भन्नुभयो, 'यसलाई धेरै केटाहरू माग्न आए । धेरैतिरबाट कुरा आए, खै कसैलाई मन पराइन, किन हो ? अब यसको बिहे नहुने भो भनेर मैले त हार खाइसकेको थिएँ । कोही लण्डन, कोही जापान, कोही अमेरिका, कोही क्यानडाबाट आएका थिए । तर कसैतिर यसको मन गएन, सबै रवाफिलो र तडकभडक लाग्यो रे । हामी त साधारण जीवन बिताइरहेका मान्छे अनि उसलाई बढी तडकभडक मन नपर्ने ।'

'यो नै त उनको राम्रो पक्ष हो नि ।' मैले सही थापें ।

अनामिकाले किस्तीमा चिया लिएर आइन् ।

'लिनुहोस् चिया !' अनामिकाले मलाई भनिन् ।

मैले किस्तीबाट एउटा कप उठाएँ । त्यसपछि उनले सबैतिर किस्ती घुमाइन् र आफूले पनि एक कप लिएर बसिन् ।

'ल तपाईंहरू बातचित गर्दै गर्नुहोस्, म खाना बनाउन लागें ।' आमा उठ्नुभयो ।

मैले चिया सुरुप्प पारेपछि कुर्सीको छेउमा कप राखें । मेरो एक हातले कप समाइरहेकै थियो ।

'अब बाबुमा छोरीले के देखी, हामीले त छोरीको खुसी चाहेका हौं । तपाईंहरूको जिन्दगी राम्रो हुन्छ भने हाम्रो त केही आपत्ति छैन । हामी पनि त्यसैमा खुसी हुन्छौं । हामी धेरै सम्पत्ति भएका मान्छे होइनौं ।' बाबाले भन्नुभयो ।

अनामिकाले पिउँदै गरेको चियाको कपमाथि आँखा पारेर मतिर हेरिन् ।

'सम्पत्ति ठूलो कुरा होइन बाबा, मन र माया भएपछि त्यही नै ठूलो सम्पत्ति हो । अनामिकामा जीवनलाई सुन्दर बनाउने भावना छ । हामी दुवै सङ्घर्ष गरेर आएका छौं । मेरा आमाबाबाले पनि हजुरहरूले जस्तै जीवन सङ्घर्ष गरेरै आउनुभएको हो । हाम्रो पृष्ठभूमि र धरातल एउटै हो । त्यही भएर होला, अनामिका र मेरो कुरो मिल्यो ।' मैले भनें ।

अनामिकाका बाबाका आँखा रसाएका थिए । सायद उहाँले मलाई मन पराउनुभयो । अनामिकाले अझ आफू बसेको ठाउँबाट बाबाले नदेख्ने गरी बूढीऔंला ठडाएर 'ठीक भन्नुभयो' भन्ने सङ्केत गरिन् र रसिला आँखा बनाउँदै मुस्कुराइन् ।

'एक जमानामा सम्पत्ति पनि नभएको हैन बाबु । तर त्यही हो आफ्नो टाउकोमा के लेखेको छ, त्यही हुँदो रहेछ । सबै सकियो । अब त सम्पत्तिको नाममा यही हो, यो पनि तपाईंले लानुभयो भने सम्पत्तिको नाममा केही रहन्न र पनि खुसी छौं हामी ।' बाबाले मार्मिक र भावुक हुँदै भन्नुभयो, 'तपाईंहरूको खुसी पनि हामी बूढाबूढीका लागि सम्पत्ति नै हो नि ।'

'अनामिकासँग म जोडिनु पनि अर्को ठूलो सम्पत्ति हो नि बाबा ।' मैले हौसला दिँदै भनें ।

मैले रित्तिएको चियाको कप भुईंमा नै राखें । अनामिकाले कपहरू उठाइन् र फेरि किस्तीमै हालिन् ।

'म खुसी छु बाबु, अब तपाईंहरू बिहे गर्नुहोस् चाँडै, कसरी गर्नुहुन्छ त्यो पनि तपाईंहरूकै निर्णय हो ।' बाबाले भन्नुभयो, 'ल बाबु, म अहिले निस्कन्छु, बस्दै गर्नुहोस् !'

बाबा निस्कनुभयो ।

अनामिकाका बाबाले 'बिहे' भन्ने शब्दमै कुरा टुङ्गाउनुभयो । मभित्र फेरि एक प्रकारको पीडा र जलन सुरू भयो । म आफैं अनिर्णयको बन्दी भएको थिएँ । बिहे भन्ने बित्तिकै मेरो स्नायुप्रणालीमा नै अतिक्रमण गर्न आश्मा आइपुग्थिन् । के म अनामिकालाई साँच्चै बिहे नै गर्न गइरहेको छु त ? यही प्रश्नले मलाई बारम्बार करेन्ट लगाइरहन्थ्यो । यदि म अनामिकालाई बिहे नगर्ने भए किन यहाँसम्म आइपुगें त ? यो मेरो आफ्नो छनोट हो या नियति ?

'के सोचिरहनुभएको ?' अनामिका मेरो छेउमा आइन् । उनले मलाई अँगालो मारिन् । भनिन्, 'मलाई खुसी लाग्यो हजुरको कुरा सुनेर । मेरो आमाबाबा पनि खुसी हुनुभयो । हामीले दिनसक्ने त्यही खुसी त रहेछ नि ।'

... ...

रातको खाना खाइसकेपछि अनामिकाले त्यही लिभिङ रुमको एउटा खाटमा ओछ्यान लगाइदिइन् र मलाई सुत्न भनिन् । उनी त्यही कोठाको अर्को खाटमा सुतिन् ।

'गुड नाइट !' बत्ती निभाएर अनामिकाले भनिन् ।

मलाई निद्रा लागेन । घरि दायाँ फर्कें, घरि बायाँ फर्कें । अनामिकालाई भेट्ने अघिल्लो रात जस्तो उखरमाउलो भएको थियो, त्यस्तै उखरमाउलो

अब म अनामिकालाई बिहे गर्दै छु भन्ने मानसिकताले बनायो । शरीर तातो भयो । हातहरूमा पसिना आयो । कामज्वरो आउला जस्तो भयो । राति नै अनामिकालाई छोडेर भागौं कि जस्तो भयो । म पागल जस्तै भएँ । आफैंभित्र उकुसमुकुस भयो । मानौं, कसैले मेरो घाँटी अठ्याइरहेछ । अनामिकालाई भेट्न आउँदा लागेका मेरा शरीरका पखेटा सबै काटिएजस्ता भए ।

'हजुर सुत्नुभयो ?' अनामिकाले सोधिन् ।

अनामिकालाई पनि छटपटाहट भइरहेको रहेछ । मैले खटपट गरिरहेको उनले थाहा पाइन् क्यार ! अनामिकाको खटपट र मेरो खटपटको पीडा फरक थियो । उनको खटपट, जीवनको सुरुवात मसँग जसरी हुँदै थियो र त्यो सुन्दर कल्पना थियो । मेरो खटपट, म भित्रभित्रै बिथोलिरहेको जिन्दगी जसले ठोस उत्तर पाउन सकिरहेकै थिएन । म के गरिरहेको छु भनेर मलाई थाहा हुन्नथ्यो घरिघरि । मेरो अनामिकासँगको जिन्दगी सुन्दर हुनेछ भन्ने त थियो तर निर्णय गर्न सकिरहेको थिइनँ । हामी दुवैको खटपट विवाहलाई नै लिएर थियो तर त्यसको असर अनामिका र ममा फरक किसिमले परेको थियो ।

'खै निद्रै लागेन । के भो, के भो ।' मैले भनें, 'आऊ ! सँगै सुतौं !'

अनामिका केही बोलिनन् । पहिले ढोकाको चुकुल लगाइन् र आइन् । मलाई अलि पछाडि भित्तातिर ठेलेर कसिलो अँगालो हालिन् । मैले उनको हात समाएँ । उनलाई अँगालो मारेर पछाडिबाट उनको हात समाएँ-

एउटा ठूलो आधा जनावर र आधा मान्छे जस्तो देखिने भयानक ठूलो पखेटा भएको 'क्रियचर' भ्याटभ्याट गर्दै आयो । त्यसको घाँटी मान्छेको जस्तो लामो । मुखमा तिखा फलाम जस्तै लाग्ने धेरै लामो चुच्चो थियो । पहाड नै खोपेर आए जस्तो । मान्छेका जस्ता खुट्टा थिए । मैले कहिल्यै देखेको थिएन त्यस्तो । घरको एक भागको पर्खाल भत्काएर भित्र पस्यो । नौ रेक्टरको भूकम्प गए जस्तै भयो । मलाई त्यसको मुखले घाँटीमा क्याप्प निमोठ्यो र सुतिरहेको ठाउँबाट टिपेर अनकन्टार र कहाली लाग्दो जङ्गलमा लिएर गयो ।

'अनामिका, मलाई बचाऊ !' म चिच्याएँ तर अनामिकाले सुनिनन् ।

क्रियचरले अनकन्टार ठाउँको एउटा चट्टानमा लगेर फलामका साङ्लोले मलाई बाँध्यो । त्यसले मेरो छातीबाट लुछ्न थाल्यो ।

'अनामिका, मलाई बचाऊ ! म तिम्रो लागि यहाँ आएको छु ।' म फेरि चिच्याएँ ।

अनामिकाले अझै पनि सुनिनन् । त्यसपछि मैले आश्मालाई बोलाएँ । आश्मा अट्टहासका साथ प्रकट भइन् ।

'हाहाहा ! यो तेरो छनोट हो । मलाई छोडेपछि यस्तै हुन्छ । मलाई छाडेर अनामिकालाई बिहे गर्ने हैन ? ए गिद्द, झम्टी त्यसलाई !' आश्माले भनिन् ।

त्यो भयानक चरोले मलाई फेरि झम्टा हाल्यो । मेरो कलेजो तान्यो, म एक्कासि चिच्याएँ- 'ऐया, मरेँ !'

'के भो, के भो ?' अनामिका आत्तिएर उठिन् ।

म ओछ्यानमै रहेछु । अनामिकाले बत्ती बालिन् । जगबाट एक गिलास पानी दिइन् । मैले हठातै घटघट पारेँ ।

'कस्तो नराम्रो सपना देखेँ !' मैले भनेँ ।

'अँ, मनमा कुरा खेलाएर बस्नुहुन्छ अनि । केही हुँदैन । ल सुतम् !'

सपना राम्रो हो कि नराम्रो ? कसैलाई भन्न चाहिनँ । अनामिकाको अनुहारमा मप्रतिको गम्भिरता देखिन्थ्यो । उनले बत्ती निभाइन् । मैले उनलाई अँगालो मारेर सुतेँ । अनामिकाको कपालबाट मीठो वासना आइरहेको थियो ।

**

फेवातालमा प्रेम

एकाबिहानै बिराटनगरबाट बाबाको फोन आयो ।

'कहाँ छस् त ?' बाबाको सोधाइमा चिन्ता मिसिएको थियो । मैले लख काटें कि मेरो आश्मासँगको सम्बन्धको बारे आमाले बाबालाई सबै भन्नुभयो ।

'म साथीहरूसँग पोखरा घुम्न आएको छु ।' मैले भनें ।

'आइज छिटो ! किन गर्छस् कातमाण्डू-पोखरा ? आफ्नै घर बस्न छोडेर किन डुल्छस् ? हामीलाई पनि न्यास्रो लाग्छ नि ।' बाबाले भन्नुभयो ।

'हुन्छ, हुन्छ । आइहाल्छु ।' मैले फोन राखें ।

खाना खाएर अनामिका र म फेवाताल गयौं । बिहानको दश बजेको थियो । माछापुच्छ्रे हिमालको छाया फेवातालमा नाचिरहेको थियो । प्रकाश श्रेष्ठले गाएको 'फेवातालको आँगनमा लै लै माछापुछ्रे छाया' भन्ने गीतको याद आइहाल्यो । तालको बीचमा रहेको बाराही मन्दिरमा पर्यटकहरूको घुइँचो लाग्न थालिसकेको देखिन्थ्यो । काठका नाउहरू खियाउँदै यात्रुहरूलाई चालकहरू ओसारपसार गराउँदै थिए । तालमाथि आकाशमा परेवाका हूलहरू उडिरहेका थिए । काग र चिल जस्ता देखिने माथि आकाशबाट प्यारासुटमा मान्छेहरू फेवातालको किनारामा हाम फाल्दै थिए, जुन सराङकोटबाट सुरू हुन्छ भन्ने मैले सुनेको थिएँ । बाराही मन्दिर र काललाई पछाडि पारेर मलाई अनामिकाले एउटा फोटो

खिचिदिन भनिन् । मैले उनको मोबाइलको क्यामराबाट तीन 'स्न्याप' खिचें । उनले मलाई बोलाइन् र अँगालो मारेर सेल्फी खिचिन् । त्यसपछि हामीले 'लाइफज्याकेट' लगायौं र आफैं डुङ्गा खियाउँदै बाराही मन्दिरतिर लाग्यौं ।

'कस्तो लागिरहेको छ तिमीलाई ?' मोबाइलबाट मेरो तस्बिर लिँदै अनामिकाले सोधिन् ।

म डुङ्गा खियाइरहेको थिएँ ।

'अत्यन्तै राम्रो, अत्यन्त रमाइलो । वाउ !' मैले भनें । एक हातले अनामिकातिर पानी छ्यापिदिएँ ।

'आच्छु !' अनामिका चिच्याइन् । उनले पनि मतिर पानी छ्याप्न थालिन् । उनले दुईवटै हात हावामा फिँजाइन् र मतिर हेर्दै भनिन्, 'तिम्रो सामीप्य मेरो लागि संसारकै सबैभन्दा प्रिय भएको छ, मेरो बूढो ।'

अनामिकाले मलाई 'बूढो' भनेर सम्बोधन गरिन् । मलाई थाहा थियो मलाई बूढो बनाउन उनी आतुर छिन् । मैले हाँसिदिएँ ।

'मलाई तिमीले विवाह नै नगरी बूढो बनाइदिएको ?'

'आज भए पनि भोलि भए पनि आखिर तिमी मेरो बूढो नै हौ ।' अनामिकाले भनिन् ।

अनामिकाले 'बूढो' भनेर सम्बोधन गर्दा मैले आश्मालाई सम्झिहालें ।

घामका किरणहरू अनामिकाको उज्यालो अनुहारमा फिँजारिंदा उनी परी जस्तै लाग्यो । पूजा गर्नेहरूको भिड र पर्यटकहरूको उपस्थिति निकै बाक्लो थियो । तिनले फोटो खिचेको क्यामेराका क्लिकक्लिक आवाजहरू आइरहेका थिए । अनामिका जुत्ता खोलेर मन्दिरभित्रै पूजा गर्न बसिन् । मैले बाहिरैबाट दुई हात जोडें ।

'मलाई यो जटील जीवनबाट छुटकारा देऊ भगवान् !' मैले मनमनै आशिष् मागें ।

हेर्दाहेर्दै मन्दिरको आँगनमा एक्कासि मान्छेहरूको ठूलो भिड जम्मा भयो । हामी पनि के रहेछ भनेर भिडलाई चिर्दै हूलभित्र पस्यौं । अन्दाजी बाह्रतेह्र वर्षको बालक, उसका चार ओटा हात, उसको नाकबाट हात्तीको जस्तो लामो सुँड निक्लिएको रहेछ । साक्षात् गणेश भगवान् प्रकट भए भनेर मान्छेहरू भेला भएका रहेछन् । कोही उसकै शरीरमाथि प्रसाद चढाउँथे, कोही उसैको टाउकोमाथि दूध खन्याउँथे । कोही उसकै अगाडि निहुरिएर ढोग्दै थिए ।

'हे भगवान् ! मैले चिताको काम पूरा गरिदेऊ !' कोही आशिष् माग्दै थिए । कोही उसकै छेउमा बसेर सेल्फी खिच्दै थिए । कोही उसलाई बीचमा राखेर समूहमा फोटा खिच्दै थिए ।

एकैछिनमा अनामिका पनि त्यही भिडमा हराइन् । मैले अनामिकालाई वरिपरि हेरें, कहीं देखिनँ । बोलाएँ तर उनको अत्तोपत्तो पाउन सकिनँ । म भिडबाट बाहिर निस्किएँ । मैले मन्दिर परिसरको सबैतिर खोजें । कहींकतै देखिनँ । मेरो मुटु काँप्न थाल्यो । लौन अनामिका कता गइन् ? मेरो मन भित्रभित्रै डरायो । म फेरि त्यो मान्छेको झुन्डभित्र बल्लबल्ल पसें । अनामिका त त्यही चार ओटा हात भएको व्यक्तिछेउ गएर सेल्फी लिंदै रहिछिन् । मैले उनलाई तानें । म आत्तिएको थिएँ । मलाई झनक्क रिस पनि उठेको थियो ।

'के हो ! दिमाग खुस्कियो कि क्या हो ? मान्छे कहाँ हरायौ भनेर म यहाँ खोज्याखोज्यै छु । तिमी भने यहाँ सेल्फी लिएर बसेकी ?' मैले अलि ठूलो स्वरमा हपारें ।

'देख्नुभएन, यहाँ साक्षात् भगवान् प्रकट हुनुभएको ?'

'मलाई त्यस्तो तिमी जस्तो अन्धोभक्ति हुनुछैन, बर्थ डिफेक्ट भएर जन्मेको बच्चालाई ईश्वर मानेर मान्छेको झुन्ड लागेको छ । कतिसम्म भेडो छ यो मान्छेको जात !' म आक्रोशित भएँ ।

मेरो आक्रोशित बोली अनामिकाले पहिलो चोटि सुनेर होला, उनी अचम्मित भइन् ।

'अलिअलि ईश्वर पनि मान्नुपर्छ हो ।'

'मलाई मतलव छैन यस्ता ईश्वरसिस्वर ।'

एक्कासि मेरो पेट नराम्रो गरी दुख्यो । एपेन्डिक्स हुन लागेको जस्तै गरी । अनामिका आत्तिइन् । अलि पर मलाई समाउँदै लगेर बसाइन् । उनले फेरि मेरो लागि आँखाभरि आँसु पारेर ईश्वरलाई नै सम्झिइन् । केही बेरमा मेरो पेट दुख्न केही कम भयो ।

मान्छेको भिड त्यहीं थियो । अनामिका र म फेरि डुङ्गा खियाउँदै फेवाताल डुल्न थाल्यौं । घाम नअस्ताउन्जेल हामी फेवातालमै थियौं ।

**

घटना लहर

हाम्रो सम्बन्धको बारे अनामिका साँच्चै नै 'सिरियस' कुरा गर्न चाहन्थिन् । म पनि चाहन्थैं नै । कसरी मेरा जीवनमा फरक फरक घटनाहरू भए ? के कारणले आश्मासँग मेरो सम्बन्ध अघि बढ्न नसक्ने मैले देखें ? यी कुराहरूमा अनामिकालाई सुनाउन चाहन्थैं । केही कुराहरू त मैले अनामिकालाई आश्माको बारेमा पहिले भनेकै थिएँ । तर त्यो फोनमा मात्र सीमित थियो । सँगै बसेर, हात समाएर मेरा जीवनका सबै घटनाक्रमहरू भन्न बाँकी नै थियो ।

अनामिका र म फेवाताल किनाराको सुन्दर बगैंचामा गएर बस्यौं, जहाँ केवल जोडीहरू मात्र रहन्छन् । मायाप्रीतिका कुरा गर्छन् । सम्बन्धलाई गाढा बनाउँछन् । मैले अनामिकाको शिरलाई मेरो काखमा लिएँ । मखमली फूलहरू फुलिरहेका थिए । चराहरूको चिरबिरसँगै हामीभन्दा केही पर एक जोडी आलिङ्गनमा थिए ।

साँझ परिसकेको थियो ।

'साँच्चै हजुरले भन्नू न, कहिले बिहे गर्नुहुन्छ ?' अनामिकाले सोधिन्, 'हामीले बिहे नगरी धेरै दिन सँगै बसेका छौं । समाजले के भन्ला ।'

'अनामिका, तिमीलाई नै आफ्नो बनाउन भनेर आएको हुँ । तर दिनदिन यो बिहे अलिक पर सार्न पाए हुन्थ्यो भन्ने लाग्छ ।' मैले अनामिकाको केश सुम्सुम्याउँदै भनें ।

'एउटा कुरा सोधौं ?' अनामिकाले मलाई भावुक हुँदै सोधिन् ।

'सोध न ।'

'तपाईंले मलाई बताउन सक्नुहुन्छ, कस्तो थियो तपाईंहरूको पहिलाको सम्बन्ध ? तपाईंलाई फेरि पहिलाकै सम्बन्धमा फर्केर जाऊँ जस्तो त लागेको छैन नि ? आखिर तपाईंलाई त्यसको लागि केही सहयोग गर्न सक्छु भने पनि म त्यसको लागि तयार छु ।' अनामिकाका आँखाहरूमा आशाको ज्योति निभे जस्तै देखियो । जुन म देख्न चाहन्नथैं । त्यो कुराले मलाई अझ बढी चोट पुऱ्यायो ।

'आई रियली लभ यू भेरी मच ।' मैले भनें, 'तर यो सम्बन्ध भन्ने कुरा नि मान्छेको जिन्दगीलाई नै बेवारिसे बनाइदिंदो रहेछ । साँच्चै भन्ने हो भने तिम्रो मायाले नै हो मलाई बचाएको । मलाई तिम्रो नै साथ चाहिएको छ । तिमीलाई मेरो पहिलो विवाहपछिको मेरो सम्बन्धको कथा सबै सुनाउँछु । त्यसपछि तिमी नै भन ! म के गरौं...'

अनामिकाले आफ्नो शिर मेरो काखमा नै राखिरहिन् । मैले मेरो कथा सुनाउन थालें ।

... ...

कथा एक ।

साँझ टीकाटालो र ढोगभेट सकिएपछि मैले आश्मालाई आफ्नो कोठामा लगें । जति नै बलवान् भए पनि बिहेको पहिलो रात मेरो ढुकढुकी बढिरहेको थियो । आखिर पहिलो अनुभव थियो । आश्मासँग कसरी नजिक हुने ? कसरी उनलाई आफ्नो बनाउने ? कसरी प्रस्तुत हुने ? मलाई चिटचिट पसिना आइरहेको थियो । खाटको छेउमा रहेको टेबलमा राखिएको पानी पिएँ । गर्मी थियो, बिहेको कपडा फुकालेर म हलुका कपडामा थिए । आश्मा पनि दिउँसोको गह्रुङ्गा गहना र कपडालाई एकएक गर्दै हलुका पहिरनमा बदलिरहेकी थिइन् ।

'आज त हाम्रो पहिलो सुहागरात, के सोचिरहेकी छौ ?' मैले नै कुरा सुरू गरें ।

'के सोच्नु छ र ! मलाई त निद्रा लागेको छ । अब सुत्ने हो ।'

आश्माको भनाइमा कुनै उत्साह थिएन । नभन्दै उनी खाटको छेउपट्टि फर्किएर सुतिन् । मलाई लाग्यो- उनलाई कुरा गर्नु नै मन छैन । म पनि अर्कोपट्टि फर्किएर सुतें । सुहागरात भनेर ममा जुन प्रकारको उत्साह थियो, त्यो सब निमेषभरमै सकियो ।

... ...

कथा दुई ।

दिनहरू बित्दै गए । हामी बीचमा पतिपत्नी हुनाको नाताले केही दिन शारीरिक रूपमा नजिकियौं होला । तर मानसिक र मनोवैज्ञानिक रूपमा हामी एकअर्कामा नजिक भएको महसुस नभई म अमेरिकातिर फर्किएँ ।

सन् २०११ को जनवरीमा आश्मा अमेरिका आइन् ।

अमेरिका आएको रात आश्मासँग राम्रै बित्यो । भोलिपल्ट म कलेजबाट फर्केर आउँदा बिहानको दश बजेको थियो । आश्मा सुतिरहेकै थिइन् ।

'कत्रोबेर सुतेको अझैसम्म पनि ?' मैले भनें ।

सायद अलि ठूलो स्वर भयो । आश्मा एकदमै रिसाइन् ।

'बोल्न आउँदैन राम्ररी ?' आश्मा कड्किइन् ।

आश्माको आक्रोश डरलाग्दो थियो । मेरो मुटुको गति बढ्यो । त्यो हदसम्मको रिसाहापन मैले आश्माबाट कल्पना गरेको थिइनँ ।

... ...

कथा तीन ।

एक दिन आश्माले 'घुम्न जाऊँ' भनिन् । घरका सबै काम गरिन् । खाना प्लेटमा हालेर मलाई ल्याइदिइन् । यति बिघ्न माया गरेपछि मैले नाइँ भन्न सकिनँ । आश्मा कपडा लगाएर बाहिर आइन् ।

'कस्तो लाग्यो ?'

मैले आश्मालाई शिरपुच्छर हेरें । कपडा सारै छोटा थिए । लाज र अलिकति तिघ्रा मात्र छोपिने खालका । स्तनको बीच भाग प्रष्ट देखिन्थ्यो । मलाई कस्तो, कस्तो लाग्यो ।

'ठीकै छ । तर अलिक छोटो भएन र..'

'छैन छोटो । केको छोटो हुनु ।' आँखा तर्दै आश्मा झर्किइन् ।

'यो त अलिक छोटै भयो आश्मा ।'

'कस्तो पाखे जस्तो कुरा गरेको । कसरी छोटो हुन्छ ।' आश्माले आफैँलाई हेर्दै भनिन् ।

'कस्तो पाखे ?' मलाई रिस उठ्यो । म पनि कड्किएँ, 'यस्तो छोटो लगाएर हिंड्यौ भने त म हिंड्दिनँ तिमीसँग ।'

'नहिँडे निहँड् । साला गँवार ! अमेरिका बसेर पनि लगाउन जानेको छैनस् ।' आश्माले मुख छोडिन् र ड्याम्म ढोका लगाएर कोठाभित्र बसिन् ।

आश्माले एकाएक 'तँ' भन्दा सारै नरमाइलो लाग्यो । एक, उनले मलाई नराम्रो शब्दले गाली गरिन् । दुई, मैले उनको मन दुखाएँ । म उनलाई फकाउन गएँ ।

'भइगयो । ठीकै छ । हिंड, जाऊँ !'

'साला ! तैंले मेरो मुड नै खराब गर्दिस्, म जान्नँ ।' आश्मा ओछ्यानमा घोप्टे मुन्टो लगाएर रुन थालिन् ।

'सरी !' मैले भनें ।

यस्तो तर्क-वितर्क हरेक दिन जस्तै हुन थाल्यो । मेरो कुनै पनि कुरा मान्न आश्मा तयार हुन्थिनन् । दुःख, सङ्घर्षभन्दा पनि बिन्दासपन र रमाइलोमा बढी भुल्न मन पराउँथिन् । मलाई लाग्थ्यो- उनलाई आफ्नो पतिको कुनै नजिकता चाहिँदैन, न भविष्यको कुनै योजना नै छ । मात्र बिन्दास हुन पाए भयो ।

दिनहरू बित्दै गए । मलाई वैवाहिक जीवन पासो हुन थाल्यो । कुनै दिन श्रीमतीको माया, नजिकपन के हो भन्ने महसुस नै गर्न पाइनँ ।

... ...

कथा चार ।

म ल्यापटपमा बसेर काम गरिरहेको थिएँ । आश्मा म भएछेउ आइन् ।

'एउटा कुरा गर्नु छ ।'

'भन न !'

'तपाईं र मसँगै मिल्न सक्छौं जस्तो छैन । हामीले हाम्रो बारेमा आ-आफ्नो निर्णय लिनुपर्ला ।' आश्माले भनिन् ।

बिहे गरेको चार महिना नै नपुगी आश्माले त्यसो भन्दा मेरो मस्तिष्कको दिवार भत्केला जस्तो भयो । म विद्यार्थीको स्टाटसमा भएकोले आफ्नी पत्नीलाई ल्याउन खास समय लाग्दैनथ्यो । मैले अमेरिका फर्कने बित्तिकै दुई महिनामै उनलाई अमेरिका ल्याएको थिएँ । के मैले आश्मालाई अमेरिका ल्याउन मात्र बिहे गरेको थिएँ त ? मेरो मानसपटलमा नमिठो प्रश्न उब्जियो ।

अर्को दिन आश्माले बाहिर घुम्न जाने प्रस्ताव गरिन् ।

'हामीसँग कार नै छैन ।' मैले भनें ।

अमेरिका आएको त्यही तीन वर्ष हुँदै थियो । मैले कार किन्न सकिरहेको थिइनँ ।

'कार छैन त हामी बसमा नै जाऊँ न !' आश्माले भनिन् ।

मलाई कुरा सही नै लाग्यो ।

'आज नजाऊँ ! आज मेरो अलि बढी काम छ कलेजको । अर्को दिन मिलाएर जाउँला नि हुन्न ?' मैले भनें ।

आश्मालाई चाँडै नै रिस उठ्दो रहेछ ।

'तँ किन जान्थिस् र मसँग ।' आश्मा परक्क बटारिइन् । कोठाभित्र गएर ढोका लाएर बसिन् ।

अब तँ तँ र म म सुरू हुन थाल्यो । बिस्तारै एकअर्काको मन खुम्चिँदै गयो । आश्माले खाना पनि पकाउन छाडिन् । पकाउनै पर्‍यो भने पनि मैले पनि पकाउनै पर्ने हुन्थ्यो । उनले भात पकाए मैले दाल । केही न केही गर्नै पर्ने हुन्थ्यो । केही गरी मलाई खाना बनाउन मन लागेन भने उनले ममाथि प्रयोग गरेका शब्दहरू सारै नराम्रो गरी काँडा भएर बिझ्दथे । आज नभए नि भोलि राम्रो होला भन्दै सहदै गएँ ।

एक दिन–

आश्मा किचनमा खाना बनाउँदै थिइन् ।

'ओइ, तरकारी काट्न आइज !' आश्माले भनिन् ।

म ल्यापटपमा काम गर्दै थिएँ ।

'आज भ्याउदिनँ, तिमी नै पकाऊ न प्लिज !'

'छिटो आइज ! नभए म पकाउँदिनँ ।'

'नपकाए नपकाऊ !' मैले भनेँ ।

'साला, तँलाई केको घमण्ड हो ?'

'तँ मुख समालेर बोल् नि !' मैले भनेँ ।

'साला कुकुर, तैँले के गर्छस् ?'

यसपछि आश्माले तथानाम गाली गरिन् । मेरै खानु छ, मैले नै अमेरिका ल्याएँ, उल्टै मलाई तँ तँ र म म गर्दा मैले रिस थाम्न सकिनँ र मैले आश्माको गालामा एक चड्कन लगाएँ । आश्मा रिसले आगो भइन् र मैले काम गर्दै गरेको ल्यापटप भुईंमा बजारिन् । ल्यापटप टुक्रा-टुक्रा भयो । आश्माले हाम्रो विवाहको दिनमा खिचेको फोटो जसलाई मैले वालमा सजाएको थिएँ, त्यो लिएर आइन् र मेरो अगाडि च्यातिन् ।

'ला, तँ कुकुरका फोटा ! आजैबाट तेरो र मेरो सम्बन्ध सकियो ।' आश्माले हातमा लगाएको औंठी, जुन मैले बिहेमा लगाइदिएको थिएँ, त्यो फुकालेर म भएतिर फालिन् ।

मलाई आत्मग्लानि भयो । लाग्यो- मैले पिट्नुहुने थिएन । तर हद नाघेपछि के गर्नु ? के गर्ने के नगर्ने ? मैले केही निर्णय गर्न सकिनँ ।

'साला, तैंले मलाई ल्याएर धोका दिइस् ।' आश्मा अझै पनि चिच्याउँदै थिइन् ।

मलाई लाग्थेन कि मैले आश्मालाई धोका दिएँ ।

'आई एम सरी !' मैले भनेँ ।

आश्मा मानेकै थिइनन् । बिस्तारै मथ्थर भइन् ।

... ...

कथा पाँच ।

दुई वर्षपछि आश्माको रहरकै कारण मैले टोयोटा कोरला कार किस्ताबन्दीमा लिएँ ।

साँझपख आश्मा र म 'मायामी डाउन टाउन'तिर जाँदै थियौं । आश्माले 'डान्स क्लब' जान कर गरिन् ।

आश्माले कार हाँकिरहेकी थिइन् । अमेरिकाको चिल्ला बाटाहरू त्यहाँमाथि छ, सात लेनको हाइवे । त्यसमाथि ओहोरदोहोर गरिरहेका कारहरू नदी जस्तै बगेझैं लाग्थ्यो । हामी चढेको कारमा हिन्दी गीत ठूलो आवाजमा गुन्जिरहेको थियो ।

'बेबी, त्यो आवाज अलि ठूलो भयो, घटाऊ न प्लिज !' म आफैंले हात बढाउँदै त्यसको भोल्युम अलि सानो पारेँ ।

'किन सानो पारेको ?' आश्मा झर्किइन् ।

'धेरै चर्को भयो के ।' मैले फेरि घटाएँ ।

आश्माले एक हातले स्टेरिङ घुमाउँदै अर्को हातले फेरि आवाज बढाइन् ।

'तिम्रो काम गाडी हाँक्ने हो, चुप लागेर हाँक न !' मैले चर्को स्वरमा भनें ।

'साला, एटिच्युड देखाउँछस् ?' आश्माले फेरि तँ तँ र म म सुरू गरिहालिन् ।

'किन मुख छोडेकी आश्मा तैंले ?' म कड्किएँ ।

'तँलाई मैले भोल्युम नघटा भनेको हैन ? किन घटाउँछस् ?' कार हाँक्दाहाँक्दै आश्माले मतिर हेरेर कड्किइन् ।

'के तैंले जे भन्यो त्यही हुन्छ ? धेर चर्को भयो । कानको जाली नै फुटला जस्तो भयो ।' मैले रिसाउँदै भनें ।

'उसो भए तेरो कान थुनेर राख् ! साला, जिन्दगीमा कसरी मज्जा गर्ने त्यो पनि थाहा छैन । आज कहाँबाट एक दिन मसँग हिंडेको के थियो, साला एटिच्युड देखाउन थालिगयो ।' आश्माले भनिन् ।

'आश्मा, त्यही भएर तिमीसँग मलाई हिंड्न मन लाग्दैन । तिमी बुझ्दैनौ ।' म असह्य भएर प्रस्तुत भएँ ।

'तँलाई श्रीमती के हो भन्ने नै थाहा छैन । श्रीमतीलाई कसरी ट्रिट गर्नुपर्छ भन्ने तैंले बुझेको छैनस्, साला ।'

'कसरी गर्ने, सिकाइदेऊ न त ।' म नरम भएर प्रस्तुत भएँ ।

'साला मलाई टन्ट हान्छस् ? भो पर्दैन तँ कुत्ता मसँग हिंड्नु । हिंड्, घर फर्की ! आज नै बरू अर्को केटा खोजेर जान्छु रमाइलो गर्न । तँ साला लोग्ने भएर के गर्नु ? साला गँवार छस्, गँवार तँ ।' आश्माले स्टेरिङ घुमाउँदै हाइवेबाट कार निकाल्न खोजिन् ।

'आश्मा, ल भइगयो सरी ! हिंड, जाऊँ ! अब हिंडिसकियो ।' म फेरि नरम भएँ ।

हामी दुवै शान्त भयौं एकछिनमा । मैले केही बोलिनँ, चुपचाप बसिरहें ।

रातको नौ बजिसकेको थियो । पार्टी समय रातको बाह्र बजेबाट मात्रै सुरू हुनेरहेछ । त्यही भएर हामीले कार मायामी डाउनटाउनको वे साइडतिर पार्क गऱ्यौं । अग्ला अग्ला गगनचुम्बी महलहरू, चिल्ला बाटाहरू, झिलमिली बत्ती यी सबै स्वर्गभन्दा पनि मायामी सुन्दर देखिन्थ्यो । त्यसमा पनि चिल्ला कारहरूको ट्राफिक । पच्चीसौं तलामा पारदर्शी शिशाबाट सुन्दर महिलाहरूको फिगर नाचिरहेको देखिन्थ्यो ।

'उ, त्यो जेन्टलमेन क्लब हो जाने हो ?' खुसी हुँदै आश्माले मेरो हात समातेर सोधिन् ।

पार्टी, रङ्ग-रवास भनेपछि धेरै खुसी हुने र रमाउने मान्छे थिइन् आश्मा । सम्भव भए, हरेक दिनको पार्टीमा जान पाए हुन्थ्यो भन्ने सोचकी थिइन् ।

आश्माको हुर्काइ मेरोभन्दा फरक थियो । उनी आफ्ना बाउ-आमासँग बसेर पढेकी थिइनन् । दश कक्षासम्म आफन्त पर्ने परिवारका मान्छेसँग बसेर नेपाल बाहिर पढेकी थिइन् । उनको परिवार अलि आधुनिक थियो, घरमा छोरीलाई पनि छोरा समानको हिंड्ने, डुल्ने र बोल्ने स्वतन्त्रता मिल्थ्यो । त्यही परिवेशमा हुर्किएकी आश्मालाई आधुनिक जीवनशैली र रहनसहन सबै थाहा थियो । म भने ग्रामीण परिवेशमा जन्मिएको मान्छे, बाउआमाको दुःखमा हुर्किएको, देशबाहिर कहिल्यै गएको थिइनँ । यही अमेरिका त मेरो । यहां आइपुगेर पनि आफ्नै दुःख, पढाइ र काममा जाँदा जाँदै यी सब कुरा बुझ्ने र जान्ने मलाई फुर्सद नै भएन । आश्मालाई भने आधुनिक समाजको राम्रो जानकारी थियो । जहिल्यै बाहिरै खान जाऊँ भन्थिन् । बूढोको आर्थिक हैसियतले कति पुग्छ, कति पुग्दैन भन्ने सोच्दिन थिइन् । खुसी राखिराख्न सकियो भने चाहिं भनेको मान्थिन् । उनी खुसी हुन्छिन् भने ठीकै छ भनेर म सबै कुरा सहेरै हुन्छ मात्र भनिरहन्थें । नेपालबाट बाबाआमाले फोन गर्दा पनि सब ठीक छ भन्थें । मेरो आत्मा

भने बेस्सरी रोइरहेको हुन्थ्यो । भक्कानिएर बाउआमासँग रोऊँ जस्तो हुन्थ्यो तर सक्दिनथैं ।

आश्माले पार्टीमा जान कर गरिन् ।

'के हो र त्यो जेन्टलमेन क्लब भन्ने ? तिमी जाऊ न त इन्जोय गर ! म जान्नँ ।' मैले भनें ।

'यत्रो समय अमेरिका बसेर पनि थाहा छैन बुद्दू ? सबै मैले नै सिकाउनुपर्ने ?' आश्माले हाँस्दै भनिन् ।

आश्मा सारै खुसी देखिन्थिन् । उनको त्यो भनाइमा मलाई रिस उठेन, माया नै पाएँ । किनकि धेरै दिनपछि बिना कड्काइको यति मीठो बचन पाएको थिएँ ।

'त्यही भएर त तिमीलाई अमेरिका ल्याएको नि । मलाई सिकाउँछौ कि भनेर ।' मैले भनें ।

आश्मा हाँसिन् ।

हामी वे साइडतिर लाग्यौं । त्यता अझ रमाइलो रहेछ । गाना, बजाना । कोही हुक्का तानिरहेका । साना र ठूला पानी जहाजहरू वे साइडमा हाँस जस्तै पानीमाथि तैरिएर बसिरहेका । बारहरूमा मान्छेहरू जोडी जोडी भएर टकिला पिउँदै गरेका ।

'हामी पनि यही पार्टीमा छिरौं न, कति धेरै मान्छे ! केही ड्रिङ्क्स लिऊँ डान्स पार्टीमा जानु पहिले !' आश्माले भनिन् ।

'मातिएला, गाडी कसरी हाँक्नु ?' मैले अन्काउँदै भनें ।

'उसलाई जहाँ पनि समस्या, यसो गर्दा पनि उसो गर्दा पनि । हामी रमाइलो गर्न आएको हो, चिन्ता लिन होइन । तँलाई त्यस्तो छ भने जा घर गएर बस्, म एक्लै आएछु ।' आश्माले मलाई मान्छेहरूको भिडमै धम्क्याउन थालिन् ।

साँच्चै म कस्तो गँवार !

हामी बारमा पस्यौं । मेनु हेऱ्यौं । मैले एउटा करोना नाम गरेको मेक्सिकन बियर मगाएँ । आश्माले एब्सुलेट भोड्काको मार्गरिटा बनाउन लगाइन् । त्यसमा एउटा चिकेन स्यान्डवीच अर्डर गरिन् ।

आश्मा अत्यन्तै खुसी थिइन् तर म भने कत्ति पनि खुसी हुन सकिरहेको थिइनँ ।

'किन नबोलेको ?' आश्माले भनिन् ।

'बोलिरहेकै छु त ।' मैले अँध्यारो अनुहार लगाउँदै भनें, 'के बोल्नु, बोल्ने बित्तिकै तिमी मलाई नराम्रो भन्न थाल्छौ ।'

'तँलाई मैले के नराम्रो भनें ? मैले त तँलाई मान्छे बनाउन खोजेको । अलिक मान्छे जस्तो हो न, लोग्नेमान्छे जस्तो ।' आश्माले मार्गरिटाको चुस्की लिँदै उच्च स्वरमा भनिन् ।

आश्मा कड्किएपछि म फेरि नरम भएँ । फेरि यो दृश्य सबैको अगाडि हेर्न लायक नाटक नबनोस् भन्ने चाहन्थें म । त्यस्तै त्यस्तै क्षणभर म कल्पिन्थें कि म आश्मालाई माया गर्न सक्दिनँ होला । आश्मालाई अलिअलि रक्सी लागिसकेको थियो । हामीले खाएको बिल तिऱ्यौं र कार पार्किङतिर लाग्यौं ।

रातको साढे एघार बजेको थियो ।

'तिमी कार हाँक्न सक्छौ ?' मैले सोधें । भनें, 'नभए म हाँक्छु ।'

'हैन म सक्छु ।' आश्माले भनिन् । उनको आवाज केही लर्बरिएको थियो ।

'पर्दैन, छोड्देऊ गै हाँक्छु ।' मैले भनें ।

आश्माले अटेर गरिरहिन् । मैले धेरैबेर फकाएँ र अन्तिममा मात्रै मानिन् ।

म ड्राइभरको सिटमा गएर बसें । आश्मा बाहिरै थिइन् ।

'ओइ जेन्टलमेन, खै मलाई ढोका खोलिदिएको ?' आश्माले भनिन् ।

'त्यति खोलेर बस्न सक्दैनौ ?'

'साला गँवार, म्यानर नै छैन तेरो !' आश्मा ढोका खोलेर भित्र पसिन् र सिटमा अडेसो लाएर बसिन् । मैले उनलाई सिट बेल्ट बाँध्न भनें ।

'बेष्ट मायामी डान्स पार्टीमा लैजा !' आश्माले भनिन्, 'जिपिएसमा ठेगाना पत्ता लगा !'

मैले अगाडि कार बढाएँ । पुगेपछि मैले कार पार्क गरें ।

'ल आइपुगियो !' मैले भनें ।

आश्मा हतपत उठिन् । उनले ब्यागबाट लिपिष्टक निकालिन्, पाउडर निकालिन् र कारको फ्रन्ट मिररमा हेर्दै आफूलाई मेकअप गर्न लागिन् । मैले झ्यालबाहिर डान्सपार्टीतिर गइरहेका वयष्क जोडीहरूलाई हेरिरहें । अग्लो हिलमा, छोटा दुई पिस कपडा लगाएका गोरा र काला युवतीहरू आफ्ना ब्वाइफ्रेन्डहरूलाई चुम्बन गर्दै, अँगालो मार्दै जाँदै थिए । आश्मालाई झण्डै आधा घण्टा लाग्यो । उनले आफूले लगाइरहेको बाहिरको पातलो ज्याकेट खोलिन् । उनको छोटो मिनिस्कर्ट छँदै थियो र पछाडि कारको ढोकाबाट अग्ला हिल निकालिन् र आफूलाई आधा फिट बढाइन् ।

'म कतिको सेक्सी देखिएँ ?' कारबाट बाहिर आउँदै आश्माले सोधिन् ।

आश्मा मुडमा थिइन् तर म थिइनँ । मैले सोचेको यस्तो जीवन हुँदै होइन । मात्र आश्माको खुसीको लागि सबै कुरामा राजी भएको थिएँ ।

'त्यो पातलो ज्याकेट लगाएको भए हुने नि । जाडो होला भित्र ।' डराउँदै घुमाउरो पारामा मैले भनें ।

वास्तवमा म अलिकति रुढीवादी नै थिएँ होला । हर कोही नेपाली लोग्ने मानिसलाई त्यो हदसम्मको श्रीमतीको स्वतन्त्रता झेल्न गाह्रै हुन्छ होला । यो मेरो फगत निजी सोच थियो र त्यसमा म गलत हुन सक्थें । त्यो सोच मलाई मेरो, म हुर्केको समाजले दिएको थियो ।

'भो पर्दैन ।' आश्माले भनिन् । उनले मेरो आशय बुझेकी थिइन् तर नबुझेझैं गरेर उत्तर दिइन् ।

मैले आश्माको निधार खुम्चेको देखें । थाहा पाएँ कि उनी रिसाइसकिन् र अब मैले एक शब्द पनि बढी बोल्नुहुँदैन ।

आश्माले मेरो हात समाइन् । हामी डान्स क्लबतिर लाग्यौं । त्यो डान्स क्लबको नाम थियो- 'मायामी बेष्ट डान्स क्लब ।'

'कस्तो देखिएको छ ?' आश्माले फेरि सोधिन् ।

'त्यो ज्याकेट लगाएको भए हुन्थ्यो ।' मैले उही उत्तर दिएँ । मेरो चित्त बुझिरहेको थिएन ।

'साला, कस्तो देखिएको छ भन्छु, खालि ज्याकेट लगाएको भा हुन्थ्यो भन्छ । पर्दैन भो तँ मसँग हिंड्नु ! जा ! म एक्लै जान्छु ।' आश्मा कड्किइन् ।

म पनि रिसले चूर भइसकेको थिएँ । मेरो चित्त बुझिरहेकै थिएन । मेरो दिमाग बिग्रिरहेकै थियो ।

'के देखाइरहेको त मलाई ? मैले देखेकै त हो नि, नदेख्नेलाई देखाए भो नि ।' झोकमा मैले भन्दिएँ ।

अब हङ्गामा सुरू भइहाल्यो ।

'साला गँवार ! मैले तँलाई आज लिएर आएको, मेरो सारा समय बिनाश गरिदिइस् । थुक्क ! तँ कुकुरलाई बेक्कारमा ल्याएछु । तँ मेरो बूढो कहिल्यै पनि हुन सक्दैनस् ।'

आश्मा क्वाँक्वाँ रुन थालिन् । उनी पार्टी छाडेर कार पार्कतिर फर्किइन् ।

यो के दशा आइलागेको ? जिन्दगीमा बिहे गरेपछि यस्तो होला भन्ने मैले कहिल्यै सोचेको थिइनँ । आफैंलाई मनमनै सराप्दै म आश्मालाई फकाउनतिर लागें ।

'आई एम सरी आश्मा ! आई एम सरी ! मैले तिमीलाई नराम्रो भन्न खोजेको थिइनँ । सायद म हुर्केको समाज तिमी हुर्केको समाजभन्दा फरक थियो । म आफूलाई परिवर्तन गर्न खोजिरहेको छु ।' मैले आश्मालाई अँगालो मार्न खोजेँ ।

'तँ गँवार होस् गँवार । तँ कहिल्यै परिवर्तन हुँदैनस् । कस्तो गँवारसँग म परेछु । बरू एउटा नपढेको लफुङ्गोसँग बिहे गरेको भए मेरो जिन्दगी खुसी हुने थियो । तेरा बावुआमा पनि गँवार हुन् । तँ त झन् गँवार रहेछस् । मेरो जिन्दगी नै बिग्रियो तँसँग भएर । साला, बूढो हजुरबा जस्तो छस् तँ ।' मेरो हात झड्कार्दै आश्मा रुन थालिन् ।

निरन्तरको प्रयासपछि म आश्मालाई फकाउन सफल भएँ । हामी डान्सक्लबतिर गयौँ ।

रातको एक बजिसकेको थियो । वयस्कहरूको ठूलो भिड थियो कोचाकोच । को कहाँ गएर ठोक्किन्थ्यो, थाहा नै हुँदैनथ्यो । झिलिकमिलिक विभिन्न रङका प्रकाशहरू, हिप-पप सङ्गीतको इसारामा चलिरहेथ्यो । सबका हातमा भोड्का र ह्विस्कीहरू थिए । कोही भोड्का सट लगाइरहेका थिए । आश्माको हातमा पनि एउटा सट थियो । मैले पनि आश्माको अनुरोधमा एउटा सट लिएको थिएँ ।

'त्यहाँ माथि हेर्नू न !' आश्माले तपाईं भनेर सम्बोधन गर्दै देखाइन् । उनी खुसी देखिन्थिन् । मैले पनि हेरेँ । त्यो ठूलो डान्स हलभित्र सिलिङमा एउटा प्यारासुट जस्तो लामो डोरीमा पाँच जना वयस्क नाङ्गा युवतीहरू झुण्डिरहेका थिए । आफ्नी श्रीमतीसँग बसेर नाङ्गा केटीहरू हेर्दा धेरै नै अप्ठ्यारो भयो । त्यसरी हेर्न म चाहन्नथेँ । आश्मा लजाउनु पर्ने ठाउँमा म लजाइरहेको थिएँ ।

आश्मा नाचिन्, खूब नाचिन्, पार्टी नसकुन्जेल नाचिन् । पिउँदै बिन्दास भएर नाचिन् । ठूलो भिड थियो । कानको जाली नै फुट्ला जस्तो ठूलो आवाज थियो । अर्धनग्न युवतीहरू धक फुकाएर पिउँदै चिनेको नचिनेकोसँग चिनजान गर्दै चुम्बन साटासाट गरिरहेका थिए ।

एकै छिनमा एउटा जवान खैरे हामी भएठाउँ आयो । त्यसले आश्माको हात समाउन खोज्यो । कानमा सायद 'हामी नाचौं न' भन्यो । नसामै भए पनि आश्माले 'मेरो श्रीमान् छ' भने जस्तो लाग्यो । त्यो सम्झिँदा घरिघरि लाग्छ- इमानदार थिइन् आश्मा ।

बिहानको पाँच बजिसकेको थियो । म निद्राले ब्याकुल भइसकेको थिएँ ।

हामी घर आइपुग्दा बिहानको छ बजिसकेको थियो । आश्माको भोलिपल्ट काम थिएन । उनी ओछ्यानमा लड्ने बित्तिकै निदाइन् । मलाई निद्रा लागेन, उज्यालो भइसकेको थियो । बाथरुममा गएर मुख धोएँ । ऐनामा हेरेँ । आँखाहरू राता थिए । चिया बनाएँ, पिएँ र एकछिनमा म कलेजतिर गएँ ।

दिउँसोको बाह्र बजिसकेको थियो । म कलजबाट फर्किएँ । आश्मा सुतिरहेकी थिइन् । म भान्सामा खाना बनाउन लागेँ । निद्रा खुलेपछि आश्मा भान्सामा आइन् ।

'अब फेरि हिजोको जस्तो एटिच्युड देखाइस् भने तँलाई छोडेर म हिंड्छु ।' आश्माले आँखा मिच्दै भनिन् । मानौं, उनलाई हिजो रातिको टकिला सट अझै लागिरहेको छ ।

आश्माले मलाई तँ भनेर सम्बोधन गर्न थालेको त बिहे गरेको तीन महिनादेखि नै थियो । खुश पर्दा त तपाईं नै भन्थिन् तर रिस उठ्ने बित्तिकै तँ सुरू भइहाल्थ्यो ।

'हेर आश्मा, तिम्रो मन राम्रै होला तर तिमी जुन तरिकाले प्रस्तुत हुन्छ्यौ, त्यसले मेरो मुटु दुई टुक्रा पार्छ । प्लिज, बोल्छौ भने राम्ररी बोल !' गैले भनें ।

'मलाई थाहा छ, म राम्रो छु । गँवार त तँ नै होस् र तैंले आफ्नो एटिच्युडमा परिवर्तन ल्याउनुपर्छ ।'

खाना पाकिसकेको थियो । मैले आश्मालाई खाना खान बोलाएँ । आ-आफ्नो खाना लिएर हामी खाना खान बस्यौं ।

'कस्तो भयो खाना ?' मैले सोधें ।

'ठीकै । मैले पकाए जस्तो अलि भएन ।' आश्माले हाँस्तै भनिन् ।

'त्यही भएर त तिमी नै पकाऊ न भनेको ।' मैले भातको गाँस मुखमा हाल्दै भनें ।

'सिक्नुपर्‍यो नि खाना बनाउन । श्रीमतीलाई खुसी पार्न जान्नुपर्‍यो नि ।'

एकछिन हामी जिस्कियौँ । आश्मानजिकै गएर पछाडिबाट मैले उनलाई आफ्नै छातीले छोइदिएँ ।

'हिंड, जाऔँ ओछ्यान !' मैले भनें ।

'खाँदै छु ।' आश्माले भनिन् ।

खाँदै गरेको चम्ची थालमै छाडेर मैले आश्मालाई बोकें र चुम्बन गरें । उनी खुसी भइन् । मैले बोकेरै उनलाई ओछ्यानमा लगेर सिरकमुनि राखें । मैले काउकुती लगाइदिएँ ।

'कस्तो मन लाग्यो !' मैले कानेखुसीको स्वरमा साउती मारें ।

मैले आश्माका कपडा बिस्तारै खोलिदिएँ । म मायाको चरम सीमामा पुगेको थिएँ र आफूलाई निर्वस्त्र पार्न खोज्दै थिएँ ।

'मलाई जुस खान मन लाग्यो, ल्याइदिनू न ।' आश्माले भनिन् ।

'अहिले खाउँला न । दुई मिनेट पर्ख न ।' मैले भनें ।

'साला, एउटा जुस पनि ल्याइदिंदैन ।' आश्मा रिसाइन् । उनले मेरो शरीर र हात फालेर सिरक पनि फालिन् । कपडा लगाउँदै उनी बाहिर गइन् । म सम्भोग बिनाकै आलस्यले ओछ्यानमै रहें ।

... ...

कथा छ ।

हाम्रो विवाह भएको अढाई वर्ष बितिसकेको थियो । मेरो अध्ययन सहज रूपमा जान सकिरहेको थिएन । मेरो विद्यावारधि गर्ने सपना त्यतै

कतै अल्मलिँदै थियो । तै पनि मैले येनकेन प्रकारेण लगिरहेको थिएँ । आश्मा पनि एउटा सामुदायिक कलेजमा भर्ना भएर नर्सिङ पढ्न थालेकी थिइन् ।

एक दिन–

म ल्यापटपमा फेसबुक चलाइरहेको थिएँ । आश्मा घरमा थिइनन्, उनी काममा थिइन् । म कोठामै टेबलभरि किताबहरू राखेर घरि पढ्दै, घरि फेसबुक चलाउँदै थिएँ । साँझतिरको समय थियो । मलाई फेसबुकमा 'स्टाटस' राख्न मन लाग्यो ।

'अब मेरो जीवनमा एउटा पात्र आउँछ र त्यसले मलाई टिपेर लान्छ एउटा अनकन्टारमा । सेक्सपियरको वियोगान्त नाटक जस्तो मेरो उपन्यासको पटकथा सम्झिरहेछु ।' मैले स्टाटस पोस्ट गरें ।

स्टाटस लेखेको केही बेरमै आश्माको फोन आयो ।

'त्यो फेसबुकको स्टाटस हटाउँछस् कि हटाउँदैनस् ?' मैले हेल्लो पनि भन्न नपाउँदै आश्माले चर्को स्वरमा मलाई कराइन् ।

'किन के छ र स्टाटसमा ?'

'तँलाई अनकन्टारमा लाने कुन पात्र हो र ? तैंले कसलाई भनेको ?' आश्माले मलाई कुटुँलाझैं गरिन् ।

'आश्मा, तिमीले यो के नौटङ्की गरेको ? मैले आफूले लेख्ने उपन्यासको पटकथा सम्झिरहेछु ।' मैले आश्मालाई बुझाउन खोजें ।

'धेर मसँग तैंले नाटक गर्नुपर्दैन ?' आश्माले भनिन्, 'भरे मलाई घर मात्र आउन दे न । मैले जानेको छु, के गर्नुपर्छ ।' आश्माले फोन राखिन् ।

मैले आफूले लेखेको स्टाटस हटाइनँ, हटाउनु जरूरी ठानिनँ । मेरो पनि त आफ्नो कुरा हुन्छ भन्ने लाग्यो । मैले केही बिगारेंझैं लागेन । न त मैले उनलाई सम्झिएर नै लेखेको थिएँ त्यो स्टाटस ।

आश्मालाई लाग्यो होला- त्यो स्टाटस उनीप्रति लक्षित छ । मैले फेरि निश्चित गर्न खोजें । के त्यो स्टाटस आश्मालाई नै लेखेको हो त ? कुनै

पनि कोणबाट उनीप्रति लक्षित भएको लागेन । मलाई लाग्यो- म निर्दोष छु । केही बेर किताबहरू अध्ययन गरेर म किचनमा गएँ । साँझको खाना बनाएँ । खाएँ । बाँकी आश्मालाई राखिदिएँ । एकछिन टेलिभिजन हेरें । बत्ती निभाएँ । ओछ्यानमा गएर सुतें ।

ढोका खोलेर पसेपछि टकटक गर्दै आश्मा आएको आवाज सुनें । मैले निदाएको नक्कल गरें । किनकि कहिलेकाहीं म निदाएको देखेपछि आश्माले मलाई चलाउँदिन थिइन्, उनी सुत्थिन् । म सुत्नु नै बेस, नभए आश्माले फेरि मलाई केही भन्ने हुन् कि ? गाली गर्ने हुन् कि ? उनको हजार प्रश्नहरूको उत्तर रातभर दिनुपर्ने हो कि ? जब उनी चुप लागेर सुत्थिन्, म भित्रभित्रै राहतको सास फेर्थे । 'हरे भगवान् ! आज मैले रातभरि उनीसँग तर्क गरेर बस्नुपर्ने भएन ।' यस्तो पीडा र डरले मलाई पटकपटक तड्पाइरहन्थ्यो । म निद्रा नलागे पनि उनी कामबाट घर आइपुग्नुअगावै आँखा चिम्म पारेर निदाउँथें । तर त्यो रात त्यस्तो भएन । भित्र पस्ने बित्तिकै उनले बत्ती बालिन् र मलाई सुतेको ठाउँमा हातले ठेल्न लागिन् ।

'ओइ उठ् ! किन त्यो स्टाटस नहटाको ?' आश्माले मलाई ठेल्दै भनिन् ।

मैले निदाएझैं नक्कल गरिदिएँ । मानौं, म गहिरो निद्रामा छु ।

'तुरुन्त उठ्छस् कि उठ्दैनस् ? आज म तँलाई त्यसै छाड्दिनँ ।' आश्माले निकै सारो गरी दुई हातले मलाई ठेल्दै भनिन्, 'तँ आज सुत्न पाउँदैनस् ।'

लगातार यस्तो गरिरहेपछि म आङ तन्काएर हाइ काढ्दै, नजाने जस्तो गरेर उठें ।

'के भो आश्मा ?' मैले सोधें । मानौं, कि मलाई केही थाहा छैन । मैले भनें, 'बत्ती निभाऊ न ! कस्तो निद्रा लागेको छ ! बरू तिमी पनि सुत । भोलि कुरा गरौंला, आज रात पऱ्यो ।'

'रात परोस् कि जेसुकै होस् मलाई मतलव छैन ।' आश्माले भनिन्, 'त्यो के स्टाटस लेखेको तैंले ?'

'मैले के लेखें र आश्मा त्यस्तो ? मैले तिमीलाई भनेर लेखेकै होइन । मैले त एउटा मेरो उपन्यासको कथा सम्झिएर लेखेको । मैले त तिम्रो कल्पना पनि गरेको थिइनँ ।'

'धेर जान्ने न हो ! तँ को होस् र कतिसम्म नीच र गिरेको छस् भन्ने मलाई थाहा छ ।' आश्माले मैले ओढेको सिरक फाल्दै भनिन्, 'त्यो स्टाटस तुरुन्त हटाउँछस् कि हटाउँदैनस् ?'

'आश्मा, तिमी धेरै जान्ने न हौ ! मेरा पनि आफ्ना कुरा हुन्छन्, मलाई सुत्न देऊ ! मैले तिमीलाई केही गरेको छैन । मेरो स्वतन्त्रतालाई कुण्ठित पार्ने काम नगर !' आश्माले फालेको सिरक तानेर म सुत्नतिर लागें ।

आश्माले सिरक तान्दै भुईंमा फालिदिइन् ।

'स्वतन्त्रता त तैंले मेरो कुण्ठित गरिस् ।' आश्माले भनिन् ।

म पनि त मान्छे हुँ । अति भएपछि रिस उठ्यो ।

'तैंले साँच्चै निहुँ खोजेकै हो ? के गर्छेस् ? हटाउँदिनँ स्टाटस ।' मैले आश्मालाई धकेलें ।

रातको तीन घण्टा बितिसकेको थियो । अर्थात् बिहानको दुई बजिसकेको थियो । मैले यति भनेपछि आश्माको रिस झन् काबुमा रहेन । उनले ड्रेसिङ रुममा भएका सबै सामानहरू हातले सोहोर्दै फालिन् मतिर ।

'लौ जा, साला मुखमुखै लाउँछस् !'

आश्माले देखाएको व्यवहार मन परेन ।

'साला, तैंले अति गरिस् । एउटा सुतिरहेको मान्छेमाथि के गरेको ?' मैले आश्माको गालामा एक झापड हानें ।

मैले सोचेको थिएँ कि आश्माको रिस अलिक मथ्थर होला अनि रुन थाल्लिन् र त्यसपछि म फकाउँला तर त्यसो भएन । आश्मा झन् डरलाग्दो भएर प्रस्तुत भइन् । मैले लगाउने लुगा सबै भुईंमा फालिन् र कैंची लिएर सबै काटिदिन थालिन् । एउटा मगज खुस्केको मान्छेले गर्ने जस्तो ।

मैले फेरि अर्को चड्कन लगाएँ । त्यसपछि उनी झन्झन् आन्दोलित भइन् र टेबलमा राखेको फोन भुईंमा नराम्रो गरी बजारिन् ।

'साला काँतर ! मलाई कुट्छस् ? तेरो यही हो पुरुषार्थ ? लु कुट् कति कुट्छस्, लु कुट् कति कुट्छस् ।'

आश्माले घरका भाँडाहरू भुईंतिर झटारो हान्न थालिन् । मैले राखेका किताबहरू दराजबाट सबै निकालेर फालिदिइन् र दराजलाई लातले हानेर भुईंमा बजारिदिइन् । त्यहाँ वरपर भएका पानीका बोतलहरू सबै झटारो हानिन् मतिर ।

मैले हार खाएँ । म बाहिर निस्किएँ ।

चकमन्न अँध्यारो थियो । घर बाहिर निक्ले पनि मेरो मन शान्तिले बस्न पाएन । कार कुद्ने सडकसम्म हिंड्दै पुगेँ । बाटामा फाट्टफुट्ट मात्र कारहरू कुदिरहेका थिए । मेरो मन बेचैन थियो । साला, म नै उस्तो हो कि क्या हो ? आफूले आफैंलाई हपारेँ । एउटी श्रीमतीलाई पनि खुसी पारेर राख्न नसक्ने । भित्रभित्रै उकुसमुकुस भयो । साला, कुन दिनमा बिहे गरेछु । मैले कसको के बिगारिदिएको थिएँ र मैले यो दुःख भोग्नुपरेको ? दिमागभरि कुरा खेलाउन थालेँ । मस्तिष्कभरि ज्वारभाटाहरू त्यति नै निक्लिरहेका थिए ।

यसरी छटपटाएर मैले मस्तिष्कलाई कमजोर पार्नु उचित हैन । एक मनलाई लाग्यो । बरू आश्मासँग गएर माफी माग्छु । आखिर फेसबुकबाट मैले स्टाटस हटाइदिए आश्मा खुसी हुन्छिन् भने ।

फर्केर म आश्मा भएतिर गएँ । आश्माको रुवाइ थिएन, त्यति बेला फोन चलाएर बसिरहेकी थिइन् । सुँक्सुँकाएका आँखाहरू आलै देखिन्थे ।

कोठामा बत्ती बलेको थिएन । उनले चलाएको मोबाइलको धिमा प्रकाशले म त्यो आँकलन गर्न सक्थैं । मैले बत्ती बालें । सबै फुटेका सामानहरू कोठाभरि छरपष्ट थिए । म आश्माको नजिक गएँ ।

'आई एम सरी !'

'तैंले सरी भन्नुपर्दैन । तँ एक नम्बरको घटिया होस् !' आश्मा फेरि चिच्याइन् ।

'तिमीलाई सम्झेर मैले त्यो स्टाटस राखेकै हैन । न त्यहाँको कुनै शब्दले तिमीलाई छुन्छ । तर पनि तिमीलाई त्यस्तो लाग्छ भने म अहिल्यै हटाइदिन्छु ।' मैले आश्माकै अगाडि मैले राखेको स्टाटस हटाइदिएँ र उनलाई फेरि भनें, 'तिमीलाई थाहा छ नि म तिमीलाई धेरै माया गर्छु ।'

मैले आश्मालाई अँगालो मार्न खोजें । उनले आफ्नो अँगालोबाट मेरो हातलाई झट्कारिन् ।

'तँ काँतर होस् मलाई पिट्ने । तँ केको पुरुषार्थ देखाउँछस् । श्रीमती के हो भन्ने नै तँलाई थाहा छैन । मलाई त तँलाई देख्दै घिन लाग्छ । तँ जस्तो मान्छेभन्दा त बरू असी वर्षको बूढो मान्छेसँग बिहे गरेको भए राम्रो हुन्थ्यो होला ।'

आश्माको यस्तो कुराले मेरो मन झन् दुखायो तर आफूलाई सम्हाल्दै फेरि भनें, 'हेर म तिम्रो खुसी नै हेर्न चाहन्छु । म तिमीसँग माफी माग्न आएँ । होइन र ? त्यसो नभन प्लिज ! म पनि त तिमी जस्तै मान्छे हो । मेरो पनि मुटु छ । किन पुरुषको मुटु कमजोर हुन पाउँदैन र ? माया त म पनि खोज्छु नि तिमीसँग ।'

'साला, आइमाई जस्तो गर्छस् तँ ? आइमाईलाई दिने माया तँ आफैं खोज्छस् ? बरू एउटा केटा खोजेर बिहे गर् !' आश्माले भनिन् ।

मेरो मुटु छियाछिया भयो । आश्माको छेउ गएर उनलाई माया गर्न आँट पलाएन । उनलाई फकाउनुको कुनै अर्थ नै थिएन त्यति बेला । म उनले फुटाएका सामानहरू भेला गर्न थालें । उनले लडाएका कोठाका

सामानहरू मिलाउन थालें । रात धेरै बितिसकेको थियो । आश्मा बसेको ठाउँमै निदाइसकेकी थिइन् । मैले उनलाई उठाएर ओछ्यानमा लगें । म पनि एक छेउमा पल्टिएँ ।

... ...

कथा सात ।

आश्मा र मेरो विवाहको तेस्रो वार्षिकी थियो । हामीले के गर्ने भनेर केही सोचेका थिएनौं । आश्मासँग त्यति खुलेर प्रेम गर्न सक्ने मानसिकतामा म थिइनँ । मैले आश्मालाई माया गर्नुपर्छ भनेर मेरो मस्तिष्कबाट मात्र आउँथ्यो तर त्यो हृदयबाट कहिल्यै आएन । किन आएन ? कसरी आएन ? त्यो मलाई थाहा छैन । उनलाई छुँदा पनि कुनै पुरुषलाई छोए जस्तो लाग्थ्यो । यद्यपि, आश्मा लवाइमा धेरै बैंसालु देखिन्थिन् । तै पनि किन त्यस्तो हुन्थ्यो ? मलाई नै थाहा छैन ।

विवाहको वार्षिकी मनाउनुको पछाडि मैले आश्मालाई खुसी पार्नुपर्छ भन्ने थियो । कतै घुम्न जाने कि भन्ने सोच पनि आयो मनमा । किनकिन आश्मासँग एक्लै घुम्न जान म इच्छुक हुन्नथें । सोचें, सबै साथीभाइलाई बोलाएर पार्टी दिऊँ !

अन्ततः पार्टीको आयोजना गरियो । खाने, पिउने सरसामान जुटाइयो । साँझ परेपछि बिस्तारै घरमा साथीभाइहरूको प्रवेश भयो । म साथीभाइहरूको प्रवेशलाई स्वागत गर्न व्यस्त हुन थालें ।

'ह्याप्पी एनिभर्सरी !' सबै यसै भन्दै आए । उनीहरूले सोधे, 'खै त आश्मा ?'

'उनी भित्र छिन् । बस्दै गर्नुहोस्, आइहाल्छिन् ।'

आश्मा भित्र कोठामा मेकअप गर्दै थिइन् । उनी मेकअप गर्न भित्र छिरेको दुई घण्टा भइसकेको थियो । उनलाई उनले भनेको पहिरनमा सजिन निकै समय लाग्थ्यो नै । त्यो माथि आज उनको

विवाहको वार्षिकी त्यो समय लाग्नु स्वाभाविक थियो । मैले वाइन र रेडलेभलका बोतल र गिलासहरूको तयारी गरें । खानेकुरा र स्न्याक्सहरू पनि टेबलमा ल्याएर राखें । सबै कुरा तयारी भइसकेपछि आश्मा पनि पूर्ण सजावटका साथ बैठककोठामा आइन्, जहाँ हामी सबै पिउने तयारीमा थियौं ।

'ह्याप्पी एनिभर्सरी !' सबैले एक स्वरमा भने ।

'थैङ्क यू !' आश्माले बडो मीठो मुस्कानका साथ भनिन् ।

हामी सबैले वाइन र भोड्काले भरिएका गिलासहरू उठाएर चियर्स गर्‍यौं । पिउने क्रम जारी रह्यो । नाच्ने, गाना बजाउने, हँसाउने सबै कार्यक्रमहरू भए । मध्यरातसम्म पार्टी चलिरह्यो । एक बजेतिर सबै मिलेर केक काटियो । पहिलो केक मैले आश्मालाई खुवाएँ र मैले पनि खाएँ । त्यसपछि सबैलाई केक बाँडियो । प्रायः सबै साथीभाइहरू मातेका थिए । त्यसपछि सबै आ–आपना घरितर लागे ।

म कोठामा भएका यत्रतत्र फोहोरहरू उठाउन लागें ।

'भोलि गरे भइहाल्छ नि !' आश्माले भनिन् ।

'भोलि पनि मैले नै गर्ने हो, किन राख्नु र ?' फोहोरहरू ट्रयासब्यागमा उठाउँदै मैले भनें ।

'खालि तँलाई मलाई नराम्रो देखाउन आउँछ हैन ?' आश्मा फेरि रिसाइन् ।

'मैले तिमीलाई कहाँ दोष देको छु र ? तिमी भ्याउँदैनौं पो भनेको त !'

'मलाई थाहा छ साला तेरो नेचर ?' आश्मा कोठातिर गइन् ।

विवाहको त्यो वार्षिकीमा समेत मलाई नरमाइलो लाग्यो र त्यो रात म सोफामा नै पल्टिएँ ।

... ...

कथा आठ ।

आश्मा र मेरो बैबाहिक जीवनका साढे तीन वर्ष बितिसकेका थिए । शनिवारको दिन थियो । आश्मा घरमै आइफोन चलाएर बसेकी थिइन् । लन्च टाइम हुन लागेको थियो ।

'के छ आश्मा ? खाना पकाउने तयारी गर्दैनौ त ?' मैले आश्मालाई भनें, 'कति फोन मात्र चलाई बसेको !'

'कहिलेकाहीं आफूले पनि पकाउँदा हुन्छ नि ? मैले नै पकाउनुपर्छ भन्ने के छ र ?' आश्मा रिसाइन् । उनका आँखाहरू आइफोनमै थिए ।

'तिमीले कहिले चाहिं पकाएको छौ र ?'

'पकाउँदिनँ कहिल्यै पनि । के गर्छस् तैंले ?'

'पऱ्या छैन पकाउन । कहिले पो पकाएकी छस् र ?' म किचनतिर लागें ।

'तैंले कुनै दिन बाहिर खाना खान लगेको छस् मलाई ?' आश्माले सिकायत गर्न लागिन्, 'बाहिर जाऊँ भन्यो भने कि तँसँग पैसा हुन्न, कि तेरो पढाइ हुन्छ । तँलाई थाहा छ र श्रीमतीलाई कसरी खुसी राख्नुपर्छ भन्ने ।'

'मैले धेरै पटक लगेको छु बाहिर खान । तिमी त्यो देख्दैनौ ।' मैले भनें, 'हप्तैपिच्छे जान सक्ने सामर्थ्य छैन मेरो । महिनामा दुई चोटि त गएकै छौं नि ।'

'गइस् खूबै, साला नौटङ्की ।' आश्मा चिच्याइन् ।

'उसो भए अब एक चोटि पनि जान्नँ र लान्नँ ।' मैले भनें ।

'नजा न । बरू एक्लै जान्छु अर्को साथी खोजेर ।'

'ठीकै छ । राम्रो । गुड लक !' मैले भनें ।

सायद यो कुराले आश्मालाई अझ रिस उठ्यो । उनी बसेको ठाउँबाट आइफोन चलाउन छाडेर किचनमै आइन् ।

'साला, तँ मलाई प्रत्येक चोटि टन्ट हान्छस् । मैले तेरो केही बिगारिदिएको छैन, बुझिस् ?' आश्मा चिच्याइन् ।

'मैले केही टन्ट हानेको छैन तिमीलाई ।' कराहीँमा तरकारी ओइराएँ । झ्याइँ... गरेर आवाज आयो । आश्मा केही बेर मथ्थर भइन् ।

'फेरि पनि टन्ट हानिस् भने साला यही फोनले तेरो टाउको फुटालिदिन्छु ।'

'अँ, तिमीले टाउको फुटाउन्जेल म यत्तिकै बस्छु नि । मेरो हातमा पनि दही जमेको छैन ।' मैले भनेँ ।

आश्मा भुत्भुताउँदै ढोका ड्याम्म लगाएर आफ्नो कोठाभित्र छिरिन् । ढोका फुट्ला जस्तै गरी बजारियो । खाना पकाइसकेपछि मैले आफूलाई थालभरि पस्केर बटुकामा दाल लिएर बैठककोठाको टेलिभिजन हेर्दै खान थालेँ । आश्मा त्यतिन्जेल आफ्नै कोठाभित्र थिइन् । एकपटक बोलाउनै पर्‍यो भनेर गएँ ।

'आश्मा खाना खान आऊ !' मैले ढोका ढकढकाउँदै भनेँ ।

'चाहिया छैन तैँले पकाको खानु । तँ आफैँ घिच् !' भित्रैबाट आश्माले भनिन् ।

'किन खान्थिस् त ? बाहिरको खाना भेटिनस्, त्यही भएर त रिसले मरेकी ।' म खाना खान लागेँ ।

'के भनिस् रे ?' आश्मा तुरुन्तै बाहिर आइन् ।

'मैले केही भनेको छैन ।' मैले खानाको गाँस मुखमा हालेँ । मलाई अर्को नाटक गर्नु थिएन ।

आश्मा म भएको ठाउँ आइन् । मलाई उनको हातले ठेल्न लागिन् ।

'ओइ, भन् ! तैँले के भन्न खोजेको ?'

'आश्मा, म खाना खाँदै छु । तिमी खाने भए खाऊ, मसँग प्लिज निहुँ नखोज ।' मैले आश्मातिर हेर्दै भनेँ ।

'पहिला भन् न तैंले के भनिस् रे ?' आश्माले फेरि मलाई ठेलिन् ।

'हेर आश्मा, तिमी जस्तो मान्छे यो संसारमै छैन । सबका श्रीमती हुन्छन् तर यस्तो कसैले गर्दैनन्, आफ्नो श्रीमान्लाई । तिमीलाई मैले केही काम अऱ्हाएँ भने सानो भए जस्तो लाग्छ । मैले तिमीलाई तह लगाउन खोजे जस्तो लाग्छ ।' मैले सम्झाएँ जस्तो गरी भनें ।

'तँ त्यस्तै गर्छस् त मैले के भन्नु ? मैले तँलाई नचिनेको हो र ? तँ, तेरो सन्तान गँवार सोचका छन् । साला, केको श्रीमती ? मैले साथी खोजेको हो, श्रीमान् हैन ।' आश्माले भनिन् ।

केही हदसम्म आश्मा तार्किक थिइन् । लाग्यो- श्रीमान् भनेको उसको श्रीमतीको साथी जस्तो हुनुपर्छ ।

'ठीकै छ त । तिमी खाना खाऊ न ।' मैले भनें ।

'पहिले भन् न अघि तैंले के भनिस् ?' आश्माले मलाई घचेटिरहिन् ।

'तँ खुरूक्क यहाँबाट उठिहाल् त ! म खाँदै छु । म तँसँग बोल्दिनँ ।'

'के गर्छस् तैंले हँ ? के गर्छस् ?' आश्माले ठेलिरहिन् ।

'प्लिज यार, उता जाऊ । म भन्दै छु ।' म रिसले चुर भइसकेको थिएँ । तर पनि आफूलाई सम्हालिरहेको थिएँ ।

'साला भन्दैनस्, बोल्दैनस् ।' एक्कासि आश्माले मैले खाइरहेको भातको प्लेट र बटुकाको तातो दाल उचालेर मेरो शरीरभरि खन्याइदिइन् ।

मेरो रिसले होस-हवास उड्यो । मैले जीउभरि पोखिएको खानासहित उठेर आश्माको चाकमा एक लात्ती बजारें । दुई झापड कस्सिएर गालामा लगाएँ ।

'तैंले मलाई कतिसम्म हेपेकी हँ ? लु हेप् अब ! मैले तेरो के बिगारेको थिएँ र मलाई यति बिघ्न दुःख देकी ?'

आश्मा गलिनन् । उनी झन् के कम, काली प्रकट भइन् । मुखभरि आएजति शब्दले मलाई गाली गर्न थालिन् ।

'तँ खाते होस् खाते ! एक नम्बरको खाते ! साला रण्डो !'

'मुख समालेर बोल है, बेश्या !' अति भएपछि मैले पनि बाँकी राखिनँ गति छाड्न ।

एउटा पराकाष्ठामै पुग्यौं हामी ।

अपशब्द प्रयोग गरेकोमा भित्रभित्र हीनताबोध भयो । आश्माले मलाई त्यसो भने पनि मैले भन्नुहुने थिएन । पढे लेखेको मान्छे भएर पनि आफूले उनीप्रति प्रयोग गरेको फोहोरी शब्दले मन पोल्यो । एक मनले भन्यो, मैले बिगारेको पनि त केही थिएन ।

'तैंले कसलाई बेश्या देखिस् ? भन् त कुकुर !' आश्मा आइलाग्न खोजिन् ।

मैले अर्को चड्कन आश्माको गालामा बजाएँ ।

'साला कुकुर, थुक्क !' आश्माले मेरो अनुहारमा थुकिन् ।

मैले आश्माको अर्को गालामा पनि अर्को झापड लाएँ । आश्माका गालाहरू राता भइसकेका थिए । उनी अब रुन, कराउन र चिच्याउन थालिन् ।

'तँ नपुङ्शक हो, साला तँ लोग्ने मान्छे भएर जन्मनु बेक्कार छ । जा अर्को पुरुषसँग बिहे गर् !' आश्माले अनेक भनिन् ।

वाणभन्दा पनि गहिरो गरी मुटुमा लागे जस्तो भयो ।

'मुख समालेर बोल आश्मा, फेरि मैले अर्को झापड हान्न नपरोस् !' मैले आश्माबाट उम्कन खोज्दै भनें ।

आश्माले छोडिनन् । उनी झन् चिच्याउँदै मसँग आइलागिन् । उनका आँखामा आँसु थामिएका थिएनन् । अलि मथ्थर होलिन् र म फकाउन जाउँला भन्ने कुरा केवल कल्पनामा मात्रै रह्यो मेरो ।

'साला कुकुर, चुप लाग् । बरू मार मलाई । थुक्क ! तँ कुकुरसँग बिहे गरेर मैले दुःख पाको । बरू नपढेको एउटा हरिलठ्ठकसँग थिएँ भने

मेरो जिन्दगी धेरै राम्रो हुन्थ्यो ।' आश्माले चिच्याउँदै हातमा बोकेको फोनले मतिर झटारो हानिन्, 'लैजा साला, तँ कुकुरको फोन !'

त्यो फोन मैले आश्मालाई भर्खरै किन्देको थिएँ । फोन नराम्रो गरी मेरो कन्चटमा लाग्यो । मलाई भनन भयो । तोरीका फूलहरू नै देखेँ मैले । मेरो रिस अनियन्त्रित भयो । मैले पहिल्यै राता भएका आश्माका गालामा सक्नेगरी दुई झापड बजारेँ । उनी रन्थनिइन् । मेरो रिस अझै मरेन । मैले उनलाई जगल्टाएर भुईंमा लडाएँ र हत्तपत्त बाहिर निस्किएँ । ताकि अरू बढी भण्डाफोर नहोस् ! अर्थात् डर भयो कि उनले नराम्रो भनिरहनेछिन् र मैले आश्मालाई पिटिरहनेछु ।

बाहिर निस्के पनि मेरो मन पोलिरह्यो आफैँसँग । मैले आश्मालाई किन यति नराम्रो गरी पिटेँ । म चुप लागेर बसेको भए पनि त हुन्थ्यो । चुप लागेर पनि त बसेकै हो । फेरि उनले किन ममाथि खाना पोखिदिइन् ? जे भए पनि म उसको लोग्ने हुँ । मैले सहिदिंदा के हुन्थ्यो र ? फेरि कति सहने सहेकै त हो । बिचरीलाई साह्रै पिटेँ । यसरी पिटेर छोडेर हिंड्नुहुन्न । म जानुपर्छ । मैले माफी माग्नुपर्छ । यस्तै यस्तै कुराहरू दिमागमा खेले । म फर्केर कोठातिरै गएँ । मलाई देख्ने बित्तिकै आश्मा बौलाही जस्तो भइन् । उनी अझै रोइरहेकी थिइन् ।

'तँ कुकुरलाई म पुलिस बोलाउँछु ।'

'बोला कसलाई बोलाउँछेस् !' मैले भनेँ ।

आश्माले पुलिस बोलाइन् ।

'अब देख्छस् तेरो बाउको बिहे ।' आश्माले भनिन् ।

यति बेला भने आश्माका आँखाबाट आँसु थामिएका थिए । केही बेरमै बलिया पाखुरा भएका, काला जातिका दुई जना प्रहरीहरू ढोकामा ढकढक गर्न आइपुगे ।

'ह्वाट ह्यापेन्ड ?' एउटाले आश्मालाई सोध्यो ।

'नोथिङ सर ।' मैले भनेँ ।

'आई एम नट आस्किङ यू, आई एम आस्किङ हर ।' आश्मातिर देखाउँदै प्रहरीले भन्यो ।

ती दुई प्रहरीले आश्मालाई छुट्टै बाहिर बोलाए र केही प्रश्न गरे । के सोधे, थाहा भएन तर मलाई केही नसोधी उनीहरू बाटो लागे । म चुप लागेर बसें । आश्मा आफ्नो कोठामा गइन् ढोका लगाएर बसिन् ।

त्यही क्षणबाट आश्मासँग बाँकी रहेको अलिकति विश्वास पनि हरायो । म चाहेर पनि उनलाई विश्वास गर्न सक्ने थिइनँ अब ।

आश्माले मलाई जेल हाल्न पुलिस बोलाई । बस यही मात्र मेरो मस्तिष्कभरि घुमिरह्यो । हरेक रात, हरेक दिन र हरेक महिना ।

हाम्रो हप्तैपिच्छे यस्तै झगडा भइरहन्थ्यो । म थाहा पाउन्नथें कि को उस्ता हौं ? घरिघरि म आफैंलाई दोष दिन्थें तर जब आश्माले घरमा पुलिस बोलाइन्, म भित्रभित्रै प्रत्येक दिन जल्न थालें । उनलाई चाहेर पनि माफ दिन सकिनँ । उनले पहिले गरौं भनेका कुराहरू कुनै पनि गर्न छाडें । माया मरेर गयो । पिंजडाको सुगाभन्दा पनि बढी कैद भएको महसुस भयो । भविष्य सबै अन्धकार भयो । के सोचेर बिहे गरेको थिएँ ? के भयो ? यस्तो जिन्दगीभन्दा त एकल जिन्दगी नै ठीक हो भन्ने लाग्यो । मैले आश्मासँगको भविष्य फगत अँध्यारोभन्दा केही देखिनँ । सबै सबै निराकार भयो ।

आश्मा र मेरो सम्बन्ध अब रहँदैन । यस्तै मात्र कुराहरू मेरो मनमा खेल्न थाले । आश्माले 'सरी' भन्दिएको भए मेरो भावना फेरि पलाएर आउँथ्यो कि ? तर उनले त्यसो गरिनन् । हाम्रो प्रत्येक पटकको झगडामा अब उनले मलाई केवल धम्क्याउन मात्र थालिन् ।

'हिर्काइस् मात्र भने म पुलिस बोलाइदिन्छु ।' आश्मा यसै भन्थिन् ।

एक किसिमले भन्ने हो भने हामी बीच श्रीमान्-श्रीमतीको सम्बन्ध टुटिसकेको थियो । आशाको धिपधिपे दीयो थियो होला तर त्यसलाई बाल्ने हिम्मत आश्माले कहिल्यै गरिनन् । मैले त चाहेर पनि माया गर्न छोडिसकेको थिएँ । माया गर्न सकिरहेको थिइनँ ।

हाम्रो बिहे भएको लगभग पाँच वर्ष बित्न लागिसकेको थियो ।

... ...

मैले आफ्नो शिर अनामिकाको काखबाट उठाएँ र अनामिकासँगै आड लिएर बसें । अनामिका मेरा घटनाक्रमहरू चाख लिएर सुनिरहेकी थिइन् । उनी पर कतै तालको क्षितिजतिर हेरिरहेकी थिइन् ।

आश्मालाई मैले जीवनका बारे भन्ने कोसिस धेरै चोटि गरेको थिएँ । तर खै यो सबै भावीको लेखा थियो वा अरू केही ? मेरा विचारहरूले कुनै जग हाल्न सकेनन् । सायद, मैले मेरो विचार उनको मानसपटलमा हाल्नु उचित थिएन । मान्छेको आफ्नै जीवन दर्शन हुन्छ र आफ्नो विचार लाद्नु भनेको मान्छेको स्वतन्त्रताको हनन गर्नु हो । यद्यपि, मैले आश्मामाथि विचार लाद्न पनि खोजेको थिइनँ । मात्र मेरा विचारहरूलाई पनि स्थान दिए हुन्थ्यो भन्ने भाव मात्र रहन्थ्यो । हामी बीच मायाको बिज अङ्कुराउनै पाएन । यसो पलाउन खोज्थ्यो फेरि विभिन्न बाहानामा निमोठिहालिन्थ्यो । हामी बीच चाँडै घृणा जन्मिन्थ्यो । मायाको कुरा भए पनि कहीं न कहीं गएर घृणा जन्मिहाल्थ्यो । खै के भइदिन्थ्यो, त्यो म आफैंलाई थाहा छैन ।

पछिल्लो दिनमा आश्मा मसँग बोल्न छोड्दै गइन् । हामी एकअर्कामा टाढा र अनौठो, अन्जान जस्तो हुन थाल्यौं । यसै गर्दै हामी बीच सात महिनासम्म शान्ति छायो । बोलचाल बन्द गरी एकै घरमा बस्यौं । म बाहिरै सुत्न थालें । आ-आफैं एक्लाएक्लै पकाउने, खाने हुन थाल्यो । एउटै छानाभित्र पनि हामी अपरिचित जस्तै भयौं ।

'त्यही सात महिनाको समयमा मैले तिमीलाई पाएँ र मायाको रुख ह्वात्तै झाँगियो र बलियो भएर गयो ।' यति बेला मैले अनामिकाको हात दह्रोसँग समातें । मैले अनामिकाको केसलाई सुम्सुम्याउँदै भनें, 'आश्मालाई थाहा थियो म तिमीसँग बोल्दै छु भन्ने । उनले कहीं कतै मलाई रोकिनन् । त्यसले मलाई अघि बढ्न झनै उक्साइरह्यो । म तिम्रो प्रेममा गहिरिंदै आएँ ।'

'तिमीसँग म आइपुग्नुमा तिमी र म बीचको प्रेम, विचार र दर्शन एकै हुनु त छँदै छ, त्यहाँमाथि आश्मा मौन रहेर तिमीसँगको मेरो प्रेम सबैभन्दा महत्त्वपूर्ण छ । सायद यो ईश्वरको नै छनोट थियो ।' मैले अनामिकालाई भनैं ।

प्रिय पाठक,

साँझ छिप्पिएर रात परिसकेको थियो । चराहरूको चिरबिर पार्कमा कम हुँदै थियो । मलाई थाहा थिएन, आश्माको बारे अनामिकालाई सुनाएर मैले राम्रो गरैं या गरिनँ ? अँध्यारोसँग आँखाहरूलाई स्पर्श गराएँ मैले ।

'अनामिका, अब घर जानुपर्छ रात पऱ्यो ।' मैले भनैं ।

अनामिका अझै मेरो काखमै होलिन् भन्ने थियो तर थिइनन् । कहाँ गइन् ? त्यो पनि साँझमा ? उठेर वरपर हेरैं । अनामिका कतै थिइनन् । मैले ठूलो स्वर गरेर बोलाएँ । अनामिकाको कुनै प्रतिक्रिया आएन । अब के गर्ने ? एउटा निरीह प्राणी जस्तो बोध भयो आफैंलाई ।

'अनामिकाले मलाई किन छोडेर जाने ?' यही प्रश्न मनमा आयो । मेरो जीवन घटनाले कतै उनलाई केही असर त गरेन ? उनले सुन्न चाहिन्, मैले सुनाएँ । आखिर के बिगार गरैं र ?

म भोकाइसकेको थिएँ, तिर्खाएको थिएँ । मेरा आँखाले अनामिकालाई नै खोजिरहेका थिए । मेरो मन र मस्तिष्क अनामिकातिरै थिए । अँध्यारोभित्र छट्पटाउन थालेको थिएँ म ।

'अनामिका तिमीले मलाई सजाय दिएको त होइन ? तिमीले किन यस्तो गऱ्यौ ? तिमी कहाँ गयौ ?' म तड्पिएँ ।

एक किसिमले सोचैं- कतै मैले आश्मालाई छोडेको सजाय भोगेको त होइन ? म एक्लो निरीह भएर त्यहाँबाट उठैं र पार्कको आडमा रहेको तालको किनारैकिनार रित्तिएर हिंड्न थालैं ।

अँध्यारो थियो । हिंड्दै गर्दा यसो अगाडि हेर्छु त अनामिका तलाउको किनारतिर फर्केर, टोलाएर बसिरहेकी रहिछिन् । एक हिसाबले मलाई

ढुङ्गा खोज्दा देउता मिलेझैं भयो । खुसीले तलाउभन्दा फराकिलो भयो मेरो छाती । अर्को हिसाबले मलाई रिस उठ्यो, मलाई केही नभनी उनी यत्रोबेर एक्लै यहाँ बसिरहेकी रहिछिन् ।

'अनामिका के भयो ?' मैले भनें, 'तिमीलाई थाहा छ, म कति आत्तिएँ कत्रो बेर तिमीलाई मैले खोजें । यत्रो बेर नदेख्दा मैले त के के सोच्न पुगें तिमीलाई । लाटी, मलाई किन यसरी दुःख दिएको ?'

अनामिकाले मतिर पुलुक्क हेरिन् ।

'सरी ! खै किनकिन एक्लै बस्न मन लाग्यो केही बेर ।'

म अनामिकाकै छेउमा अडेस लागेर बसें ।

'मेरो त मुटुले ठाउँ नै छोडिसकेको थियो । तिमी यत्रो बेर बेखबर हुंदा ।' मैले भनें, 'पग्ली ! त्यसो नगर अबदेखि ।'

'हजुर के आश्मालाई अझै माया गर्नुहुन्छ ?' अनामिकाले सोधिन् ।

'हेर, माया त एउटा मान्छेले अर्को मान्छेलाई अवश्य गर्छ नै । त्यहाँमाथि मैले आश्मासँग पाँच वर्ष बिताएँ, चाहे झगडा गरेरै किन नहोस् ! आश्मालाई छोडेपछि झगडा पनि प्रेम बनेर आउँदो रहेछ ।' मैले भनें ।

मैले तलाउतिर हेरें । नजानिंदो पाराले तलाउमा पानी चम्किरहेको थियो । जुनकीरी घुम्दै थिए होलान् । सुन्दरता रातमा थियो । अनामिका र मेरो उपस्थितिमा थियो ।

'के उसले तिमीलाई माया गर्छु अझै, सरी भनी भने तिमी ऊसँगै जान्छौ ?' अनामिकाले सोधिन् ।

'तिमी किन यस्तो कुरा गर्छ्यौ ? अब त आश्माको लागि धेरै नै ढिला भइसक्यो । मैले सारा कुरा छाडेर तिमी र तिम्रो लागि भनेर आइसकेको छु । आश्मासँग फर्केर जान धर्ती भासिएला, आकाश खस्ला, म कुनै हालतमा जाने छैन ।' मैले भनें ।

'भोलि मेरो कारणले तिम्रो मायामा चोट नपुगोस् ! म त्यो चाहन्छु, तिम्रो आँखामा आँसु देख्न चाहन्नँ । बस, त्यही हो । आश्मालाई छोड्दा

तिम्रो आँखाबाट आँसु आउँछ भने त्यो म हेर्न चाहन्नँ । म तिम्रो जीवनको आँसु पुछ्न आएको हुँ । ओठको हाँसो हेर्न आएको हुँ । बस यति सम्झ ।' अनामिकाले भनिन् ।

अनामिकाको बोलीमा सच्चाइ थियो । शब्दहरूमा मुटुको आवाज थियो, नितान्त, निश्वार्थ । उनको बोलीले मेरो जीवनको कलेबरमा एउटा छुट्टै रङ भरेको थियो ।

'मलाई थाहा छ, तिम्रो जीवनको सच्चाइ ।' मैले अनामिकालाई भनें, 'त्यही भएर म तिमीसँग मुटुको धड्कन साट्न आएको । हाम्रो जीवन सुन्दर पार्न आएको, यो तलाउ जस्तै सुन्दर र शान्त पार्न आएको । तिम्रो छहारीमा ओत लाग्न आएको । बस, यति भएर त मलाई तिमी चाहियो, तिम्रो साथ चाहियो, माया, ममता र हाँसो चाहियो, यो कलेजोको घाउमा मलम लाउन ।'

अनामिका मेरो अँगालोमा स्वःस्फूर्त आइन् । मैले उनलाई कसिलो गरि अँगालोमा लिएँ । मैले आफ्नो शिरलाई उनको वक्षस्थलमा केही बेर अड्याएं र फेरि कसिलो गरी उनलाई समातें । अँध्यारोमा हामी सायद कुनै युगल प्रेमीको प्रेमात्माको छाया जस्तो देखिन्थ्यौं । जहाँ कोही थिएन । अँध्यारो र हामी थियौं । हामी र अँध्यारो थियो । अनामिका, म र तलाउथियौं । हाम्रा साक्षीहरू तलाउ, सुन्दर बिरुवाहरू र अगाडिको अग्लो पहाड थियो । माछापुच्छ्रे हिमाल थियो । अँध्यारोमा पनि पर चम्किरहे जस्तो भान हुन्थ्यो । मैले अनामिकाका ओठहरू चुमें, धेरैबेर चुमिरहें । कहिल्यै धित नमर्ने ओठहरू थिए ती ।

**

नदेखेको ब्वाइफ्रेन्ड

प्रिय पाठक,

फेरि म एक चोटि पछाडि फर्किन चाहन्छु । आश्मालाई छोड्ने अघिल्लो रातसम्मको समयलाई सम्झिन चाहन्छु ।

तन, मन र वचनमा त आश्मा र मैले एकअर्कालाई पहिल्यै छोडिसकेका थियौं । हाम्रो बीचमा हामीलाई जोड्ने केही पनि थिएन । हाम्रो विचारको 'वि' पनि साझा थिएन । यद्यपि, हाम्रो भान्सा साझा थियो । हामी बस्ने अपार्टमेन्ट साझा थियो । भलै हामी आ-आफैं पकाउथ्यौं, खान्थ्यौं । हामी आ-आफ्नै ओछ्यानमा सुत्थ्यौं । उनको र मेरो जीवन दर्शन दुई विपरीत दिशातिर फर्किएका थिए । मलाई थाहा थियो कि सम्बन्ध सुधार्न हामीले आफ्नो खुट्टालाई अरूको जुत्तामा पनि राखेर हिंड्नुपर्छ ।

प्रविधि र विचारले साँघुरिंदै गएको यो संसारमा शान्ति र अमनचयन स्थापित गर्न हामीले एकअर्काको दृष्टिकोणबाट पनि संसारलाई हेर्नुपर्ने हुन्छ । अर्थात् उनीहरूको जुत्तामा आफ्नो खुट्टा राखेर हिंड्नुपर्ने हुन्छ । यो कुरा प्रथम अमेरिकी महिला राज्य सचिव म्याड्लिन अलब्राईटको लेखबाट पनि थाहा पाएको थिएँ । एउटी कुटनीतिज्ञ म्याड्लिनको विचार मेरो जीवनको व्यक्तिगत तहसम्म कति प्रभावकारी र तर्कसंगत हुन्थ्यो ? त्यो त मलाई थाहा थिएन तर केही सत्यता भने पक्कै थियो त्यस विचारमा ।

त्यही भएर मैले आश्माको जुत्तामा खुट्टा राखेर हेरें । मैले थाहा पाएँ कि धेरै गाह्रो हुँदो रहेछ कहिल्यै नलाएको जुत्ता लाउँदा । केही समय त लगाएँ पनि तर धेरै दुख्यो । सहन नसक्ने गरी दुख्यो । त्यति बेला महसुस भयो कि उनको जुत्ता उनैले लाउने हो र मेरो जुत्ता मैले नै । यो जुत्ता लाउनु आलंकारिक रूपमा उनलाई चिन्नु थियो, उनलाई बुझ्नु थियो, उनका हरेक विचार र भावनासँग सहमति जनाउने, उनलाई खुसी राख्ने प्रयास गर्नु थियो । तर मैले त्यो गर्न सकिनँ । हामीले सम्झौतामा एकअर्कोलाई चिन्न झन्डै पाँच वर्ष बिताइसकेका थियौं । उनको सोच अनुसार म चल्न सकिनँ ।

हामीले कहिल्यै एकअर्कालाई चिन्न सकेनछौं । एकअर्काको आरोप र प्रत्यारोपमै जिन्दगी खेर फालेछौं । न उनको लागि म आदर्श पति हुन सकेछु, न उनी मेरो लागि आदर्श पत्नी नै हुन सकिछन् । हुन त उनले मलाई धेरै चोटि छोड्छु भनेकी थिइन्, तर उनले मलाई कहिल्यै छोडिनन् । अन्तिममा मैले नै छोडें । सायद यसले उनलाई धेरै ठूलो चोट पुऱ्याएको थियो । यद्यपि, उनलाई चोट पुगोस् भन्ने म चाहन्नँ । उनीसँग रहुन्जेल कहिल्यै पनि उनीसँग बिताएका राम्रा क्षणहरू सम्झनामा आएनन् ।

'साला, तँ नभए मेरो जीवन झन् सुन्दर र स्वतन्त्र हुन्छ । अहिल्यै गइहाल्, एकछिन पनि नबस् ।' आश्मा यसै भन्थिन् । त्यति बेला म आफैंलाई निरीह लाग्थ्यो । लाग्थ्यो उनले त्यसो भन्दैमा म उनलाई कसरी छोड्न सक्छु ? रिसको आवेगमा मान्छेले जे पनि बोल्न सक्छ नि । आश्माले मलाई आफू अनुसारको मानिस बनाउन खोजेकी थिइन्, त्यही भएर भन्थिन्- 'साला, खान र लाउन आउँदैन तँलाई ।'

हुन त आश्माले कोठाभरि फालेका कपडाहरू म नै उठाइदिन्थें । उनले छोडेका जूठा भाँडाहरू म नै माझिदिन्थें । म कतै चुके हुँला । एक मनले फेरि सोच्थें- मैले छाडेपछि दिनहरू कति रित्तोरित्तो लाग्दो हो आश्मालाई ।

'म दुई हात जोडेर भन्छु । प्लिज, मलाई मायाको भावले बोलाऊ, नत्र म एक दिन छोडेर साँच्चै हिंडिदिन सक्छु ।' मैले आश्मालाई धेरै चोटि भनेको पनि हो । तर त्यति बेला उनले भनिन्, 'जा ! तँ गएर हुनेवाला केही छैन । म आफैं गरेर खान सक्छु ।'

मैले आश्मालाई छोडेर केही फरक पर्दैन । आखिर म किन उनको जिन्दगीको बाधक बन्नु ? तर आश्मामा जति ठूलो साहस थियो, उनको मस्तिष्कमा त्यति नै डरलाग्दो रिसको आवेग थियो । रिसको आवेग पनि डरलाग्दो भाव रहेछ । गौतम बुद्धले रिसलाई 'तातो कोइला जस्तै हो, जो कसैमाथि बर्सिन्छ र पोल्छ' भनेको सम्झिएँ । एकमनले सोचें- यो आश्माको भित्री समस्या हो र प्रेमले शान्त गर्नुपर्छ । उनी बोल्दा म चुप लागेर बस्थें । जसरी गौतम बुद्ध बसे । जति बेला एक युवक आएर उनलाई तथानाम गाली गरिरह्यो । अहँ, चुपै लागेर बस्दा पनि काम गरेन । म किन नबोलेको ? आश्मालाई उत्तर चाहिरह्यो । बोल्यो, हरेक प्रश्नको उत्तर चाहिरह्यो ।

मैले सोचें- आश्माले मप्रति पोखेको रिस सायद मबाट सच्चा माया पाउनको लागि थियो कि ? मैले उनलाई सच्चा माया दिन सकिरहेको थिइनँ । फेरि सोचें- रिस देखाएर माया फेरि कहाँ र कसरी पाइन्छ र ? सायद मैले उनलाई माया देखाउन सकिनँ । मेरो माया मेरो परिवारका आमाबाबासँग पनि थियो । ती आमाबाबा जसले मलाई जीवनको कठीन यात्रामा समेत पालनपोषण गरेर एउटा रहरलाग्दो युवक बनाएका थिए । म उनीहरूको भावनालाई लात मारेर आश्माले भने अनुसार हरेक कुरामा साथ दिन सक्दिनथें । सायद म चाहन्थें- मेरी पत्नीले मेरो आमाबाबालाई पनि माया देओस् न, मेरो विचारको पनि सम्मान गरोस् ! तर मैले आश्माबाट त्यो पाइनँ ।

आश्माको जीवन दर्शनमा मैले उनलाई अलिकति पनि खुसी राख्न सकिनँ होला । न मेरो जीवन दर्शनले उनलाई खुसी बनाउन सक्यो । हामीले हाम्रो विचारको मिलनविन्दु रोज्न चाहेनौं । मैले आफूलाई तन्काएर

त हेरेको थिएँ तर मलाई लाग्यो- म चुँडिन सक्छु । आफूलाई चुँडाएर हेरेको भए हुन्थ्यो कि ? त्यो पनि सोचेँ । सायद मैले चुँडाउन चाहिनँ आफूलाई । किनकि मेरो जीवनसँग मेरो आमाबाबुको खुसी लुकेको थियो । अमेरिकन कवि रबर्ट फ्रस्टले भनेको सम्झेँ- एउटी आमालाई आफ्नो छोरो बनाउन बीस वर्ष लाग्छ तर कोही महिलाले त्यही मान्छेलाई मूर्ख बनाउन बीस मिनेट पनि लाग्दैन । मेरा बाबाआमा र उहाँहरूले मलाई दिएको प्रेमप्रति अझ विश्वास बढेर आयो । हुन त त्यसमा मेरो आफ्नै खुसी लुकेको थियो । म स्वार्थी बनेँ । भलै यो मेरो गल्ती थियो । मैले उनलाई आमाबावुभन्दा माथि राखेर खुसी दिन सकिनँ, म आफैँ आश्मासँग खुसी हुन सकिनँ ।

खै किन हो, म आश्मासँग खुलेर हिंड्न सक्दैनथेँ । उनी त्यो थाहा पाउँथिन् र हाम्रो झगडा हुन्थ्यो । त्यो दिन र आउने रातको पनि बिनाश हुन्थ्यो ।

'किन तँ मसँग खुसी भएर हिंड्दैनस् ?' आश्मा यही प्रश्न दोहोऱ्याइरहन्थिन् ।

'त्यो कपडा त अति नै छोटो भयो, सुहाएन कि ?' म डराउँदै आश्मालाई सुझाव दिन्थेँ । नम्र भएर । जसले गर्दा उनी एकै चोटि मसँग आई नलागून् ! यस्तै वार्तालापबाट होला हामीले एकअर्कालाई सम्मान गर्न भुल्यौँ ।

मैले आश्मालाई आफैँमा कहिल्यै गलत देखिनँ । मात्र उनको र मेरो सम्बन्ध नै सबैभन्दा ठूलो गलत थियो । हो, म झर्किन्थेँ, जब उनी आफूलाई घण्टौँमा पनि शृङ्गार गरिसक्दिनथिन् ।

'भएन ? कत्रो बेर लाको यार !'

'जा तँ एक्लै जा, म जान्नँ ।' आफूले लगाएका कपडा सबै फेरि फुकाल्दै आश्मा कड्किन्थिन् । पछि बिस्तारै थाहा पाएँ- स्त्री जातिलाई शृङ्गार मन पर्दो रहेछ । उनीहरूलाई त्यसका लागि समय दिनुपर्छ । त्यसपछि कतै जानु पाँच घण्टा पहिल्यै आश्मालाई 'अब हिंड्नेबेला भो'

भन्न थालें । यस्तै तीतामीठा कुराहरू जुन एक पतिले पत्नीको बारे थाहा पाउनुपर्छ ।

आश्मालाई छोड्ने अघिल्लो रात रातभरि याद आयो । उनका शब्दहरू रुखा थिए तर माया त उनले मलाई गर्थिन् भन्ने लाग्यो । यद्यपि, मैले सोचे जस्तो माया नहोला । सोचे जस्तो सबैको माया गराइ एउटै हुनुपर्छ भन्ने छैन । जसले जसरी जान्दछ, उसले त्यसरी नै गर्दछ ।

'त्यो लुगा फुकालेर दौरा-सुरुवाल लगा !' आश्माले भनेको सम्झें । हामी एउटा नेपाली पार्टीमा जान तयारी गर्दै थियौं ।

'कोट प्यान्ट नै सही छ ।' मैले अडान छोडिनँ, 'म चेन्ज गर्दिनँ ।'

'साला, चेन्ज नगर्ने भए म जान्नँ, तँ मात्र जा !' आश्माले भनिन् र रिसको झोकमा आफूले लाएका कपडा पनि सबै फुकाल्न थालिन् ।

सायद मेरो गल्ती थियो । आश्माले भनेको मैले मान्नुपर्थ्यो तर मानिनँ । उनको उच्च स्वरमा मैले प्रेम देखिनँ होला । तर अघिल्लो रात मैले ती शब्दहरूमा प्रेम भरिएको मात्र देखें, जसरी आधा गिलास पानीलाई आशावादी मानिसले आधा भरी देख्छ । फेरि सम्झें- मैले जे लाऊँ, जे खाऊँ उनलाई केको चासो !

'पछि पढाइ सकेर जागिर खाउँला, पैसा कमाउँला ।' म भन्थें ।

'त्यति बेलासम्म त बूढो भइसक्छस्, के गर्छस् तैंले ?' आश्मा भन्थिन्, 'न तेरो गरिखाने विषय नै छ । कि इन्जिनियर, डाक्टर त्यस्तै टेक्निकल विषय हुनुपर्थ्यो ।'

म पढाइ सकेर नेपाल फर्किन्छु भन्ने कुरा पनि आश्मालाई मन परिरहेको थिएन ।

'फेरि आफ्नै देश फर्किने मन छ, हिम्मत नभएको हूतीहारा ।' आश्माले भन्थिन् ।

मलाई उनको नजरमा हूतीहारा सावित हुनु थिएन । धेरै चोटि चित्त दुः खेर 'छोडेर हिंड्छु' भन्दा गिलासमा वाइन हालेर खुसीको उत्सव मनाउन थाल्थिन् ।

'आजबाट म फ्रि !'

आश्माले यसरी भन्थिन् कि मानौं, कुनै कैदी जेलबाट उम्किंदै थियो । मलाई लाग्यो कि साँच्चै उनी यसमा सिरियस थिइन् । कहिलेकाहीं उनी अबेरसम्म घर आउँदिन थिइन् ।

'तिमी कता हो ?' म कल गर्थें ।

'तँलाई के मतलव ? म जतासुकै जाऊँ !' आश्मा फोनमै च्याँठिन्थिन् ।

'यसो गऱ्यौ भने अब मैले अर्को गर्लफ्रेन्ड बनाउनुपर्ला ।' एक दिन मैले यसो भनें ।

'मेरो त पहिल्यै छ, डेभिड ।' आश्माले तत्कालै जबाफ फर्काइन् ।

आश्माले त्यसो भन्दा मेरो मनमा धेरै कुराहरू खेलेका थिए । मैले 'हो कि' भन्ठानें । जिस्किएको हो कि भनेर त्यतातिर सोचिनँ । मेरो उनीप्रतिको शङ्कालाई उनकै शब्दले अझ विश्वासिलो बनायो ।

आखिर एक पुरुष जसको पत्नी झर्किन्छे, वाइनमा मस्त हुँदै श्रीमान्कै अगाडि 'म आजबाट स्वतन्त्र भएँ' भन्दै खुसीको उत्सव मनाउँछे, मेरो ब्वाइफ्रेन्ड छ भन्छे अनि 'तिमी कहाँ हो' भनेर सोध्दा 'तँलाई के मतलव' भन्छे भने त्यो पुरुषले अरू जे सोच्न सक्थ्यो, मैले त्यही सोचें । यिनै कुराहरू रातभर आइरहे । सायद आश्मा आफैंमा नराम्री थिइनन्, सायद त्यो मेरो लागि एउटा अवसर थियो– उनलाई छोडेर हिंड्ने ।

एक दिन–

'साँच्चै, मैले नयाँ साथी बनाएँ नि । राम्री लाग्यो । उसैले मलाई फेसबुकमा बोलाई ।' मैले आश्माको मन बुझ्नका लागि भनें ।

'लौ बधाई !' आश्माले सहजै भनिन् ।

जब म आश्मासँग आठ महिनादेखि छुट्टै बस्न थालेको थिएँ, त्यहीँबाट मेरो प्रेम अनामिकासँग झाँगिन थालेको थियो ।

'साला, हूतीहारा, आँट भने एक रत्तिको छैन ।' आश्माले भन्थिन् ।

आठ महिना आश्मासँग नबोली बस्दा यो माया झाँगिएको थियो अनामिकासँग । अर्थात् आश्माले मलाई एक्लै छोडिदिएर छुट्टै कोठामा चुकुल लगाएर नबसेको भए मैले मेरो जीवनमा प्रेमको अनुभूत नगरी नै मर्ने थिएँ होला । मैले आश्मालाई भनेको थिएँ कि जुन दिन म तिमीलाई छोडेर हिंड्छु तिमीले मलाई ठूलो मिस गर्नेछौ । त्यति बेला उनले भनेकी थिइन्- 'जिन्दगी त तँ मेरो जीवनबाट निक्लेपछि सुरू हुन्छ ।'

मैले ईश्वरसँग फेरि एक चोटि प्रार्थना गरैं- 'ईश्वर, आश्माले मलाई कहिल्यै मिस नगरोस् !'

हुन त आश्मा अमेरिका आएको एक हप्ता नबित्दै हामी बीच मनमुटाव हुन सुरू भएको थियो । गलत कोही थिएनौं, दुवै आ-आफ्नो ठाउँमा सही थियौं । खालि हाम्रो जीवन जिउने तरिका फरक थियो ।

'दुई दिनको जिन्दगी हो पैसा जोगाएर, प्याक प्याक भएर बाँच्नु छैन मलाई ।' आश्मा भन्थिन् ।

'त्यो सही हो तर तिम्रो पो बाबा जागिरे हुनुहुन्छ । तिमीलाई कहिल्यै पैसाको समस्या भएन तर मैले सानैदेखि दुःख गरेर बाउआमालाई सपोर्ट गरिरहेको छु । त्यही भएर केही भाग कटाएर थोरै सेभ गर्नुपर्छ ।' म भन्थैं ।

हरेक दिन यो विषयमा हाम्रो झगडा हुन थाल्यो ।

आश्मा पहिलेदेखि बाहिर बसेर पढेकी थिइन् । साथीभाइसँग रमाइलो गर्न औधी मन पराउँथिन् । जीवन जिउन सक्नु पर्छ भन्ने उनको विचार थियो । म भने घरबाटै स्कूल जान्थैं, बाबुआमाको हरेक दुःख मैले देखेको भोगेको थिएँ । म त्यो दुःख मेरा सन्तानले नभोगून् भन्ने चाहन्थैं ।

'अमेरिकामा छौं, तेस्को चिन्ता किन लिनु ?' आश्मा भन्थिन् ।

आश्माको कुरा एक हिसाबले सही थियो तर अमेरिका बसाइको केही वर्षपछि नेपालमै गएर बस्ने र बाँकी जिन्दगी उतै बिताउने मेरो इच्छा थियो । भौतिक सुख र भव्यताले मलाई कहिल्यै मोहनी लगाउन सकेन । आश्मालाई भने यहाँका चिल्ला बाटा, चिप्ला गाडी, सुबिधा सम्पन महल र भव्यताले मख्ख र मोहित बनाएको थियो । त्यो नराम्रो थिएन तर म आश्मासँग त्यसै त्यसै बेखुसी हुन थालें ।

मलाई बिहे भहेको एक वर्षभित्रै बाउ बन्ने रहर थियो । त्यो मेरो भन्दा पनि मेरा आमाबाबाको खुसीको लागि थियो । उनीहरूको नातिनातिना खेलाउने रहरको लागि थियो । तर मैले त्यो निर्णयलाई बीचैमा रोकें । किनभने, आश्मा नै बच्चा जन्माउन चाहन्नथिन् । उनलाई लाग्थ्यो- बच्चा जन्माउने बेला भइहालेको छैन । अझै रमाइलो गर्ने केही समय बाँकी नै छ । उनी भर्खर एक्काइस वर्षकी थिइन्, म अट्ठाइस । म आफैं सहजता महसुस गर्न सक्दिनथें । जीवनमा ठूलो गल्ती भयो भन्ने महसुस हुन थालेको थियो । त्यो थियो- कतै हामीले एकअर्कालाई नबुझी हतारमा बिहे गरेर जिन्दगी त बर्बाद गरेनौं ?

त्यो महसुस आश्मालाई पनि हुन थालेको थियो । कहिले एउटा निहुँ त कहिले अर्को निहुं, हरेक दिन झगडा हुन थाल्यो । अमेरिकाको मेरो बसाइ अभिशाप भइरहेको महसुस हुन थाल्यो । बिहेअघि कहिल्यै त्यस्तो अनुभव हुंदैनथ्यो । सायद आश्मा पनि त्यो महसुस गर्थिन् । हामीले यही क्रममा एकअर्काको सम्मान गुमायौं । र, स-साना कुरामा तर्क हुन थाले । जहिल्यै तँतँ र मम गर्न थाल्यौं ।

'नातिनातिना नखेलाई सास जान्छ होला ।' आमा भनिरहनुहुन्थ्यो ।

मैले आफूलाई आश्माको मायाको नसा लगाउन धेरै चोटि बल गरें तर कहिल्यै सकिनँ । आश्माले मलाई धेरै चोटि सराब पस्किइन् जसको नसा मलाई लागिरहन्थ्यो तर उनले कहिल्यै मायाको नसा पस्किनन् । किन त्यसो भयो ? मलाई अहिलेसम्म थाहा छैन । मैले आश्मालाई जति माया गरें, मैले मस्तिष्कबाट गरें, मैले उनलाई माया गर्नुपर्छ भनेर गरें ।

तर म आफैं सम्झिन्छु कि मैले उनलाई कहिल्यै मनबाट माया गरिनँ । हो, मैले उनलाई कहिल्यै दिलबाट माया गर्न सकिनँ । जबसम्म दिलबाट माया गर्न सकिँदैन तबसम्म त्यो व्यक्तिसम्म पुग्दो रहेनछ, त्यसले व्यक्तिलाई छुँदो रहेनछ । सायद आश्मालाई मैले दिने माया यस्तै भयो । प्रेम गर्न समय लाग्छ भन्ने त थाहा थियो तर पाँच वर्षसम्म पनि हामी एकअर्काको दिलसम्म पुग्न सकेनौं ।

'तैंले मलाई कहिल्यै माया दिइनस् ।' आश्माको यही नै सिकायत थियो ।

मलाई लाग्थ्यो- मैले उनलाई माया दिएको छु । म भन्ने गर्थें- 'नपत्याए हेर त ! यी सबै काम तिमीले भनेअनुसार त गरेको हो नि ।'

मैले उनको लागि जे गरैं, जति गरैं सायद मनदेखि गरिनँ । आश्माले पनि कहाँ समस्या भयो भन्ने बुझ्न चाहिनन् होला । जब अनामिकाको नाम मेरो मस्तिष्कको आँखाअघि आउँथ्यो, मेरो मन र मस्तिष्क एकै ठाउँ हुन्थ्यो । आखिर के जादु थियो अनामिकामा ? त्यो म भन्न सक्दिनँ । हाम्रो कर्म हो कि भाग्य ? सबै लेखेको नै हुन्छ होला कि ? नभए एक्कासि आश्मा र मेरो जीवनमा यो ठूलो आँधी किन आउँथ्यो र हामीलाई छुट्याउँथ्यो ?

एक दिन–

त्यति बेला साँझको यस्तै दश बजेको थियो । आश्मा कामबाट भर्खरै आएकी थिइन् । प्रसङ्गवश आश्माले हाम्रो सम्बन्धको स्थायित्व नहुने बताइन् ।

'उसो भए अब हामी आ-आफ्नो जीवन आफ्नै ढङ्गले बिताऊँ आजैबाट । उसो भए किन बस्नु छ र अब एउटै छानामुनि ?' मैले भनैं ।

'हस् । म खुसी छु ।' आश्माले मञ्जुरी जनाइन् । यति भनेर आश्मा कोठातिर लागिन् ।

हामी सँगै सुत्न छोडिसकेकै थियौं । म बाहिरै लिभिङ कोठाको सोफामै पल्टिएँ । मैले सोचैं- आश्माले कोही आफ्नो जीवन साथी बनाउन लायक युवक पाइन्, नत्र किन एक्कासि त्यो विचार तेर्साउथिन् र !

हुन त आश्माले मलाई आफ्नो जीवन सुरुवात गर्न भनिसकेकी थिइन् । तर पनि मैले सोचें- उनले यो रिसको आवेगमा भनेको मात्रै हो ।

प्रिय पाठक,

म यो जीवनको वास्तविकता कसरी ढाँटौं ? एक सबल पुरुष वा पतिका बारे आश्माको आफ्नै परिभाषा थियो । उनले मेरो हरेक बोलाइ, हिंडाइ र व्यवहार गराइको आलोचना गर्थिन् वा उनको भाषामा सल्लाह दिन्थिन् । उनी भन्थिन्- मैले बोलेका नेपाली वाक्यहरूमा अलिअलि अङ्ग्रेजी शब्द घुसाएर बोलिदिए हुन्थ्यो । उनलाई लाग्थ्यो- म मानिसहरूको अगाडि अलि आधुनिक सुनिऊँ । मेरो लवाइ अलि आधुनिक देखियोस् ! जस्तो कि घुँडामा अलिकति फाटेर रफ गरेको पेन्ट होस्, एउटा कानमा सानो मुन्द्रा होस् ! त्यसै गरी उनी चाहन्थिन्- म बोल्ड बनूँ, मेरो बोली, आवाज र लय एक बलियो पुरुषको सुनियोस् ! मेरो मुखबाट ऐया, मरें, सकिनँ जस्ता शब्दहरू नसुनियून् ! तर म भने ठीक विपरीत थिएँ । मलाई नेपाली बोल्दा स्पष्ट नेपाली नै बोल्न मन पर्थ्यो वा अङ्ग्रेजी शब्द त्यति घुसाउन आउँदैनथ्यो । हुन त म अङ्ग्रेजी विषयको शिक्षक पनि भएँ धेरै वर्ष । मलाई रफ गरेको पेन्ट लाएर हिंड्न सारै सरम लाग्थ्यो तर आश्माको आँखामा एक सबल पुरुष होइन्न कि भन्ने पीरले एक चोटि अप्ठेरो मानीमानी लाएर पनि हिंडें । आश्माले बाहिर घुम्न जाऊँ भन्दा पढ्नु छ मात्रै भनिरहन्थें म ।

'त्यसो हो भने मायाले बनाऊ न ! किन मलाई थर्काएर बनाउँछौ ? कसैलाई मान्छे बनाउनु छ भने मायाले सकिन्छ, गालीले होइन ।' मैले आश्मालाई प्रतिप्रश्न गरेको सम्झिएँ । हाम्रो प्रत्येक दिन झगडाको कारण यही हुन्थ्यो । आश्मा मलाई निर्देशन दिन्थिन् हरेक पटक । सायदै म त्यसमा खुसी हुन्थें । म उनको निर्देशनमा चल्न हरेक पटक अस्विकार गर्थें ।

'म गर्दिनँ भनेपछि गर्दिनँ, म अहिले बिजी छु ।' म चर्किएर जबाफ दिन्थें ।

'साला हूतीहारा !' आश्मा भन्थिन् ।

मसँगको रिस पोख्न आश्मा किचनमा गएर भाँडाहरू भुईंमा बजार्थिन् । केही नलागेपछि म फकाउँथैं । वास्तवमा आश्मा चाँडै नै फकिन्नथिन्, आँखाभरि आँसु पारेर । तर कहिलेसम्म यो साध्य हुन्छ ? म मनमनै आफैंलाई सोध्थैं ।

बिस्तारै हामी बीचको दुरी टाढा हुँदै आइरहेको थियो । आश्माले मलाई घुर्काइरहन्थिन् । तर कतिन्जेल ? अब त आश्माले जति घुर्काउँथिन्, उति नै बढी म खुसी हुँदै जान्थैं ।

'कस्तो चलिरहेको छ त तिम्रो आफ्नो जीवन ?' अनामिकासँग मेरो प्रेम झाङ्गिँदै गएपछि आश्मालाई मैले फेरि एक चोटि सोधेको थिएँ । आश्मा कामबाट चाँडै घर आएर टिभी हेर्दै थिइन् ।

'तँलाई के मतलव ।' आश्माले भनिन् ।

'ब्वाइफ्रेन्ड बनाएको छैनौ त ?' मैले जिस्किँदै सोधेको थिएँ ।

'नन् अफ योर बिजनेस ।' आश्माले हातको रिमोट भुईंमा बजारेकी थिइन् ।

'सरी !' मैले आश्माले फालेको रिमोट उठाउँदै भनें, 'मेरो त गर्लफ्रेन्ड भइसक्यो ।'

'खै हेरौं ! को केटी हो ?' रिसाउनुको साटो आश्माले त झन् बढी उत्सुक भएर सोधिन् ।

त्यति बेला आश्माको ओठमा मैले एकप्रकारको खुसी देखें । त्यस्तो खुसी मैले पहिले कहिल्यै दखेको थिइनँ । मलाई लाग्यो- आश्माले पनि वास्तवमा मलाई कुनै हालतले चाहन्न रहिछन् । मलाई पनि के भयो कुन्नि ? तुरुन्तै फेसबुकमा अनामिकाको प्रोफाइलमा गएँ र आश्मालाई अनामिकाको फोटो देखाइदिएँ ।

'थुक्क ! कस्तो हेरेको ? हेरे पनि अलिक राम्री हेर्नू नि ! आइमाई जस्तो देखिने, हामी जस्तो पो हुनुपर्छ । योङ केटी जस्तो ।' आश्माले

थुकेको थुकको छिटा मसम्म आइपुग्यो । भनिन्, 'हुन त तँलाई चाहिएकै आइमाई जस्तो हो । गतिलो आइमाई त तँ जस्तो पाखेलाई जुर्नु पनि पऱ्यो नि ।'

म के गर्न सक्थें र ? लाचार भएर ङिच्च हाँसें मात्र । आफूले बिहे गरेर ल्याएकी श्रीमतीलाई उनैको अगाडि 'यो मेरो गर्लफेन्ड हो' देखाउन लाज नभएको लबस्तरो म नै हुँ भन्ने भयो । आश्मा जुरुक्क उठिन् । टेबलमा राखेको वाइनको बोतल खोल्दै दुई ओटा गिलासमा हालिन् र एउटा मलाई दिइन् ।

'चियर्स यो खुसीमा !' आश्माले वाइन् सुरुप्प पारिहालिन् ।

मलाई अलिअलि डर थियो कि यदि मेरो गर्लफ्रेन्ड भएको कुरा आश्माले थाहा पाइन् भने अर्को नाटक होला । अर्को रुवाबासी होला, फेरि झगडा होला । मलाई तथानाम गाली आउन थाल्ला । ठीक विपरीत आश्माले त मलाई अलिकति गाली गरेर खुसी पो मनाउन थालिन् । बरू मलाई समेत वाइनको चियर्स पो गर्न लगाइन् । सायद, त्यो ठूलो व्यङ्ग्य थियो वा मेरो लाचारीपनमाथि उनले गरेको डर लाग्दो झटारो थियो । मैले वाइनको गिलास लिएँ तर पिइनँ । आफैंलाई लाचार महसुस भयो । आश्माले वाइनको सुरुप लिँदै 'ब्वाइफ्रेन्ड छ' भन्ने त सुनाइन् तर देखाइनन् । ब्वाइफ्रेन्ड थियो या थिएन, त्यो उनैलाई थाहा थियो ।

**

यादको दुखाइ

एक महिना बितिसकेको थियो- अनामिका र मसँगै उठबस गरेको । तर अझै पनि अनामिकालाई बिहे गर्न सकिरहेको थिइनँ । मलाई आश्माको यादले भुत बनेर तर्साइरहन्थ्यो मात्र ।

जबजब आश्मासँगको डरलाग्दो झगडा र तनाव सम्झिन्थेँ, जबजब आश्माले मलाई धम्काएको रवाफ सम्झिन्थेँ, लाग्थ्यो- अहिले नै अनामिकालाई बिहे गरौँ र संसारलाई सुनाइदिऊँ कि अनामिका नै हो मेरो जीवनको खुसी भनेर । तर फेरि सोच्थेँ- मैले हतारिनु हुँदैन । मेरो एउटा जीवन यसरी भत्कियो कि म फेरि अर्को चोटि भत्किन चाहन्नँ । अनामिकाको मप्रतिको विश्वास र सम्मान भत्काउने म अवश्य थिइनँ । मैले त्यसो गर्नु पाप त हुने नै छ, त्यसमाथि अनामिकाको जीवनमा म सदाको लागि अभिशाप हुनेछु र मेरो जीवनको पनि दुःखदायी बिनाश हुनेछ । म अनामिकालाई बिहे नगर्ने त सोच्नै सक्ने थिइनँ । म उनलाई बिहे गर्नेमा यति बलियो थिएँ कि जति बलियो म आश्माको जीवनमा फर्केर नजानेमा थिएँ ।

मैले अनामिकालाई बिहे गर्न दिएको भाका कटिसकेको थियो । अनामिका समझदार थिइन् तर म बुझ्थेँ कि उनी भित्रभित्रै मर्माहत थिइन् । एक पुरुषसँग बिना सिन्दुर कति दिनसँगै बस्ने ? यो नेपाली समाज, यो कुरा थाहा पायो भने के भन्छ ? म आफैँभित्र काटिएको थिएँ तर कुन भागमा कहाँ ? केही थाहा थिएन । नराम्रो गरी दुखिरहन्थ्यो तर कहाँ ?

थाहा थिएन । यद्यपि, म अनामिकासँग थिएँ- मल्हम लगाए जस्तै । अलिक कम दुख्थ्यो दुखाइ ।

त्यो रात मैले अनामिकासँग बसेर अलिकति वाइन पिएँ । मलाई लागेछ । मैले त अचानक आश्मालाई पो सम्झिन पुगेँ ।

'सरी, मलाई माफ गर है !'

आश्मालाई सम्झिँदै म एक्लै बोलेछु । पिउँदा-पिउँदै भावुक भएछु । अहो ! आश्माप्रतिको यो मेरो संवेदना अनामिकाले थाहा पाइन् भने मेरा यी मैनका पखेटाहरू सबै पग्लिनेछन् र म इकारस जस्तै आकाशमा उड्दाउड्दै जमिनमा बजारिनेछु । आश्माप्रतिको माया देखेपछि अनामिकाले पनि मलाई माया गर्न छोडिन् भने के होला ? अनामिकाले पनि मलाई छोडिन् भने त मलाई छोडेर गएको थिइस् नि, ठीकै भयो । आश्माले खाइस गर्लिन् ।

मैले सोचेँ कि अब म आश्माबाट बिथोलिन चाहन्नँ । मैले मनमनै आश्मालाई भनेँ- 'मलाई बिथोल्न नआऊ ! तिम्रै कारणले मैले अनामिका पाएको छु । मलाई जीवनको नयाँ सुरुवात गर्न देऊ !

'बिहे कहिले गर्ने सोच्दै छौ त ?' अनामिकाले कुरा निकालिन्, 'कि मलाई छोडेर जाने भयौ आश्मासँगै ?'

अनामिकाले जिस्किएझैं गरेकी थिइन् । यद्यपि, गहिरो दर्द उनीभित्र छ, त्यो प्रष्ट बुझ्न सक्थेँ म । म ओछ्यानमै बसेर ल्यापटप हेर्दै थिएँ ।

'तिमी त मेरो भइसक्यौ नि किन टेन्सन लेको ?' मैले भनेँ, 'आश्माको कुरा कति निकाल्छौ, मेरो दिमागबाट हटिसकी ।'

'हट्छे । उइस् ! चौबीसै घण्टा एकोहोरिनु हुन्छ । यदि तपाईंलाई उसले साँच्चै दुःख दिएकी भए त्यस्तो सोच किन आउँथ्यो ? खुसी हुनुहुन्छ भने जानुहोस् फर्केर ! म जसरी पनि जिउँछु । आखिर समाजलाई थाहा छैन, म एक पुरुषसँगै बसेको छु भनेर ।' अनामिका भावुक देखिइन् ।

'तिमी चुप लाग ! जसलाई जीवन सुम्पिन म आएको छु, सात समुद्रपारिबाट, तिमी नाटक गर्छौ ? बरू म मर्छु तर तिमीसँगै जीवन बिताउँछु ।' मैले भनें ।

अनामिका ब्रेकफास्ट तयार पार्न लागिन् । मैले इमेल खोलें । आश्माको इमेल रहेछ । एकमनले त नहेरी नै हटाइदिन खोजें तर सकिनँ । खोलेर हेरें ।

'जीवन,

आज हाम्रो बिहेको वार्षिकी हो त्यही भएर मैले तपाईंलाई यो इमेल लेखेको हुँ । ह्याप्पी विडिङ एनिभर्सरी ! म पर्खिरहेकी छु, चाँडै आउनुहोला मसँग फर्केर ।

उही आश्मा ।

प्रिय पाठक,

आश्माले त्यो इमेल लेख्नुहुने थिएन ।

म आश्मासँगका कुनै पनि कुरा सम्झिन चाहन्नथें । त्यो इमेलले मेरो चर्किएको घाउमा मल्हम होइन; नुन-खुर्सानी लगायो । मैले मनमनै आश्मालाई गाली गरें । थाहा पाईपाई तिमीले इमेल लेख्यौ । तिमीलाई थाहा छ कि हाम्रो सम्बन्ध अब कुनै हिसाबले पनि अघि बढ्ने छैन । हामी एकअर्कामा बिरानो हुंदै जानु नै सुन्दर जीवनको लक्ष्य हो ।

इमेलले अनामिकासँगको मेरो सम्बन्धलाई कमजोर पार्ने दुस्साहस गऱ्यो । इमेल चेक गर्दै जाँदा आश्माको फेरि अर्को इमेल पाएँ । त्यसमा आश्माले हाम्रो पहिलेको विवाह वार्षिकीका फोटाहरू 'एट्याच' गरेर पठाएकी थिइन् । मैले फोटाहरू 'डाउनलोड' गरेर हेर्न चाहिनँ । मलाई अब ती फोटाहरू हेर्नु थिएन ।

मैले जीवनका रङहरूलाई फेरिसकेको थिएँ । नयाँ रङको खोजीमा थिएँ । फेरि पनि कताकता मैले ती फोटाहरू नहेरिरहन सकिनँ । जति कोसिस गरे पनि मैले मेरो मनलाई बाँध्ने सकिनँ । जति चोटि आश्मालाई

घृणा गरेर ती इमेलहरू हटाउन खोजें, त्यति नै पटक मेरो प्राणभन्दा बलियो भएर आश्माले पठाएका फोटाहरू हेर्ने तीव्र इच्छा भयो । अन्ततः मैले खोलेरै हेरें । त्यहाँ आश्मा मेरो अँगालोमा थिइन्, हाँसिरहेकी थिइन्, खुसी थिइन् ।

'ब्रेकफास्ट रेडी भयो, आउनू ! केमा बिजी हुनुहुन्छ ?' अनामिकाले बोलाइन् ।

म घोत्लिरहेको थिएँ । कुनै सम्मोहनले ताने जस्तो म फगत र निरीह थिएँ । आँट, साहस, एकैछिनमा हराए जस्तो कमजोर थियो मेरो मनोबल ।

'के सोचिरहेको ? आउनू न खाऊँ !' अनामिकाले हपारिन्, 'आश्माको सम्झना आयो कि क्या हो ?'

'अँ । हैन, जे पायो त्यही ?' आफूलाई नर्मल अवस्थामा ल्याउँदै केही नभए जस्तो गरेर म प्रस्तुत भएँ ।

अनामिका र मैले ब्रेकफास्ट लिन थाल्यौं ।

'अनि तपाईंले मलाई बिहेमा केके किनिदिनुहुन्छ ?' अनामिकाले सोधिन् ।

'के लिन्छौ ?' मैले भनें, 'त्यही एक चिम्टी सिन्दुर त होला ।'

'छ्या के भनेको ! त्यतिले बिहे हुन्छ त ?'

जब बिहेको कुरा निक्लन्थ्यो, अनामिकाको सुन्दरतामा छुट्टै चमकता थपिन्थ्यो । तर म भने आफूलाई ओइलाएको पात जस्तो सर्ल्याकसुर्लुक पाउँथें । यद्यपि, म अनामिकाको साथमा आफूलाई खुसी र भाग्यमानीको महसुस गरिरहेको हुन्थें ।

'के चाहिन्छ ? भन न त !'

'कस्तो होला ! मलाई के थाहा, कहिले बिहे भएको भए पो ?' अनामिका जिस्किइन्, 'बरू तपाईंको त एक चोटि बिहे भइसकेको छ, थाहा होला नि ?'

म भावविह्वल भएँ । कहींकतै आत्मग्लानि भइहाल्यो । तर मैले अनामिकाको त्यो निर्दोष सुन्दरतालाई कुरूप बनाउन चाहिनँ ।

'जीवनको यस्तो मोडमा म छु । सारै गाह्रो हुँदो रहेछ खुलेर कुरा गर्न । विवाह त मैले फेरि पनि तिमीलाई नै गर्ने हो ।' मैले लामो सास फेर्दै भनें ।

अनामिका भावुक बनिन् ।

'हामीसँगको जीवनको अर्थ नै तिमीलाई बिहे गरेपछि सार्थक हुन्छ । मलाई भन के किन्नुपर्छ ? हाम्रो बिहेमा त्यही किन्छु ।' मैले भनें ।

'भयो पर्दैन, केही किन्नु ।'

'किन ? रिसाएको तिमी ?' मैले भनें, 'जीवनको एउटा ट्रान्जिसनल मोडमा छु । आश्मासँग बिताएको पाँच वर्षको जीवन छ, त्यसलाई छोडेर म तिमीसँग जीवनको सुरुवात गर्न आँट्दै छु । मनोवैज्ञानिक रूपले म अझै पनि कमजोर छु । मलाई तिम्रो दरिलो साथ चाहिएको हो जसले मलाई यो क्षण एउटा विचार दिन सकोस्, मेरो बिथोलिएको मन र मस्तिष्कलाई सही दिशामा लगाउन सकोस् ! त्यो सामर्थ्य मैले तिमीमा देखेको छु ।'

'मैले त बुझिरहेकै छु तपाईंलाई । भनिरहेकै छु नि तपाईंले आफूलाई दह्रो पार्नुपर्छ । तपाईं आश्मासँग बस्दा खुसी हुनुहुन्छ कि उसलाई छोड्दा ? यसको निर्णय तपाईंले लिने हो । जीवन त तपाईंले भोग्नुभएको छ । मैले तपाईंको कथा जति सुने पनि जीवन भोग्नेले जति अनुभव गर्न सकिन्न । तर म तपाईंको जीवनका घटनाहरू सुनेपछि एउटा विश्वास दिन सक्छु कि तपाईं सही हुनुहुन्छ र तपाईंको निर्णय सही छ । मैले यसो भन्दै गर्दा यो नसम्झनू कि मैले तपाईंलाई आफ्नो बनाउन यसो भनें । तपाईं राम्रो हुनुहुन्छ, राम्रो मतलव तपाईंको विचार, सोच त्यसमाथि तपाईं पढेको र बुझ्ने हुनुहुन्छ । तर यसो भनेर तपाईंलाई मैले तानेर मसँग आउन कदापि इन्करेज गरेको होइन । मैले त तपाईंको जीवनको खुसी मात्र खोजेको हुँ । थोरै कम पुरुषहरूमा तपाईं पनि एक हो भन्ने मेरो बुझाइ हो ।'

अनामिकाले मलाई हृदय नै छुने गरी लामो प्रवचन दिइन् ।

हामीले ब्रेकफास्ट लिइसकेका थियौं ।

'थ्याङ्क यू बेबी ! तिम्रो विचारको लागि ।' मैले आश्मालाई बिर्सिएँ । अनामिकाको निधारमा गहिरो चुम्बन गरें । भनें, 'मेरो पनि चाहना यही नै छ । तिमीलाई सिन्दुर हाल्ने र खुसी जीवन बिताउने ।'

'जीवन भनेको यस्तै हो ।' अनामिकाले भनिन्, 'प्रत्येक मान्छेले जीवनलाई हेर्ने फरक फरक दृष्टिकोण हुन्छ । कतिले चाहना र अभिलाषाहरू पूरा गर्नु नै जीवन हो भन्छन् । कतिले कर्तव्य र उत्तरदायित्व नै जीवन हो ठान्छन् र अन्तिममा जीवन जे भए पनि व्यक्तिले खुसी कहाँ देख्छ र कसरी देख्छ, त्यो खुसी व्यतित गर्नु नै सार्थक जीवन हो । जस्तो आज म तपाईंसँगको मिलनमा खुसी देखिरहेछु र तपाईंको खुसी मभित्र देखिरहेछु ।'

अनामिकाको विचारले मलाई पटक पटक स्पर्श गर्थ्यो । मानौं, मेरा नशानशामा अनामिकाका विचार र भावहरू दौडिरहेका छन् ।

आश्मालाई छाड्नु पहिले मैले आफ्नै जीवनका बारे प्रश्नहरू नउठाएको होइन । किन हामी यहाँ छौं ? मेरो दायित्व के हो ? के यो मेरो व्यक्तिगत खुसी मात्र हो कि तिम्रो खुसी पनि जोडिएको छ मेरो दायित्वमा ? मैले तिमीलाई छोडें भने म कहाँ पुग्न सक्छु ? के हामी दुई जनाकै जीवन सार्थक हुन्छ ? कतै म जीवनप्रति स्वार्थी त भइनँ ? के म तिमीसँगको खुसी पाउँछु या मेरा दुःखका अनुभूतिहरू टाढा हुन्छन् ? तर यी सबै प्रश्नहरू केलाउँदा मैले आश्मालाई छोड्नु नै हामी दुईको सच्चा जीवनको अर्थ देखें । आश्मासँगको मेरो जीवन त केही समयको सहयात्रा मात्रै रहेछ । बाटोमा हिंड्ने बटुवाझैं हामी भेट भएका रहेछौं तर हाम्रा लक्ष्यहरू फरक रहेछन् र ती लक्ष्यहरूका आफ्नै सुन्दरता रहेछन् । त्यो सुन्दरतालाई दुवैले जोगाउनु नै जीवनको कर्तव्य रहेछ । मैले यस्तै बुझें ।

'यदि तिमीले अरूको खुसीमा आफूलाई दुःखी बनाएर हिंड्यौ भने तिमीले आफ्नै आमाबाबुको सपनालाई पनि निमोठ्छौ । तर तिमीले कसैको

खुसीमा आफ्नो खुसी देख्छौ भने त्यहाँ सबैको सपना साकार हुन्छ ।' अनामिकाले भनिन् ।

अनामिकाको जीवनप्रतिको बोधले मलाई किंकर्तव्यविमुढ त बनायो नै, मभित्र एक वैचारिक र जीवनप्रतिको दार्शनिक ऊर्जा पनि थपिदियो ।

'यदि तिमी त्यो खुसी आश्माभित्र देख्छौ भने तिमी फेरि जान सक्छौ ।' अनामिकाले भनिन्, 'सोचौंला, तिमीसँगको यो भेट एउटा सपना मात्रै थियो ।'

मैले अनामिकाका ओठहरूलाई मेरा औंलाहरूले छोपें ।

'प्लिज, त्यसो नभन ! मैले आश्मासँगका सबै विश्वासहरू गुमाइसकेको छु । अब मेरो जीवनलाई यस्तो तर्क गरेर अझ विरक्त र निरर्थक नबनाऊ !'

मैले अनामिकालाई अँगालोमा लिएँ । हामीले केही बेर एकअर्काको ढुकढुकी सुनिरह्यौं ।

**

इमेलहरू

प्रिय पाठक,

म आश्मालाई भन्न सक्दिनथेँ कि म अनामिकासँग प्रेममा छु र म उसलाई बिहे गर्दै छु वा म ऊसँग इङ्गेज भइसकेँ । आश्मासँग सम्बन्ध विच्छेद् गरिसकेको थिइनँ र एउटा सम्बन्धमा हुँदाहुँदै अर्को बिहे गर्न सुहाउँदैन वा त्यसो गर्नु भनेको मेरो आफ्नै नैतीकतामाथि प्रश्न खडा गर्नु हो । म चाहन्थेँ कि आश्माले आफैँ बुझोस् ! उसले अरू कोही आफ्नो मन मिल्ने व्यक्तिसँग सम्बन्ध बढाओस्, बिहे नै गरोस् ! अनि मात्र मैले आश्मालाई भनिदिऊँ- मैले अनामिकालाई बिहे गरेँ । सबैभन्दा त आश्माले बहु-विवाहको मुद्दा हालिदिने हो कि भन्ने डर लागिरहन्थ्यो ।

प्रत्येक बिहान उठेर म जब ल्यापटप खोल्थेँ, आश्माको एउटा न एउटा इमेल आएकै हुन्थ्यो । ती इमेलहरू म एक्लै पढ्थेँ, जति बेला अनामिका कुनै काममा व्यस्त हुन्थिन् । आश्माका इमेलका 'सब्जेक्ट लाइन'देखि आश्माले कुरा गर्ने भावनाहरू मायाले मात्र ओतप्रोत भएका हुन्थे, जुन मैले आश्मासँग नजिक रहुन्जेल सुन्न पाइनँ ।

आश्माले महिनौँसम्म प्रत्येक दिन जसो एउटा न एउटा इमेल पठाइरहिन् । म जति पटक आश्माका इमेलहरू पढ्थेँ, त्यति नै पटक कमजोर हुन्थेँ । म आश्माका इमेलहरू नपढी हटाउन प्रयास गर्थें तर मेरो मन र मस्तिष्क पहाड उचाले जस्तो हुन्थ्यो र पढ्न बाध्य हुन्थेँ । पढेपछि

झनै गाह्रो हुन्थ्यो, त्यही पहाडले किचे जस्तै । आश्माले मलाई पटकपटक, दिन-प्रतिदिन इमेलमार्फत् मारिरहेकी हुन्थिन् ।

... ...

इमेल- एक ।

जीवन,

तिमीले हाम्रो विडिङ एनिभर्सरीमा केही पठाउला भनेर कुरें तर पठाएनौ । यही हो तिमीले आफ्नो श्रीमतीलाई गर्ने माया ? जीवनमा गल्ती भए पनि त्यसलाई महसुस गरेर अगाडि बढ्नुपर्छ । तर मैले कल्पना पनि गरेको थिइनँ कि तिमीले मलाई यसरी लत्याउनेछौ । विवाहको वार्षिकीमा एउटा फूल समेत पठाएनौ । बधाई छ, तिम्रो पुरुषत्वलाई ! अझै पनि तिम्रो मायाको लागि पर्खिरहेको छु ।

उही, आश्मा ।

आश्मालाई थाहा थियो- कयौं पटक मलाई छोडेर जानू भनेको । मसँग हजारौं चोटि डिभोर्स मागेको । के यो उसको आशा मुर्खाइ थिएन र ? के उसले यस्ता विचारहरूको पहिल्यै सानो सङ्केतसम्म दिइन् र ? आश्मा, तिमीलाई सबै थाहा भइसकेको थियो कि तिम्रो र मेरो जीवनको अब अन्त्य भइसकेको छ । फेरि यो तिम्रो केको पर्खाइ हो ? केको आशा हो ? इमेल पढेपछि मैले आश्मालाई मनमनै प्रतिप्रश्न गरें ।

... ...

इमेल- दुई ।

हेल्लो जीवन,

म तिमीलाई दुःख दिने छैन । यदि मेरै कारणले गर्दा तिमीले मलाई छोडेर गएको हो भने म आफैँलाई घृणा गर्दछु । यदि मेरै कारणले तिमीले मलाई विश्वास गर्न छोडेको हो भने तिमीले मलाई जे गरे पनि

म त्यो भोग्न तयार छु । तिमी सबै कुरामा मूल्यवान् छौ । त्यही भएर मेरो कारणले आफ्नो पढाइ बिगारेर कतै नजाऊ ! तिमीले मलाई भनेका थियौ । पढाइ सिध्याउने, पिएचडी गर्ने तिम्रो सपना थियो ।

मेरो सोचाइ र मेरो संसारलाई हेर्ने दृष्टिकोण तिम्रो लागि गलत थियो । मैले तिम्रा धेरै रुढीवादी सोच र मूल्यमान्यतालाई राम्ररी मानेर हिंड्न सकिनँ । म तिम्रो श्रीमती मात्र भएर बस्न सकिनँ । म त्यहीं गलत थिएँ, जति बेला ममा आधुनिक भनिएको सोच थियो । मैले शिर निहुराएर कुरा गर्न सकिनँ । तिमीले ठाने जस्तो मसँग कुनै असल र राम्रा कुरा थिएनन् । अझै पनि म इमेल लेखेर तिमीलाई दुःख दिइरहेको छु । तिमी मेरो जीवनबाट धेरै पहिल्यै नै हिंडिसकेका रहेछौ, त्यो मलाई थाहा थिएन । सायद मैले पनि त्यसै गर्नुपर्थ्यो तर मैले सकिनँ । म तिम्रो लागि सधैंभरि यहीं हुनेछु, जहाँ तिमीले छोडेका थियौ । म तिम्रो पर्खाइमा हुनेछु । धेरै धेरै माया र मेरो न्यानो अँगालो । शुभ चाहन्छु ।

उही, आश्मा ।

आश्माको यो इमेल पढेपछि मेरो शिरमा चट्याङ खसे जस्तै भयो । म उनको सम्झनामा घरिघरि बहकिरहन्थें । अनामिका मसँगै रोमाञ्चित भएको क्षणमा समेत आश्माको सम्झना आँधीको झोक्का भएर मलाई बिथोल्न आउँथ्यो । म हजार ठाउँमा च्यातिन्थें, मेरो मन च्यातिन्थ्यो । त्यो क्षण अनामिकाले पनि सिलाउन सक्दिन थिइन् । म अनामिकालाई भन्न सक्दिनथें कि म फेरि आश्माको कारणले, आश्माको मायाले, मायाका मीठो बोलीले कसरी र कहाँनेर च्यातिएँ भनेर ।

आश्मा, तिमीलाई थाहा हुनुपर्थ्यो । म तिमीलाई भनिरहन्थें- मलाई नराम्रो नगर, यस्तो रिस नदेखाऊ ! जीवन छोटो छ । यदि मैले तिमीलाई छोडेर जाने स्थिति भयो भने त्यो क्षणसम्ममा तिमीले 'सरी' भने पनि धेरै ढिला भइसकेको हुनेछ । तर तिमीले मलाई पटकपटक उही जबाफ दिन्थ्यौ कि 'साला कुकुर ! घटिया ! तँ जा मेरो जीवनबाट । म शान्तिले बाँच्छु । मलाई डिभोर्स दे ! म तँसँग एकछिन पनि बस्दिनँ ।'

खालि यस्तै भनिरहन्थ्यौ । त्यति मात्र हैन, बारम्बार मलाई तिमीले टेक्स्ट म्यासेजमै त्यस्तै भाषा र त्यस्तै घटिया म्यासेजहरू पठाइरहन्थ्यौ कि म घटिया भुस्याहा कुकुर हो, जसको अस्तित्व लोक मान्दैन । आफ्नै श्रीमतीबाट त्यति धेरै अपहेलित भएपछि मैले तिमीलाई गर्ने विश्वास गुमाइसकेको थिएँ । मैले सोचेको एउटै मात्र मान्छे जसको प्रयास, माया, सम्मान र हिम्मतमा म संसार जित्ने सपना देख्थें । तर तिम्रो त्यस्तो बानीले म आजित भइसकेको थिएँ । त्यसपछि खालि नैराश्यता र एक्लोभन्दा केही देख्दिनथें । खैर, तिम्रो माया लाग्थ्यो । विश्वास खरानी भइसकेको थियो ।

म आश्माको इमेल हेरेर बर्बराउन थालें ।

प्रिय पाठक,

हो, म मान्छु- हाम्रो सोचाइ र जीवनलाई हेर्ने दृष्टिकोण फरक थियो । तर म मेरो हात छातीमा राखेर भन्छु कि मैले आश्मालाई कहिल्यै पनि घरकी श्रीमती बनाएर मात्र राख्न चाहिनँ । आश्मालाई त्यो थाहा छ । सत्य त बरू यो हो कि आश्माले भनेका धेरै कुराहरू मैले नकार्न सकिनँ । आश्माले पढ्छु भनिन्, मैले पढाउन कोसिस गरें । गाडी किनौं भनिन्, हामीले नयाँ कार किन्यौं । नयाँ टेलिभिजन किनौं भनिन्, किनियो । यो पनि सत्य हो कि मैले कहिल्यै पनि मसँग पैसा छ भनिनँ । किन भनिनँ ? किनभने, हामी दुवै विद्यार्थी जीवनमा थियौं र घर-व्यवहार चलाउन गाह्रो थियो । हो, आश्माले भन्थिन्- मायामा पैसा चाहिंदैन । तर मैले आश्मालाई माया देखाउन पैसाको नै काम आउँथ्यो । पछि गएर पैसा नै त बाधक भएन तर हाम्रो हठ, जिद्दी र घमण्ड नै अगाडि आयो । सायद, मैले पनि आश्माका कुरा मान्न छोडें । सायद, मैले विश्वास गुमाइसकेको थिएँ ।

हो म मान्छु, आश्माको आधुनिक सोच थियो तर मान्दिनँ कि म त्यति धेरै रुढीवादी चिन्तनले ग्रस्त थिएँ । मेरो पृष्ठभूमि र म हुर्केको समाज सायद मेरो सोचको कारक तत्त्व थियो । तै पनि मलै

आश्माको सोचमा ढल्न प्रयास गरेको थिएँ । त्यो उनको मुटुलाई थाहा थियो । नपत्याए कुनै दिन ढक्ढकाएर सोध्लिन् । यदि त्यसले दुःखाउँछ भने सोध्नु पर्दैन; आश्माले बिर्सिदिए हुन्छ । मात्र मैले कहिलेकाहीं मेरा सोचहरूको सम्मान गरिदेऊ भनेर बिन्ती मात्र गरेको हुन्थें । अब आश्माले त्यसलाई रुढीवादी सोच भनेर बुझ्छिन् भने मेरो भन्नु केही छैन । तर मैले जे गरेको थिएँ, त्यो आश्मा र मेरो दुवैको भलोको लागि थियो ।

... ...

इमेल- तीन ।

विषय : कृपया पढिदेऊ !

हेल्लो जीवन,

आजबाट सन्चो हुँदै छु । तिमीले मलाई छोडेपछि हप्ताभरि जिन्दगी नर्क जस्तै भएको थियो । म झण्डै पागल भएको थिएँ । इमानदार भएर भन्नुपर्दा साँच्चै म आजबाट ठीक छु ।

सम्बन्धमा हामी आफूलाई परिवर्तन गर्न सक्दैनथ्यौं होला । त्यही भएर अब त्यसमा दुःख गरेर केही फाइदा छैन । म तिमीलाई जहिल्यै खुसी नै देख्न चाहन्थें, त्यही भएर जहाँ भए पनि खुसी रहनू ! हतारमा फेरि अर्को सम्बन्धमा पसिनहाल्नू ! समय लिएर सोच्नू ! यदि दोस्रो चोटिका लागि अझै पनि मलाई सोच्ने हो भने म उपलब्ध छु । हामी साथी भएर त रहन सक्छौं नि ? सम्पर्कमा त रहन सक्छौं नि ? कम्तीमा त्यो घमण्ड नराखिदिनू कि म साथी पनि हुन सक्दिनँ । हिजो बेलुका मैले तिम्रा तस्बिरहरू हेरें । तिम्रो सम्झनामा आँखा रसाए । मैले तिमीलाई जहिल्यै हेन्डसम बनाउन चाहन्थें । अनि हाम्रो झगडा भइरहन्थ्यो । केही नभए पनि म तिम्रो फेसबुक हेरेर चित्त बुझाउँछु । त्यो चाहिं प्लिज मलाई हेर्नबाट ब्लक नगरिदिनू ! कहिलेकाहीं म तिमीलाई हेर्न पाउँछु । तिम्रो ओठमा म खुसी हेर्न चाहन्छु, सधैंभरि नै । मेरो श्रीमान् हुनबाट तिमी

बाहिरिए पनि साथीको रूपमा भने हामी जहिल्यै बोल्न सक्छौं । मैले तिमीलाई इमेल लेख्दिनँ भन्दा पनि यो मनमा यसरी कुरा खेल्छ कि म बिर्सनै सक्दिनँ । मन साँच्चै पापी हुँदो रहेछ, बल्ल थाहा पाएँ । हाम्रो जीवन योसँगै चल्न सकेन तर हामी शत्रु त होइनौं नि । म तिम्रो कुभलो कहिल्यै चिताउदिनँ । मसँग कहिलेकाहीं बोलिदेऊ ! बस, म पर्खिरहेछु ।

उही आश्मा ।

आश्माको यो इमेलले मलाई दुई कारण रुवायो । पहिलो मेरा आँखा हर्षका आँसुले भरिए । यस अर्थमा कि अन्ततोगत्वा आश्माले हामी बीचको सम्बन्धलाई गहिरो गरी बुझिछिन् भन्ने लाग्यो र म ढुक्क भएँ । मेरो मनमा शान्ति छायो । मेरो शरीरमा पखेटा लागे जस्तै भयो र अनामिकालाई लिएर आकाशमा उडौं जस्तै भयो । म अत्यन्तै खुसी भएँ । म आश्माका लागि पनि खुसी भएँ । आश्माले आफूलाई सम्हाली सकिछन् । हर्षका आँसु सुकेपछि उनको सम्झना, उनको इमानदार बुझाइमा भावविह्वल भएँ । उनी इमानदार रहिछिन् । उनी साँच्चै महान् रहिछिन् । कमजोरी त मेरै रहेछ । यस्तै लाग्यो । आश्माप्रति माया बढेर आयो ।

आश्माको इमेललाई दोहऱ्याएर पढें । तेहऱ्याएर पढें । तेस्रो चोटि पढ्दा मलाई रिस उठ्यो । आखिर आश्माले जीवनलाई राम्ररी बुझेको हो र मेरो खुसी साँच्चै चाहेको हो भने फेरि किन उनी मेरो सम्पर्कमा रहन चाहन्छिन् ? जीवनप्रतिको आशा देखाएर, माया देखाएर मलाई फेरि उनीसँगैको सम्बन्धमा कतै तान्न खोजिरहेकै त होइन ? आश्मालाई त म माया गर्थें तर उनीसँग फेरि फर्कनु मेरो लागि एउटा जेलभित्र कैद हुनु हो । हो, मलाई थाहा थियो, आश्मा मेरो शत्रु होइन । तर हाम्रो जीवन अब सँगै चल्न सक्दैनथ्यो । म उनीसँग सम्पूर्ण रूपमा कुनै किसिमको सम्बन्धमा रहन चाहन्नँ । सायद, केही महिना, केही वर्ष जसले उनलाई नयाँ संसार स्थापित गर्न मद्दत पुगोस् ! मसँगका सम्बन्ध र सम्झनाहरू बिस्तारै विलीन हुँदै जाऊन् र मलाई पनि त्यस्तै होस् ! यद्यपि, केही

सम्झनाहरू त रहिरहन्थे । किनकि प्रत्यक्ष, अप्रत्यक्ष हाम्रो जीवनमा पतिपत्नीको खुन बहेको थियो । सायद, त्यो बाँचुन्जेल रहनेछ । त्यही भएर उनको अन्तिम वाक्य 'म पर्खिरहेछु'ले मलाई छोडेन । मेरो खुसी हरायो, मलाई बेचैन बनायो । मलाई लाग्यो- अझै पनि उनले मलाई के गर्ने, के नगर्ने भन्ने निर्देशन दिइरहेकी छिन् । मलाई स्वतन्त्र छोडेकी छैनन् । जाल फिँजाइरहेकी छिन् । मलाई त्यसले बेचैन बनाइरह्यो । त्यस बेचैनीमा सबै किसिमका भावहरू मिश्रित थिए- प्रेमका, ईर्ष्याका, रिसका ।

... ...

इमेल- चार ।

जीवन,

आज अङ्ग्रेजी नयाँ वर्ष । आज म साथीहरूसँग बाहिर गएँ । म धेरै खुसी भएँ । तर सबभन्दा बढी मलाई तिम्रो धेरै याद आयो । हजारौँ चोटि मैले तिमीलाई 'आई लभ यू' भन्न चाहेँ । तिमी सधैँ खुसी हुनू ! म तिम्रो प्रेमले भरिएको अँगालो पर्खिएर बसिरहेको छु ।

उही आश्मा ।

यो इमेल देखेपछि मभित्र प्रश्न उठ्यो । किन आश्मा यस्तो इमेल लेख्दै छिन् ? उनले त पहिल्यै भनेको थिइन् कि अब हाम्रो सम्बन्ध अघि जाँदैन । मलाई उनले यसरी पटकपटक समातिरहेको मन परिररहेको थिएन । उनले पटकपटक यस्ता शब्दहरूले मेरो मुटुको गतिलाई तीव्र बनाइरहन्थिन् ।

म अनामिकालाई आश्माको इमेल देखाउन चाहन्थेँ । तर म मनोवैज्ञानिक रूपमा विक्षिप्त भइसकेको थिएँ । साँच्चै भन्ने हो भने म मानसिक थेरापीको खोजीमा थिएँ । मैले आश्माले पठाएका कुनै पनि इमेलका उत्तर दिएको थिइनँ र दिनेवाला पनि थिइनँ ।

... ...

इमेल- पाँच ।

जीवन,

मलाई थाहा छ- तिमी मलाई सुन्न चाहँदैनौ र मेरा कुनै पनि शब्दहरूले तिम्रो हृदय छुँदैन । तर म अझै पनि लेखिनरहन सक्दिनँ । तिमीसँग कुरा गर्ने मसँग धेरै कुराहरू छन् । मलाई थाहा छैन, के भन्ने ? तर मलाई महसुस हुँदै छ कि यति धेरै झगडा गर्दागर्दै हाम्रो सम्बन्ध धेरै गाढा भइसकेको रहेछ । बल्ल थाहा हुँदै छ । अहिले पहिलेभन्दा सबै कुराहरू राम्रो हुँदै जाँदै छ । आर्थिक हिसाबले म पनि राम्रै प्रगति गर्दै छु । तर एउटै कुरा छैन- त्यो तिमी हौ मेरो जीवनमा । मलाई बस, तिम्रो माया चाहिएको छ । जब तिमी छैनौ, तब सबै कुरा भए पनि केही अर्थ हुँदो रहेनछ । तिमीलाई थाहा छ, मलाई कहिल्यै आएन भावनाका कुरामा बोल्न, जुन तिमीलाई आउँछ । मलाई जस्तो आउँछ म त्यस्तै बोल्छु । तिमीलाई मैले गुमाउने भएँ भनेर भित्रैबाट अत्यास लागेर आउँछ, डराउँछ मन ।

म खुसी हुनुपर्थ्यो- अब मेरो जीवन मैले सुरू गर्ने हो तर सक्दै सक्दिनँ । चुँडिन्छु भित्रभित्रै । जब कल्पिन्छु तिमीबेगरको मेरो जिन्दगी । तिमी मेरो जीवनमा कति महत्त्वपूर्ण हो भनेर कहिल्यै महसुस गर्न सकिनँ । त्यो मेरो गल्ती थियो । मलाई थाहा छ- हामी बीच धेरै फरक छ तर हामी फरकतामा रहेर समानता खोज्न सक्छौँ । हामी दुवैले हाम्रो अहमलाई फालेर फेरि जीवन सुन्दर बनाउन सक्छौँ । मलाई थाहा छ- हामी दुवै नै आफैँमा सक्षम र सबल छौँ तर पनि तिमीबेगर म टुक्रिएँझैँ लाग्छ । मेरो उपलब्धि हाम्रो खुसीभन्दा ठूलो छैन । म सोच्न पनि सक्दिनँ कि तिमी मलाई छोडेर छुट्टै जीवन बिताउँछौ, जहाँ तिम्रो छुट्टै श्रीमती र परिवार हुन्छ । म त्यो कल्पना नै गर्न सक्दिनँ । मैले त्यो सुन्नु र देख्नु पर्‍यो भने म पलपल मर्नेछु । धेरै कुरा हामीले सायद एकअर्कालाई बुझ्ने कोसिस नगरी गर्‍यौँ । जीवनमा मैले धेरै गल्ती गरेँ होला । तर त्यसको सजाय यति ठूलो त हुँदैन नि । यदि मैले अहिले पनि तिमीलाई मिस गर्छु भने मेरो घमण्डको केही तुक छैन । कृपया, हामी एकअर्कामा कुरा गरौँ ! त्यो अत्यन्तै जरूरी छ हाम्रो जीवनमा । मैले तिमीलाई प्रत्यक्षमा जति नै नराम्रो

भने पनि अरूले तिम्रो बारेमा नराम्रो भन्दा मलाई नै नराम्रो लाग्छ । ठीक छ, मैले साथीहरूको माझमा तिमीलाई नराम्रो बनाएँ होला । भूलले । अब मेरो तिमीलाई उनीहरूकै माझमा ठूलो मान्छे बनाउने दायित्व पनि हो । म तिम्रो प्रगति मात्र हेर्न चाहन्छु । तिमी ठूलो मान्छे भएको हेर्न म चाहन्छु ।

कृपया, मायाको खातिर एकपटक मसँग बोलिदेऊ ! मायामा केही सही केही गलत हुँदैन । मेरो मुटुको कुनाबाट भनेको हुँ यो मैले । मलाई भावनाको कुरा राम्रो गरी भन्न आउँदैन । मेरो इमेल हेरेर नहाँसिदेऊ ! कृपया, मसँग एक चोटि बोलिदेऊ !

उही आश्मा ।

प्रिय पाठक,

आश्माका यी शब्दहरू पढेपछि म कसरी तहसनहस भएँ ? त्यसको अनुमान सायद तपाईं आफैं लाउन सक्नुहुन्छ । विष हुन्थ्यो भने म हाँसेरै पिइदिन सक्थें । मसँग आश्माका शब्दहरूले बोकेको भाव सहन सक्ने सामर्थ्य थिएन । म हिकहिकाएँ, भक्कानिएँ भित्रभित्रै । मेरो मुटु नै फुट्ला जस्तै भयो ।

आश्माले यी शब्दहरू भन्न ढिला गरिसकेकी थिइन् । मेरो मुटु नै चुँडालेर लानसक्ने यस्ता भावहरू म आश्माबाट सुन्न चाहन्नथें । आखिर उनले सजाय दिइरहेकै थिइन् । यस्तोसम्म पनि सोच्न बाध्य बनाइन् कि म आश्मासँगै जाऊँ ! बरू लास नै भएर किन बाँच्नु नपरोस् ! मलाई आश्माका शब्दहरू केलाउन सक्ने कुनै सामर्थ्य भएन । म छटपटिएँ भित्रभित्रै । मैले थाम्न सकिनं । आश्माका शब्दहरूले नराम्रो गरी मेरो मन र मस्तिष्कलाई लुटे । जब आश्माले आफूलाई पलपल मरेको शब्द सुनाइन्, म त्योभन्दा पनि हजारौं गुणा बढी वेदनाले मर्न थालें ।

मैले आफैंलाई सोधें कि यदि आश्माले मलाई माया गर्थिन् भने किन यस्तो भावनाको खेती मसँग गरिरहिन्, किन भित्रभित्र मारिरहिन् ? आश्माले मसँग झगडा गर्दा मलाई भन्ने गर्थिन्- 'म तँलाई बिनाश गर्छु, तँलाई शान्तिसँग बस्न दिन्नँ ।'

मैले इमेलहरू अनामिकालाई देखाएँ । एउटा आश लिएर कि अनामिकाले मेरो जीवनको निर्णय गरिदियोस् ! अनामिकाले सबै इमेलहरू पढिन् ।

'के तिमीलाई आश्माको अझै माया लाग्छ ?' अनामिकाले सोधिन् ।

'माया त लाग्छ । झन् यस्तो खालको इमेल लेखेपछि मुटु नै चुँडिएलाझैं हुन्छ । तर म ऊसँग फर्केर बस्ने भन्ने सोच्यो कि कहाली लागेर आउँछ । पूर्ण रूपले बिर्सन पनि सक्दिनँ ।'

अनामिका एकछिन भावुक भइन् । यो कुराले उनमा पनि एक प्रकारको ईर्ष्या जन्मायो होला । उनले मलाई सम्झाउने कुनै पनि शब्द बाँकी नभए जस्तो गरिन् ।

'म आत्तिन्छु । मलाई तिम्रो सामीप्यभन्दा प्यारो दुनियाँमा केही छैन ।' मैले भनें, 'त्यही भएर त हर कुरामा मलाई तिम्रो साथ चाहिएको छ ।'

'हेर, मैले तिमीलाई कैयौं पटक भनिसकें । त्यही कुरा दोहोऱ्याउन चाहन्नँ ।' अनामिकाले बलियो मुटु बनाउँदै भनिन्, 'तिमी यसरी नै भावुक हुन्छौ भने, रुन्छौ भने तिमी आश्मासँगै जाऊँ ! म जीवनमा कम्प्रमाइज गर्न तयार छु । आखिर तिमीले आश्मालाई छोडेपछि तिमी रुँदैनौ भन्ने मेरो अभिप्राय हो । आखिर उसलाई छोड्दा तिमी अझ बढी रुन्छौ भने म त्यो हेर्न चाहन्नँ ।'

अनामिकाको कुरा सुनेपछि मलाई झन् एक्लो महसुस भयो । मलाई त बलियो निर्णय चाहिएको थियो । मसँग त्यो सामर्थ्य थिएन । त्यही भएर मैले अनामिकालाई इमेलहरू पढ्न दिएको थिएँ । अनामिकाले मेरा आँखामा हेरिन् । म अनिर्णयको बन्दी भएको थाहा पाइन् होला ।

'हेर, मलाई एउटै कुरा पटकपटक भन्न मन लाग्दैन । यो सबै गरेको मैले तिम्रो खुसीको लागि हो ।' अनामिकाले भनिन्, 'यदि आश्माले तिमीलाई साँच्चै माया गर्थी भने उसले किन सुरूका इमेलहरूमा तिमीलाई मार्ने, जेल हाल्ने र तिमीले रोजेको मान्छेलाई पनि नछाड्ने भनेर

धम्काई ? यदि ऊ तिम्रो साँच्चै खुसी देख्न चाहन्थी भने किन अहिले यस्तो इमेल लेखिरहेकी छे ? खैर, यो मेरो बुझाइ हो । अब निर्णय गर्ने जिम्मा तिम्रो हो ।'

बस, मलाई त्यति नै चाहिएको थियो । अनामिकाका तिनै शब्दले भक्कानिएको आँसुलाई पुछें । मैले आश्माको शुभ मात्र चाहें ।

... ...

इमेल- छ ।

हेल्लो जीवन,

मलाई मेरो जिन्दगीबाट केही पनि गुम्न नदेऊ ! जीवन, म तिमीलाई धेरै माया गर्छु । त्यही भएर त्यही मायाको खातिर मलाई एक चोटि तिमीप्रतिको मेरो माया परिणत गर्न देऊ ! तिमी नै मेरो जीवनको सबैभन्दा बलियो साहस हौ । यदि तिमी भएनौ भने म टुक्राटुक्रा हुनेछु । म तिम्रो हरेक कुरामा मञ्जुर हुनेछु ।

तिमीभन्दा ठूलो अब मेरो दुनियाँमा अरू कोही छैन । त्यसको सजाय मलाई यति ठूलो नदेऊ ! मैले जति गल्ती गरें, म त्यसको लागि धेरै सरी । मलाई तपाईं, हजुर भनेर कहिल्यै बोल्न आएन । मलाई पूर्ण रूपमा नेपाली लेख्न पनि अनौठो लाग्छ, सायद मलाई कहिल्यै आएन । मैले आज मेरो मुटुभित्रको साँचो र वास्तविक भावना खोलेर देखाइरहेको छु । अझ पनि मलाई महसुस नगरेर कहिले गर्ने ? म आजभोलि राम्री पनि हुँदै गइरहेकी छु । तिमीलाई पनि मनपर्छ, मैले गो इमेलसँगै फोटाहरू पनि पठाएको छु । मैले बोलेको कहिल्यै राम्रो सुनिँदैन हो ? मेरो बोली एकदम घमण्डी लाग्छ हो ? म यसरी पागलप्रेमी हुन्छु भन्ने थाहा थिएन । तर भएँ । तिमी बेगर मेरो जिन्दगी छैन । आई लभ यू, बेबी !

उही आश्मा ।

- - -

इमेल- सात ।

हेल्लो जीवन,

तिमी कहिलेदेखि यति धेरै परिवर्तन भइसकेको थियौ ? मलाई तिमीले अबदेखि फर्केर आउँदिनँ भनिदिएको भए पनि त म यसरी पटकपटक मर्ने थिइनँ । म अगाडि पाइला चाल्नै नसक्ने भएको छु । हो, मैले तिमीलाई बुझ्न सकिनँ । जब म तिमीलाई बुझ्न कोसिस गरिरहेछु, तिमी मसँग छैनौ । तिमीसाथ हुँदा मलाई तिम्रो मूल्य थाहा भएन । अब अहिले थाहा भयो तर तिमी छैनौ । मलाई अझै विश्वास छ कि तिमी फर्केर म भएठाउँ आउनेछौ । तिमीले मलाई जहिल्यै माया गर्थ्यौ, त्यही भएर मलाई विश्वास छ तिमीले मलाई दुःख पनि कदापि दिनेछैनौ । धेरै धेरै माया र मेरो न्यानो अँगालो तिमीलाई ।

उही आश्मा ।

... ...

इमेल- आठ ।

जीवन,

मैले सुनें- तिमीले छानेको केटी पायौ रे ! र ऊसँग बिहे गरी जिन्दगी बिताउँदै छौ रे ! मैले सुनें- तिम्रो सपना पूरा भयो रे ! जुन कुरा मैले दिन सकिनँ, ऊबाट सबै पायौ रे ! चिन्ता नगर ! सायद मैले पनि तिमी जस्तै कोही पाउँला । म तिम्रो सधैंभरि भलो चिताउँला । म बिन्ती गर्छु, मलाई कहिल्यै नबिर्सनू ! तिमी पनि भन्थ्यौ मलाई सक्दिनँ बिर्सनु । तर प्रेम हो, दुख्दो रहेछ, प्रेमले दुखाउँदो रहेछ ।

उही आश्मा ।

... ...

इमेल- नौ ।

हेल्लो जीवन,

मलाई केही प्रश्नहरूको उत्तर इमानदार भएर देऊ कृपया ! म त्यति सुन्न चाहन्छु ।

१. तिमी साँच्चै भावुक मान्छे हौ या भावनालाई हतियार बनाएर मलाई प्रयोग गरेका हौ ?

२. मलाई अलपत्र पारेर हिंड्ने आँट तिमीमा कसरी आयो ?

३. तिमीले मसँग बिताएका ती सबै क्षणहरू के नाटक थिए ?

४. चाहे जे भए पनि, तिमीले मलाई उत्तर नदिए पनि जोशमा होस गुमाएर अर्को बिहे चाहिं नगर्नू ! हाम्रा धेरै बलिया पक्षहरू छन् । हामी दुई मिलेर संसार जित्न सक्छौं । मैले तिमीलाई माया गर्छु भन्दा तिमीले त्यसमा पनि कृतिमता देख्यौ होला हकि ? माया गर्छु धेरै । अझै धेरै । धेरै भन्दा धेरै । माया नाप्ने थर्मोमिटर भए म यति नै भन्न सक्थें तर म कसरी भनौं ?

उही आश्मा ।

... ...

इमेल- दश ।

हेलो जीवन,

मलाई थाहा छैन, किन म खालि तिम्रै बारेमा सोचिरहन्छु ? विभिन्न विचारहरू मेरो मस्तिष्कमा आउँछ । सारै नराम्रो लाग्छ मलाई । पहिले हामी सँगै थियौं । तिमीले मलाई अहिले छोड्यौ । कुनै उत्तर दिंदैनौ, मलाई घृणा लाग्छ । म कति घृणा गर्नु ? म यहाँ एक्लै के गरेर बस्नु ? मलाई किन यति धेरै दुःख दिएको ? घर एक्लो र रित्तो लाग्छ । जहाँ जान्छु, त्यहीं अभिशप्त लाग्छ । तिम्रा कपडाहरू देख्छु,

वरिपरि तिमीले पढ्ने किताबहरू देख्छु । मन थाम्न सक्दिनँ, भक्कानिएर आउँछ । चिठीको बक्स खोल्न जाँदा तिमीलाई सम्झिन्छु । सधैं तिमी नै खोल्थ्यौ चिठीको बक्स । तिमीले चढ्ने साइकल यही बरण्डामा छ । म यसैलाई हेरेर तिम्रो याद मेटाइरहेछु । किचनमा तिमीले पकाउने भाँडाहरू देख्छु । तिमी छैनौ, किचनमा छिर्न मन लाग्दैन । तिमी सुत्ने सोफामा गएर सुत्छु । तिम्रो वासनालाई लिएर याद मेटाउन तर सक्दिनँ । तिमी कलेजबाट घर आएको, टेबलमा ब्याग राखेको र मलाई मुख बिगारेर हेरेको सम्झिन्छु । तिमी जहिल्यै मेरो शिकायत गर्थ्यौ, अब कसले गर्ने त्यो शिकायत ? तिमी यहाँ छैनौ । मलाई प्रत्येक कुराको याद आउँछ । तिमी मेरो मुटु हौ, किन मसँग नबोलेको ? एक चोटि त बोलिदेऊ ! मेरो वेदना, रिस र आक्रोशलाई तिमी मात्र सही रूपले बुझ्न सक्छौ । अब म तिमीबिना कसरी बाँच्नु ? प्रत्येक चिजहरूले मलाई तिम्रो सम्झना गराउँछ । मलाई थाहा छ- तिमी मेरो खुसी चाहन्छौ । यी सबै सम्झनाहरूले मलाई रोक्छ । म तिम्रा प्रत्येक कुराहरूलाई सुन्नेछु, अबदेखि रिसाउने छैन । कृपया, म भएठाउँ फर्केर आऊ ! म शान्त भएर बस्नेछु ।

मलाई थाहा छ, मेरो मस्तिष्क र आत्माको सबैभन्दा महत्त्वपूर्ण मान्छे तिमी हौ । म तिमीलाई भुल्न चाहन्नँ कदापि । म अब बच्चा जस्तो हैन, हुर्केको मान्छे जसरी व्यवहार गर्नेछु । नपत्याए हेर त, कतिपय कुराहरू म एक्लै पनि त गर्न थालें । यतिसम्म मैले गर्न सक्ने मलाई तिमीले नै बनाएको हो । तिमी नभएकोले म सबै अँध्यारो देख्छु । मेरो जीवनमा जीवन्तता छैन । मेरो जिन्दगी हौ तिमी । आऊ मिलेर समस्याको समाधान गरौं ! सबै सम्भव छ । मबाट नभाग ! म फुट्नेछु, टुक्रिनेछु, बहुलाउनेछु । मेरो कुनै अर्थ हुने छैन । मेरो मुटुभित्रको माया तिमीलाई र न्यानो अँगालो ।

उही आश्मा ।

... ...

इमेल- एघार ।

हेल्लो जीवन,

म एक्लै मुट्टु फुटाएर बसेको छु यहाँ । म बिर्सन खोज्छु; सक्दिनँ । तिमीले जे गरे पनि अनामिकासँग बिहे नगर ! दुःख पाउन सक्छौ । त्यो केटी नैतीक रूपले सही थिई भने तिमी मसँग हुँदाहुँदै उसले तिमीसँग आत्मीय भएर कुरा गर्ने थिइन । एउटा विवाहित पुरुषसँग कोही कसरी नजिक हुन सक्छ ? फेरि त्यो केटीले तिमीलाई मीठो बोलिदिई भनेर मख्ख नपर ! किनकि चिप्लो बोल्ने मान्छेहरूको भित्र स्वार्थ लुकेको हुन्छ । म तिमीलाई माया गर्छु र नै यो सबै कुरा भनिरहेको छु । यसको मतलव त्यो केटी, जोसँग तिमी नजिक छौ, त्यसमा केही गल्ती छ ।

हामीले जिन्दगीमा अझै पनि केही गुमाएका छैनौं । पछि यिनै कुराहरू सम्झिएर तिमी र मैले रुनुपर्ने हुन्छ । कृपया, फर्केर आऊ मसँग ! हेर, पहिलेभन्दा अहिले म कति आफ्ना भावनाहरू पोख्न थालेको छु । म तिमीलाई साथ दिन चाहन्छु । अझै पनि मेरो विश्वारा नगरे कहिले गर्ने मेरो जान ? म पर्खेर बस्नेछु । तिमीले जुनै केटीलाई हेरे पनि ती भ्रमहरू मात्र हुन् । अहिले म तिम्रो त्यो ओठ मिस गरिरहेछु, कति नरम र गुलाबी थिए ! त्यसरी नै मलाई पहिलेबाट नै मनपर्ने तिम्रो शरीर । त्यो याद आइरहेछ । कृपया, चाँडो आऊ ! म तिमीलाई, मात्र तिमीलाई चाहन्छु । अनि तिम्रा पिँडुलाहरू कति सुन्दर थिए ! तर मेरा राम्रा थिएनन् हकि ? मलाई थाहा छ, तिमीलाई कालो दाल मनपर्छ । म तिमीलाई राधैं दाल पकाइदिन्छु अबबाट । मलाई गुन्द्रुक मनपर्छ, तिमी फर्केर आउँदा मलाई गुन्द्रुक ल्याइदेऊ है ! मलाई दुनियाँमा कसैको मतलव छैन, मात्र तिमी भए पुग्छ अब । म तिम्रो हात समातेर हामी नमरुन्जेल, हाम्रा छाला चाउरी नपरुन्जेल तिमीसँग हिंड्न चाहन्छु । म तिमीलाई सपनामा मात्र देख्दादेख्दा थकित भइसकेको छु । म पागल हुन्छु होला मेरो जान, म यसरी बाँच्नु पर्‍यो भने । मलाई यति ठूलो सजाय नदेऊ ! मसँगै बसेर बरू जति नै ठूलो सजाय दिए पनि म सहन तयार छु ।

मैले मेरो जीवनको आधा मासु घटाइसकेँ, तिम्रो सम्झना र पीरले । अब तिमीले मलाई जति नै गनगन गरे पनि बरू सहेर बस्छु । हाँसेर बस्छु, खुसी भएर बस्छु । मेरो भावनालाई बुझिदेऊ ! मेरा आँसुहरू हेरिदेऊ ! तिमीलाई धेरै धेरै माया ।

उही आश्मा ।

... ...

इमेल- बाह्र ।

जीवन,

आज मैले एउटा सपना देखेँ । तिमीसँग फोनमा कुरा गर्दै थिएँ । गर्दागर्दै मेरो फोन झरेर हिलोमा पस्यो । मैले उठाएर फेरि आफूसँग राखेँ । त्यति नै हो । मलाई सपनाको व्याख्या गर्न आउँदैन । यसको अर्थ के हो ? म तिमीलाई पर्खेर बाँचिरहेको छु । चाँडो आऊ ! यो सम्झिने मन छ, म बिर्सूँ कसरी...

उही आश्मा ।

आश्माले अनगिन्ति इमेलहरू पठाइरहिन् । प्रत्येक इमेलहरू म नपढी हटाइदिन खोज्थेँ तर सक्दिनथेँ । पढ्दै भक्कानिन्थेँ । मुटु फुटेर आउँथ्यो । भित्रिभित्रै हिकहिकाउँथेँ । एक मनले लाग्थ्यो- मैले आश्मालाई पाप गरेँ । अर्को मनले लाग्थ्यो- मेरो भित्रभित्रै बिनाश भइरहेछ ।

म एक्लै कल्पिन थालेँ । आश्मासँग यस्ता भावनाहरू कहाँबाट आए ? मैले गरेका भावनाका कुरा उनलाई कहिल्यै पाच्य हुँदैनथ्यो । उनी हाँसोमा उडाउँथिन् मेरा भावनाहरू । जुन मैले मनैबाट भनेको हुन्थेँ । मलाई 'पाखे' र 'रङ उडेको' भनेर उपनाम दिन्थिन् । यदि मेरो भाषा साहित्यिक लाग्यो भने या मैले मेरो बोलीमा अङ्ग्रेजी मिसाइनँ भने । आश्माको भावना सुन्न म तड्पिएर बसेको थिएँ वर्षौंसम्म तर

आश्माले किन कुनै सङ्केत दिइनन् कि उनीसँग पनि यस्ता भावनाहरू छन् भनेर ।

आश्माले भावनाको कुरा गर्दै पठाएका इमेलले मलाई रातदिन सताइरह्यो । अनामिकासँगको सम्बन्ध पनि फुङ्ग बनाइदियो । होला आश्माका ती भावनाहरू इमानदार र वास्तविक थिए । हो, सम्बन्ध बिग्रिएपछि कहिल्यै नआउने भावनाहरू पनि जन्मिन्छन् । आश्मा रोइन्, कराइन्, चिच्याइन् होला । तर मेरो आश्माप्रतिको विश्वास खरानी भइसकेको थियो । अब फोनिक्स चरा जस्तो खरानीबाट जिउँदो बनेर उठ्न सक्दैनथ्यो । म आश्माको मायाको नाममा रुन, कराउन, चिच्याउन सक्थेँ तर आश्मा भएठाउँ फर्केर जान सक्दिनथेँ ।

'आश्माले धेरै कुरा महसुस गरेको देखिन्छ । कि जाने त ऊसँग फर्केर ?' घरिघरि अनामिकाले छेड हान्थिन् ।

मेरो तड्पाइ म अनामिकाबाट लुकाउन चाहन्थेँ तर सक्दिनथेँ । त्यो नचाहेरै झल्किन्थ्यो होला- मेरो अनुहारमा, बोलाइमा, आँखामा, रङ्मा । एक मनले लागिरहन्थ्यो- अनामिका नभइदिएको भए आश्मासँग फर्किने थिएँ ।

'तिमी आश्मासँग जान्छौ भने जाऊ ! म मेरो जीवन जसरी पनि बाँच्छु । सङ्घर्ष गरेर आएको छु, खुसी हुन जानेको छु ।' अनामिकाले ढाडस दिइरहन्थिन् । भन्थिन्, 'मलाई त लाग्थ्यो- तिमीहरू आफ्नो मञ्जुरीमा अलग्गिएका हौ ।'

'हाम्रो जीवनसँगै चल्दैन भन्ने हामी दुवैलाई थाहा छ । मलाई थाहा छैन, आश्माले किन यस्तो नाटक गरेको हो ।' म भन्थेँ ।

आश्माका इमेलहरूले अनामिकालाई र अनामिकाको मेरो हातबाट एक चिम्टी सिन्दुरको पर्खाइलाई दुखाइरहन्थ्यो । इमेलहरूको पीडाले गर्दा मैले आफूलाई सम्हाल्नै सकिनँ ।

'तिमी साँच्चै खुसी चाहन्छौ र त्यो खुसी आश्मालाई छोडेर पाउँछौ भने इमेलहरू नपढी डिलिट गर्देऊ कि आश्मालाई ब्लक गरिदेऊ !'

अनामिकाले भनिन्, 'होइन, आश्मालाई छोड्दा तिमीलाई गाह्रो भएको हो भने तिम्रो खुसीको लागि म सबै थोक त्यागिदिन सक्छु । मलाई चोट पुग्ला कि भनेर टेन्सन नलेऊ ! जाऊ तिमी आश्मासँगै !'

'किन तिमी यो कुरा बारम्बार भनिरहन्छौ ?' मैले अनामिकालाई अलि उच्च स्वरमा गाली गरेँ ।

न म आश्मासँग फर्किन सक्थेँ, न अनामिकालाई पूर्ण रूपमा अपनाउन नै सक्थेँ । अनामिकाको कुराले मलाई झनै चोट पुऱ्यायो ।

'हैन भने किन तिमी आँसु झार्छौ ? म त्यो हेर्न सक्दिनँ ।' अनामिका रिसाउँथिन् ।

'तिमीले भोगेको हैन, त्यो घाउ मैले भोगेको हो । दुख्छ त म के गरूँ ?' म चिच्याउँथेँ ।

अनामिका आँखाभरि आँसु पारेर कोठाबाहिर निस्किन्थिन् । धेरैबेर आउँदिनथिन् । मलाई डर लाग्थ्यो- मैले अनामिकालाई दुखाएँ । म भित्रभित्रै चिथोरिन्थेँ । जब अनामिका कोठाभित्र छिर्थिन्, म सबैथोक बिर्सिन्थेँ । अनामिकालाई अँगालो हाल्थेँ र उनका ओठहरूमा चुम्थेँ । त्यो स्पर्शमा माया, विश्वास र भविष्य मिल्थ्यो र एकछिनलाई सारा वेदनाहरूबाट अलग हुन्थेँ म ।

**

संवाद र तनाव

अरू बेलाभन्दा अलिक चाँडो निद्रा खुल्न थाल्यो ।

आश्माले लेखेका इमेलहरूको असर मेरो शरीरका कोष-कोषमा र मेरो शरीरमा पुऱ्याउने सबै धमनीहरूमा आलै थिए । काठमाण्डूको त्यही कोठा जहाँ अनामिकाले मलाई एयरपोर्टबाट लगेकी थिइन्, हामी दुवै अझै त्यहीं बसिरहेका थियौं ।

अनामिका निदाइरहेकी थिइन् । मैले उनको अनुहारमा हेरें ।

आँखाहरू बन्द थिए, परेलाहरू सुन्दर देखिन्थे । मिलेका आँखीभुई थिए । बन्द ओठहरू जो गुलाबी रङ्का थिए । लामो घाँटी मानौं, एउटा सुन्दर मूर्ति सुतिरहेछ जसलाई धेरै समय लगाएर कुनै मूर्तिकारले बनाएको हो । ठूलो निधार । निधारमाथि सिउँदो । हो, यही सिउँदो, जहाँ मेरो एक चिम्टी सिन्दुरको लामो पर्खाइ छ ।

एकाएक आश्माका इमेलहरूले चिथोरिहाले । म हठातै बाहिर निस्किएँ । बाहिर अलि चिसो रहेछ । फाट्टफुट्ट पसलहरू खुल्दै रहेछन् । एउटा किराना पसलअघि गएर टक्क अडिएँ । एक खिली चुरोट किनें । पसलकै एकछेउमा झुन्ड्याएको लाइटरले चुरोट सल्काएँ ।

'बिहान त काठमाण्डू चिसो नै हुन्छ हकि ?' मैले पसलेसँग बोल्ने मेलो गरें ।

'हो सर ।' पसलेले मुन्टो हल्लाए ।

म चुरोट तान्दै अलि अगाडि खुला ठाउँमा गएर उभिएँ । आकाश खुला थियो । पर पहाड र अझै पर जुगल हिमाल देखिन्थ्यो । उज्यालो बढ्दै आइरहेथ्यो । परपरसम्मका हिमालहरू टल्किँदै मसम्म आइपुगे । मैले चुरोटको अर्को सर्को तानें र धूवाँलाई आकाशतिर फालें ।

कल्पना गरे जस्तो सजिलो त जीवन कहाँ हुँदो रहेछ र ? आश्मा र मैले नै सोचे जस्तो जीवन भइदिएको भए न आश्मा त्यहाँ तड्पिनुपर्थ्यो, न म यहाँ उनका इमेलहरू पढ्दै भक्कानिनुपर्थ्यो । यो त दैवको खेला रहेछ, जुन हामीलाई नै थाहा हुँदैन ।

अकस्मात !

चुरोट तान्दातान्दै मेरो आँखाअगाडि आकाश खसे जस्तै भयो र केही छिनमै बादल बाक्लिएर आयो । बादलबाट भऱ्याङ लगाएर शिव र पार्वती म भएछेउ आए । उनीहरूले आफ्नो हात उठाए । मैले शिर निहुराएर आशीर्वाद ग्रहण गरें । एउटा चमत्कार नै भयो ।

'तिमी किन यति धेरै धेरै निरश र चिन्तित देखिन्छौ, त्यो हामीले बुझ्यौं ।' शिवले भने, 'तिमी चिन्ता नगर ! सबै राम्रो हुन्छ ।'

'ईश्वर, मैले आश्मालाई छोडेर आएँ । कतै मैले उनलाई पाप त गरिनँ । मैले यसको के सजाय भोग्नुपर्छ ?' मैले भनें ।

'हहह ।' शिव हाँसे ।

मेरा आँखाबाट आँसु थामिएन ।

'कस्तो मूर्ख कुरा गर्छौ तिमी ? तिमीले त आश्मालाई छाडेर धर्म गऱ्यौ । उसलाई खुसी र स्वतन्त्रता दियौ ।' शिवले पार्वतीतिर फर्किएर ठट्टा गरे, 'यदि म गँजडीको यी पार्वतीले वर्षौंदेखि भक्ति नगरेको भए के यिनले मलाई पाउँथिन् ? त्यसै मेरो लिङ्ग पुजिएको छ ? कि कसो हो पार्वती नानी ?'

पार्वती लजाइन् । म पनि हाँस्न थालें ।

'तिम्रो पार्वती भित्र ओछ्यानमा सुतिरहेकी छे । जाऊ गएर एउटा मीठो चुम्बन देऊ !' शिवले भने ।

एकाएक शिव र पार्वती दुवै त्यहाँबाट हराए । सोचें- शिवलाई बढी गाँजा लागेको थियो होला ।

आश्मालाई लिङ्ग पुज्ने समाज मन पर्दैनथ्यो । कतै मेरै रुढीवादी जीवनशैली नै त होइन आश्मासँग सम्बन्ध बिग्रिनुको प्रमुख कारण ? एक मनले यस्तै ठान्यो । खैर, जे होस्, दिउँसै मैले सपना देखेको थिएँ । चुरोट सल्किसकेको थियो । फर्केर कोठातिर गएँ । अनामिका ब्युँझिइन् ।

'यति बिहानै कहाँ गएका थियौ ?'

'यसो बिहानको हावा खान बाहिर ।' मैले भनें । फिल्टरबाट गिलासमा पानी खन्याएर पिउँदै सोधें, 'तिमीलाई निद्रा पुग्यो ?'

'अँ ।' अनामिकाले मुन्टो हलाइन् ।

म अनामिकाको छेउ गएर बसें । मैले उनको काँध मुसारें ।

'तिमीले चुरोट खायौ ?' अनामिकाले गन्ध थाहा पाइहालिन् ।

'आज खान मन लाग्यो ।' मैले ढाँटिनँ ।

'तिमीलाई फटाहा ! फेरि खाएको देखें भने राम्रो हुँदैन ।' अनामिकाले स-प्रेम चेतावनी दिइन् ।

'हवस ।'

अनामिका उठेर ब्रेकफास्ट बनाउन लागिन् । मैले ल्यापटप अन गरें । इमेल, फेसबुक र भाइवरमा मैले आश्मालाई ब्लक गरिसकेको थिएँ । अब कुनै तनाव हुने थिएन नै ।

'कोही मान्छेको जिन्दगी हाँसेरै बित्छ, कसैको रोएरै, कसैको सुखैमा मात्र बित्छ, कसैको जीवनमा यस्तो किन हुन्छ होला ?' मैले अनामिकासँग प्रश्न गरें ।

'त्यो आफ्नो-आफ्नो छनोट हो ।'

'कसरी त्यस्तो हुन्छ ? आ-आफ्नो छनोट हुने भए गरीब गरीबै भएर बस्न चाहन्थ्यो होला र ?'

'अवश्य पनि ।'

'कस्तो अवश्य ?'

'किनभने उसले आफ्नो गरीबी र दासत्वबाट मुक्ति खोज्न नचाहनु हो ।' अनामिकाले उत्तर दिइन् ।

अनामिकाका विचारहरूमा म मार्क्सवादी चिन्तन बढी पाउँथें । अनामिकाका विचारहरू हृदयस्पर्शी भए । उनले एक हातको प्लेटमा चिया र अर्को प्लेटमा केही पाना बिस्कुटहरू ल्याएर मेरोछेउ राखिन् ।

'ल अब खाजा खाऊ !'

'धन्यवाद !'

मैले एक घुट्की चिया पिएँ ।

'तिमीले भन्न खोजेको मान्छे जहाँ छ, ऊ त्यहीं रमाउन सक्नुपर्छ । नभए अरू के कुराले खुसी दिन्छ, त्यो परिवर्तन आफूमा ल्याउन सक्नुपर्छ वा आफूले गरेको निर्णयमा खुसी हुन सक्नुपर्छ । के यही हो तिम्रो आशय ?' मैले अनामिकालाई प्रश्न गरें ।

'निश्चय नै ।' अनामिकाले भनिन्, 'तिमीले सिसिफसको कथा सुनेकै त छौ नि । उसले ईश्वरको पनि अवज्ञा गऱ्यो र पहाडसम्म ढुङ्गो ठेलेर लाने सजाय पायो । जति पटक ऊ ढुङ्गो ठेलेर माथि पुऱ्याउँथ्यो, त्यतिपटक तल खस्थ्यो र पनि ऊ आफ्नो काममा खुसी थियो ।'

'तिमीले भन्न खोजेको के हो ?' मैले अनामिकालाई प्रष्ट पार्न सोधें ।

'आश्मालाई छोड्ने तिम्रो निर्णय हो । किन छोड्यौ, त्यो तिमीलाई नै थाहा छ । तिम्रो देह र आत्मालाई थाहा छ ।' अनामिकाले चियाको अर्को चुस्की लिइन् र गिलासलाई तल राख्दै भनिन्, 'आखिर आफ्नो खुसीका लागि तिमीले त्यो निर्णय गरेको हो भने तिमी खुसी हुन सक्नुपर्छ । कि आश्मासँग रहँदा खुसी हुन सक्नुपर्छ । यदि सक्दैनौ भने त्यो तिम्रो छनोट हो ।'

हामी केही बेर शान्त बस्यौं । चियाको सुरुपसुरुप मात्रै आवाज आइरह्यो । अन्तिममा गिलासका चिया र प्लेटका बिस्कुटहरू रित्तिए । अनामिकाले कपडा मिलाउन लागिन् । म ल्यापटपमा अल्मलिन थालें ।

'अनि आज कतै डुल्न नजाने ?' केही छिनमा अनामिकाले सोधिन् ।

'तिमी नै भन न कहाँ जाऊँ ? म त रेडी नै छु ।' मैले ल्यापटप बन्द गर्दै भनें, 'हुन चाहिं मलाई मानिसहरूले यो को केटीसँग हिंडेको भनेर अहिले नै थाहा नपाऊन् भन्ने लाग्छ ।'

'तिमी कस्तो डरछेरुवा ?' अनामिका रिसाइन् । भनिन्, 'जो पनि हुन सक्छन् नि । म तिम्रो साथी पनि त हुन सक्छु । छ्या ! तिमी त अति गर्छौ । मलाई पाएर खुसी छु भन्छौ अनि फेरि मसँग हिंड्दा वेदना मात्र सुनाउँछौ । उसो भए कतै नजाऊँ !'

'सरी ! मैले त्यसो पनि भन्न खोजेको हैन । म अति नै खुसी छु तिमीलाई पाएर ।' मैले भनें, 'सम्बन्ध भत्किएपछि जे पायो त्यही सोच दिमागमा आउँदो रहेछ । नरिसाऊ न ! लभ यू यार । ल, लुगा लगाऊ, ठीक पर ! आज बाहिरै लञ्च गरौंला !'

अनामिकाको ओठमा हाँसो झल्कियो ।

अनामिका कपडा फेर्न थालिन् । खासै बेर लागेन । टिसर्ट र पाइन्ट लगाइन् । ओठमा ग्लस लगाइन्, आँखामा गाजल । हातमा क्रिम हालेर दुई हत्केलाले रगडिन् र अनुहारमा हल्काहल्का मुसारिन् ।

'ल त म रेडी भएँ ।' अनामिकाले भनिन्, 'तिमी नि ?'

'म त अलरेडी रेडी ।'

'कस्तो देखियो त ?' अनामिकाले मलाई सोधिन् ।

यो सबै महिलाको विशेषता होला । आश्मा पनि मलाई त्यसरी नै सोध्थिन् ।

'लुक्स ब्युटिफुल !' हातका दुईवटै औंलाले 'थम्प्स अप' गर्दै मैले उत्तर दिएँ । म आश्मालाई पनि 'लुक्स ब्युटिफुल' भन्थें तर 'तर'को

प्रयोग गर्थें । अनामिकाको पहिरनमा खै किन हो मैले 'तर' लगाउने ठाउँ पाइनँ । सायद, अनामिकाको लवाइ मेरो टाइपको लवाइ थियो वा मैले अनामिकालाई मात्र सम्मान गर्न जानेको थिएँ ।

'हामी कहाँ जाने ?' मैले अनामिकालाई सोधें ।

'भक्तपुर । भक्तपुरको जुजुधौं खानुपर्छ ।'

... ...

हामी भक्तपुर गयौं ।

भक्तपुर पर्यटकीय हिसाबले महत्त्वपूर्ण ठाउँ हो । कुल्फी र जुजुधौं यहाँको महत्त्वपूर्ण चिज हो । जो गए पनि एकपटक त्यो खाएरै फर्कन्छन् ।

अनामिकालाई जुजुधौं औधी मन पर्थ्यो । पहिले भक्तपुरका राजाहरूले राज गरेको ठाउँ, राजदरबार नै खडा छ । वि.सं. १९९० सालमा आएको भूकम्पपछि जिर्णोद्धार गरेर पर्यटकीय हिसाबले सुन्दर बनाएको त्यो ठाउँ पोहोर आएको अर्को ७.९ रेक्टर स्केलको भूकम्पले फेरि तहसनहस बनाएको रहेछ । पहिले जाँदा जति सुन्दर थियो त्यति सुन्दर रहेनछ । भत्किएका इँटका गाराहरू उठाएर एक कुनामा थुपारिएको । अग्लो सात तले मन्दिरको आधार मात्र बाँकी रहेछ । सबै भत्किएको । केही मन्दिरका गजुरहरू भाँचिएका रहेछन् । राजा भूपतिन्द्र मल्लको मूर्ति ढलेको रहेछ । बर्जित एरिया डोरीले बाँधेर राखिएको रहेछ । केही सेनाहरू मन्दिरको सुरक्षामा रहेछन् ।

परेवाको ठूलो बथान चौरमा चारो टिप्दै, घरि उड्दै, बस्दै गर्दै थिए । केटाकेटीहरू रमाएकै देखिन्थे । जोडीहरू छेउछाउ नजिकै टाँसिएर बसेका थिए । केही विदेशी पर्यटकहरू यताउता टहलिँदै थिए । स्थानीय नेवार जनसमुदाय घाम ताप्न छरपष्ट मैदानमा उत्रिएका थिए । कोही कुल्फी खाँदै थिए, कोही जुजुधौं । कोही विदेशी पर्यटकहरूलाई गाइड गर्दै थिए । कोही फोहोर उठाउँदै थिए । भिखारीहरू जोडी भएठाउँ जाँदै पैसा माग्दै थिए । सानो सानो मेला नै लागे जस्तै देखिन्थ्यो ।

हामीले एकछिन त्यहीं रमिता हेर्‍यौं । अनामिकाले जुजुधौं खाइन्, मैले कुल्फी । उनले मेरो कुल्फी पनि खाइन्, मैले पनि उनको खाँदै गरेको जुजुधौं खाइदिएँ । त्यसपछि हामीले फोटो खिचायौं । अनामिकालाई पनि आश्मालाई जस्तै फोटो खिचाउन रहर लाग्दो रहेछ । फोटो खिचाउने राम्रा ठाउँहरू भूकम्पले भत्काइसकेको रहेछ । त्यहाँ पनि हामीले दुई चार ओटा स्न्यापहरू लियौं । अनामिकाले आफ्ना पोजहरू दिइन् । मैले आश्मालाई सम्झिएँ । फोटो खिच्दा पोज दिन उनी खप्पिस थिइन् । मलाई असाध्यै मन पर्थ्यो ।

हामीले दर्जनौं सेल्फीहरू खिच्यौं । एक दुई ओटा सिङ्गल पोजहरू एकअर्काका लियौं । केही पोजहरू त्यहीं हिंडिरहने मानिसहरूलाई लिइदिन आग्रह गर्‍यौं ।

दिनले अपरान्हको बाटो लिंदै थियो । हामी नजिकैको रेष्टुरेन्टभित्र छिर्‍यौं । धेरै पर्यटकहरू पनि त्यहाँ रहेछन् । कोही अङ्ग्रेजी, कोही जापानिज र कोही चाइनिज भाषामा कुरा गर्दै थिए । हामीले मःम र कोक मगायौं । मःमको पहिलो गाँस हाल्दा आश्माको सम्झना आइहाल्यो । आश्मालाई मःम औधी मन पर्थ्यो । कहिलेकाहीं आश्मा घरमै मःम बनाउँथिन् । उनले बनाएको मःमको सुप जिब्रोमै झुन्डिन्थ्यो ।

मैले मेरो प्लेटबाट काँटाले झिक्दै अनामिकालाई मःम खुवाइदिएँ । अनामिकाले पनि मलाई खुवाइदिइन् । वरिपरिका ग्राहकले हामीलाई पलाकपुलुक हेर्दै थिए । मैले टेबलमुनिबाट अनामिकाको खुट्टाका औंलालाई मेरा खुट्टाले चलाइदिएँ ।

'मेरो बूढो !' अनामिकाले भनिन् ।

'के भन्यौ रे तिमीले मलाई ?'

'बूढो । तिमी मेरो बूढो त हौ नि । के भन्नु तिमीलाई ?'

म हाँसे तर मेरो हाँसो स्वाभाविक थिएन । त्यहाँ थोरै डर, चिन्ता र एक प्रकारको अप्ठ्यारो थियो । सायद म टोलाएछु ।

'तिमीलाई पीर पऱ्यो कि क्या हो मैले बूढो भनेर ?'

'ह्या, चुप लाग ! मःम खाऊ !' मैले दिक्दार मानेझैं गरें ।

'त्यही त । तिमी त आश्माको पो बूढो नि । मेरो बूढो के हुन्थ्यौ र ? तिमी त दुई दिन मसँग बिताउन आएका त हौ नि ।' अनामिका च्याँठिइन् ।

'अनामिका !' म कुन बेहोसीमा थिएँ कुन्नि ? एक्कासि ठूलो स्वरले अनामिकालाई हपारेछु । त्यही आवेगमा मैले टेबल ठोक्न पुगेछु । त्यहाँ भएका सबै ग्राहकहरूले अचम्मित हुँदै हामीतिर हेरे । म क्षणमै शान्त भएँ । मैले अनामिकाको हात समाएँ ।

'आई एम सरी बेवी ! आई लभ यू । थाहा छैन मेरो दिमागले किन राम्ररी काम गर्दैन ? एक्कासि झनक्क हुन्छ । आई एम सरी !' मैले भनें ।

अनामिकाका आँखाबाट आँसु झर्दै थियो एकोहोरो । उनी केही बोलिनन् । खाँदै गरेको मःम छोडेर उठिन् । मलाई सारै नराम्रो लाग्यो । मैले रेष्टुरेन्टमा बिल तिरें । हामी फर्कियौं ।

हामी कोठामा आइपुग्यौं । अनामिका अझै बोलेकी थिइनन् । उनी घोप्टो परेर ओछ्यानमा पल्टिइन् ।

'आई एम सरी बेवी ! आई टोल्ड यू, आई एम सरी !'

अनामिकाले मेरो हात झड्कारिन् । उनी रुन थालिन् । मलाई दोषी अनुभव भयो । म चुपचाप बसें ।

साँझ परिसकेको थियो । अनामिका उठिन् । उनले ग्याँसको चुलामा आगो बालिन् ।

'किन नबोलेको तिमी ?' मैले सोधें ।

'तिमीसँग किन बोल्नु ? मैले के बिगारेको थिएँ र मलाई सबैको अगाडि ठूलो स्वरले कराको ? मलाई त लागेको थियो, तिमी मेरो भइसक्यौ । आखिर मैले तिम्रो खुसी त चाहेको थिएँ नि । आखिर मसँग

तिमी खुसी हुँदैनौं भने तिमीले जसो गरे पनि म खुसी नै छु ।' यसो भनिरहँदा अनामिकाको स्वर निकै नै कडा र कठोर भएको थियो ।

'हो तिमी मेरो बूढी नै हौ । मात्र सिन्दुर हाल्न बाँकी छ । खै के भयो त्यति बेला ? मलाई थाहा छैन ।'

'तिमीलाई थाहा छ, मैले तिमीलाई कति विश्वास गरेर बसिरहेकी छु । मलाई लागेको थियो कि तिमीसँग भेट भएको केही हप्तामै तिमीले मलाई आफ्नो बनाउनेछौ र त्यसमा तिम्रो र मेरो खुसी हुनेछ । आज दुई महिनाभन्दा बढी भइसक्यो । आखिर मैले तिम्रै भावना बुझेर त चुपचाप बसिरहेकी छु नि ।'

'हो । मलाई थाहा छ ।' मैले भनें ।

'तिमीलाई थाहा छ, म नेपाली संस्कृतिबाट हुर्किएकी केटी हुँ । विवाहभन्दा पहिले कुनै पनि पुरुषसँग समय बिताउने कल्पनासम्म गर्न सकिन्न । तर तिमीसँग मेरो के विश्वास भयो, मैले के देखें तिमीमा, म आफैंलाई थाहा छैन । सबै आखिर तिमी नै हौ भन्ने भयो । भोलि मान्छेले थाहा पाए के भन्छन्, कहिल्यै सोचेको छौ ? के तिमीले यसलाई हलुका ठानेको ? अझै पनि जान्छौ भने जाऊँ आश्मासँग ! मलाई फरक पर्दैन । मलाई केही दिन पीर पर्ला तर म एक्लै पनि गरेर खान सक्ने केटी हुँ ।'

'अनामिका, तिमी किन यति धेरै पर पुगेको ?' मैले भनें, 'तिमीमा त्यही बुझ्न सक्ने क्षमता छ भनेर त मैले पनि गर्व गरेको छु । म तिमीलाई छोड्ने त कल्पना पनि गर्न सक्दिनँ । मेरो आमा कसम ! त्यही भएर तिमी त्यो कुरा बारम्बार ल्याइनराख ! म आफूलाई थेरापी गरिरहेको छु, जसमा तिम्रो सामीप्यले अझ सजिलो बनाएको छ । सबै कुरा मिलेपछि तिमीलाई सिन्दुर हाल्नुको मज्जा बेग्लै हुन्छ भन्ने आशय मात्र हो मेरो । तिमी चाहन्छ्यौ भने म तिमीलाई भोलि नै पनि सिन्दुर हालिदिन सक्छु तर म तिम्रो मन दुःखाउन सक्दिनँ ।'

'म तिमीलाई बुझ्छु । त्यही भएर त यहाँ छु । तर एक चिम्टी सिन्दुरका लागि तिमीसँग भिख मागेको अनर्थ नलागोस् भन्ने आशय हो

मेरो । मेरो मूल्य, मेरो अस्तित्व साथीभाइ बीच मेरो इमेजको छुट्टै पहिचान छ । तिमीलाई थाहै छ, विदेशबाट केटाहरू माग्न नआएका पनि होइनन् तर तिमीमा जस्तो अरू कसैमा देखिनँ । संयोग भन्नुपर्छ तिमीले पनि कोही भविष्यमा खोज्नैपर्छ भने तिमी र म गोप्य रूपमा लगनगाँठो गाँसौं ! कसैलाई भन्नुपर्दैन अहिले । मैले आँट गरें भने तिमी गर्न सक्दैनौ ?'

'मलाई सबै थाहा छ । तिमीलाई जस्तो माया र विश्वास म अरू कसैलाई पनि गर्न सक्दिनँ । म मुटुबाट बोलिरहेछु ।' मैले अनामिकाको हात समाएँ ।

मैले अनामिकालाई ओछ्यानमा ल्याएँ । बलिरहेको ग्याँस निभाइदिएँ चुलोमा । बत्ती पनि मधुरो बनाएँ ।

**

जीवनको होरोस्कोप

अनामिका धर्मकर्ममा विश्वास राख्थिन् । मन्दिर जानु, फूल चढाउनु, टीका लाउनु, आशीर्वाद माग्नु र आफ्ना प्यारा मान्छेहरूको भलो चिताउन पाउनु उनको खुसीका कुरा हुन्थे । उनको धर्मप्रति त विश्वास थियो नै, त्योमाथि ज्योतिषिको पनि विश्वास गर्थिन् । चिना हेराउनु, भविष्यको बारेमा ज्योतिषिहरूले गरेको बखान सुन्नु उनलाई रमाइलो र विश्वासिलो लाग्थ्यो ।

एक दिन बिहानै अनामिकाले पशुपति मन्दिर गएर फूलपाती चढाउने रहर गरिन् । म त्यति धेरै आस्तिक मान्छे हैन, पूरै नास्तिक पनि होइन । अनामिकाको चाहनालाई ठेस पुऱ्याउन मन लागेन ।

'हुन्छ ।' मैले स्वीकारें ।

आश्मा र म एक चोटि पशुपतिको दर्शन गर्न गएका थियौं । यो चोटि म अनामिकासँग जाँदै थिएँ । अनामिकाले स्नान गरिन्, चोखो कपडा लगाइन् । हामी निक्ल्यौं । बसभित्र कोचिएर पशुपति मन्दिर पुग्यौं । भक्तजनहरूको घुइंचो थियो । उसै गरी चारो टिप्ने शान्तिका प्रतीक परेवाहरूको हूल । ती एक ठाउँबाट भुर्र उड्दै अर्को ठाउँ पुग्दा अनामिका खुसीले पुलकित हुन्थिन् ।

'आउनुहोस् दिदी, यहाँ मेरोबाट लैजानुहोस् !'

'ल दाइ, यता यता ।'

पूजाका सामान बेच्ने दिदीबैनीहरूको होडबाजी थियो । अनामिकाले पूजाको थाली किनिन् । थालीमा अबिर, फूल, अक्षता सबै थिए । हामी मन्दिर छिर्‍यौं । कसैले देख्ने हो कि ? आश्मालाई भनिदिने हो कि ? मलाई डर भइरहेको थियो । मुटु ढुकढुक भइरहृयो । म अनामिकालाई त्यो कुरा सुनाउन चाहन्नथें । अनामिकाले पनि मलाई काँतर भन्ने हो कि भन्ने पीर थियो, आश्माले त धेरै चोटि भनिसकेकै थिइन् । मलाई अनामिकाको अगाडि काँतर हुनु थिएन ।

'के सोचिरहेको ? आऊ न पूजा गर्न !'

म झस्किएँ । अनामिकाले मेरो चेतनाको प्रवाहलाई रोकिदिइन् । मैले पूजाको थाली समाएँ ।

'हे परमेश्वर ! मेरो बूढोको सबै कामना पूरा हवस् !' अनामिकाले प्रार्थना गरिन् ।

'बिहे नगरिकनै बूढो नभन न यार !' मैले भनें ।

'जहिले भए पनि तिमी मेरो बूढो त हौ नि । कि होइनौ ?'

म चुप लागें ।

शारीरिक रूपमा छोडे पनि मानसिक रूपमा छोड्न नसक्दा अर्को सम्बन्ध सुरुवात गर्नु आगोमा मट्टितेल हाले जस्तै हुंदो रहेछ । मुटु दनदन बल्दो रहेछ । अनामिकाको साथमा खुसी छु भन्दाभन्दै पनि म निर्दोष थिएँ वा दोषी, मेरो स्वाभिमान थियो वा कमजोर मुटु ? आफ्नै सोचमा च्यापिएर, पिल्सिएर मुटु दुखिरहन्थ्यो ।

पूजा गरिसकेपछि हामी बाहिर निस्क्यौं ।

'ओइ त पनि आएकी थिइस् ?' एक्कासि एक युवतीले अनामिकालाई सोधिन् ।

मैले ती युवतीलाई नियालिहालें । भर्खरै बिहे गरे जस्तो लाग्यो । तिनले चुरा, पोते र सिन्दुर लाएकी थिइन् । तिनीसँगै एक युवक पनि

थिए । मेरो मुटु ढक्क फुल्यो । मलाई कोहीसँग भेट गर्नु थिएन । म अन्तैतिर अल्मलिएँ । अनामिका उनीहरूसँग गफ गर्न लागिन् । एकछिनमा अनामिकाले मलाई पनि बोलाइन् ।

'उहाँ चाहिँ क्षितिज । मेरो हुनेवाला ।' मलाई देखाउँदै अनामिकाले भनिहालिन् ।

मेरो होस उडिहाल्यो । धन्न, मेरो वास्तविक नाम भने भनिनन् । अलिकता ठाउँ रह्यो बच्ने ।

'ऊ चाहिँ श्रद्धा । मेरो नातेदार । भर्खरै बिहे भएको । उहाँ उसको श्रीमान् ।' अनामिकाले उनीहरूलाई चिनाइन् ।

मैले नमस्कार गरेँ ।

'कहाँ हुनुहुन्छ अहिले ?' उनीहरूले एकै साथ सोधे ।

'अमेरिका ।' मेरो मुखबाट फुत्किहाल्यो ।

'कुन ठाउँ ?'

'न्युवर्क ।' मैले अर्कै ठाउँ भनिदिएँ ।

उनीहरू पनि अमेरिकामै बस्दा रहेछन् । मेरो हंशले ठाउँ छोड्यो । म अनामिकासँगै डुल्दै थिएँ, उनको हुनेवाला पति भइसकेको भन्ने पो आश्मालाई हुने हो कि ? त्रासले खुत्रुक्कै पार्‍यो ।

हामी त्यहाँबाट हिँड्यौँ ।

'किन तिमीले मलाई चिनाएको ?' म अनामिकासँग रिसाएँ ।

'के हुन्छ त ? मैले नाम ढाँटेकै हुँ क्यारे ।'

'ढाँटेर के गर्नु ? अनुहार त चिने नि ।'

'तिमी त अति गर्छौ ।' अनामिका रिसाइन् । भनिन्, 'कोठामै थुनिएर बस ! कि जाऊ आश्मासँगै ! अबदेखि तिमी मसँग नहिँड्नू !'

म चुप लागेँ ।

केही बेर हामी नबोली हिंडिरह्यौं । मन्दिर परिसरका बाँदरहरू केही रुखका हाँगाहाँगा बुर्कुसी मार्दै थिए । केहीले मान्छेहरूका अक्षता र फूलको थाली खोस्दै थिए ।

'आज हात हेराउन जाने हो ?' अनामिकाले मुख खोलिन् ।

म चुप नै रहें ।

'सुनेनौ ?' अनामिकाले भनिन्, 'जान्ने ज्योतिष छ । जाने हो ? भविष्य-वर्तमान सबै बताउँछ रे !'

कहिलेकाहीं त मलाई पनि ज्योतिष हेराउन चाख लाग्छ ।

'हुन्छ नि त जाऊँ !' मैले भनें, 'पहिले केही खाऊँ ! भोक लाग्यो !'

एउटा रेष्टुरेन्टभित्र पसेर हामीले समोसा र रसबरी मगायौं । अनामिकाले छुट्टै आफूलाई एक कप चिया मगाइन् । मलाई चिया खासै मन पर्दैनथ्यो । खाजा खाइसकेपछि हामी गाडी चढेर अघि बढ्यौं । आधा घण्टापछि बसुन्धरा पुग्यौं । गाडीबाट ओर्लिएर केही बेर हिंडेपछि सानो कोठा डेरा लिएर बसेका अधबैंसे ज्योतिष भेट्टिए । पालो कुरेर बसिरहेका अरू पनि रहेछन् । करीब एक घण्टाको कुराइपछि हाम्रो पालो आयो । हामीले आफ्ना हात ज्योतिषितिर तेर्साइम् ।

'तपाईंको हात हेर्दा धेरै राम्रो देखिन्छ ।' ज्योतिषले मेरा हातका रेखाहरू हेर्दै भने, 'तपाईंको चिना चाहिं छ कि छैन ?'

'अहिले यहाँ त ल्याएको छैन ।' मैले भनें ।

अनामिकाले मलाई हेरिरहेकी थिइन् ।

'रेखाहरूले के भन्छन् त ? मेरो बिहे भएको छ कि छैन ?' मैले सोधें ।

'बिहे त तपाईंको हुनुपर्ने हो तर सम्बन्ध राम्रो देखाउँदैन ।' ज्योतिषले मतिर हेर्दै भने, 'के छ त ? बिहे भएको छ ?'

कुरो त ज्योतिषले मिलाए भनेर मैले अनामिकातिर हेरें । अनामिका मुस्कुराइन् ।

'बिहे त भएको हो गुरु । तर मैले उनलाई छोडिसकें । हाम्रो सम्बन्ध कहिल्यै राम्रो भएन ।' मैले सोधें, 'ती मेरी श्रीमतीको नामबाट पनि हेर्न मिल्छ ?'

'के हो र नाम ? भन्नुहोस् त !' ज्योतिषिले सोधे ।

'आश्मा ।' मैले भनें ।

मेरो दाहिने हात ज्योतिषिले समातिरहेकै थिए । उनी एकछिन घोरिए । उनले असहमतिको मुन्टो हल्लाए ।

'लौ, यो नामबाट त कसै गरे पनि राम्रो देखिँदैन । तपाईंले चिना नहेराई बिहे गर्नुभयो कि कसो हो ? यो त जसले हेरे पनि सजिलै थाहा पाउँछ । काटमार, झैझगडा भन्दा केही देख्दिनँ । तपाईंको ग्रहमा पनि हात हेर्दा कालसर्प दोष देख्छु । के तपाईंको त्यो श्रीमतीसँग बसाइ छैन ?'

'छैन । मैले छोडिसकें ।' मैले भनें, 'अब फर्केर जान्नँ । सम्बन्ध विच्छेद्को तयारीमा छु ।'

'तपाईंको दिन अब राम्रा छन् । गरेको सबै काम पूरा हुन्छन् ।' ज्योतिषिले भने ।

'अनि अनामिका नाम गरेकी केटीसँग चाहिं कस्तो होला मेरो सम्बन्ध ?' मलाई खुल्दुली भयो ।

त्यो खुल्दुली अनामिकालाई पनि थियो । अनामिका फिस्स हाँसिन् । ज्योतिषिले थाहा पाइगए ।

'अनामिका भनेको चाहिं यिनै नानी हुन् कि क्या हो ?' ज्योतिषिले अनामिकातिर हेर्दै सोधे ।

'हो, हो ।' हामी दुवैले हाँस्दै एकसाथ भन्यौं ।

ज्योतिषिले हामी दुवैको हात तानेर हेर्न थाले । धेरैबेर घोरिएर हेरे ।

'ल, यो दुईको सारै राम्रो जोडी मिल्छ । चिताएको सबै काम राम्रो हुन्छ । तर अघि मैले भनें नि ? तपाईंको कालसर्प दोष छ ।'

'के हो यो कालसर्प दोष भनेको ?' मैले सोधें ।

'यो कालसर्प दोष भनेको एक प्रकारको बाधा-अड्चन हो । यो आइरहन्छ, तपाईंको काममा ठेस पुऱ्याउन खोजिरहन्छ । घरमै पनि श्रीमान्-श्रीमती बीच सानोतिनो झैझगडा जस्तो हुनसक्छ । यो तपाईंको जन्मैदेखिको हो ।'

'उसो भए त मैले अर्के श्रीमती बिहे गरे पनि खटपट भइरहने नै रहेछ !'

'त्यति साह्रो त होइन । श्रीमतीको पनि ग्रहदशा के छ, श्रीमतीको पनि कति नराम्रो छ भन्ने हेर्न सकिन्छ । अनामिका नामबाट हेर्दा ग्रह धेरै राम्रा छन् ।' ज्योतिषिले अनामिकाका हात हेर्दै भने, 'यी नानीका हातका रेखामा आएर चन्द्रमा बसेको छ । यो भन्दा राम्रो के हुन्छ कुनै पनि श्रीमान्का लागि ? नानीको नामबाट पनि उत्कृष्ट देखिन्छ भविष्य तर अब त्यो कालसर्प दोष हटाउनका लागि श्रीमतीले हप्तामा एक दिन व्रर्त बस्ने, स्वयम् तपाईंले पनि पूजाआजा, योग ध्यान गर्ने, सूर्यलाई जल चढाउने गर्नुहोला ! ठीक भइहाल्छ । समग्रमा भविष्य राम्रो छ तपाईंहरूको ।' ज्योतिषिले हामी दुवैको हात छोडिदिए ।

'अनि नि गुरु, त्यो छोडेको श्रीमतीसँग फर्केर जाने सम्भावना छ कि छैन उहाँको ?' अनामिकाले सोधिन् ।

'जुनबेला यी बाबुले बिहे गरे, त्यो बेला बिहेको योग नै थिएन यी बाबुको । कसरी गरेका होलान् नजुरेको समयमा पनि ? बरू बिहेको योग त अहिले पो लेखेको छ ।' ज्योतिषिले फेरि मेरो हात तानेर भने, 'म त फर्केर जाने सम्भावना देख्दिनँ । बाँकी ईश्वरको लीला ।'

'उसले त छोड्दिनँ भनेकी छे ।' अनामिकाले भनिन् ।

'त्यो केही दिनलाई हो । केही महिनासम्म भनिरहन्छे । साल फिर्नेबित्तिकै हराउँछे आफैं ।' ज्योतिषिले भने, 'यसो बेलामौकामा चोखो निष्ठो गर्नू, धूप बाल्नू, व्रर्त गर्नू ! सबै आफैं ठीक हुन्छ ।'

अनामिकाको अनुहार एकाएक उजेलियो । उनले आफ्नो हाते ब्यागबाट एक हजारको नोट निकालिन् र ज्योतिषिको हातमा राखिदिइन् ।

'धन्यवाद गुरु !' हामी दुवैले भन्यौं ।

ज्योतिषिले पैसालाई ढोगेर कोटको गोजीमा हाले ।

... ...

दिनभरिको यात्रामा धेरै थाकेछौं । एकएक गिलास पानी पिएर हामी ओछ्यानमा ढल्कियौं । अनामिकाले सदाझैं आफ्नो शिर मेरो छातीमा ल्याएर राखिन् ।

साँझ परिसकेको थियो । सिलिङतिर हेर्दै मैले अनामिकाका केशहरू सुम्सुमाएँ । मेरो मस्तिष्कमा आश्मा आइहालिन् । के गर्दै होलिन् ? कहाँ होलिन् ? कतै आश्मा मेरै सम्झनामा पो तड्पिरहेकी त छैनन् ? म के गर्दै छु यहाँ ? यस्तै प्रश्नहरूले मेरो गिदी खाइरहे ।

'तिमी मलाई माया त गर्छौ नि ?' मेरा छातीका रौं सुम्सुमाउँदै अनामिकाले सोधिन् ।

म भित्रभित्रै झस्किएँ ।

'गर्छु नि । किन गर्दिनँ ?' मैले अनामिकाका केश सुम्सुमाउँदै भनें, 'यो पनि सोध्ने प्रश्न हो र ?'

'तर तिमी कहाँकहाँ उडिरहेझैं देख्छु ।' अनामिकाले भनिन् । अनामिका भावुक बनिन् । उनले सोधिन्, 'तिमी मसँग खुसी छैनौ हो ?'

'बेबी, किन तिमी खालि यस्तो सोच्छौ ? म धेरै धेरै खुसी छु । तिमी जस्तो मान्छे मेरो जीवनमा पाएको छु । त्यस्तो कुरा नगर !' मैले भनें ।

अनामिकाले मलाई अँगालोमा अझ कसिलो गरी बाँधिन् । म अलि तल सरें । अनामिकालाई आफ्नो अँगालोमा कस्सेर लिएँ । एक हातले उनका केशलाई पछाडि मुसार्दै उनका ओठहरूमा चुम्बन गरें । उनका

गुलाबी ओठहरू रक्तिम भए । अनामिकाको जीउ तातो र न्यानो भयो । मुटुको धड्कन बढ्यो । उनले सास लामो लामो फेर्न थालिन् । उनका गालाहरूमा बसन्तको प्रवेश भयो । स्तनहरू अनायासै अग्लिए । उनले आफ्नो शरीरलाई खुम्चाइन् र फेरि तन्काइन् । मैले उनलाई बिस्तारै फुकाएँ ।

'बेवी आई लभ यू । यू नो द्याट ? तिमीलाई थाहै छ नि म तिमीलाई धेरै माया गर्छु ।' मैले मन्द सास र मुटुको धड्कनको बीचबाट भनें ।

अनामिका सर्माइन्, धकाइन् र आँखा बन्द गरिन् ।

'हजुरलाई म आफूभन्दा पनि बढी माया गर्छु ।'

हामी दुवै मायाको सागरमा चुर्लुम्म डुब्यौं ।

**

कठोर निर्णय

बिहानै अनामिकाको पूजाको घण्टीले म ब्युँझिएँ । निकै फूर्तिली देखिन्थिन् अनामिका । पहिल्यै पूजापाठमा आफूलाई व्यस्त बनाइसकेकी थिइन् ।

'अनामिका आज के भयो तिमीलाई ? एकाबिहानै उठेर घण्टी पो बजाउन थाल्यौ त ?' मैले आँखा मिच्दै र आङ तन्काउँदै ओछ्यानबाटै सोधेँ ।

'आफूले गर्ने कुरा त गर्नुपर्‍यो नि । हुने नहुने त ईश्वरको खटन हो ।' अनामिकाले पूजाको थाली भगवानको फोटोको छेउमा राख्दै भनिन् ।

'यति चाँडै धर्मकर्ममा लाग्ने बेला भएको छैन हौ ।' मैले हाई काढ्दै भनें ।

'ईश्वरलाई सम्झिन पनि उमेरको हदबन्दी हुनुपर्छ र ? एउटा आस्था हो मेरो ईश्वरप्रति । म जे गरिरहेछु, यो मेरो र तपाईंको खुसीको लागि गरिरहेछु ।' अनामिकाले भनिन्, 'बरू छिटो उठेर तपाईं पनि योगा गर्न बस्नुहोस् ! त्यो पनि तपाईंकै लागि राम्रो हुन्छ । कहिलेकाहीं त ज्योतिषिले भनेका कुरा पनि पुग्छन् । मलाई त विश्वास लाग्छ ।'

अनामिकाको ईश्वरप्रतिको श्रद्धा, भक्ति, समर्पणमा प्रेम, सुन्दर सम्बन्ध र उज्जवल भविष्यको लागि सुन्दर मनले गरेको भाव थियो । कुनै ठोस कामना उनले गरेकी थिइनन् । शब्दमा उनका चाहना र इच्छाहरू

केही मागेकी थिइनन् । केवल स्वास्थ्य र दिर्घायुको कामना मात्र गरेको आभास हुन्थ्यो । उनले फेरि पूजाको घण्टी बजाइन् ।

अनामिकाको समर्पणमा साथ नदिनु मुर्खाइ लाग्यो । म उठेँ । मुख धोइवरी भुईंमा चकटी ओछ्याएर पद्मासनमा ध्यान गर्न लागेँ । जब आँखा चिम्म गरेर आफूलाई ध्यानमा लगेँ, मेरो ध्यानमा आश्मा आइहालिन् ।

'जीवन, तिमीले मलाई किन यसरी धोका दिएको ?' आश्माले नजिकै आएर सोधिन् ।

मैले आँखा खोलेँ । आश्माका ठूला आँखा र बाटुलो अनुहार आज मधुर र मलिन थियो । ओठभरि अतृप्त प्यास र आँखाभरि आशा लिएर निर्दोष बच्चा जस्तै आश्मा मेरो सामु उभिएकी थिइन् । उनको स्वर रुन्चे थियो । मानौं, मैले केही बोल्ने बित्तिकै उनका आँखाबाट आँसुको भल बग्न थालिहाल्नेछ । मुटुको कुनाबाट डरलाग्दो हिकहिक भक्कानिनेछ । आश्माले मेरो पाउ समाउनेछिन् र मैले जस्तोसुकै दण्ड दिए पनि त्यसलाई सहर्ष स्वीकार गर्नेछिन् र भन्नेछिन्- 'मलाई छोडेर नजाऊ !'

'मैले तिमीलाई धोका दिएको हैन आश्मा ।' मैले मुख खोलेँ, 'तिम्रो र मेरो खुसीका लागि यो सब भइरहेछ ।'

'यो झुट हो जीवन । त्यो कदापि हुन सक्दैन । तिमी र म जस्तो जोडी कसैको हुनै सक्दैन । एकपटक कोसिस गरेर हेरौं !' आश्माले मसँग बिन्ती गरिन्, 'तिमी अरू कसैको भएको म हेर्न सक्दिनँ ।'

आश्मा बिस्तारै मेरो नजिक आइन् । म हिच्किचाएँ ।

'आश्मा प्लिज, तिमी अगाडि नबढ ! इट इज टू लेट ।' मैले आश्मालाई पन्छाउन खोज्दै भनेँ ।

'तिमी यस्तो अन्याय कसरी गर्न सक्छौ ? मैले केही गल्ती गरेँ होला । तर यसको सजाय यति ठूलो त हुँदैन नि ।' आश्माले भनिन् ।

'यो मैले तिमीलाई दिएको सजाय हैन, न्याय हो आश्मा । मन हुँदा तिम्रो जीवनको गति नै रोकिन्छ भन्यौ भने सरासर झुट र गलत हो ।' मैले तर्क गरेँ ।

'होइन यो धोका हो । मेरा सपनाहरूको भण्डाफोर हो । मलाई विश्वास दिएर तिमीले आफ्नो जीवनमा ल्यायौ र एउटा गल्तीलाई लिएर हत्यारालाई दिएभन्दा ठूलो सजाय दिँदै छौ । यसो गऱ्यौ भने त्यसको रिन तिमीले तिर्नुपर्छ । मेरा आँसुहरूले तिमीलाई पोल्नेछ, जीवन ।'

मैले आश्माका आँखाहरूबाट आँसुहरू मोती बनेर खसिरहेको देखेँ । सायद, अनामिका मेरो जीवनमा नभइदिएको भए मैले यही शून्यतामा आश्मालाई अँगालो मारेर चुमिदिन्थेँ ।

'आश्मा, बरू म तिम्रा आँसुहरूको मूल्य तिर्न तयार छु । तर म तिम्रो जीवनबाट निक्लिसकेको छु । प्लिज, तिमी जाऊ र मलाई बिथोल्न नआऊ ।' मैले भनेँ ।

आश्मा हराइन् । म योगमै तल्लिन रहेँ ।

'तिमीलाई थाहा छ ? म तिमीसँग बिताएका राम्रा क्षणहरू सम्झिएर दिन र रातहरू बिताइरहेछु ।' मेरो ध्यानमा आश्मा फेरि आइहालिन् र उनले भनिन्, 'आऊ, त्यही ठाउँमा जाऊँ तिमी र म ! जिन्दगीका नमिलेका कुराहरू मिलाऊँ ! वी निड टु टक ।'

'अब गफ गरेर केही फाइदा छैन आश्मा । बगेको खोलो हो अब फर्किंदैन । आई एम सरी ।' मैले भनेँ, 'मेरो ध्यान बिथोल्न नआऊ ! मेरो ध्यानको आफ्नै अर्थ छ ।'

आश्मा भक्कानिएर रुन थालिन् ।

'जीवन, तँ मेरो जिन्दगीको एकएक पलको हिसाब दे !' आश्मा चिच्याइन्, 'म पलपल मरिरहेछु । तँसँग मैले एक मुठी माया मात्र मागेको थिएँ । आखिर के नै बढी मागेको थिएँ र !'

'मेरो ध्यानबाट तुरुन्तै गइहाल् !' म कड्किएँ, 'तँलाई लाज लाग्दैन ? यदि तैंले मलाई माया गर्थिस् भने किन मेरो विचारको एउटा पनि कदर गरिनस् ? किन मेरा भावनाहरू सबै लत्याइस् ? किन मेरा एकएक बोलीहरू अभिशाप भए ? किन मेरा परिवार र आफन्तहरू तेरा लागि दुश्मन भए ? किन मैले तँलाई एक लबटो मात्रै पिट्दा पनि जेल हाल्न खोजिस् ? किन ? किन ? मलाई त्यसको उत्तर दे !'

'तैंले मलाई किन एउटी श्रीमतीलाई दिने माया दिन सकिनस् ? मैले के चाहेको थिएँ र ! माया मात्र न हो । केवल माया । तँलाई नै हुन्थ्यो समस्या जहिल्यै ।'

'आश्मा, म यहाँ तिमीसँग कुनै तर्क गर्न चाहन्नँ । तिमी अझै पनि मसँग झगडा नै गर्न चाहिरहेछौ, आफ्नो बाटो लागिहाल !' म कड्किएँ ।

'तँ काँतर होस्, काँतर ! एउटी श्रीमतीलाई माया दिन नसकेर भागेर हिंडेको काँतर ! साला, नपुङ्सक होस् तँ । प्रेम गर्न नजानेर जिन्दगीभर दुःखी भएर बस्ने । साला, हूतीहारा होस् तँ । जिन्दगीमा कहिल्यै खुसी हुन सक्दैनस् ।' आश्मा क्वाँक्वाँ रुन थालिन् । फेरि केही शालीन भएर उनले भनिन्, 'मलाई माया लाग्छ यार तेरो । सारै माया लाग्छ । बिर्सन खोज्छु सक्दिनँ । त्यही भएर तँलाई भेट्न आइरहेछु । तँ किन यसो गर्छस् ?'

'आश्मा, तँ यहाँबाट तुरुन्त गइहाल् ! म तँलाई रतीभर माया गर्दिनँ । तेरो नाम सम्झिने बित्तिकै मभित्रका चाहना र भावनाहरू मरेर आउँछन् । तँलाई छुँदा एउटा लोग्ने मान्छेलाई छोए जस्तो लाग्छ । गेट द हेल आउट अफ हियर ।' म चिच्याएँ ।

'मेरो मायाले तँलाई एक दिन अवश्य पोल्नेछ ।' आश्मा तड्पिरहेकै थिइन् । ढोका फुट्ने गरी लात हानिन् र बाहिरिइन् ।

म आफ्नो योगा, ध्यानमै निरन्तर रहें । कल्पिन थालें- आखिर मैले आश्मालाई एक चोटि त माफी दिनुपर्थ्यो । अन्तिम माफी । कतै मैले साँच्चै अन्याय पो गरें कि ? कतै मलाई आश्माको आँसुले पोल्ने पो हो

कि ? तिनै आँसुले मलाई डढाएर खरानी बनाउने पो हो कि ? किन मैलै यस्तो निर्णय गरेँ जीवनमा ?

म ध्यानमा थिएँ । मेरो शरीरभरि पसिनैपसिना भइसकेको थियो । म निथ्रुक्क भिझेको थिएँ । आश्मासँग बिताएका सुन्दर क्षणहरू मात्र मस्तिष्कभित्र सल्बलाइरहेका थिए । 'हिडन वर्ल्ड'मा आश्माका पोजका फरक फरक तस्बिरहरू मैले मेरो फोनको क्यामेरामा कैद गरेका क्षणहरू आइरहेका थिए । 'डान्सबार'मा आश्मा मेरोनजिक आएर कम्मर हल्लाएका हर्षित क्षणहरू दौडिरहेका थिए । आन्द्र महासागरको किनारमा हाम फाल्दै आश्मा उफ्रिरहेकी थिइन् । उनको छेउमा बसेर म गीत सुनिरहेको थिएँ । त्यो सामीप्य, त्यो उपस्थितिको यादले आश्मालाई पनि तड्पाइरहेको थियो होला । ध्यानमै मेरा आँखाबाट आँसु बगेको महसुस भयो । यी सबै सबै आश्माको सम्झना र यादका थिए । आश्मासँग बिताएका क्षणहरूमा उम्रिएका आँसु थिए यी ।

मेरो ध्यानबाट आँखा नउघ्रिन्जेल अनामिका हातमा पूजाको थाली लिएर पर्खिरहेकी रहिछिन् । मेरा आँखा खुल्ने बित्तिकै उनले आफ्नो चोरी औँलाले रङ चोबेर मेरो निधारमा पूजाको टीका लाइदिइन् ।

'खै, खुट्टा ल्याउनू !' अनामिकाले मेरा खुट्टा आफूतिर तानिन् ।

'किन ?' म अलि पछि हट्न खोजेँ ।

'आफ्नो बूढोको खुट्टा ढोग्नु परेन त ?' अनामिकाले भनिन् ।

गैले आश्मालाई सम्झिएँ ।

'खुट्टा ढोग्दा मात्र माया हुन्छ र ? म त ढोग्दिनँ है ।' आश्मा यसै भन्थिन् ।

'अनामिका, बिहे नभईकन किन बूढो भन्छ्यौ ? फेरि खुट्टा ढोग्दैमा मात्र माया हुन्छ र ?'

'तिमी मेरो बूढो त हौ नि । आज भए पनि भोलि भए पनि ।' अनामिकाले भनिन्, 'बरू बिहे चाहिँ कहिले गर्छौं ? भन न !'

'बिहे, बिहे, बिहे ! तिमी कति बिहेको कुरा गर्छौ अनामिका ? म तिमीसँग बिहे गर्दिनँ ।' म कड्किएँ । मलाई आश्माको यादले सताइरहेको थियो । जति बेला म आश्माको गहिरो यादमा हुन्थें, म अर्को बिहे सोच्नै सक्दिनथें ।

एकाएक अनामिकाको फुर्तिलो र हँसिलो अनुहार रगत चुहिएलाझैं रातो भयो । आँखाबाट आँसुको भेल बग्ला जस्तै भइहाल्यो । एकाएक अनामिका मूर्तिवत् भइन् । एकदम चुप । पूरै सन्नाटा छायो क्षणभर । क्षणभर केवल शून्यता मात्रै फैलियो ।

अकस्मात् !

अनामिकाले हातमा लिइरहेको पूजाको थाली भुईंमा बजारियो । फूल र अक्षताहरू छरपष्ट भए । एक्कासि भुईंमा घुँडा टेकिन् अनामिकाले ।

'म अहिले बिहे गर्दिनँ तिमीसँग । मेरो मन, मस्तिष्क केही पनि तयार छैन ।' म अझै बढी कड्किएँ, 'तिमीलाई चित्त बुझ्छ, तिमी कुर ! तिमीलाई चित्त बुझ्दैन, अर्को कोहीसँग बिहे गर !'

यो वाक्य अनामिकाको लागि साह्रै भयानक र दुःखदायी थियो । मैले पछि मात्रै महसुस गर्न सकें । त्यति बेला त मलाई अनामिकासँग असाध्यै रिस उठेको थियो । केवल, आश्माको यादले भरिएको मेरो मस्तिष्कले केही सोच्न सकिरहेको थिएन ।

'जाऊ तिमी, जाऊ ! आश्मासँगै जाऊ ! तिम्रो जीवन त्यही नै हो ।' अनामिका उठिन् । उनले भनिन्, 'मैले आश्माबाट तिमीलाई चोर्न खोजेको हैन । त्यति घिन लाग्दो र कमजोर मलाई सोचेका छौ भने तिमी तुरुन्त अहिले नै निक्ल !'

म मूक बनें ।

'जाबो एउटा मायाको टुङ्गो लाउन नसक्ने, निर्णय गर्न नसक्ने तिमीसँग मैले जीवन काट्नु पनि छैन । म पनि हिम्मतवाली केटी हुँ । गरेर खान सक्छु । सोचौंला, मेरो जीवनमा छोटो समयमा आयौ र केही

समय रङ्गिन बनायौ । तिमी शान्त भयौ र तिम्रा दुःखहरू भुलेपछि तिमी मबाट गयौ । मलाई यस्तो माया चाहिँदैन, जुन मायाले माया चिन्दैन । थुक्क जिन्दगी ! सोचेको थिएँ- मैले जिन्दगीमा गरेका हरेक निर्णय सही नै हुन्छन् । यो गलत भयो । यसको दोषी म नै हुँ भन्ने ठान्नेछु ।'

'तिमीलाई थाहा छ अनामिका । म अहिले नै बिहे गर्ने सोचमा छैन, समय लाग्छ ।' मैले अलि चर्को स्वरमै सम्झाउन खोजेँ, 'मेरो जीवनभरि घाउ नै घाउ छ । पहिले यसलाई ठीक हुन देऊ !'

'तिम्रो जीवनको घाउ आश्माले ठीक पार्छे । तिमी गइहाल प्लिज ! मलाई तिमीसँग एक क्षण पनि बस्नु छैन ।'

'अनामिका, म तिमीसँग एक क्षण पनि बस्दिनँ अब । छुट्टै बस्छु, मलाई समय देऊ ! मलाई फोन पनि नगर ! मसँग सम्पर्कमा नआऊ ! मलाई एक्लै चिन्तन गर्न देऊ !' मैले आवेगका साथ भनेँ ।

'तिमी जाली हौ जीवन । तिमी कसरी कल्पना गर्न सक्छौ मलाई छोडेर सम्पर्कविहीन भएर बस्न ? तिमी मनको सफा भए आश्मालाई नै रिझाएर राख्न सक्थ्यौ । तिमी साँच्चै सस्तो र कमजोर रहेछौ । छ्या !'

'अनामिका !' म ठूलो स्वरले कड्किएँ । मेरो चित्त नराम्ररी दुख्यो, भनेँ, 'मुख समालेर बोल !'

अनामिकाको आरोपले त झन् ममा आश्माले लगाएका आरोपहरू पो एकएक गर्दै आउन थाले ।

'तिमीले मलाई माया गर्थ्यौ भने चुपचाप पर्खिन सक्थ्यौ । आई एम सरी अनामिका ।' मैले भनेँ, 'म अहिले तिमीबाट बिदा हुन्छु ।'

आफ्ना कपडाहरू 'लगेज'मा राखेर म कोठाबाहिर निस्किएँ । अनामिका खाटको कुनामा हिकहिकाइरहेकी थिइन् ।

**

तपोवन

मैले अनामिकालाई छाडें ।

म छुट्टै कोठाभाडामा लिएर बस्न थालें । म आफैंलाई थाहा थिएन कि मैले के गरिरहेको थिएँ वा मलाई मेरो जिन्दगीले कता लिएर गइरहेको थियो । जे होस्, मेरा लागि आफैंलाई अध्ययन गर्ने समय भने मिलेको थियो ।

आश्माको सम्झनामा जति टुक्रिएको थिएँ, त्योभन्दा हजार गुणा अनामिकासँग हुन नपाउँदा टुक्रिएको थिएँ । अनामिकालाई मैले टुक्राएँ भनेर त्यो वियोग र पछुतोमा टुक्रिएको थिएँ । मलाई समय चाहिएको थियो । मैले आश्मालाई साँच्चै छोड्नुपर्ने स्थिति आएको थियो कि थिएन भनेर बोध गर्नुपर्ने थियो । मेरो सम्बन्ध अब आश्मासँग हो वा अनामिकासँग ? त्यसको निर्णय गर्नुपर्ने भएको थियो । न म त्यो निर्णय अनामिकाको साथमा बसेर गर्न सकिरहेको थिएँ, न त आश्मासँग रहँदा । मसँग भावना भएरै अनामिकासँग रहँदा पनि आश्माको सम्झनाले मुटु खाइरह्यो । त्यही भएर त कठोर निर्णय लिएर म एक्लै बस्न थालें ।

यो बिग्रिएको सम्बन्धले मेरो जीवनका हरेक गतिविधिहरूलाई पूर्ण रूपमा ध्वस्त बनाइसकेको थियो । आश्माबाट अलग्गिएर मैले जीवनमा पखेटा लाएको बोध गरे पनि अनामिकासँगको मिलनमा मैले भविष्य देखे पनि, आश्मा मेरो कल्पनामा आएर मलाई तर्साइरहेपछि मेरो जीवन आश्मासँग रहँदाको भन्दा अझ बढी घातक भइरहेको थियो । मलाई चिन्तन

चाहिएको थियो- जीवनप्रतिको । चाहिएको थियो- योगा, ध्यान । मलाई त जीवन बुझ्ने र यो सम्बन्धबाट सफा र नयाँ जीवन सुरुवात गर्ने जीवनको नयाँ अध्याय सुरू गर्नु थियो ।

यही क्रममा, केही समय मलाई ओशो-तपोवन जान मन लाग्यो, जहाँ मलाई शान्ति मिलोस् र मैले जीवनका हरेक प्रश्नका उत्तरहरू पाऊँ ! मैले मेरो अस्तव्यस्त जीवनको, भविष्यको टुङ्गो पाऊँ, उत्तर पाऊँ ! मेरो जीवनको खुसी आश्मासँग छ या अनामिकासँग छ ? त्यसको अन्तिम निर्णय पाऊँ ! म ओशो-तपोवन गएँ ।

ओशो-तपोवन !

तपोवन पुगेपछि थाहा भयो- त्यो साँच्चीकै ध्यानमा मग्न हुने ठाउँ रहेछ । त्यहाँ सबै प्रकारका मानिसहरू पुग्दा रहेछन् । कोही केहीको खोजीमा भौतारिएका, कोही ध्यान र ज्ञानको लागि तिर्खाएका, कोही आफैँलाई चिन्न खोजिरहेका, कोही थाहा नभएका कुराहरूको अनुभव बटुल्न हिंडेका, कोही चमत्कारिक अनुभव गर्न पुगेका ।

रिसोर्ट जस्तै ठाउँ थियो । सुन्दर प्रकृतिको काख, शान्त वातावरण । छेउमा कलकल बगिरहेको एउटा झरना थियो, मन नै प्रफुल्ल हुने । घरिघरि चराहरूको चिरबिर सुनिन्थ्यो । मधुर, मलिन । सबै मानिसहरू आ-आफ्नै ध्यानमा मग्न र मस्त देखिन्थे । आश्रमभित्र ।

म ध्यान गर्न थालेँ । झरनाको आवाज मेरो भावसँग मिसिन थाल्यो । मानौँ, त्यो खसिरहेको झरना मेरो शरीरको प्रत्येक अङ्गमा ठोकिरहेछ । मेरा प्रत्येक कोषहरूमा निरन्तर रूपमा झरना प्रवाह भइरहेछ । मेरा सम्पूर्ण शरीर नै झरनाभित्रै विलय भएझैं म झरनाकै एक रफ्तारमा बगिरहेको छु ।

मभित्र चमत्कारिक भाव उत्पन्न भइरहेको थियो । त्यो झरना प्रेमबल बनेर मभित्र बगिरहेछ । म झरनाभित्र र झरना मभित्र बगिरहेको भान हुन्थ्यो । कुनै छटपटाहट थिएन मभित्र । मैले आफूलाई नियन्त्रणभन्दा बाहिर राखेर बग्न दिइरहेको थिएँ ।

आश्रमको गेटमै लेखिएको थियो- 'जुन कुरा तिमी चाहन्छौ, त्यो प्राप्तिका लागि आफूलाई नियन्त्रणमा नराख ! तब मात्र तिमीलाई अरू कुराले दुःख दिन छोडेर शान्ति मिल्नेछ, तब तिमी कुनै चिजको उच्चतम विन्दुसम्म पुग्न खोज्छौ या पुग्छौ ।'

मलाई झरनासँग मिसिँदा त्यस्तै अनुभव भइरहेको थियो । मानौं, त्यो सहवासको उच्चतम विन्दुभन्दा पनि अझ उच्च हो । जति बढी मैले आफूलाई नियन्त्रणभन्दा बाहिर छोडेर प्रकृतिको ताण्डवसँगै मैले मेरो ध्यानलाई ढालें । मैले मभित्रका असीमित पीरहरू बिस्तारै भुल्दै आएको आभास हुन थाल्यो । मैले अनामिकालाई घरि त्यही झरनाकै छेउमा पाउँथें, घरि उनी आफ्नो पछ्यौरी फुकाएर ध्यानमै नुहाइरहेको पाउँथें । यसरी प्रत्येक मेरा ध्यानहरूमा प्रकृतिसँग जोडिन अनामिका आउन थालिन् ।

मैले आश्मासँगको सम्बन्धमा निक्लिएर हिंड्नुपर्ने कारणहरू खोज्न थालें । कारणहरू खोतल्दै जाँदा बुझ्न थालें- आश्मा र मेरो सम्बन्धले खुसीभन्दा पनि दुःख र पीडा बढी दिएको थियो । आश्माले जहिल्यै म मात्र परिवर्तन भएको हेर्न चाहन्थिन् र त्यही मात्र पर्खेर बसिरहन्थिन् । उनले गरेको हरेक क्रियाकलापमा मेरा सकारात्मक प्रतिक्रियाको मात्र अपेक्षा गरिरहन्थिन् । आश्माले आफूले गरेका सबै काम र निर्णयहरू सोह्रै आना ठीक मान्दै आइरहिन् । उनका सोचमा चल्न नसक्ने म र उनका हरेक क्रियाकलापलाई सही मान्न नसक्ने म उनको आँखामा सधैं तल परिरहें अर्थात् एउटा आदर्श पति हुन म सकिनँ । आश्मा र म बीच एकअर्कालाई भावनात्मक चोट पुऱ्याउने काममात्रै भइरह्यो । मैले चाहेर पनि आश्माका भावनाहरूलाई सम्बोधन गर्न सकिनँ, जुन म उनीसँग सहमत हुन सक्दिनथें । आश्माले पनि मेरा प्रायः भावनाहरूलाई सम्बोधन गर्न चाहिनन् । हामी दुवैको प्रयास एकदमै न्युन रह्यो । हाम्रा मूल्य र मान्यताहरू सम्पूर्ण रूपमा फरक रहे । सम्बन्धमा हामी भन्ने अर्थ हराउँदै गयो र म भन्ने हावी हुँदै आयो । राम्रो हुँदै जाला भन्ने हाम्रो विश्वासमा

झन्झन् नराम्रो हुँदै आयो । मैले महसुस गरेँ- यिनै कारणहरू थिए आश्मा र म बीचको सम्बन्ध बिग्रिनुमा ।

... ...

छैटौं दिन पनि म ओशो-तपोवनभित्रै ध्यानमा मग्न थिएँ । सुन्दर युवतीहरू पनि उसै गरी कोही आश्रमभित्र, कोही बाहिर, प्रकृतिका डिलमा ध्यान गरिरहेका हुन्थे । एक्लै ।

म आश्रमबाहिर निक्लिएर एक्लै एउटा वृक्षको आडमा बसेर, सानो बग्दै गरेको कुलोतिर फर्केर ध्यान गर्न लागेँ ।

'प्रेमभन्दा ठूलो न ध्यान हो, न केही नै हो ।' अनामिका मेरो ध्यानमा आइन् र मलाई भनिन्, 'प्रेम आफैँमा ध्यान हो ।'

'तिम्रो भनाइको तात्पर्य के हो ?' मैले सोधेँ ।

'मलाई लाग्दैन कि मैले तिमीलाई यो कुरा फेरि स्पष्ट बनाइराख्नु पर्छ ।' अनामिकाले भनिन्, 'मैले तिमीलाई गरेको प्रेम आफैँमा ध्यान हो । भलै बगरमा गएर बालुवा उठाएर सतीदेवीले महादेवका लागि गरे जस्तो थिएन ।'

'मलाई थाहा छ अनामिका ।'

'उसो भए तिमीलाई यो तपोवनमा आएर ध्यान गर्नु किन आवश्यक थियो ?'

'शान्तिका लागि । मेरो आफ्नै पिस अफ माइण्डको लागि हो ।'

'के मैले तिमीलाई दिएको मायाले तिमीलाई पिस अफ माइण्ड दिन सकेन ?'

'मैले त्यसो भन्न खोजेको हैन ।'

'उसो भए के त ?'

'म जीवनका सबै अङ्गहरूलाई कसैको चेतना र प्रभावमा नपरी मेरो देह र आत्मालाई एक चित्त बनाएर, जीवनका सारा बोझहरू फुकाएर प्रकृतिको आडमा ध्यान गर्न आएको । जसले मलाई मेरो जीवन र मेरो प्रेम बुझ्ने सामर्थ्य मिलोस् !'

'जति बेला म तिमीसँग हुन्थें, तिमीसँग बोल्थें, मेरो देह र आत्मामा प्रकृतिको सङ्गीत सुन्थें, चराचुरुङ्गीका चिरबिर सुन्थें । मयुरको ताण्डव देख्थें । कोपिलाहरू फूल बनी फक्रिन थाल्थे । पानी परेर आकाश खुला हुन्थ्यो । मैलो हट्थ्यो । शरीरमा प्रेमको ऊर्जा भरिएर आउँथ्यो । जीवनमा बसन्त आएर रङ्गिन हुन्थ्यो । सुवासमय हुन्थ्यो । त्यो महसुस न मलाई कुनै ध्यानले दिन सक्छ, न तिमीसँगको शारीरिक सहवासले नै । मैले कहिल्यै कल्पना पनि गर्न सक्दिनँ, अझै सकिरहेको छैन कि मेरो तिमीसँगको प्रेम तिमीले गरेको ध्यानभन्दा कुनै पनि अर्थमा ठूलो हुँदैन ।' अनामिकाका आँखाबाट आँसुका मूल फुटे ।

'मेरो असहमति पटक्कै हैन तिम्रो भावसँग । जब म तिमीसँग साथमा थिइनँ, तब मेरो तिमीप्रतिको प्रेम पनि एउटा ध्यान थियो । तिमीलाई सम्झिँदैमा आँखाभरि सपनाहरू उठेर आउँथे । शरीरमा पखेटा लागेर आउँथे । फूलहरूको वृष्टि हुन्थ्यो धर्तीमा । म मेरो छातीभित्र तिम्रो मुटुको आवाज सुन्थें । तर म तिमीसँग जब साथमा हुन थालें, मलाई आश्मासँगको सम्बन्धले हरेक रात ऐँठन पार्न थाल्यो । मैले ठानें- अब मेरो ध्यान तिमीलाई प्रेम गरेर हैन; तिम्रो प्रेमबाट छुटकारा लिएर कुनै फरक किसिमको ध्यान गरौं ! जहाँ म स्वतन्त्र रूपले मेरो सम्बन्धको मुद्दालाई टुङ्गो लगाउन सक्छु ।'

'तिम्रो आफ्नो पीडाको बोध गर्न कुनै आश्रममा आएर ध्यान गर्न जरूरी छैन । तिमी मेरै साथमा रहेर पनि आफ्नो हृदयलाई एक चोटि सोध्न सक्थ्यौ कि तिम्रो पीडाको स्रोत के हो ? कहाँबाट त्यो पीडा आयो ? कसले दियो तिमीलाई त्यो पीडा ? तिमी किन अनामिकासँग आयौ ? यस्तै प्रश्न सोध्ने हो तिमीले आफ्नो हृदयलाई । ध्यान भनेको त आफ्नो हृदयको भाव सुन्ने हो, तरङ्ग महसुस गर्ने हो । त्यसको लागि कुनै तपोवन धाइराख्नु पर्दैन ।'

'तिम्रो तर्कलाई अस्विकार गर्न सक्दिनँ ।' मैले भनें, 'तर व्यक्तिले प्राप्त गर्ने ज्ञान सबै एउटै हिसाबले हुन्छ भन्ने पनि छैन । तिमीले भने जस्तो

आफ्नो हृदयको आवाज सुन्न, मेरो पीडाको स्रोत खोज्न के मैले कोसिस नगरेको हुँ र ? समय, काल, परिस्थिति व्यक्तिपिच्छे फरक रहन्छ । तिमी जुन हिसाबले ध्यानलाई परिभाषित गर्छौ । मेरो बुझाइ फरक हुन्छ । प्रेम ध्यान नै भए पनि कहिलेकाहीं ध्यानलाई प्रेमबाट छुटाएर हेर्नुपर्ने हुन्छ । कतिबेला प्रेम ध्यान हुनसक्छ त कतिबेला ध्यान प्रेम । यसलाई बुझ्ने छुट्टै एउटा निराकार ज्ञानको ब्रह्माण्ड हुनसक्छ ।'

'ठीकै छ । म तिम्रो ध्यान बिथोल्न अब आउने छैन ।' अनामिकाले भनिन्, 'आज मैले तिम्रो गहिरो ध्यानलाई बिगारिदिएँ, माफ पाऊँ ! यदि तिमीलाई गरेको मेरो प्रेम तिम्रो ध्यानभन्दा ठूलो रहेछ भने तिम्रो ध्यान चाँडै नै समाप्त हुनेछ र तिमी मेरा ओठहरू चुम्न आइपुग्नेछौ ।'

अनामिका त्यहाँबाट हिंडिन् । त्यसपछि आकाशमा बादल मडारिएर आयो । कालो मैलो भयो । इन्द्रको आसन डगमगाए जस्तो, बिचलित भए जस्तो देखियो । म ध्यानमै थिएँ । मेघ गर्जियो । बिजुली चम्कियो । एकै छिनमा मेघ गर्जनका साथ वर्षा भयो । यो एउटा भ्रम थियो ।

बिस्तारै मेरा आँखाहरू खुले । वरपर केही पुरुष र महिलाहरू ध्यान गरिरहेकै थिए । मैले ध्यान गरिरहेको दृश्यअगाडि एउटा 'डेथ जोन' थियो । त्यहाँ मृत्युका यथार्थ परक वाणीहरू लेखिएका थिए । मलाई प्रेमको छिनोफानो गर्नु थियो ।

मेरो अगाडि अलि पर आफ्नो ढाड फर्काएर र केश छोडेर, पछाडिबाट हेर्दा पनि राम्रो आकारको जीउडाल देखिएको अधबैंसे युवती ध्यान गरिरहेकी देखिन्थिन् । उनी हिमालतिर फर्किएकी थिइन्, हिमाल उनीतिर । त्यसै गरी छङ्छङ झरनाको आवाज मैले सुनिरहेको थिएँ । छेउबाट कुलो बगिरहेकै थियो । पर कुनामा ध्यानमा लीन एक पुरुष र एक महिला एकअर्कालाई चुम्बन गरिरहेका थिए । त्यति बेला पो अनामिकाले मेरो ध्यानमा भनेको कुरा मैले सम्झिएँ- 'प्रेम ध्यानभन्दा ठूलो हुन्छ ।'

**

खोजी

म बस्ने कोठा अस्तव्यस्त थियो । कपडा, किताब र पत्रपत्रिकाहरू यत्रतत्र कोठाभरि असरल्ल थिए ।

म एक्लै थिएँ । सम्झनामा धेरै जसो अनामिका मात्रै आउँथिन् । मनभित्र अनामिकालाई छोडेर धेरै चोट पुऱ्याएँ भन्ने हुरी चलिरहेको थियो ।

एक्लै बस्न थालेपछि आश्माको भन्दा धेरै मलाई अनामिकाकै याद आयो । अनामिकाको निर्दोष अनुहार, अतृप्त माया । उनमा रहेको मानवीय संवेदना । जीवन र जगत्लाई हेर्ने दृष्टिकोण । महत्त्वाकाङ्क्षा धेरै नभएको सादा जीवन र उच्च विचार । यी मात्रै मेरो मस्तिष्कमा खेलिरहे । भित्ताभरि मैले अनामिकाका तस्बिरहरू टाँसेको थिएँ । त्यसैगरी सम्बन्ध र विवाहका बारेमा भनिएका, लेखिएका विचारहरू पत्रपत्रिकाबाट कटिङ गरेर भित्तामा टाँसेको थिएँ ताकि बिहान उठ्दा अनामिकाका तस्बिरहरू र सम्बन्धका बारेमा लेखिएका विचारहरूले मेरो चित्त बुझाओस् !

बाँडिएका आनन्दहरू दोब्बर हुन्छन्, बाँडिएका दुःखहरू आधा हुन्छन् । -स्वीडिस उखान ।

मान्यताहरू सम्बन्धका धमिराहरू हुन् । -हेनरी विन्कलर ।

तिमीसँग बोल्न पाउँदा मलाई बासको महसुस हुन्छ । -एमिलि डिकिन्सन ।

दुःख जीवनको एउटा भाग हो यसलाई यदि तिमीले यसलाई बाँडेनौ भने तिमीले तिमीलाई प्रेम गर्ने व्यक्तिलाई प्रशस्त प्रेम गर्ने अवसर दिने छैनौ । -डिनाहा सोर ।

कोही व्यक्तिहरू जीवनमा आउँछन् र चाँडै हराउँछन् तर कति व्यक्तिहरू केही समय रहन्छन् र सदाका लागि फूटप्रिन्ट छोडेर जान्छन् । -फलाविय विडेन ।

कुनै बाटाहरू पनि लामा हुँदैनन्, यदि राम्रो साथी पाएमा ।' -टर्किस उखान ।

विवाह एउटा गठबन्धन हो जसको प्रवेश पुरुषबाट हुन्छ जो झ्याल बन्द गरेर सुत्न सक्दैन, अनि महिला जो झ्याल खोलेर सुत्न सक्दैन । -जर्ज बर्नाड साँ ।

धेरै विवाहहरू टिक्न सक्छन्, यदि जोडीले जहिल्यै पनि नराम्रो पछि राम्रो आउँछ भन्ने सोच्यो भने । -डोग लार्सन ।

विवाहका तीन ओटा औँठी भनेका एउटा फूलमालाका, एउटा विवाहका र एउटा दुःखान्तको हो । -अज्ञात ।

त्यो व्यक्तिसँग विवाह नगर जोसँग तिमी ठान्छौ, बाँच्न सक्छौ, विवाह त्यस्तो व्यक्तिलाई गर, जो बिना तिमी बाँच्न सक्दैनौ । -जेम्स सि-डोब्सन ।

स्वस्थ विवाहका प्रमुख तत्त्वहरू–

१. सम्बन्धमा सन्तुष्टि
२. विवाहप्रतिको उत्तरदायित्व
३. साथीत्व र सँगै समय व्यतित
४. निकटता
५. विश्वास र इमान्दारिता
६. सहयोग
७. वार्तालाप
८. मेलमिलाप
९. अहिंसात्मक अन्तरक्रिया

इन्टरनेट र अनलाइन साइटहरूबाट खोजेर मैले यी सबै कुराहरू भेला पारेको थिएँ । म ब्युँझने बित्तिकै यिनै विचार र तत्त्वहरू मेरा आँखाअघि आउँथे । यी तत्त्वहरू मैले आश्मासँग सबै गुमाइसकेको थिएँ तर अनामिकामा भने छताछुल्ल पाउँथैं ।

मलाई ओछ्यानबाट उठ्न मन लागेन । मलाई तपोवनतिर जान पनि मन लागेन । अनामिकाको प्रेम आँधी बनेर मेरो कल्पनामा आयो । मानौं, ठूलो तुफान चलिरहेछ, जसले सबै शहर नै उडाइसक्दै ल्याइरहेछ ।

'प्रेम ध्यानभन्दा ठूलो हुन्छ ।' अनामिकाको यही कुरा मेरो मानसपटलमा हल्लिरह्यो । मलाई ओछ्यानबाट पनि उठ्न मन लागेन । म फेरि कल्पनामा लीन हुन थालें ।

'किन आज तपोवन नगएको ?' अनामिकाले सोधिन् ।

'तिमीले नै भनेको हैन, प्रेम ध्यानभन्दा ठूलो हुन्छ, त्यही भएर म नगएको ।' म एक्लै बर्बराएँ ।

अनामिका मुस्कुराइन् । उनको अनुहार उज्यालो देखियो । पूर्ण चन्द्रमा भन्दा पनि उज्यालो ।

'हेर बुद्दू ! अहिलेसम्म पनि ओछ्यान नमिलाई । किन यस्तो अस्तव्यस्त बनाएको ?' अनामिकाले गाली गरिन् र पानी ल्याएर मलाई छर्किदिइन् ।

म आत्तिएर उठें, ब्युँझिएँ ।

आधा घाम आइसकेको रहेछ । मलाई अनामिकाको सम्झनाले धेरै नै सताउन थाल्यो । उनको अँगालो, चुम्बन, आँखाको इशारा, भक्तपुरको जुजुधौं, कुल्फी, पोखराको पार्क, एयरपोर्टमा भेट्दाको पहिलो दिनको नर्भस अनुहार, त्यो अनुहारबाट चुहिन लागेको लाजको, मायाको र उनले देखेको सपनाको रक्तिम हाँसो । सबै सबै ताजा भएर आए ।

केही छिनपछि त म आफैंसँग बोल्न थालेछु- 'मेरो जीवनको भोगाइ पनि बढो अचम्मको छ । मेरो विवाह, वैवाहिक जीवन, प्रेम कहानी, जीवन

सम्बन्ध । आखिर मैले सोचेको पनि थिइनँ कि म यो जीवन सम्बन्धको दुबिधामा पेन्डुलम बन्छु । म जति डरलाग्दो भविष्य आश्मासँग देख्छु, त्यो भन्दा बढी सुन्दर भविष्य म अनामिकासँग देख्छु । तर म जब अनामिकासँग हुन्छु, फेरि मेरो मस्तिष्कको अपहरण गर्न आश्मा किन आइपुग्छे ? म कसरी हेरौँ यो मेरो सम्बन्धलाई ? म कसरी छुट्कारा पाउन सक्छु यो सम्बन्धको सोचबाट, जसले मलाई निरन्तर समातिरहन्छ ? प्रत्येक घटनाका पछि एउटा कारण जन्मन्छ । सायद, राम्रै कारणको लागि यो सब भइरहेछ । तर म किन आश्मालाई पूर्ण रूपले भुल्न सक्दिनँ ? म कतिन्जेल यसरी आश्मा र अनामिकासँग छुट्टिएर बस्न सक्छु ? किन अनामिकासँग हुँदा आश्मा मलाई लिन आउँछे ? अनि म एक्लै हुँदा अनामिकाले किन लय समातिदिन्छ ?'

म उठेँ र त्यसै टहलिएँ ।

साँझ परेपछि म शहरतिर निस्किएँ । तरकारी पसलमा धेरै मान्छेहरूको भिड देखेँ । सबैका ओठमा खुसी देखिन्थ्यो । यी सबै खुसी देखिन्छन्, किन म मात्रै असन्तुष्ट ? मैले मनमनै आफैँलाई हपारेँ । मैले एक मुठा रायोको साग लिएँ ।

'साउजी, कति भयो ?' मैले सोधेँ ।

'पचास रूपैँया ।'

'ए, भाउ त धेरै बढेछ !'

म कोठामा आएँ । भित्तामा टाँसिएका सम्बन्ध र विवाहका विचारहरू र तत्त्वहरूमा एकपटक फेरि आँखा डुलाएँ । जेम्स सिडोक्सनको भनाइमा आँखा गयो- त्यो व्यक्तिसँग विवाह नगर, जोसँग तिमी ठान्छौ, बाँच्न सक्छौ ! विवाह त्यस्तो व्यक्तिलाई गर, जो बिना तिमी बाँच्न सक्दैनौ !

अनामिकाको याद आयो । ऊ मात्र यस्तो व्यक्ति लाग्थ्यो, जो बेगर मलाई बाँच्न नसक्ने अनुभूति हुन्छ । अनामिकालाई सम्झिएँ- भित्रैबाट डर लागेर आयो । कतै मैले अनामिकालाई पनि गुमाउने हुँ कि ?

अनामिका के गर्दै होलिन्, कस्तो हालतमा होलिन् ? चिन्ताले एकदमै सतायो । कस्तो निर्दयी मान्छे म ! त्यति धेरै माया गर्ने मान्छेलाई चटक्कै छोडेर हिँड्ने बेबकुफ मै हुँ ! मैले आफैँलाई झपारेँ- थुक्क जीवन, तँ कुनै पनि सम्बन्धको टुङ्गो लगाउन नसक्ने हूतीहारा रहेछस् । अब तैँले अनामिका पनि गुमाउने भइस् । मलाई यही पीरले झनै पिरोल्न थाल्यो । शरीरमा चिटचिट पसिना आएको महसुस भयो । मैले आफूलाई नियन्त्रण गर्न सकिनँ । मैले सबथोक छोडेर गोजीबाट मोबाइल निकालेँ । 'कन्ट्याक्ट लिस्ट'को सिरानमै अनामिकाको नाम छँदै रहेछ, मैले 'कल'मा थिचिहालेँ ।

'तपाईंले डायल गर्नुभएको नम्बरमा अहिले सम्पर्क हुन सकेन, कृपया पुनः प्रयास गर्नुहोला !' डिजिटल बोली आयो ।

मेरो मुटुको गति बढ्यो । पहिलो मनले ठान्यो- अनामिकालाई भेट्न उनकै कोठामा जाऊँ ! दोस्रो मनले ठान्यो- होइन, यति चाँडै जानुहुन्न । म त आफूलाई बुझ्न आएको हुँ केही समय । फेरि तेस्रो मनले भन्यो- अरूलाई रुवाएर तँ खुसी हुन सक्दैनस् जीवन ।

मैले आफैँलाई चित्त बुझाएँ । ईश्वरलाई सम्झिएँ । यदि ईश्वर छन् भने मेरो भविष्यको टुङ्गो लाग्नेछ । मैले मनमनै आफूलाई बलियो बनाउने तर्क झिकेँ । म फेसबुकमा टोल्हाउन थालेँ ।

रात परिसकेको थियो । शहर भएकोले झ्यालबाहिर बलेका बत्तीहरूको उज्यालो देखिन्थ्यो । हवाइजहाजहरू उड्ने र झर्ने निरन्तरताको आवाज आइरहेको थियो ।

फेसबुकमा तस्बिरहरू देखेँ । त्यहाँ आश्मा पनि रहिछिन् । ट्याग भएको रहेछु । आश्माका केही साथीहरू मेरो फेसबुकमा थिएछन् । साथीहरूसँग खिचेका आश्माका फोटाहरू उसकै साथीहरू मार्फत् म देख्थेँ । आश्माको ओठमा मुस्कान देखेँ । आश्मालाई खुसी देखेँ । आश्माको जीवन म नहुँदाको पीडाभन्दा खुसीमा परिणत भएको महसुस भयो । यसले मलाई अझ बढी खुसी दियो । मेरो मन प्रशन्न भयो ।

म अझ खुसी भएँ । अनामिकालाई मेरो जीवनमा समाहित गर्न पाउने बल मिल्यो ।

अनामिकाको सम्झनामा म रातभर छटपटाएँ । मैले केही प्राप्ति गर्नु थियो । मैले आफूमाथि नै परीक्षा लिनु थियो । म अनामिकालाई कति हद प्रेम गर्छु भन्ने सावित भइरहेको थियो । यद्यपि, मभित्र भयानक डर पनि थियो कि कतै यही परीक्षाको घडीमा, अनामिकाको पर्खाइमा, अनामिका नै मेरो जिन्दगीबाट छुट्ने हो कि ?

**

बोध

तपोवनमा मेरो अन्तिम दिनको तपस्या र ध्यान थियो । आज मैले जीवनको अन्तिम निर्णय गर्दै थिएँ । म अनामिकासँग बिहे गर्छु या उनलाई 'सरी भन्छु' भन्ने निर्णय हुने थियो ।

सधैं जसो प्रकृतिको मनोरम दृश्यले मेरो ध्यानलाई साथ दिएकै थियो । प्रत्येक ध्यानमा वार्तालाप गर्न अनामिका आउँथिन् । मेरो जीवनमा प्रेमका गुच्छा चढाएर जान्थिन् । सुवासमय हुन्थ्यो मेरो ध्यान । जति बेला मेरो ध्यान सिद्धिन्थ्यो, सधैं जसो एउटी युवतीलाई पिठ्युँपट्टिको आकृतिमा देख्थैं । कुनै सुन्दर प्रतिमा जस्तो । ध्यानमा आसिन । मधुमास जस्ता देखिन्थे उनका केश । कल्पनाको तस्बिर जस्तो सुन्दर र बान्की परेको डोलो, लाम्चो शरीर ।

प्रत्येक ध्यानसँगै मलाई ती युवती सामु गएर बोलूँबोलूँ लाग्थ्यो । छेउमै बसेर खुला र स्वतन्त्र हृदयले छाती फुकाएर शरीरभरि चुमिदिऊँ लाग्थ्यो । आखिर, यो तपोवन थियो । आफ्नो स्वतन्त्र मनले चाहेको कुरालाई नियन्त्रणमा नराखी फुकाइदिने । तर पनि म उनलाई पछाडिबाटै हेर्थें । मलाई उनको ध्यान बिथोल्न मन लाग्दैनथ्यो । अझ ठूलो कुरा त अनामिकाप्रतिको विश्वास र प्रेमले मलाई आफ्नै वशमा राख्यो ।

तपोवनको प्रकृति यति सुन्दर थियो कि जति सुन्दर पवित्र मन हुन्छ । खोला त्यसरी नै बगेको थियो छङछङ जसरी एउटी परीको पाउजु बज्छ । चराहरूको चिरबिर सङ्गीत बनेर गुन्जिरहेको थियो ।

स्वर्गको बगैँचा जस्तो मनोरम थियो वातावरण । महिला, पुरुषहरू, युवक, युवतीहरू सबै आ-आफ्नो ध्यानमा मग्न थिए । सधैँको ठाउँ थियो मेरो, जहाँ म पलेटी कसेर संसार र म आफूलाई चिन्न खोज्थेँ । मैले आँखा चिम्म गर्दा नगर्दै अनामिका मसँग आइन् ।

'के मसँगै बस्न सक्छु ?'

'बस न !' मैले ठाउँ छोडिदिँदै भनेँ ।

'तपाईं किन यति धेरै कठोर ?'

'किन तिमीलाई त्यस्तो लाग्यो र ?'

'मैले त ठानेको थिएँ, तपाईं फूलभन्दा पनि कोमल मन भएको र साहसी र निडर व्यक्ति हो ।'

'किन र ? मेरो मन कोमल नभएको भए सात समुद्रपारिबाट तिमीलाई आफ्नो बनाउन आउँथेँ ? त्यही कोमल मनको कारण नै त मैले आश्मालाई पहिल्यै छोड्न सकिनँ । फेरि म एक साहसी र निडर थिइनँ भने म कसरी तिमीलाई भेट्न आउँथेँ ? तिमीलाई आफ्नो बनाउने चाहना राख्थेँ ?'

'त्यही त मैले बुझ्न सकिनँ ।'

'तिमीले के भन्न खोजेको ?'

'त्यो कोमल मनभित्र यस्तो कठोरता पनि हुँदो रहेछ । तिमीले मलाई छाडेर पनि यत्रा दिनहरू व्यतित गर्न सकिरहेछौ ।' अनामिकाले भनिन् ।

'जहाँ प्रेम हुन्छ, त्यहाँ कठोरता हुँदो रहेछ अनामिका । तिमीसँगको प्रेमकै कारण मेरो कोमल मन कठोर हुन सक्यो । त्यही भएर मैले आश्मालाई छोड्न सकेँ । फेरि त्यही कोमल मनको कारण त्रास, शङ्का र भयले मेरो मस्तिष्क हल्लाइरहेछ । यति बेला मेरो कठोरता, कठोरता रहेन । म आफूलाई आफैँसँग छुट्टाएर हेर्न खोजिरहेछु ।'

'भन्नाले ?' अनामिकाले मेरो कुरामा अनविज्ञता जनाइन् ।

'मेरो मतलव ।' मैले उत्तर दिएँ, 'जब प्रेम बाँडिन्छ, व्यक्ति कमजोर हुँदो रहेछ । यद्यपि, मैले आश्मालाई मेरो हृदयबाट निकालिसकेको छु ।'

'यसरी नै तिमीलाई आश्माले सताइरहने हो भने मृत्युअघिको तिम्रो जीवन जति दुःखदायी हुन्छ, त्यति नै दुःखदायी मृत्युपछि हुन्छ । मेरो मतलव उसले तिमीलाई यसैगरी मृत्युपछि पनि सताइरहन के बेर !'

'मृत्युपछिको जीवनको त मलाई विश्वास लाग्दैन अनामिका तर मेरो देह रहुन्जेल आफूबाट हराएको खुसी खोजिरहेछु ।'

'तिमी आफैं बेचैन र दुःखको दासी भएर कति दिन बस्छौ ? तिम्रो ओठमा खुसी नदेख्दा अनुहारमा जहिल्यै सन्ताप देखिरहँदा तिमीलाई के लाग्छ कि मेरो आत्मा आनन्दले गुन्गुनाइरहेछ यिनै वरिपरिको झरना जस्तै ?'

'मलाई थाहा छ अनामिका । मैले तिमीलाई खुसी दिन र म आफू खुसी हुन तिम्रो जीवनमा प्रवेश गरेको हुँ । तर पहिले म आफैं खुसी हुन नसकेपछि म तिमीलाई कसरी खुसी दिन सक्छु ? भन त !'

'यस्तै हो भने तिमी कहिले खुसी हुन्छौ त ? यस्तै साधना गरेर तिमी कति समयसम्म बसिरहन्छौ ?'

'मेरो साधनामा समयको पावन्दी छैन अनामिका । यो क्षणभरमै सकिन पनि सक्छ या कुनै युग पनि बित्न सक्छ ।'

'म तिम्रो जीवनमा नभइदिएको भए हुन्थ्यो होला हकि ? म आएर तिमीलाई कतै पश्चाताप त भएन ?'

'साँचो प्रेममा पश्चाताप हुँदैन अनामिका । बरू प्रायश्चित हुन्छ । मैले तिमीलाई गरेको प्रेमको प्रायश्चितको लागि यहाँ आएर ध्यान गरिरहेछु । वास्तवमा मेरो ध्यान आश्मासँगको पश्चाताप र तिमीसँगको प्रेम प्रायश्चित हो । म यी दुइटैलाई चिन्दै छु । यहाँ आएर वरपर प्रकृतिसँग साइनो लगाएर, चराका आवाजसँग मेरो अन्तरमनको आवाज मिसाएर, यी बगेका खोलाहरूको मीठो झन्कारसँग मेरो हृदयको तरङ्ग बजाएर ।'

'तिम्रा यस्तै आवाजसँग मेरो मोहनी लाग्यो । तिमी तपस्यामा छौ, एउटा पीडा र प्रेम लिएर । म तिम्रो तपस्यामा छु एक चिम्टी सिन्दुरका लागि खाली निधार लिएर, तिमीलाई पर्खेर । मेरो चाहना भनेकै तिमीलाई खुसी देख्ने हो । बस त्यति नै हो ।' अनामिकाले भनिन् ।

अनामिका त्यहाँबाट उठिन् । उनले मेरो अगाडि आएर शिर निहुराइन् र मेरा बन्द आँखाहरूलाई धेरै बेर हेरिरहिन् । उनका दुई ओटा हातहरू मेरा दुई ओटा काँधमाथि थिए । उनले बिस्तारै आफ्नो गतिलाई मेरा ओठतिर ल्याइन् । उनका ठूला स्तनहरूले मेरा छातीमा स्पर्श गरे । उनको तातो र न्यानो मायाले भरेको जीवनपूर्ण श्वासको महसुस मेरो अनुहारमा भयो । त्यो श्वास मेरो शरीरको प्रत्येक कोषकोषसम्म पुग्यो । शरीरका सबै रौँहरू ठाडा भएर रक्तसञ्चार बढे जस्तो भयो । धर्ती नै डगमगाए जस्तो । एक्कासि ताराहरू टिल्पिलाए जस्तो, आकाशमा बादलहरू कुदे जस्तो, सबै प्रकृतिले नै विजयको माला लगाए जस्तो, एउटा अद्‌भूत चमत्कार महसुस भयो । त्यो मेरो शरीरको नसा नसाहुँदै रौँरौँसम्म पुग्यो । बिस्तारै फूलभन्दा पनि कोमल, नौनी घिउभन्दा पनि नरम, एक प्रकारको स्पर्शले मेरो ओठ भिजायो । ध्यानमा मलाई बोध भयो कि त्यो अनामिकाको एउटा अद्‌भूत चुम्बन थियो । अन्तिममा अनामिकाले एउटा चुम्बन छोडेर गइन् ।

अनामिका हिंड्ने बित्तिकै मेरा आँखाहरू अनायासै खुले तर त्यहाँ कोही थिएन । न कुनै उर्वशी नै थिइन्, जति बेला ऋषि वशिष्ठको तपस्या खुलेको थियो । न अनामिका नै थिइन्, जसको चुम्बनको स्पर्श मैले ओठहरूमा पाएको थिएँ । सबै उस्तै र उही थियो, जस्तो मेरो ध्यान अघि थियो । यो त कल्पना पो रहेछ ।

मेरै आँखाअघि अलि पर ध्यानमा थिइन् एक युवती । जसलाई मैले केही दिनदेखि देखिरहेको थिएँ, जसलाई केही दिनदेखि मैले याद गरिरहेको थिएँ । उनका सुन्दर केशहरूले, पछाडिबाट देखिने ढाडको चौडाइले, अलिकति उठेको उनको नितम्बले मेरा ध्यानबाट उघ्रिएका आँखाहरूलाई उनीतिर खिच्यो ।

म बिस्तारै उठें । म उनीतिर अगाडि बढें । मेरा पाइलाहरू भारी भएका थिए । मनमा डर पनि थियो कि आखिर म किन उनीतिर अघि बढ्दै छु ? मलाई मेरै मनले खिचेर त्यता लाँदै थियो । म उनको धेरै नजिक पुगिसकेको थिएँ । उनलाई बोलाउने इच्छा जाग्यो । के भनेर बोलाउने ? केही विचार आएन । फेरि उनको ध्यान बिथोल्न पनि मन भएन । तर उनलाई नबोलाउन्जेल एक प्रकारको अत्यास बढ्न थाल्यो ।

'बैनी' भनेर बोलाऊँ कि ? मैले उनको उमेरको अनुमान लगाउन सकेको छैन । आ, जे त पर्ला !

'ए बहिनी !'

उनी बोलिनन् । सायद, गहिरो ध्यानमा थिइन् ।

'बहिनी !' मैले फेरि बोलाएँ ।

उनी अझै बोलिनन् ।

मैले अझै साह्रो गरी बोलाएँ । तर उनी अझै बोलिनन्, न त पछाडि नै फर्किइन् । मैले उनलाई आफ्नै हातले पछाडिबाट छोएँ र जोडले हल्लाएँ ।

'के हजुरको बल्ल ध्यान खुल्यो ?' उनले मुख खोलिन् । उनी मतिर फर्किइन् । उनका आँखामा आँसुको तलाउ थियो । जुन तलाउभित्र म आफूले आफैँलाई देखें । उनले सोधिन्, 'हजुरको प्रेमको टुङ्गो लाग्यो ?'

'अनामिका ! तिमी यहाँ ?' म तीन छक्कै परें । सोधें, 'कसरी ?'

'तपाईं जुन दिनदेखि मलाई छोडेर हिंड्नुभयो, म त्यही दिनदेखि यहाँ आइरहेछु । मेरो बेचैन र तपाईंलाई गरेको प्रेमलाई बुझ्न ।' अनामिकाले गहभरि आँसु पार्दै भनिन् ।

मैले अनामिकालाई कसिलो गरी अँगालोमा लिएँ ।

'अनि तिमीले आफैं भन्थ्यौ त प्रेम गर्न कुनै तपस्या गर्नुपर्दैन भनेर ?' मैले अनामिकालाई प्रश्न गरें । उनका आँसुले भरिएका आँखाहरूलाई पुछिदिएँ ।

अनामिका केही बोलिनन् । मात्रै मेरो छातीमा टाँसिएर हिकहिकाइरहिन् ।

अनामिकालाई लिएर म मेरो कोठामा गएँ । त्यहाँ उनले मेरो कोठाको अस्तव्यस्तता देखिन् । पत्रपत्रिकाका कटिङहरू भित्ताभरि देखिन् । मैले टाँसेका उनका फोटाहरू हेरिन् । उनी फेरि जोडले रोइन् ।

'तिमी एकछिन बस्दै गर है ! म बाहिर गएर आइहाल्छु ।' म बाहिर निस्किएँ । मैले एउटा चुरोट सल्काएँ । चुरोटको सर्को लिइसकेपछि फर्किएँ । अनामिका मेरो अस्तव्यस्त कोठालाई चिटिक्क पार्दै रहिछिन् ।

साँझ पर्‍यो । हामी खाना खाएर सुत्यौँ ।

'आज म थाकेकी छु ।' अनामिकाले भनिन् ।

मैले अनामिकाको भनाइको धेरै अर्थ लाउनतिर लागिनँ । मभित्र उनीसँग नजिक हुने आत्मीय वासना सल्बलाइरहेको थियो । अनामिकामा सायद त्यो मुड थिएन । उनी सोचनीय र सिरियस देखिन्थिन् ।

**

सरप्राइज

बिहान उठ्दा आधा घाम भइसकेको रहेछ । बिहानको आठ बजिसकेको थियो ।

प्रिय पाठक,

म सुटुक्क बाहिर निस्किएँ । सुन पसलबाट एउटा सानो औंठी किनेर ल्याएँ । मैले ओछ्यानमै सुतिरहेकी अनामिकाको हात तानेर उनको औंलामा बिस्तारै लगाइदिएँ ।

'अनामिका, आजबाट तिमी मेरी भयौ । म तिमीलाई बिहे गर्छु ।' मैले अनामिकालाई भनें, 'आई लाभ यू ।'

अनामिका खुसीले यस्तरी रोइन् । मानौं, उनले आफन्त सबै गुमाइन् ।

केही दिनपछि अनामिका र मैले मन्दिरमा सुटुक्क बिहे गर्ने निर्णय गऱ्यौं कि त्यो कसैलाई थाहा नहोस् ! निर्णय त गऱ्यौं तर मलाई एउटै डर थियो कि भोलि आश्मा आएर बहुविवाहको मुद्दा हालिदिइन् भने त मेरा सपनाहरू त्यहाँ पनि टुट्नेछन् र यहाँ पनि फेरि आश्माको जीत हुनेछ, म हार्नेछु । त्योभन्दा पनि ठूलो डर मलाई मेरो आफ्नो स्वाभिमानसँग थियो । कतिसम्म मैले यो न्यायोचित गरिरहेछु ? यो कुनै भावनामा आएर, आवेशमा आएर कुनै क्षणिक निर्णय त गरिनँ ? अनामिकालाई विवाह गरेर ? यो प्रश्न फेरि पनि ठोकिरहन्थ्यो मनमा । कतै आश्माको भावनामा ठूलो चोट पुग्ने हो कि भन्ने डरले वा एक किसिमको त्रासले मलाई पिरोलिरह्यो ।

'फेरि के भो तपाईंलाई ? के आश्माको सम्झना आयो ?'

म त्यो रूप देखाएर अनामिकालाई चोट पुऱ्याउन चाहन्नथैं । कृतिम हाँसोमा आफूलाई ढाल्थैं ।

'के कुरा गरेको ? जो मेरो कल्पनामा समेत आउन छोडिसक्यो ।'

मेरो कुरा झुटो थियो । नचाहेरै पनि मेरो मस्तिष्कमा आश्मा आइरहन्थिन् । यसरी आउँथिन् कि यदि त्यो हुरी हुन्थ्यो भने सारा गाउँ नै उडाएर लैजान्थ्यो ।

खैर, जे होस् ! अनामिका मेरो जीवनको हिस्सा भइसकेकी थिइन् । जीवनसाथी भनौं या अर्धाङ्गिनी ।

अनामिका मेरो नाममा सजिएर एक पूर्ण नेपाली विवाहित महिला भएर हिंड्न चाहन्थिन् । सिउँदोमा सिन्दुर लाएर, गलामा पोते लाएर । मैले चाहेको त माया मात्र थियो, मात्र माया । सायद, माया नै मैले अनामिकामा मात्रै देखें । अनामिकाका सिन्दुर लाएर हिंडने रहरहरूलाई मेरो परिस्थितिले बन्देज गरिरह्यो ।

म आश्मालाई यति चाँडै नै मेरो अनामिकासँग बिहे भइसकेछ भन्ने थाहा दिन चाहन्नथैं । एक, आश्मामा पनि मैले छोड्दाका पीडा होलान् र त्यो घाउ आलै होला भन्ने लाग्थ्यो । किनकि म त्यो घाउमा तत्काल चोट पुऱ्याउन चाहन्नथैं । अर्को, मलाई अरूले झट्ट हेर्दा एउटीलाई छोडेर अर्कोलाई बिहे गरेछ भन्ने जस्तो अनैतीक र गैरजिम्मेवार भनेर समाजले कुरा नकाटोस् भन्ने चाहन्थें । आश्माप्रतिको श्रद्धा र मेरो आफ्नै स्वाभिमानले रोकेको थियो । व्यक्तिगत रूपमा मैले ती कुरालाई गोप्य राखे पनि मैले आफूलाई आफैंले गोप्य राख्न भने सकिरहेको थिइनँ । अर्कोतिर मैले अनामिकाका खुसी र स्वतन्त्रताहरूलाई निमोठिरहेको थिएँ ।

मेरो जीवनमा आउने, मलाई साथ दिने र सँगै जीवनको समुद्र तर्ने अनामिकाको स्वछनोट र निर्णय थियो । तर जति कुरा भावनामा गरिन्छ, ती सबै व्यवहारमा कहाँ सजिलो हुन्छ र ? उनको सिन्दुर पोतेमा सजिने चाहनामा मैले कुठाराघात गरिरहेको थिएँ ।

'ठीकै छ । म केही समय पर्खिन्छु । सिन्दुर पोते, चुरा केही नलगाई बिहे नभएको जस्तै गरी हिंड्छु ।' अनामिकाले भनिन् ।

मैले यो बीचमा झन्डै पन्ध्र दिनसम्म बाबाआमालाई सम्पर्क गरिनँ । मैले आमालाई फोन गरेँ ।

'यत्रो दिन त कहाँ गएको थिइस् ? हामीलाई कस्तरी चिन्ता भो !' आमाले फोनमा रुँदै भन्नुभयो ।

मैले अन्ततः सबै कुरा फोनमै बेलिबिस्तार लगाएँ । अनामिकाको बारेमा सबै बताएँ । बाबालाई भन्ने आँट थिएन ।

सुरुमा त आमाले पत्याउनु भएन ।

'यो के भन्छ !' आमा अत्तालिनु भयो । आमाको बोलीमा हतासपन र गड्बडी थियो । भन्नुभयो, 'उताको सम्बन्ध नटुङ्गाई यो फेरि तैंले के गरेको ? जेल हाल्लान् हामी सबैलाई !'

'तपाईंले केही चिन्ता लिनु पर्दैन, हामीले सबै बुझेका छौं । यो सबै सहज हुन्छ । म मिलाएर तपाईंकी नयाँ बुहारीलाई चिनाउँला तर पर्खिनुहोस् ।' मैले आमासँगको वार्तालाप टुङ्गाएँ ।

- - -

चार महिना बितिसकेको थियो । त्यो बीचमा आमाबाबालाई भेट्न एक चोटि मात्र म बिराटनगर पुगेँ । दुई दिन बसेँ । आश्मा र अनामिकासँगका सबै घटनाक्रम बिस्तारमा सुनाएँ । उहाँहरूलाई विश्वस्त पारेँ ।

'तपाईंहरू ढुक्क हुनुहोस् ! म सबै मिलाउँछु ।' मैले भनेँ ।

आमाबाबाको मन न हो । ढुक्क हुन त किन सक्नुहुन्थ्यो र ? केही संयमित भने हुनुभयो ।

**

कठाङ्ग्रिंदो याद

पाँच महिनाको नेपाल बसाइपछि म अमेरिका फर्किएँ । मेरो पढाइ सकिएकै थिएन । खासमा मैले मेरो विद्यावारिधिको सोधपत्रमा काम गर्दै थिएँ । हरेक दिन कलेज जानुपर्ने अनिवार्य थिएन । कहिलेकाहीं प्रोफेसरसँग अनलाइनमै कुरा गरेर मेरो सोधपत्र र विषयबस्तुमाथि चर्चा गर्न मिल्थ्यो । सोधपत्रमा काम गर्न थालेको एक वर्ष बितिसकेको थियो ।

यही वर्षभित्र मैले सबै लेखिसकूँ र विद्यावारिधि गरूँ ! मेरो अमेरिका आउनुअघिको यही सपना र चाहना थियो । तर आश्मासँगको सम्बन्धका कारण र उनलाई छोडेर हिंड्न विवश मैले आफ्नो सोधपत्रमा ध्यान दिएर अघि बढाउन सकिरहेको थिइनँ ।

आश्मालाई छोडेपछि एक सेमेस्टर म केही नगरी बसेँ । प्रोफेसरलाई आफू बिरामी परेको र केही महिना आराम गर्न डाक्टरले भनेको छ भनेर ढाँटेँ । पढाइलाई निरन्तरता दिन र सुरू गरेको मेरो सोधपत्रलाई सिध्याएर विद्यावारिधि गर्न म अमेरिका फर्किएँ । यद्यपि, आश्मालाई छोडेर आएपछि अमेरिका फर्कने सोचेको पनि थिइनँ । त्यति बेला मैले पढाइ र मेरो विद्यावारिधि भन्दा पनि ठूलो सपना मेरो व्यक्तिगत जीवन खुसी हो भन्ने ठानेको थिएँ । मेरा लागि ज्ञानको बैजयन्ति माला पहिराउनु भन्दा पनि आफैं खुसी भएर बाँच्नु ठूलो कुरा थियो ।

अमेरिका फर्केपछि मैले मेरो फोन पहिलो चोटि स्वीच अन गरेँ । आश्माको भ्वाइसमेल रहेछ । एक मनले भन्यो- भो म सुन्दिनँ । आश्माले

मलाई इमेल लेख्न छोडिसकेकी थिइन् । झन्डै छ महिना बितिसकेको थियो । आश्माले भ्वाइसमेलमा मायाका कुरा गरेकी रहिछन् भने मेरो हृदय चर्किनेछ । तर अर्को मनले थाम्नै सकेन । मैले भ्वाइसमेल सुन्ने निर्णय गरेँ ।

'काले कहाँ हुनुहुन्छ ? अमेरिका आइपुगेको हो र ? काले मिस यू । प्लिज कल मि ल ।' आश्माको भ्वाइसमेसेज थियो ।

म खत्रक्कै गलेँ । ईश्वरसँग म स्वयम्ले दयाको भिख माग्नु बाहेक विकल्प थिएन नै । यस्तो लाग्यो कि अनामिकासँगको सम्बन्ध सबै टुटाएर आश्मासित आलिङ्गन बाँधूँ । मैले आफैँलाई सम्हालेँ, मन बलियो बनाएँ । तैँले मूर्ख बन्ने कोसिस नगर् ! तैँले सुन्दर निर्णय गरिसकेको छस्, यसमा अलिकति मात्र तलमाथि भयो भने तँ बिनाश हुनेछस्, सकिनेछस् । मैले त्यसपछि आश्माको फोन नम्बर नै मोबाइलबाट हटाएँ । तर आश्माको नामसँग सबै एकै चोटि सम्झनामा आइहाल्थ्यो । म मेरो मस्तिष्क नै निकालेर फ्याँक्न सक्दिनथेँ ।

कलेजले दिएको असिस्टेन्टसिप खोसिसकेको थियो । मैले कुनै ग्रोसरी पसलमा वा ग्याँस स्टेसनमा काम खोज्नुको अर्को विकल्प थिएन । आफ्नो सपना साकार नहुन्जेल अमेरिकामा टिक्नु त पर्‍यो, मैले यही सोचेँ । अमेरिकाको लाइफ मान्छेले सोचेँ जस्तो कहाँ सजिलो छ र ! म केही वर्षअघि काम गरेको 'सिट्गो ग्याँस स्टेसन'मा गएँ । त्यहाँको साहुसँग राम्रो सम्बन्ध भएकोले उसले काम दियो । हप्ताको चालीस घण्टा काम गर्ने रुटिन ।

केही वर्ष पहिला काम गर्दाका ग्राहकहरू अझै पनि त्यहाँ आइराख्दा रहेछन् ।

'हाइ जीवन, हाउ आर यू ? लङ टाइम नो सी ।' एक्साइटेड हुँदै ब्रिट्नीले भनी ।

अन्दाजी बाइस वर्षकी । राम्रो सुडोल जीउ परेकी । इटालियन आमा र अमेरिकन बाउबाट जन्मिएकी ब्रिट्नी सारै राम्री देखिन्थी । म उसलाई जिस्काइरहन्थेँ । उसलाई लाग्थ्यो- म उसलाई मन पराउँछु ।

'आई ह्याभ अ बोइफ्रेन्ड ।' ब्रिट्नी भन्थी ।

यी कुहिरेका बच्चा सम्बन्धमा रहँदा सारै इमानदार हुन्छन् ।

'आई ब्रोक विथ माई बोइफ्रेन्ड ।' यो चोटि ब्रिट्नीले भनी ।

म के गर्न सक्थेँ र ! मलाई अमेरिकन केटीको मायामा सच्चाइ हुन्छ भन्ने त थाहा थियो तर टिकाइ कति हुन्छ भन्नेमा कहिल्यै विश्वस्त हुन सक्तिनथेँ ।

'ओ नो ! आई एम सरी !' मैले भनेँ, 'नाइस टु सी यू ।'

त्यो स्टोरमा केही समय काम गर्दा मेरो मन भुलाउने बाटो भयो । पहिले भेटेका मेरा ग्राहकहरूसँग सम्बन्ध नवीकरण गर्ने अवसर मिल्यो ।

आश्मा र म पढ्न जाने विश्वविद्यालय नजिकै थिए । बाटाहरू एउटै थिए, जहाँ आश्मा र मैले माया साट्दै, घृणा बाँड्दै र एकअर्कालाई गालीगलौज गर्दै कयौँ चोटि हिंडेका थियौँ, गुडेका थियौँ । धेरै पटक त्यस ठाउँमा जीवन नाटकको मञ्चन गर्नुपरेको थियो । हरेक दिन, हरेक पटक हुने झगडा, तँतँ र मम अर्थात् सार्वजनिक ठाउँमा समेत आश्मा र म बीच चर्काचर्की नभएको कुनै दिन हुँदैनथ्यो । भलै, हामी सम्झौतामै बाहिर डुल्न किन ननिक्लौँ । आश्माको व्यवहार देखेर मैले धेरै चोटि आवाज निकालेरै रुनु परेको थियो ।

त्यही बाटो ओहोरदोहोर गरिरहँदा मेरो कल्पनामा आश्मा आइरहिन् । आश्मालाई छोड्नु अघिसम्मसँगै बसेको घर नजिकै थियो । म देख्थेँ तर म जान सक्दिनथेँ । मेरा कपडा, पुस्तक र सम्झनाका असंख्य-असंख्य बस्तुहरू त्यही कोठामा थिए । मलाई थाहा छैन, आश्माले फुटाइसकेकी छिन् या तिनैलाई सम्झना बनाएर मेरो पर्खाइमा बसिरहेकी छिन् । म त्यहाँ गएर माग्न सक्ने आँट गर्न सक्दिनथेँ । घरि म आफैँलाई कमजोर र हूतीहारा ठान्थेँ, घरि बलियो र निडर मान्थेँ । भावनात्मक हुन्डरीले पटक पटक मुटु छेँड्दाकै कारण सम्हालिएर बस्न सकिनँ । अन्ततः युनिभर्सिटी छोडेर म अन्तैतिर सरेँ । कहिलेकाहीं सोधपत्रका बारे छलफल गर्न प्रोफेसरलाई भेट्न भने आउने गर्थेँ ।

अमेरिकाको उत्तर दिशातिर जहाँ न्युयोर्क, मेसेचुसेटस र न्यू ह्याम्प्सोर राज्यहरू पर्छन्, त्यहाँ पहिल्यैदेखि मिल्ने साथीभाइहरू थिए । चिसो हावा थियो । सुन्दर पहाड थियो, जहाँ म बसेर, तिनीहरूलाई हेरेर जीवनका सुन्दर कविताहरू कोर्न सक्थें । तीनतले रेस्टुरेन्टमा बसेर उत्तरतिरका हिउँले भरिएका पहाडहरू हेर्दै म लाटे पिउन सक्थें । म आफ्नो विश्लेषण गर्न सक्थें कि प्रेममा, जीवनमा, चिन्तनमा र लक्ष्यमा मैले आफूलाई कति बदल्न सकें ?

जीवन बुझ्न पनि कहिलेकाहीं प्रकृतिको निकटता चाहिंदो रहेछ, जसले एक्लोपनलाई साथ दिंदो रहेछ । अनामिका मेरो साथमा नभएपछि हरेक रात मेरा आँखाका परेलीहरू बन्द नहुन्जेल अनामिकालाई नै आश्मा ठानेर, घरि आश्मालाई अनामिका ठानेर रातभरि बोलिरहन्थें र निदाउँथें । यसरी नै मैले मेरा रात-दिनहरू कटाइरहेको थिएँ ।

महिनाहरू बित्दै गएपछि आश्मा मेरो सम्झनामा थोरै मात्रै आउन थालिन् । थोरै आए पनि आश्मालाई र आश्माका गतिविधिलाई लुकीलुकी फेसबुकमा हेर्न भने छोडिनँ । आश्माको चञ्चलता, उनको स्वभावमा अलिकति पनि फरक पाउँदिनथें । साथीहरूसँग फोटो खिचाएर, विभिन्न शैलीमा पोज दिइरहेकी देख्थें । ढुक्क लाग्थ्यो कि अब त आश्माले पनि मलाई चटक्कै भुलिसकिन् र उनलाई मेरो कति पनि वास्ता छैन । अब मैले आश्माको बारेमा धेरै चिन्तित हुनु पर्दैन । आश्माको खुसी देखेर, आश्मा रमाउँदै रहिछिन् भन्ने लागेर म खुसी हुन्थें ।

अनामिका र मेरो फोन भइरहन्थ्यो । दिनमा दुई पटक । बिहान र साँझ हामी बोल्थ्यौं । एकअर्कालाई धेरै मिस गरिरहन्थ्यौं ।

एक दिन–

'अब त महिना भन्दाभन्दै वर्षौं हुन लाग्यो । अब तिम्रो र मेरो फोटो फेसबुकमा सार्वजनिक गरौं के !' भिडियो कलमा अनामिकाले भनिन् ।

'अहिले मिल्दैन अनामिका । केही समय अझै पर्ख !' मैले भनें ।

'कतिन्जेल यसरी बस्ने होला ? साथीभाइले पनि के भन्लान् ?' अनामिकाले भनिन् ।

'के भन्छन् र ?'

'मैले केही साथीलाई बिहे गरिसकेँ भनेको छु । अनि खै त अहिलेसम्म पनि फेसबुकमा बूढाको फोटो राख्दिनस्, सार्वजनिक गर्दिनस् त ? भन्छन् । मैले के उत्तर दिनु ?'

'अहिले नगर्ने । एकै चोटि मिलाएर सार्वजनिक गर्ने भन न !' मैले सल्लाह दिएँ ।

'त्यो त मैले आफ्नो हिसाबले के के भनेर टारेकै छु नि । तर कतिन्जेल यस्तो भनिरहने ?'

'अब भन्नै पऱ्यो नि । तिमीले नै पर्खिन्छु भनेको होइनौ ?' मैले अनामिकालाई नै जिम्मेवार बनाएँ ।

'किन मलाई त्यसो भन्छौ ? गैले त कति गाह्रो हुन्छ, त्यो बुझ भनेको हुँ ।' अनामिका दुःखी भइन् ।

'मलाई थाहा छ त । तर म के गरौँ ? मरौँ ?' म झ्वाँकिएँ । अनामिका दुःखी देखिइन् । उनका आँखामा आँसु टिल्पिलाए । उनी केही बोलिनन् ।

'जे हुन्छ, राम्रैका लागि हुन्छ । पर्ख केही समय !' मैले मायालु स्वरमा भनेँ ।

'तपाईं झर्किनुहुन्छ, मेरो मुटु छियाछिया हुन्छ ।' अनामिकाले भनिन् ।

मलाई तुरुन्तै आश्माको सम्झना आयो । मेरो झर्काइले आश्मालाई सारै नराम्रो अनुभव हुन्थ्यो या त आश्माको प्रतिउत्तर डरलाग्दो र कर्कश हुन्थ्यो अनि म बिच्कन्थेँ ।

'बरू आऊ नेपाल ! सँगै बसौँ ! चाहिंदैन अमेरिका ।' अनामिकाले भनिन्, 'यतैको अदातलतमा तिम्रो र आश्मासँगको सम्बन्ध विच्छेद्को मुद्दा हालौँ ! अनि जे हुन्छ त्यही सहुँला ! कतिन्जेल बस्ने हो यसरी ?'

मेरो चाहना पनि नेपालमा नै बस्ने थियो । तर यतिका वर्ष अमेरिका बसेर, टाउकोभरि ऋृण बोकेर कसरी नेपाल फर्कौं ? दुईचार दिन खुसी भइएला फेरि जीवन त बाँकी नै छ । कसरी बिताउने ? यसै पनि विश्वविद्यालयले 'असिस्टेन्टसिप' खोसेपछि मैले कलेजको 'फि' तिर्न र आफू टिक्न विद्यार्थी ऋण लिनुपरेकै थियो । जुन त्यही कलेजले मलाई उपलब्ध गराएको थियो । मैले जम्माजम्मी झन्डै नेपाली पचास लाख जति ऋण लिइसकेको थिएँ । त्यसको ब्याज हरेक महिना बढिरहन्थ्यो । फेरि ब्याज समयमा नतिरे अरू आर्थिक कारोबारमा सहुलियत तथा सेवा पाइन्नथ्यो । गर्छु भन्नेलाई अवसर र सहयोग दुवै हुने देश हो अमेरिका । मैले सोचेको थिएँ- नेपाल फर्किनुअघि पढाइ सकाएर त्यहीं काम गरी ऋृण तिर्छु ।

मनभरि उतारचढाव चलिरहेथ्यो । प्रत्येक रात छटपटाहट मात्र हुन्थ्यो, आगोले पोले जस्तो । अनामिकाले दिएको शीतलताले केही दिनलाई त धान्थ्यो तर उनी आफैं जीवनसँग थकित भइसकेकी थिइन् । कति दिऊन् मलाई ढाडस !

**

पिएचडीको युद्ध मैदान

म अमेरिका आउनुको कारण नै पिएचडी थियो ।

अमेरिका आएपछि दुःख र सङ्घर्षका दिन सुरू भएका थिए । जसरी स्वदेश छोडेर विदेश आउँदा हरेक नेपालीले गर्नुपर्छ । मेरो सन्दर्भमा अझ कठीन थियो । म आफैं एक इन्टरनेसनल विद्यार्थी थिएँ । बाहिर काम गर्नु गैर-कानुनी हुन्थ्यो । आफू बाँच्नुपर्ने बाध्यता त थियो नै । त्यसमाथि कलेजको फी तिर्नु, अमेरिका आउँदा लागेको ऋण तिर्नु, घरमा आमाबाबाको केही जागिर नभएको र आमाले औषधि खाइराख्नु पर्ने हुँदा पैसा पठाउनै पर्ने । मेरो पिएचडी यात्रा थप कष्टकर बन्दै आयो ।

प्रिय पाठक,

म अमेरिका आउँदाका सुरूका दिन अति नै कष्टकर थिए । जुन सम्झिँदा अहिले पनि आँखाहरू यसै रसाउँछन् । नेपालबाट अमेरिका आएको भर्खरै चार साता भइसकेको थियो ।

सन् २००८, अगस्टको कुरा हो । बलराम नाम गरेको साथीले बंगलादेशीको रेस्टुरेन्टमा काम मिलाइदिएपछि मेरो सङ्घर्षका दिन सुरू भएका थिए । म काममा जाने, साँझ घर फर्कने र सिधै कलेजमा साँझका क्लासहरू लिन जाने गर्न थालें । कलेजबाट घर आएपछि खाना बनाउने, कलेजको गृहकार्य गर्ने अनि फेरि भोलि बिहानै काममा जाने । यसरी नै चल्न थाल्यो ।

म जम्मा दिनको चार घण्टा मात्र सुत्थैं । शनिवार र आइतवार त झन् लामो समयसम्म काम गर्थें । एकएक घण्टाको कमाइले मेरा तमाम आवश्यकताहरू पूर्ति गर्नु थियो ।

काम भेटेको दिन–

'भित्रै आऊ !' हलाल रेस्टुरेन्टको बंगलादेशी साहूले भन्यो । कामको पहिलो दिन मलाई उसले मेरो टिसर्ट खोलेर उसको रेस्टुरेन्टको लोगो भएको टिसर्ट लगाउन भन्यो । रेस्टुरेन्टको नियमअनुसार म त्यहींको बाथरुमभित्र छिरैं र टिसर्ट लगाएँ । त्यसपछि मैले लगाएको चप्पल देखाउँदै उसले भन्यो, 'यो अरू बेलामा लगाउने होइन । काममा आउँदा मात्र लगाउने जुत्ता हो नि ।'

'हस ।' मैले मुन्टो हल्लाएँ ।

'जीवन, तिम्रो कपाल पनि लामो रहेछ, त्यो पनि काट्नू ! कि त टोपी लाउनू !' हलालले मेरो कपाल समाउँदै भन्यो ।

कपाल काट्नुभन्दा टोपी किन्नु सस्तो थियो । कपाल काटेको झन्डै बीस डलर पर्न आउँथ्यो, टोपी किन्नुभन्दा दश डलर महङ्गो । त्यति भनेपछि हलालले मलाई एउटा झाडू ल्याएर हातमा थमाइदियो ।

'लु राम्रोसँग बढार भुईं !' हलालले भन्यो ।

बढार्ने ठाउँ निकै ठूलो थियो । नेपालमा भएको गाउँको सानौ चौर जत्रै । मैले वरिपरि हेरैं । केही ग्राहकहरू काँटा चलाउँदै खाना खाइरहेका थिए, कोही मोबाइलमा गफिँदै थिए । अति सफा थियो । भुईंमा टेक्दा कतै चिप्लिन्छ कि जस्तै लाग्ने । टेबल-कुर्सीहरू एकदम मिलाएर राखिएका । टेबलमाथिको टेबलपोस, त्यसमाथि मिलाएर राखिएका काँटाचम्चाका सेट अनि रङ्गीबिरङ्गी न्यापकिनहरू ।

मलाई एक्कासि हीनता बोध भयो । भुईं बढार्नु पर्दा मेरो मस्तिष्कले के के सोच्यो, सोच्यो । एक हातमा झाडू बोकेर म त ठिङ्ग उभिरहेको रहेछु । नेपालमा आफूले गरेका कामहरू पो सम्झिँदै रहेछु- विद्यार्थीहरू

मेरो अगाडि मलाई सुनेर बसिरहेका । मैले कक्षा-कोठामा कोठाभरि विद्यार्थीहरूलाई पढाइरहेको । ब्ल्याकबोर्डमा केही लेखिरहेको ।

अमेरिका आउनुअघि नेपालमा म स्कूल र कलेजमा पढाउँथें । त्यतिमात्रै हैन, आमाले बिस्तारामै ल्याइदिएको तातो चिया र भात पनि सम्झिएँ । सोचें- साला, यही जिन्दगीले अनेक सिकायो ।

'जीवन, ह्वाइ आर यू स्टाण्डिङ दियर ?'

टोलाइरहेको म हलालको प्रश्नले झसङ्ग भएँ । हत्त न पत्त झाडू लगाउन थालें । मेरा खुट्टाहरू चल्नै मानेनन्, आँखाहरू पोल्न थाले । रिंगटा चले जस्तो भयो । टाउको दुख्यो । म भित्रभित्रै काँप्न थालें । कि बढार् कि नेपाल फर्की ! मेरा सामु दुई ओटा मात्र विकल्प थिए । अन्ततः मेरो मनले भन्यो- बढार् जीवन बढार् ! यदि तेरो पिएचडीको सपना पूरा गर्नु छ भने बढार् !

'बिस्तारो बढारेर हुँदैन जीवन; चाँडो र होसियारपूर्वक गर्नुपर्छ काम ।' अन्य ग्राहकका लागि खाना प्याकिङ गर्दै हलालले भन्यो ।

'कोसिस गरिरहेछु, हलाल ।' मैले भनें ।

मैले झाडू लगाउन थालें । मभित्र हीनताबोधको भावले मलाई डुबाइरहेको थियो । काम गर्नु कुनै नराम्रो थिएन तर म हुर्केको परिवेशले मलाई खुम्चाएको थियो । झाडू लगाउनु सानो काम भन्ने ठान्थें । त्यही सोचले मलाई पटकपटक मारेको थियो । पछि मात्र बुझ्दै गएँ कि काम सानो वा ठूलो भन्ने हुँदैन ।

हलालले त्यही बेला उसका अरू दुई कामदारलाई बोलाएर ल्यायो र मसँग चिनायो ।

'ऊ जीवन हो नेपालबाट । यिनीहरू ड्यानियल र मार्गरिता हुन् मेक्सिकोबाट ।' हलालले भन्यो ।

मैले पछि थाहा पाएँ कि ड्यानियल र मार्गरिता गैर-कानुनी हिसाबले मेक्सिकोबाट अमेरिका छिरेका रहेछन् । हलालले उनीहरूलाई सस्तो पारिश्रमिकमा काम लगाएको रहेछ ।

हलालले ड्यानियललाई मलाई काम सिकाउन भन्यो । ऊ मभन्दा झन्डै दश वर्ष कान्छो थियो । मलाई फेरि हीनताबोध भयो । जब ड्यानियलले मलाई यो फोहोर उठा र त्यो फोहोर उठा, यो भाँडा माझ् र त्यो माझ् भन्यो । उमेरभन्दा अनुभव ठूलो कुरा रहेछ । अनुभवी मानिस जसले पनि सिकाउन सक्दो रहेछ । मैले मेरो पिएचडीको सपना सम्झिएँ र ड्यानियलले जसो भन्यो, त्यसै गरेँ ।

एक दिन म ग्राहकको अर्डर लिँदै थिएँ ।

'जाऊ, तिमी भाँडा माझ ! यो ग्राहक मेरो हो, म लिन्छु । ऊ खुसी भएन भने अर्को दिनबाट आउँदैन ।' ड्यानियलले भन्यो ।

म लुरुक्क भाडा माझ्न गएँ । पछि बिस्तारै बुझ्दै आएँ कि ग्राहकको सन्तुष्टिलाई धेरै महत्त्व दिइँदो रहेछ ।

अर्को दिन मैले टेबल साफ गर्दै थिएँ । भाँडाहरू टेबलदेखि भुईंमा झरे । झ्वाम्मै गरेर प्लेट फुट्यो ।

'कसरी उठाउने अहिलेसम्म थाहा छैन, जीवन ?' हलालले करायो, 'एक महिना भइसक्यो । अब यस्तै हो भने म कामबाट निकालिदिन्छु ।'

मेरो मुटु चिरिएर आयो । अर्को दिनमा पनि यस्तै घटना घट्यो । रेस्टुरेन्ट गेस्टहरूले भरिएको थियो । व्यस्तताले कामदारहरू बीच एक किसिमको भागदौड जस्तै चलेको थियो । काउण्टरको छेउबाट आउँदै गर्दा मैले लिएको ट्रेले काउण्टरमाथि बलिरहेका बत्तीका झुत्ताहरूलाई हिर्कायो । बत्तीहरू टल्याङटुर्लुङ गर्दै एकअर्कामा ठोक्किए । कसो फुटेनन् ! यस पटक भने रेस्टुरेन्टको मालिकले मेरो काननिरै आयो र भन्यो- 'अब पनि यस्तो गल्ती गरिस् भने तँलाई म कामबाट फायर गर्छु । लागेको खर्च तेरो पे चेकबाट कटाउँछु, बुझिस् ?'

रेष्टुरेन्टको कमाइ नै मेरो आधार थियो । नेपालमा रहेका मेरा बाबाआमालाई खर्च पठाउन सक्थैं । आमाको औषधि किन्न सहयोग पुग्थ्यो, ऋण तिर्न सक्थैं । ट्युसन फी तिर्न सक्थैं । जम्मा पचास डलरले मैले

अमेरिकाको मासिक खाना खर्च जेनतेन पुऱ्याउँथें । म हरेक चिजको अमेरिकी रकम नेपाली रूपैयाँमा हिसाब गरेर मात्र सामान किन्थें ।

सुरुसुरुका दिनमा मैले साहूले आशा गरेअनुसारको काम गर्न सकिनँ । उसले कामबाट निकालिदिन्छु समेत भन्थ्यो । मेरा लागि सबै चिज नौला थिए । उसका अनुसार मैले क्यास रजिस्टर छिटो र राम्रोसँग सिक्न सकिनँ । बाथरुम र भुईं राम्रोसँग साफ गर्न सकिनँ ।

'जीवन, तिमी भोलिदेखि काममा नआउनू !' साहूले भनेको थियो ।

'त्यसो नभन्नुहोस् ! म जसरी पनि चाँडो सिक्छु, तपाईंलाई खुसी पार्छु ।' मैले भनेको थिएँ ।

कति पटक त काम छोडिदिन्छु र नेपाल फर्किन्छु भनेर झोक नचलेको होइन । तर पिएचडी गर्ने मेरो सपना जो मस्तिष्कमा थियो । त्यही सपनालाई सम्झेर म कति चोटि बाथरुमभित्र छिरेर हिकहिकाएको थिएँ । मैले आफैंलाई मनमनै हपारेको थिएँ- 'तँ कुन सपनाको कुरा गर्छस् जीवन ? छोड्दे ! फर्की आफ्नै देश नेपाल ! व्यक्तिगत खुसी र सम्मानभन्दा पिएचडी गर्ने सपना ठूलो हैन ।'

अर्को मनले भन्थ्यो- 'मर् तर मर् ! तैंले गर्नैपर्छ तेरो सपना पूरा । लक्ष्यको धेरै नजिक छस् । अनेकौं सँघार छन्, तैंले कट्नै पर्छ ।'

वास्तवमा अमेरिका आउनुअघि मैले मनमनै बुनेका महत्त्वाकाङ्क्षी सपनाहरू तातो बालुवामा पानीको थोपा जस्तै भएका थिए ।

अब मलाई घर नै फर्किन पनि पैसा चाहिन्थ्यो । ऋण तिर्नु थियो । गैर-कानुनी काम गर्ने भएकोले ज्याला पनि छ डलर मात्रै थियो । चलेको दरभन्दा दुई डलर घटी । अहिले दुःख सहे भोलि खुसीका दिन कसो नआउला ? यस्तै सम्झिंदै रेस्टुरेन्टको भुईं र बाथरुममा पोछा लगाउँथे म ।

रेस्टुरेन्टको मालिकले मलाई केही बेर काउण्टरको छेवैमा उभिएर अरूले कसरी काम गर्छन्, त्यो हेर्न भन्यो । उनीहरूले पाहुनाको सत्कार गरेको, खानाको अर्डर लिएको, टेबलमा खाना पुऱ्याएको, खाइसकेका

प्लेटहरू उठाएको र टेबल सफा गरेको मैले सबै ध्यान दिएर हेरें । र पनि पारा आएन । मैले त्यो काम गर्न नसकेपछि साहूले त्यहाँबाट निकालिदियो । मेरा अझ दुःखका दिन सुरू भए ।

संयोगबस, कामबाट निस्केको दुई दिनमै एउटा उज्बेगिस्तानबाट आएको विद्यार्थी सामसँग म पढ्न जाने कलेजमै चिनजान भयो । उसको अवस्था पनि मेरो जस्तै रहेछ । हामी दुवै फेरि काम खोज्न निस्क्यौं ।

'यसमा ट्राइ मार्ने हो त ?' हिंड्दै गर्दा छेवैको रेस्टुराँतिर देखाउँदै सामले भन्यो ।

'मलाई कामबाट निकालिदिएको ठाउँ यही हो ।' मैले हाँस्दै भनें ।

हामी अघि बढ्यौं । अलि अगाडि एउटा भारतीय नागरिकको ग्याँस स्टेसन थियो । म आफैं गएँ सोध्नलाई ।

'आर यू हाइरिङ ? (के तपाईं काममा राख्नुहुन्छ ?)'

उनीहरूले नेपाली अर्थात् भारतीय जस्ता देखिनेलाई मन पराउँदा रहेछन् । उसले मलाई मेरो बारेमा सोध्यो । मैले सबै बताएँ तर कामको अनुभव भने नभएको भनेपछि उसले त्यति मन गरेन ।

'म चाँडै सिक्छु, मलाई काम दिनोस् न ! मलाई काम चाहिएको छ ।' मैले भनें ।

उसको सहयोगी त्यहाँ एक अमेरिकन नागरिक महिला थिइन् । खैरो छाला गरेको अन्दाजी बीस वर्षकी, राम्री युवती । पछि थाहा भयो- भारतीयहरू गोरो जातिका मानिसमा त्यति विश्वास नगर्ने रहेछन् ।

केही बेरमा त्यो मानिसले मलाई काउन्टर पछाडि बोलायो । ऊ त्यो पसलको म्यानेजर र मालिक दुवै रहेछ । उसले मलाई भोलिबाट काममा आऊ भन्यो । मेरो खुसीको सीमा रहेन । ऊ नरम स्वभावको थियो; काम भने फकाई-फकाई धेरै नै लाउँथ्यो । मलाई काम चाहिएको थियो । मैले खटेरै काम गरें । दुब्लाएर पातलो भइसकेको थिएँ । कामको चापले मेरो सुत्ने र खानेको टुङ्गो थिएन ।

दुई वर्षसम्म त्यही स्टेसनमा काम गरेपछि पिएचडीको अध्ययन सुरू भयो । मलाई पिएचडीमा असिस्टेन्टसिप दिइयो । अब मलाई सहज हुने भयो । मैले काम छोडिदिएँ र पढाइमा फोकस गर्न लागेँ । यही बीचमा मेरो आश्मासँग बिहे भयो ।

मलाई लागेको थियो- बिहे गरेपछि झनै सजिलो हुन्छ । एकअर्कालाई सपोर्ट र सहयोग हुन्छ । मेरो पिएचडी पनि सहज हुन्छ ।

... ...

आश्मालाई अमेरिका ल्याएको एक महिना भएको थियो ।

'म पनि कलेज जान्छु ।' आश्माले भनिन् ।

मलाई आश्माको कुरा सुनेर खुसी लाग्यो । म उनलाई पढाउन चाहन्थेँ ।

'खुसी लाग्यो । राम्रो कुरा सुनायौ ।' मैले भनेँ, 'अब चार महिना यो समर सेमेस्टर पर्खौं ! त्यसपछि फल सेमेस्टरबाट सुरू गर्नुपर्छ । कलेजको ट्युसन फी तिर्ने पैसा पनि त्यति बेलासम्म जम्मा हुन्छ । तिमी पनि काम गर्छौ ।'

म सपनाहरू बुन्न थालेँ ।

'हुँदैन । फलसम्म नपर्खने, समरबाटै सुरू गर्ने ।' आश्माले जिद्दी गरिन् ।

म आजित भएँ ।

'हुन्छ ।' मैले भनेँ ।

आश्मालाई कलेजमा एडमिसन गर्ने प्रक्रियाको सुरू गरेको थिएँ । उनी कलेज जान थालेको देखेर म खुसी भएको थिएँ तर क्रेडिट कार्डबाट पहिलो सेमेस्टरको अमेरिकन डलर पाँच हजार तिरेपछि त्यसको ब्याज तिर्न मैले असिस्टेन्टसिपले नपुगेर अरू थप काम खोज्नु पऱ्यो ।

आश्माले काम नगरेकी होइनन् तर कलेजको फी धेरै महँगो थियो । सानोतिनो कमाइले थेग्नै गाह्रो । फलबाट सुरू गरेको भए यतिको गाह्रो हुने थिएन । तर आश्माको जिद्दीको अघि मैले जित्न सकिनँ ।

मैले पहिले काम गरेकै ग्याँस स्टेसनमा गएर अनुरोध गरेँ । साहूले काम दियो । कलेजले दिएको असिस्टेन्टसिपले मेरो टयुसन फी तिर्न र घरको भाडा तिर्नसम्म पुग्थ्यो । नेपालमा खर्च पठाउने, क्रेडिट कार्डको ब्याज तिर्ने र आश्माको ट्युसन फी तिर्न सहयोग गर्न पुग्दैनथ्यो । मैले अर्को काम खोज्नु अनिवार्य नै थियो ।

पिएचडीको पढाइ सुरू भइसकेको थियो । दुई वर्षभित्रमा एउटा परीक्षा हुन्थ्यो, जसलाई 'क्वालिफाइङ एक्जाम' भनिन्थ्यो । त्यो पास गर्न सके मात्र पिएचडीको पढाइ अगाडि बढाउन सकिन्थ्यो । सोधपत्र लेख्न पाइन्थ्यो । मेरो सपना पूरा हुन सक्थ्यो । मैले धेरै पढ्नुपर्थ्यो । गृहकार्य धेरै गर्नुपर्थ्यो । समयमा गृहकार्य नबुझाए पास हुन सकिँदैनथ्यो ।

एक साँझ–

म क्लासको लागि केही तयारी गर्दै थिएँ ।

'धेरै भो सपिङ नगरेको, जाऊँ न केही सपिङ गरौं !' आश्माले भनिन् ।

'अहिले के सपिङ गर्नु । सपिङ गर्न प्रशस्त पैसा पनि छैन । घरको भाडा दिनुपर्ने बेला भो । अलिपछि मिलाएर जाउँला नि । हुन्न ?' मैले भनें ।

'साला, हूतीहारा ! स्वास्नीका आवश्यकताहरू पनि पूरा गर्न नसक्नेले के पिएचडी गर्छु भन्दै हिंड्नु !' आश्मा एक्कासि रन्किइन्, 'त्यो जाबो पिएचडी त जसले नि गर्छ । कुन चाहिं ठूलो कुरा हो र ? त्यसमा पैसा पनि छैन अहिले । बरू अरू नै टेक्निकल विषय पढेको भए अहिले पैसा त हुन्थ्यो ।'

आश्माले एकोहोरो दोष दिइरहिन् । जीवनसाथी, जोबाट मेरा हर पाइलामा सहयोग भए हुन्थ्यो भन्ने म आश राख्थें ।

उनी हरेक दिन मलाई झपार्थिन् ।

'खुबै पढाइया हुनु परेको ! त्यस्तो जाबो पढाइले केही गर्दैन ।' आश्माले बारबार यसो भनिरहिन् ।

पिएचडीको तयारी गर्न मैले सोचेजस्तो वातावरण कति पनि भएन । मैले मिलाएर राखेका किताबहरू यत्तिकै छरपष्ट हुन्थे ।

'लौ, मैले मिलाएका मेरा किताब कसले बिगारेछ ?' मैले भनें ।

'मेरो सामान हराएको थियो, खोज्दा बिग्रियो होला नि ।' आश्माले ठाडो उत्तर दिन्थिन् ।

मन धेरै रोए पनि बाहिर हाँसेर हिंड्थें म । न त आश्मा सम्झाएर सम्झने खालकी थिइन् । सम्झाउन लाग्यो, उल्टै झगडाको ठूलो रूप हुन्थ्यो । त्यसैले चुपचाप रहन्थें म ।

'आज मेरो कलेजको गृहकार्य बुझाउनु छ । अङ्ग्रेजीमा एउटा निबन्ध लेख्नु छ, लेखिदिनू है ! म आज केही गर्न भ्याउदिनँ ।' आश्माले भन्थिन् ।

अर्काको गृहकार्य मैले गरिदिनु गैरकानुनी भए पनि मैले गर्दिन्थें । यता मेरो पनि टन्नै गृहकार्य हुन्थ्यो । पूरा गर्न नपाई ग्याँस स्टेसनमा काम गर्न जाने बेला हुन्थ्यो । पढ्ने किताबहरू बोकेरै काम गर्ने ठाउँमा जान्थें । कस्टुमर नआएको मौका पारेर, साहुको आँखा छलेर पढ्थें । धन्न, साहूले मलाई विश्वासिलो ठानेर पसल छोडेर हिंड्न थालेको थियो । तर पनि सिसि क्यामेरा जडान गरेकाले म लुकेर घरिघरि ट्वाइलेटमा गएर पढ्थें ।

कक्षामा पढाइ भएको बेला छलफलमा भाग लिन नसके नम्बर आउने थिएन । सहभागिताको छुट्टै मूल्याङ्कन हुन्थ्यो । साँझमा काम गर्थें । घर फर्किंदा रातिको एघार बज्थ्यो ।

आश्माको काम चाँडो सकिने हुंदा उनी मलाई कुरेर बस्थिन् । म काम सकाएर उनलाई लिन जान्थें ।

'अब एउटा नयाँ कार किनौं !' आश्माले प्रस्ताव ल्याइन् । भनिन्, 'म त्यो कुदाउँछु अनि तपाईं यो पूरानो कुदाउनू !'

'फेरि नयाँ कार ?' मैले मनमनै खुइया गरें ।

नयाँ कारको इन्स्टलमेन्ट तिर्न फेरि अरू काम गर्नु पर्‍यो, जसको लागि मसँग कत्ति पनि समय थिएन ।

'कसरी तिर्नु इन्स्टलमेन्ट ? तिम्रो ट्युसन फी पनि तिर्नु छ ।' मैले भनें ।

'मैले भनेको के मान्छस् र तँ ।' आश्मा झर्किइन् ।

आश्मालाई खुसी पार्न फेरि नयाँ कार किनें । मैले काम गर्ने घण्टा बढाएँ । अब मेरो सुत्ने समय थोरै हुन थाल्यो ।

मेरो 'क्वालिफाइड एक्जाम' आउन एक महिना मात्र बाँकी थियो । मलाई डर थियो । पास गर्न सकिनँ भने मेरो पिएचडीको सपना सब टुक्रिनेछ ।

उतारचढाव भए पनि मैले पढ्न छोडिनँ । आश्माका गृहकार्य पनि गरिरहें । यो बीचमा उनीसँग सयौं झैझगडा पनि भइरहे । अन्ततोगत्वा मैले एक्जाम दिएँ । पास गरें ।

मेरो ठूलो सङ्घर्षले उपलब्ध गरेको परिणाम थियो त्यो । अब मैले पिएचडीलाई अगाडि बढाउन पाउने भएँ । सोधपत्र लेख्न पाउने भएँ । म मनमनै गदगद भएँ । नेपालमा भएका बाबाआमालाई खबर सुनाएँ । बाबाआमा फोनमै रुनुभयो ।

'स्याबास छोरा ! हामीले गरेको दुःख सफल भयो ।' बाबाआमा दुवैले यही वाक्य भन्नुभयो ।

धेरै सङ्घर्षपछि पिएचडी गर्न पाउने सु-अवसर प्राप्त भएको थियो । अब त दुःखका दिन गए भन्ने सम्झिएँ । तर दुःखका दिन कहाँ त्यही अन्त्य भयो र ? आश्माका अनेक माग र दिनदिनैको झगडाले म आश्मालाई छोड्न बाध्य भएँ ।

पिएचडीको यात्रामा अगाडि बढ्दा मैले प्रोफेसरहरूसँगको भेटघाट निरन्तर गर्नुपर्थ्यो; त्यसमा कमी आयो । इमेलबाट वार्तालाप गर्दा उनीहरू खुसी थिएनन् । म आफैं चोटमा डुबेको हुँदा उनीहरूले दिएको कमेन्टलाई सम्बोधन गर्न सकेको थिइनँ ।

'म कमिटीमा बस्दिनँ, अर्को कुनैलाई राख्नू !' कमिटीमा बसेको एक वर्षपछि मेरो थेसिस कमिटिका एक सदस्यले भने ।

म बहुला जस्तै भएँ । यता आश्माले दिएको चोट, उता अनामिकालाई आफ्नो बनाइनसकेको अवस्था ।

मैले अर्को कमिटी सदस्य खोज्नु पर्ने भयो, जो मेरो थेसिसमा चाख राख्छ । मेरो पिएचडी सपना पूरा नहुने भो भन्ने लाग्यो । पिएचडी नै छोडदिऊँ झैं पनि लाग्यो । तर अनामिकाको निरन्तर हिम्मत र आँटले मलाई कुनै पनि हालतमा पिएचडी सक्नैपर्छ भनेर उक्साइरह्यो ।

पिएचडी आफैंमा एउटा ठूलो सङ्घर्ष हो तर मेरो पिएचडी गर्ने क्रममा आएका सयौं बाधा-अड्चनहरूले पारिजातको शिरिषको फूलको पात्र सुयोगले युद्धको मैदानमा भोगेका उतारचढाव भन्दा ठूलो बनाएको थियो । त्यो चोट सुयोगले पिएको शराबको मात्राले पनि निको हुने थिएन ।

... ...

एक वर्ष बितिसकेको थियो ।

समय बित्दै गयो । बीच- बीचमा बाबाआमासँग नेपालमा गफ भइरह्यों । मैले अनामिकालाई पनि फोनबाटै बाबाआमासँग गफ गर्न भनिरहें । बुहारी बनेर होइन, मेरो साथी बनेर ।

मेरो विद्यावारिधि सकियो । मैले गर्वका साथ फेसबुकमा पिएचडीको 'हुड' पहिरिएको तस्बिर हालें । यो मेरो ठूलो सपना थियो, जसका लागि म अमेरिका आइपुगेको थिएँ । जसका लागि जुन चिज सपनाको कुरा हुन्छ, त्यो प्राप्त गर्न समय लाग्दो रहेछ । हो, पिएचडी मेरो सपनाको

कुरा थियो, त्यही भएर वर्षौं लाग्यो । त्यही भएर बीचमा बाधा अड्चन आए । त्यो एउटा कठीन यात्रा र परीक्षाको घडी भयो । अन्ततः मैले सिध्याएरै छाडें । मैले झन्डै त्याग्न लागेको मेरो सपनालाई अन्तिममा साकार पारेरै छाडें । त्यो मेरो जीवनको सबै भन्दा ठूलो खुसी थियो । जब ठूलो सङ्घर्ष गरेर खुसी प्राप्त हुन्छ, त्यो खुसी भनेको आमा पाए जस्तै हुंदो रहेछ ।

एक मनले अमेरिका नै बसेर जागिर खाने सोच आयो । सबै ऋण तिरेर मात्र नेपाल फर्कने भन्ने ठान्यो । तर मलाई एक्लो महसुस भयो । अनामिका मसँग थिइनन् । म अनामिकालाई अमेरिका ल्याउन सक्ने थिइनँ । कानुनी हिसाबले आश्मासँग अझै पनि पतिपत्नीको सम्बन्ध थियो । भोलि अमेरिकाको एम्बेसीमा मेरी पत्नी अनामिका हुन् भनेर भिषा लाउन जाँदा झनै समस्या पर्न सक्थ्यो । अन्ततः म आफैं नेपाल फर्कने निर्णयमा पुगें, जहाँ मेरो पिएचडीपछाडिको अर्को खुसी पर्खेर बसिरहेको थियो । त्यो थियो अनामिकासँगको सामीप्य । आमाबाबासँगको भलाकुसारी । बाँकी रहेको जिन्दगी बिताउने कल्पना आफ्नै अनामिकासँग ।

... ...

मेरा सबै अमेरिकी सपना छोडेर अन्ततः म नेपाल फर्किएँ । जीवनको खुसीका लागि सपनाहरू त नाथे हुंदा रहेछन् भन्ने बोध मलाई त्यति बेला भयो । फेसबुकमा देखें- आश्माले खोइ कोसँग बिहे गरेर प्रेमका नजरले एकअर्कालाई हेरेर हालेको सुन्दर तस्बिर । त्यही क्षण मैले पनि अनामिकासँग एउटा सेल्फी लिएँ र त्यही तस्बिर फेसबुकमा पोस्ट गरें । केही समयमै एउटा फ्ल्याट डेरा लिएँ । बाबाआमालाई पनि काठमाण्डू बोलाएँ र अनामिकालाई चिनाएँ ।

बाबाआमाको अनुहारमा उज्यालो त थियो तर आत्तिएको मनोभाव पनि झल्किन्थ्यो । एउटै प्रश्न थियो कतै आश्मा आएर बहुविवाहको मुद्दा त हाल्दिन ? यसरी मेरो अनामिकासँगको प्रेम संसारलाई थाहा दिएँ ।

भोलिपल्ट मैले पनि अनामिकासँगको बिहे दर्ता गरें । अनामिकाको सपना र मेरो खुसी साकार पारें ।

अनामिकाको पेटमा दुई महिनाको बच्चा खेल्दै थियो त्यति बेला, अर्थात् म अमेरिकाबाट सदाको लागि फर्केको दुई महिना भइसकेको थियो । म यति बेला 'शिरिषको फूल'का दुई पात्र बरी र सुयोगलाई सम्झिँदै थिएँ । र, यस्तो प्रश्न तेर्सिरहेको थियो- बरी नमरेकी थिई भने के सुयोगको बिहे बरीसँग हुन्थ्यो ?

***

आभार

मेरो जीवनका केही भौतिक र केही काल्पनिक पात्रहरू मसँग यसरी कुस्ती खेल्न आइपुगे कि मैले यो उपन्यास नलेखिरहन सकिनँ । यदि ती पात्रहरू मेरो जीवनमा नआएका भए र तिनले मलाई नघच्घचाएका भए तपाईंहरूको हातमा यो पुस्तक सायदै हुने थियो । मैले यहाँ उतारेका पात्रहरू हाम्रै समाजका हुन् । देखेको, भोगेको समाजका पात्रहरू । यी काल्पनिक पात्रहरू तपाईंको वा कसैको जीवनसँग मेल खान सक्छन् । मान्नुहोला, त्यो एउटा संयोग मात्र हो ।

म विशेष आभार व्यक्त गर्न चाहन्छु–

ती पात्रहरूप्रति जसले मलाई र समाजलाई बुझ्न मद्दत गरे । ती पात्रहरू मेरो जीवनसँग कुस्ती खेल्न नआएका भए सायदै म यो समाजको, मानवीय स्वाभावको र हामीले बाँचेको परिवर्तनशील समाजको र देश र विदेशको चित्रण गर्न सक्थें ।

म मेरा ईश्वर समानका बुवाआमालाई सम्झिन चाहन्छु । उहाँहरूको मेहनत र कर्मले गर्दा आज म यहाँ छु ।

मेरी श्रीमती कृपा भण्डारी जसको हात किबोर्डमा नचलेको भए यी साठी हजारभन्दा बढी शब्द टाइप हुन सक्दैनथे । उनले बिचबिचमा दिएको सल्लाह त्यति नै सऱ्हानीय छ । उनले दिएको प्रेम र आँटका लागि अझ आभारी छु ।

छोरी कृषा, मेरो खुशी र उत्प्रेरणाको स्रोत हुन् ।

पहिलो पाण्डुलिपि पढेर त्यसमा हुन सक्ने सुधार औंल्याईदिने मेरा आदरणीय दाइ तथा साथीभाइहरू क्रमशः पेशल पोखरेल, रामचन्द्र केसी, पदम भट्टराईलाई धन्यवाद दिन्छु । अझ मुक्तिनाथ घिमिरेलाई विशेष धन्यवाद दिन्छु । उहाँले मेरो उपन्यास पाठकीय र मर्मस्पर्शी बनाउन महत्त्वपूर्ण भूमिका खेल्नुभएको छ ।

पुष्पराज पौडेल जसले पहिलो पाण्डुलिपि नै मन पराएर मलाई पुलकित बनाउनु भएको थियो र आफ्ना सुझावहरू दिनुभएको थियो, उहाँलाई धन्यवाद दिन्छु ।

विशेष धन्यवाद फिनिक्स बुक्स र गणेश सुवेदीलाई दिन्छु । जसका कारण यो पुस्तक अहिले तपाईहरूका हातमा छ । यो उपन्यासको सिर्जनशील आवरण बनाउने राजन काफ्लेलाई धन्यवाद दिन्छु ।

मेरा कयौं मित्र तथा साथीभाइहरू कुमार, प्रवेश लगायत सबैलाई सम्झिन्छु ।

र अन्तमा, विशेष आभार तथा धन्यवाद म मेरा आदरणीय पाठकहरूलाई दिन्छु । तपाईंहरू नभइ दिएको भए म लेखक हुनुको के अर्थ ? यो कथाको के अर्थ ? तपाईंहरूको माया र सुझावको एकहोरो अपेक्षा सहित सधैं सधैं आभार ।

तुलसी आचार्य